HEYNE BÜCHER

Fantasy

Herausgegeben von Friedel Wahren

Von **Andrew Harman** erschienen in der Reihe HEYNE SCIENCE FICTION & FANTASY:

Der Appendix des Zauberers · 06/5394
Die Frösche des Krieges · 06/5395
Das Wurmloch ins Biblioversum · 06/5489
Hundstage · 06/5534 (in Vorb.)
Fahrenheit 666 · 06/5633 (in Vorb.)
Fort Knumm · 06/5908 (in Vorb.)

Weitere Romane in Vorbereitung

ANDREW HARMAN

DAS WURMLOCH INS BIBLIOVERSUM

Roman

Aus dem Englischen übersetzt
von
JAKOB LEUTNER

Deutsche Erstausgabe

WILHELM HEYNE VERLAG
MÜNCHEN

HEYNE SCIENCE FICTION & FANTASY
Band 06/5489

Titel der Originalausgabe
THE TOME TUNNEL
Aus dem Englischen übersetzt von
JAKOB LEUTNER
Das Umschlagbild malte KRZYSZTOF WLODKOWSKI

Umwelthinweis:
Dieses Buch wurde auf chlor- und säurefreiem Papier gedruckt.

Redaktion: F. Stanya

Erstausgabe bei Legend Books, Random House, London

Printed in Germany 1996
Umschlaggestaltung: Atelier Ingrid Schütz, München
Satz: Schaber Satz- und Datentechnik, Wels
Druck und Bindung: Presse-Druck, Augsburg

ISBN 3-453-10965-1

INHALT

I

PROPHETEN-SPÄSSE

Ohne das aufgebrachte Protestgeschrei der erschrockenen Sekretärin weiter zu beachten, stürmte der oberste Hohepriester – schweres, hochgeschnürtes Missionsschuhwerk an den Füßen – das Hauptbüro der *S-Watch TBC GmbH.**

Wild ruderte der indigoblau Gekleidete mit den Armen, wich elegant der zurückschlagenden Eichentür aus und walzte fuchtelnd und gestikulierend auf sein jüngstes Opfer zu, das sich verschreckt duckte.

»Ihr da! Seid *Ihr* bereit? Bereit für das Leben nach dem Tode?« Getragen von der Brandungswelle des Glaubens, rauschte er ins Zimmer, das blaue Tuch des Talars blähte und bauschte sich und wogte, als pflügten die Schultern durch die Wasser eines riesigen, nie vermessenen Ozeans. In den Augen des obersten Hohenpriesters glühte die Leidenschaft eines Mannes, der von einer Mission erfüllt ist; mit der altehrwürdig gebieterischen Pose von Sankt Mammon, mit weit ausgebreiteten Armen, trat er vor den Schreibtisch.

»N… noch nicht. Ihr seid zu früh dran!« versuchte sich der kleine Mann zu wehren. Was aus dem Federkiel tröpfelte, ergab mit einemmal nur mehr unsinniges Tintengeschmier.

---

* S-Watch TBC GmbH: Sonnenuhren, Tubulär- und Bifurkations-Chronometer.

»Zu *früh*? Meint Ihr etwa, der Tod richtete sich nach Sonnenuhren? Oder der Teufel führte einen Terminkalender?« fuhr ihn der oberste Hohepriester an und drohte unmißverständlich mit dem Finger. »Pünktlichkeit ist nicht die Sache derer aus dem Jenseits. Oder könnt Ihr etwa jetzt schon sagen, wann das Ende, ganz speziell *Euer* Ende, nahe ist, Herr, äh, Naximanda?«

»Ich ... ich ...«, stotterte Naximanda. Hinter den dikken Brillengläsern schossen blasse Augen aufgeregt hin und her, zappelten wie zwei von unheilbarem Lampenfieber befallene Kaulquappen.

»Seid Ihr vorbereitet auf den Augenblick, der Euch bestimmt ist?« fragte der Hohepriester, dessen Zähne vorstanden wie uralte Grabsteine.

»N ...«

»Ist Eure postmortale Zukunft gesichert?« schnauzte Seine Eminenz, Bharkleed der Leidenschaftlich Exaltierte, freischaffender Religionsberater und Spezialist für die individuell abgestimmte Erledigung aller Angelegenheiten der Existenz post mortem. Ruckartig beugte er sich jetzt über den Tisch, stach mit dem Zeigefinger nach den flatternden Herzkammern seines jüngsten Opfers und – der weiße Bart zitterte voll religiöser Inbrunst – knurrte: »Alles gepackt für die größte Reise Eurer nichtswürdigen Existenz?« Bharkleeds Nasenlöcher blähten sich witternd und gierig, er spürte förmlich, wie lähmende Angst den kleinen Mann befiel, er konnte beinahe fühlen, wie sein Opfer, dessen Seele sich so plötzlich den unendlichen Weiten der ewigen Verdammnis gegenübersah, einen Anfall theologischer Agoraphobie erlitt. Der Hohepriester kreischte wild und klatschte in die Hände. Jetzt hatte er Naximanda dort, wo er ihn haben wollte: Naximanda kam sich vor wie eine Haarschuppe auf dem eleganten schwarzen Nadelstreifentuch der wattierten Schultern der Unendlichkeit: peinlich, schäbig und grindig.

Doch Naximanda gehörte zu einer ganz besonderen Sorte schäbiger Haarschuppen.

Er hatte Geld. Geld wie Heu.

Er war nicht umsonst der in aller Welt bekannte Erfinder der im Dunkeln leuchtenden Sonnenuhr (Modell ›Nocturne‹, ein Verkaufsschlager!) und Gründer der *S-Watch TBC GmbH!* Doch Sonnenuhren waren eine Sache; Seelen aber – und vor allem seine Seele – eine ganz andere.

»Angenommen Ihr müßtet heute sterben: Könntet Ihr Euch dann einreihen in den Reigen der seligen Geister?« flötete Seine Spektabilität, Flaezz der Höchstpostamentierte, der mit einem irren Grinsen Bharkleed über die leuchtendblaue Schulter blickte. Naximanda wollte antworten ... und brachte lediglich ein erbärmliches Gegurgel zustande.

»Habt Ihr jemals bedacht, wie lange es dauert, bis man bei Charon eine Reservierung bekommt?« Bharkleed verschränkte die Arme, legte das bärtige Kinn in die Hand und zeigte mit dem Finger vieldeutig in Richtung Unterwelt. »Habt Ihr auch nur die leiseste Ahnung, wieviel ein Obolus dieser Tage wert ist?«

Die Augäpfel des Generaldirektors zitterten, seine Stirn legte sich in Falten wie ein abgenutztes, nur mehr dürftig ausgepolstertes Sofakissen.

»Kann man im Hades eine günstigere Miete bekommen, wenn man bereits eingeäschert ist?« fragte der dritte Hohepriester, Seine Emolienz S. H. A. Wenzl der Maßlos Gesalbte, und rieb sich servil die Hände. »Und wo sind die heißesten Nachtklubs? Wo muß man sich als moderner, karrierebewußter Dämon unbedingt sehen lassen, hä?«

»Seht Ihr, Naximanda ...« Bharkleed sagte es mit einem Tonfall, der eher wie ein Befehl klang. Er blickte dem kleinen Männlein tief in die zuckenden Kaulquappenpupillen und zog sich einen Stuhl heran: »Seht Ihr, es gibt hunderterlei – nein, was sage ich: *tausenderlei* Fragen, die es im Falle Eures Hinscheidens zu bedenken gilt. Könnt Ihr Euch vorstellen, daß Ihr nach erfolgtem

Ableben noch Zeit findet, Eure Ersparnisse in Obolusse zu tauschen, damit Ihr Charon bezahlen könnt? Ihr glaubt gar nicht, wie altmodisch der ist: kein Obolus, kein Service! Dabei gibt es keine andere Möglichkeit, um über den Styx zu kommen, laßt Euch das von mir gesagt sein! Also kümmert Euch drum, bevor es zu spät ist und bevor es Euch wirklich leid tut. Ganz unter uns: Der Wechselkurs, den der vital Geforderte zu zahlen hat, ist haarsträubend. Haarsträubend! Ungenügende Sicherheiten, versteht Ihr? Hohes Kreditrisiko!«

Flaezz nickte eindringlich, ernsthafte Sorge lag auf seinem Gesicht, er rückte um ein bedrohliches Stück näher heran. S. H. A. Wenzl lächelte salbungsvoll.

»Aus diesem Grund wenden sich zunehmend mehr Menschen an uns und nehmen unsere Hilfe in Anspruch bei der Regelung jener Angelegenheit, mit der sich letztendlich jeder unweigerlich befassen muß.« Ein indigoblau gekleideter Arm reichte über den mit Pergamenten übersäten Tisch und schnippte Naximanda ein Kärtchen gegen die zitternde Nase. »Es gibt drei Dinge im Leben, um die kein Mensch herumkommt: Geburt, Tod und die unerläßliche Notwendigkeit, reservieren zu lassen.«

Naximanda zuckte mit zwei außerordentlich verwirrten Schultern. Derartige Unterredungen sollten an einem Dienstagvormittag schlichtweg verboten sein.

»Sehen wir der Sache ins Gesicht«, fuhr der Hohepriester Bharkleed fort und piekte so lange mit seinem Kärtchen gegen die Nase des Generaldirektors, bis der es ihm endlich aus der Hand nahm. »Der Tod ist eine Angelegenheit, die alles andere als streßfrei verläuft. Im günstigsten Fall bleibt es einem vielleicht erspart, daß man sich mit solchem Kleinkram herumschlagen muß wie Vorbestellung, Geldwechsel, Genehmigung für Mehrgepäck beantragen …«

»…?« Panisches Entsetzen flackerte in Naximandas Augen, die bis jetzt auf das kleine weiße Pergamentrechteck gerichtet gewesen waren.

»Ach? Noch nie davon gehört? Dachte, *jeder* wüßte von dieser Sache! Ihr erinnert Euch doch an Rammbses IX.? Ist vor ein paar Jahren gestorben. Also, ihn hat's böse erwischt wegen Mehrgepäck. War aber auch extrem – dieser Haufen Pferde, Gesinde, Frauen! Und die Hälfte war noch gar nicht tot! Kostet extra, wenn man in den Hades will und nicht wenigstens drei Tage tot ist. Quarantäne, versteht Ihr? Die sind da echt pingelig, sind die da.«

»Wa …?« Naximanda klappte den Mund langsam auf, dann wieder zu.

»Ist doch ein Trost, daß man sich jetzt gegen so was versichern kann, hä?« Bharkleed leckte mit der Zunge über die eckigen Zähne.

»Versi …?«

»Lebenswichtig. Geh niemals unversichert in den Tod!«

»Aber, was …?«

»… soll schon schieflaufen?« fiel ihm Bharkleed ins Wort und grinste wie ein Haifisch. »Ha, Ihr würdet es nicht glauben!«

»Doppelbuchung«, nannte Flaezz, der über die indigoblaue Schulter Seiner Eminenz blickte, als Beispiel.

Naximandas Augenbrauen hüpften mit einem Satz die Stirn hinauf.

»Doppel …?«

»Kommt öfter vor, als man glauben würde.« Bharkleed legte die gefalteten Hände unter das Kinn und versuchte, so unschuldig wie ein Chorknabe dreinzuschauen – die Anwandlung, zur Steigerung der Wirkung mit den Wimpern zu klimpern, verkniff er sich im letzten Moment wieder. »Laßt eine Handvoll Dämonen in der Einwanderungsbehörde krank sein; stellt Euch vor, die Pestilenz findet plötzlich ihren alten Schwung wieder; nehmt nur mal an, den guten alten Krieg juckt's wieder einmal in den Fingern – schon ist er dahin, der gemütliche Fensterplatz, den Ihr gebucht habt. Und mit ihm das Geld für den Fahrpreis, und genauso Euer Gepäck – falls man nicht sowieso vergessen hatte, es einzuladen. Reklamation zwecklos. Bleibt nur abzuwarten, bis wieder ein Platz frei ist.«

»Wie lange ...?«

»Wer weiß? Vielleicht schon bei der nächsten Überfahrt, vielleicht erst nach Wochen, möglicherweise auch erst nach Jahrhunderten ...! Das ist eben das Kreuz mit der ewigen Verdammnis: Es gibt keinen Anlaß mehr, Probleme *schnell* zu regeln! Und wenn Ihr nicht versichert seid, kann es Euch passieren, daß Ihr ohne Unterkunft dasteht. Und laßt Euch eines von mir gesagt sein: Ohne Unterkunft werdet Ihr keine Millisekunde länger als nötig in der Hölle bleiben wollen! Wenn Ihr glaubt, daß Euch nichts Schlimmes mehr widerfahren kann, wenn Ihr erst einmal gestorben seid, dann ... also dann werdet Ihr ein paar sehr böse Überraschungen erleben.«

»Was ...?«

»... soll denn noch passieren? Huiuiui! Besser für Euch, Ihr wißt es erst gar nicht«, unterbrach ihn Flaezz. Der Höchstpostamentierte krümmte sich und verdrehte die Augen, als bereitete ihm allein die Vorstellung möglicher Heimsuchungen, die allesamt am äußersten ultravioletten Ende des stygischen Folterspektrums angesiedelt waren, höllische Qualen.

»Man braucht keinen Körper, um grauenvolle Schmerzen zu leiden«, säuselte S. H. A. Wenzl, der hämisch über Bharkleeds andere Schulter grinste. »Schon mal davon gehört, daß jemand bei einem Unfall ein Glied verloren hat und auch noch nach Jahren brennende Phantomschmerzen verspürt?«

Naximanda, dem es lieber gewesen wäre, er hätte noch nie davon gehört, nickte.

»Nun ja, und jetzt stellt Euch bitte vor, Ihr empfindet dergleichen überall, am ganzen Körper, an all diesen empfindlichen, weichen, so leicht verletzlichen Stellen ...«

»Wenzl, bitte!« unterbrach Bharkleed. »Verzeiht. Bruder Wenzl, der Maßlos Gesalbte, läßt sich so manches Mal allzuleicht hinreißen. Ich bitte um Entschuldigung, falls er Euch in Aufregung versetzt haben sollte. Das war wirklich nicht nötig, Wenzl!«

Naximanda zuckte, sein Gesicht hatte die ungesunde Farbe einer drei Wochen alten Mousse aus Spinat und Blaukäse.

»Da ist es doch gut zu wissen, daß all diese Unerfreulichkeiten vermieden werden können, daß es erst gar nicht soweit kommen muß!« Bharkleed beugte sich grinsend zu ihm. »Wie würde es Euch gefallen, nach dem Tode ein garantiert ewig glückseliges Leben in einer unserer speziell dafür gebauten, nagelneuen Eigentumswohnanlagen für den Eingeäscherten zu verbringen? In einem mehrstöckigen Gebäudekomplex von zukunftsweisender Qualität, die Euch ermöglicht, im Hades wie in einem neuen goldenen Zeitalter zu leben? Natürlich wird es die Hölle sein, aber es wird Euch vorkommen, als wärt Ihr im Himmel. Na, interessiert? Wenn Ihr heute noch Mitglied werdet, dann können wir Euch und Eurer Familie unser attraktiv rabattiertes Versicherungspaket *Seelenfrieden* anbieten!«

»Und wie …?«

»… wird man Mitglied der Hochkirche von Sankt Mammon dem Ungewaschenen? Nichts leichter als das! Ihr müßt einfach nur glauben«, antwortete Seine Eminenz Bharkleed der Leidenschaftlich Exaltierte.

»Was?«

»Glauben«, wiederholte Bharkleed.

»Nein, ich meine: *woran?*«

»Felsenfest und unerschütterlich daran, daß Ihr durch Unterzeichnung dieses Pergaments das sicherste Geschäft Eures Lebens nach dem Tode abschließt und damit zuverlässig für Euren risikofreien Übergang an den Ort der allerletzten Ruhe sorgt«, sagte Bharkleed und entrollte eine großes, prächtig illustriertes Schriftstück vor Naximanda. »Wenn du mir bitte den geweihten Federkiel reichen wolltest, Bruder Flaezz.«

»Was soll …?« begann Naximanda und starrte auf das Pergament.

»Das bedeutet lediglich, daß Ihr die Botschaft der Hohenpriester der höchsten der Hochkirchen vernommen und keinerlei weitere Fragen mehr habt.«

»Äh …« Der Generaldirektor starrte unschlüssig auf das mikroskopisch klein gedruckte Kleingedruckte.

»Nur eine Formalität«, flötete S. H. A. Wenzl.

»Ihr müß nicht meinen, daß Ihr mit einem Federstrich Euer Leben dahingebt«, beruhigte ihn Flaezz.

Bharkleed drückte Naximanda den Federkiel in die Hand. Er grinste wie ein Krokodil, als der frisch gekeilte Konvertit seinen Namen neben das Kreuzchen vor der letzten Zeile kritzelte. Im Nu war das Dokument beglaubigt, gegengezeichnet, getrocknet und verräumt.

»Ihr dürft sehr stolz auf Euch sein«, lächelte Flaezz und zeigte eine Idee zuviel Zähne dabei. »Ein großer Augenblick.«

Die drei Priester Bharkleed, Flaezz und Wenzl wandten sich zum Gehen.

»Das war's schon?« fragte ihr jüngstes Gemeindemitglied. »Wollt Ihr nicht für mich beten oder so was?«

»Äh … mmhm, nein. Nicht, äh, nicht jetzt. Später vielleicht«, antwortete Bharkleed und blickte über seine indigoblaue Schulter zurück.

»Ooh.« Naximanda war geknickt. »Nicht wenigstens ein paar weise Ratschläge oder Segenssprüche? Es ist schließlich meine erste Wiedergeburt.«

Wenzl schluckte und blickte Bharkleed unsicher an. Es sollte einem Konvertiten verboten sein, derart schwierige Fragen zu stellen. Bis jetzt hatte das auch noch keiner gemacht.

»Na gut.« Der höchste Hohepriester breitete scheinheilig die Hände zum Segensspruch aus: »Mögen wir auf das, was *unser* sein soll, nicht *allzulange* warten müssen.«

Bildete es sich Naximanda nur ein, oder zwinkerte Bharkleed bei den letzten Worten seinen Kollegen zu…? War bestimmt nur Einbildung.

Sechs gestiefelte Klerikerfüße stampften eilig davon. Der Generaldirektor kratzte sich den allmählich kahl werdenden Kopf und lauschte versonnen dem munteren Singen der Priester. Er beneidete sie beinahe – sie klangen so glücklich. Hätte er etwas mehr Vorstellungskraft besessen, dann wäre ihm möglicherweise aufgefallen, daß sie sich heimlich fast totlachten und sich mordsmäßig anstrengten, sich ja nichts anmerken zu lassen.

Mühselig plagte sich das schwarzweiß gefleckte Schweinchen durch die Max-Plankton-Straße in Krillingen, die weniger ein Fahrweg, sondern eher eine Schlammpiste war. Immer wieder war im Fond der Pigscha kurzes, nur mühsam unterdrücktes Gekicher zu hören; ein kindisches Gegackere, wie man es von erwachsenen Menschen üblicherweise nicht erwarten würde, schon gar nicht von Erwachsenen, die Angehörige des geistlichen Standes waren. Die drei Hohenpriester der Hochkirche von Sankt Mammon dem Ungewaschenen hatten wohl einen eminent erfolgreichen Tag hinter sich… anders konnte sich der verstörte Pigscha-Kuli ihr außerordentlich selbstgefälliges und hochgradig unheiliges Grinsen nicht erklären.

»Mögen wir auf das, was *unser* sein soll…«, prustete S. H. A. Wenzl los.

Flaezz schlug sich auf die Schenkel, die zurückgestaute Belustigung machte sich explosionsartig Luft: »Hast du sein Gesicht gesehen?« kreischte er. »Wunderbar! Einfach wunderbar! Der Trottel hat dir geglaubt!«

»Bruder Flaezz!« Bharkleed versuchte, ernst zu bleiben. »Ich finde, wir sollten über Angelegenheiten der Religion nicht in dieser Art und Weise sprechen.« Er zeigte verstohlen auf die gespitzten Ohren des Pigscha-Kulis, die kurz davor waren durchzuglühen – so sehr waren sie darauf bedacht, die Klatsch- und Tratschperlen aufzuschnappen, die von den Rücksitzen achtlos vor die Schweinchen geworfen wurden.

Es war ein großes Glück für den Fahrer, daß er nicht ein einziges Samenkorn aus jener bösen, verderblichen Saat aufgeschnappt hatte, die da so reichlich auf dem fetten Boden im pekuniär überaus fruchtbaren und ertragreichen Zentrum von Krillingen ausgesät wurde. Ein noch größeres Glück war es, daß er nicht die geringste Vorstellung davon hatte, welche Verheerungen bevorstanden, sobald diese Saat einmal aufging.

Hätte Bharkleed den Verdacht gehabt, der Fahrer habe möglicherweise etwas mitgehört, das als Belastungsmaterial verwendet werden könnte ... es wäre um ihn geschehen gewesen. Der Selige Feldkurat P. Uri Tanner hätte sich seiner angenommen, hätte sich eine Zeitlang – nur wenige, dafür aber extrem schmerzhafte Stunden lang – mit ihm beschäftigt, und dann hätte man einen echten Priester rufen müssen, um den Sterbesegen zu sprechen über das, was noch übrig war: eine glitzernde Komposition, die aus beinahe allen lebenswichtigen Organen arrangiert war – künstlerisch durchaus interessant, doch absolut inkompatibel mit den Grundstrukturen einer vitalen Existenz.

Bharkleed leckte sich genießerisch über die Grabsteinzähne und grinste: P. Uri Tanner war ein Meister der Überredungskunst ... der Mann war enorm geschickt im Umgang mit Sticheln und Nervensägen ...

Außerhalb der kleinen Welt, die aus dem keuchenden Schweinchen, dem Pigscha-Kuli und seiner Drei-Mann-Fracht bestand, verharrte die Einwohnerschaft von Krillingen im Zustand seliger Unwissenheit, niemand ahnte etwas von den bevorstehenden finanziellen und theologischen Schrecknissen. Das lag vor allem auch daran, daß der größte Teil der Einwohnerschaft von Krillingen nichtmenschlich war und sein Leben mit dem Gesicht nach unten in der mit schlammiger Brackwasserbrühe gefüllten Rinne verbrachte, bei der es sich angeblich um einen Fluß handelte, um *Die Altmüll* – welche die menschliche Einwohnerschaft mit riesigen Netzen abfischte, um der nichtmenschlichen habhaft zu werden.

Eine Unzahl zweischaliger Muscheln und Schnecken fraßen sich in der Altmüll mit molluskullischer Lust gegenseitig auf, zur großen Freude der Menschen mit den Netzen, die für die *Binnenländischen Molluskenwerke (BMW)* arbeiteten. Schaltiere allerester Güte, die besten der Welt, wurden in Krillingen für den Export von den ausgedehnten Wellhornschneckenhausfluren gesammelt oder mit Treibnetzen aus den riesigen Napfschneckengängen (fachsprachlich *Schneckenpfännchen* genannt) geholt.

Die drei Hohenpriester der Hochkirche von Sankt Mammon dem Ungewaschenen waren nun nicht deswegen nach Krillingen gekommen, weil sie der Abraum von Schneckenhausfluren und Schneckengängen besonders interessiert hätte. Sie wollten zwar abräumen, aber etwas ganz anderes: die deftigen Gewinne, die die *BMW* durch den Handel mit schalem Getier erwirtschaftet hatte.

Sie warfen dem Pigscha-Kuli drei Dreiermänner* für die Fahrt hin, tätschelten im Vorbeigehen das schwit-

---

* Vor jener klimatischen Episode, die unter dem Namen ›Der Hochsommer‹ bekannt wurde, berechnete man im Königreich Phruhl den Reichtum einer Person nach der Anzahl Wellhornschnecken, die er besaß. Nach dieser mittlerweile legendär gewordenen Periode, während der acht Monate lang sengende Hitze und brütende Schwüle herrschten, hatten selbst nasal aufs schwerste beeinträchtigte Kapitalanleger die Einführung einer etwas weniger leicht biologisch abbaubaren Währung gefordert.

Daher wurde der hochgeschätzte ›Dreiermann‹ eingeführt, eine kleine Scheibe aus sonnengedörrtem Flußschlamm, auf der ein Bild eingeprägt war, das eine entfernte Ähnlichkeit mit dem Antlitz eines der drei im Rotationsverfahren regierenden Könige von Phruhl aufwies.

zende Ferkel und steuerten schnurstracks das *Wirtshaus zum Prallhans* an.

»Drei Maß Hexenhammer, Herr Wirt.«

Kurz darauf standen drei lederne Deckelkrüge schäumendes Dunkelbier vor den drei durstigen Priestern, die sich in einer abgeschiedenen dunklen Ecke des Gasthauses niederließen.

»Prost, Männer!« Bharkleed hob sein Glas. »War doch ein Tag heute, was? Wieder ein paar Schäflein ins trokkene gebracht, ha ha! Wird von Tag zu Tag größer, unsere Herde. Wieviel neue stehen denn jetzt zur Schur an, Bruder Flaezz, mein guter Hirte?«

»Heute nachmittag waren es fünfzehn.« Flaezz zählte gutgelaunt den Stoß Pergamente durch, obwohl das bei der trüben Beleuchtung gar nicht so einfach war. »Durch die Bank Ia Kunden. Hervorragend im Futter alle fünfzehn, ersticken fast in ihrem Kies, äh, Vlies!«

»Ausgezeichnet, ganz ausgezeichnet!« säuselte S. H. A. Wenzl und genehmigte sich einen weiteren Schluck Hexenhammer.

»Sollen sie das Glück ihrer Heimholung ruhig noch eine Woche genießen. Zusätzlicher Profit kann nicht schaden!« Bharkleed sah sich wandeln auf leuchtendem Pfad: Die Hälfte des Weges war zurückgelegt, vor ihnen lag eine glänzende Zukunft, eine goldene Zeit der Fülle. »Meine Herren: Runter damit! In einer Woche beginnt Phase Zwei!«

Während im *Wirtshaus zum Prallhans* die letzten Krüge Hexenhammer geleert wurden, während dort ein feuchtfröhlicher Abend (einer von den vielen feuchtfröhlichen Abenden des Jahres 2526*) ausklang, krauchte am ande-

---

* Vor langer Zeit, zu einer Zeit, die weit länger zurückliegt, als jede Erinnerung zurückreicht, teilten sich zwei Instanzen die Herrschaft über das Königreich von Phruhl: der Kaiser und das *Tredecim* – dreizehn Könige, einer in jedem Bundesstaat. Nach dem vorzeitigen Tod

ren Ende von Krillingen ein buckliges, müdes Fossil der Gattung Mensch eine enge Wendeltreppe hinauf. Der Alte wollte sich wieder einmal einen Abend vor dem TV gönnen. Munter bimmelten die Glöckchen an seinen karmesinroten Pantoffeln, die sich bei jedem Schritt um ein Haar in den verschossenen Besatzrändern des langen wallenden Gewandes verhedderten. *Was heute abend wohl für ein Programm geboten war?* grübelte der Alte. *Ein Thriller? ... Oder eine Nachrichtensendung? ... Das konnten dann nur schlechte Nachrichten sein ... Vielleicht eine Rätselsendung?* Man wußte nie, was das *Telechronische Visionsprogramm* brachte ... Was die Zukunft bringt, das liegt nun eben einmal in der Zukunft.

Er biß noch einmal von seinem Käsebrot ab und stapfte dann weiter die Treppe hinauf. Es war ein schwerer Kampf, und er kämpfte ihn jeden Abend aufs

---

des Kaisers (er starb an den Folgen eines dubiosen Unfalls, indem er sich bei der Reinigung seines fünfundzwanzig Zentimeter langen Lieblingsjagdmessers versehentlich fünf Stiche beibrachte, von denen der letzte tragischerweise genau zwischen die Schulterblätter traf) wurde das Volk an die Wahlurnen getrieben. Nachdem ungezählte Wahlgänge ergebnislos und blutig verlaufen waren, kam man (sowohl der öffentlichen Ruhe und Ordnung als auch der hohen Krankenhausrechnungen wegen) zu dem Entschluß, daß jeder König für die Dauer eines Monats herrschen sollte. Das Problem, daß man damit einen Kalender einführte, der mit keinem anderen Kalender der Welt übereinstimmte, wurde durch die augenblickliche Beendigung der Kampfhandlungen und die Schließung diverser Krankenhäuser mehr als wettgemacht.

Viele Jahre lang war Frieden unter der Herrschaft der nach dem Rotationsprinzip regierenden Könige ...

Doch dann brachen Kriege aus zwischen den Bundesstaaten, es kam zu Unruhen, Königsmorden und Familienfehden, in deren Folge sich die Anzahl der Könige sehr schnell verringerte, bis schließlich nur mehr drei übrig waren ...

Mittlerweile ist der Phruhlianische Kalender der restlichen Welt um eintausendvierhundertsiebenundachtzig Jahre voraus. Und dieser Vorsprung wird zunehmend größer ...

neue – mit nichts anderem gerüstet als einer kleinen Wasserschüssel aus gehämmertem Kupfer, einer verkrusteten Talgkerze, seiner Wahrsagelizenz, einem kleinen Lorbeerzweig und der unerbittlichen Entschlossenheit, sich anzusehen, was immer ihm das TV an diesem Abend zu bieten hatte.

Die Knie des altersschwachen Propheten knarzten arthritisch und beinahe lauter noch als die baufällige Treppe, ein trockener, stoßender Husten erschütterte seinen betagten Brustkorb. Gäriger Käsedampf würgte die Kerzenflamme nieder, sie wurde schwach, blakte und rußte, flackerte einmal noch auf und erlosch dann. Urplötzlich war es stockfinster. Der Prophet verschätzte sich beim Abzählen der Stufen, stolperte durch die Zimmertür, fiel über den Sarg aus Kiefernholz, stürzte und blieb – über und über mit Tinte bespritzt und lästerlich fluchend – am Boden liegen. In jahrelanger Übung hatte er diesen allnächtlichen Auftritt zu einem traditionsreichen Brauch verfeinert, zu einem Ritual, durch das sich mit minimalem Aufwand ein Maximum an Geschmacklosigkeit erzielen ließ: Wie jeden Abend landete die Wasserschüssel (mehr oder weniger voll) auf irgendeine Weise auf einem kleinen dreibeinigen Stuhl, das Käsebrot flog in die hinterste Ecke des Zimmers, dorthin, wo schon einige andere, angejahrte Exemplare seiner Art zusammenlagen. Wimmelnd wie ein Schwarm blutrünstiger Raubfische schnappten unzählige Hämoglobinmoleküle den Sauerstoff aus Nostromo Kaseins Lungenbläschen.

Der Prophet blickte den Sarg finster an. Seit Jahren stand er da, ein maßgeschneidertes, mit Seide ausgeschlagenes Modell. Sechsmal schon war er in diesem Sarg begraben worden und hatte sich damit zur Zielscheibe des Spotts der Leichenbestatterzunft gemacht. Wann immer er an der Leichenhalle vorbeiging, hörte er sie kichern und sah, wie sie hinter der Rauchglasscheibe mit dem Finger auf ihn zeigten. Sie schickten die Berufsanfänger zu ihm und ließen sie an ihm Maß nehmen – es handelte sich dabei wohl um eines dieser blödsinnigen Einstandsrituale. Es war eine Frechheit! Eine Unverschämtheit, die ihnen eines Tages noch leid tun würde! Eines Tages würde er sterben, nur um ihnen eins auszuwischen! »Wer zuletzt lacht, lacht am besten«, brummelte er in seinen grauen zotteligen Schnurrbart und benetzte sich dabei, wie es das strenge Vorbereitungsritual, das er immer befolgte, vorschrieb, die Füße mit Wasser. Warum das so sein mußte, das hätte er beim besten Willen nicht sagen können. Über das *Warum* und *Wieso* erfuhr man einfach nichts im Fernlehrkurs *Wahrsagen spaßeshalber*. Genausowenig wie man darauf hingewiesen wurde, daß man den Zeitpunkt seines Todes nicht vorhersagen kann. Es sei denn, man hätte sich eine geeignete, hohe und steile Felswand ausgesucht und würde sich im nächsten Augenblick ... Aber das wäre natürlich geschummelt gewesen. *Spaßeshalber!* Pah! Nur ein schäbiger Trick, um die zahlenden Studenten bis ins Jahr 3005 bei der Stange zu halten. Er dachte gar nicht daran, seine Zeit mit der Durchforstung der Bibliotheken der Zukunft zu verplempern, um herauszufinden, ob er bestanden hatte! *Wahrsagen spaßeshalber!* Spaß! *Spaß!* Wenn sie nur ein Zipfelchen von dem gesehen hätten, was er gesehen hatte, dann würden sie nicht von *Spaß* reden. Drei Jahre lang mitansehen zu müssen, wie die Welt in einem wirbelnden, miasmatischen Strudel kosmischer Trümmer zerplatzt, Nacht für Nacht im eigenen Schädel den Untergang in voller Farbenpracht miterleben zu müssen – das konnte man wirklich nicht als Spaß bezeichnen! Er murrte und fluchte angeregt vor sich hin, und als er sich niederkauerte, protestierten seine Knie mit knöchernem Knacken gegen die ungewohnte Hockstellung. Er rührte mit seinem langen, knorrigen Zeigefinger in der Schüssel, versetzte das Wasser in kreisende Bewegung und starrte gespannt hinein, krumm wie ein arthritischer Reiher, der darauf wartete, daß ihm ein Schwarm verirrter, unvorsichtiger Döbel vor den hungrigen Schnabel schwamm.

Es dauerte nicht lange, dann trübte sich das Wasser, und wirbelnde Bilder strömten durch Nostromos starre Augen geradewegs in sein Unterbewußtsein.

Seine Hand schoß auf das Buch zu, das neben ihm lag, riß es auf, schnippte den Deckel des Tintenfasses auf, zuckte, schnappte sich eine Pfauenfeder und begann wie wild über das rauhe Pergament zu kritzeln. Seine Augen starrten unverändert weiter wie gebannt in die Schüssel, ohne von der Hand zu wissen, die zu ihrer rechten Seite fuhrwerkte und Tinte verspritzte. Wie lange sie so gekratzt und gekritzelt hatte, Nostromo Kasein hätte es nicht sagen können. Es war tiefe Nacht, als statische Störungen über das Wasser in der Schüssel zuckten und das Bild auf einen winzigen Punkt im Zentrum zusammenschrumpfte. Nostromo brach zusammen. Er keuchte schwer, schüttelte die langsam kahl werdende Kugel und fluchte. Er hatte scheußliches Ohrensausen.

Benommen starrte er auf das mit Tinte bekleckste Buch, zischte einen Fluch durch seine Zahnruinen und versuchte, den kalligraphischen Alptraum aus verdrehten und verrenkten Buchstaben zu entziffern. Kein Wunder, daß er immer so schlechte Zensuren in Schönschreiben bekommen hatte! Die heutige Botschaft aus dem Jenseits würde einen immensen Aufwand an akribischer Interpretation erfordern und gewaltiges Kopfzerbrechen verursachen.

Dann also los:

›Wenn der Ziegenhirt den *Klecks* Schlüssel im Topf findet, und der Phönix *Plitsch* ... in Hagelwetter und Sandstürmen, werden die Augen der *Schmier* Toten *Platsch* die ... der *Spritz* uralten *Platsch* Hieroglyphe sehen, und die Sanftmütigen werden ihr Gesicht verhüllen *Klecker* Unzahl schäb ... Mäntel.‹

Oder stand da:

›Jenseits der *Platsch* grünen schwimmenden Insel *Plitsch* wird endlos die rote Kugel sich drehn *Klecker* und her … des Orio … Macht wird *Plotsch* die Hunde des Schicksals aus ihren *Klecks* Zwingern holen, wenn das grü … Blut des Herings *Spritzl* sich milchig färbt.‹

Nostromo blickte auf die dreihundertfünfundzwanzig Zeilen, die auf das fleckige Pergament geschrieben waren, kratzte sich vergrämt den Kopf und fluchte.

Verdammt! Eine Rätselsendung! Ich hasse Rätselsendungen! Und diese versauten schon zweimal. Verquastes Zeug, kann alles mögliche heißen! Wozu die ganze Mühe? Seit einer Woche nichts anderes als diese verdammten Rätselsendungen! Da schleppt man sich mühselig hier rauf, und für was? Für einen Haufen Tintenkleckse! Gar nicht gut für meine Arthritis. Was zum Teufel haben Ziegenhirten und schwimmende Inseln mit der Zukunft zu tun? Bah! Ich frage mich, ob nicht ein paar von den Wellhornschnecken, die ich Ende letzter Woche gegessen habe, schlecht waren. Schon möglich, daß ich ein bißchen sehr gierig war, aber … Nein! Natürlich! Es war die Käsesauce. Zuviel Käsesauce, und ich krieg Alpträume. Immer! Kann nur an der Käsesauce liegen …

Geistesabwesend blätterte er in dem Buch ein paar Wochen zurück … Da! Dasselbe Geschmier, das gleiche altbekannte Muster! Er schrie, schlug hastig wieder den aktuellen durchweichten Eintrag auf, schrie noch einmal, lauter diesmal, und schlug sich an die Stirn. Eine Wiederholung! Eine Rätselsendung, und noch dazu eine, die er schon einmal gesehen hatte! Das war das Problem mit dem TV-Programm: Immer und ewig diese verdammten Wiederholungen!

Nostromo fluchte wie ein Roßknecht und saugte sich geräuschvoll die Käsereste aus den falschen Zähnen.

Dann versetzte er dem Sarg einen Fußtritt, schlurfte aus dem Zimmer und schleppte sich die Treppe hinunter.

»Zahl ich eben meine Gebühren nicht mehr, wenn die sich nicht was Besseres einfallen lassen!« maulte er.

Die letzte Phase, während der Nostromo Kasein alles andere als zutreffende Weissagungen aus der Feder geflossen waren, hatte lange angehalten, sehr lange. So lange, daß sich niemand mehr (er selbst auch nicht) erinnern konnte, *wie* lange. Und trotzdem konnte der Prophet die Finger nicht vom TV lassen.

Es war der Reputation eines Propheten nicht eben förderlich, wenn man sechsmal, bei sechs sehr verschiedenen Gelegenheiten, öffentlich seinen unmittelbar bevorstehenden Tod angekündigt hatte. Nostromo wäre der letzte gewesen, der das bestritten hätte. Aber es ist eben nun einmal (und jeder Prophet wird das bestätigen) verflixt schwierig, auch nur annähernd sicher den Zeitpunkt seines eigenen Dahinscheidens vorauszusagen. Und das gilt für jedermann – wenn es sich nicht gerade um einen zum äußersten entschlossenen, schwer depressiven Spinner handelt, der bereits die Ärmel aufgerollt und eine blitzende Rasierklinge angesetzt hat.

Unglücklicherweise war Nostromos TV-Empfang alles andere als hochauflösend. Das lag an seinem Alter, an der Überarbeitung, aber auch an seiner Gewohnheit, den bewußtseinserweiternden Rauch zu inhalieren, der sich bei der Verbrennung gewisser sorgfältig ausgewählter getrockneter und zerriebener Kräuter und Blätter entwickelte. Derlei Angewohnheiten machten es zunehmend schwieriger, die wahren Perlen prophetoraler Weisheit von den Schweinereien und verfälschenden Auswüchsen zu scheiden, die ein vom Rauschgift benebelter, allmählich vergreisender Geist produzierte.

Drei Jahre lag es jetzt zurück, da war ihm dieses Problem zum ersten Mal aufgefallen. Wäre es ihm damals darum gegangen, der ganzen Welt vorzuführen, wie es sich anhört, wenn die Nähte am Stützkorsett der geistigen Gesundheit platzen – er hätte sich keine bessere Gelegenheit aussuchen können als jenen Moment, als er im Jahre 2523 bei der Neununddreißigsten Jahresversammlung der Propheten, Mystiker und Medien nach dem Wohltätigkeitsdiner sein Gastreferat hielt. Aber so ist das nun einmal mit der geistigen Gesundheit: Man schützt und pflegt sie all die Jahre über, behütet sie vor verzwickten Zweisteinschen Logeleien, hält die großen Fragen, auf die es nie eine Antwort gibt, von ihr fern, wechselt auf der Stelle die Straßenseite, wenn einem jemand einen kleinen, vielfarbigen Würfel in die Hand drücken will, an dem man (weil's Spaß macht!) so lange rumbasteln soll, bis jede Würfelfläche nur mehr eine einzige Farbe hat... und was macht *sie?* Ohne lange um Erlaubnis zu fragen oder sich gar zu entschuldigen, macht sie sich Hals über Kopf aus dem Staub beziehungsweise aus deinem Kopf davon und läßt dich in einem bis auf den letzten Platz besetzten Saal zurück, wo die Leute dich anstarren, als hättest du eben das Ende der Welt prophezeit.

Zumindest hatte Nostromo es so erlebt.

Es schauerte ihn. In seiner Erinnerung sah er es noch ganz plastisch vor sich...

»... die Bedeutung, die die Prophetie in Zukunft haben wird – es ist schwer, das voraussagen zu wollen.« Cognacgläser klirrten leise, Nostromo Kaseins Stimme klang hohl in dem holzgetäfelten, höhlenartigen Saal. »Aber sicher wird mir einer der anwesenden Herren dabei helfen können.« Er hielt inne. Er wartete... Niemand lachte. Schweigen schlug ihm entgegen, eisernes Schweigen, massiv wie eine Steinmauer. Er fummelte an seinen Notizen herum, schluckte und plagte sich tapfer weiter. *Einfach so tun, als wäre es nicht als Scherz gedacht gewesen,* sagte er sich ohne große Überzeugungskraft. *Eine andere Möglichkeit gibt es nicht!*

»Natürlich ist dabei am allerwichtigsten zweifelsohne die wesentliche Fähigkeit einer effizienten Kommunikation...« *Hilfe!* »... mit der Allgemeinheit...« *Scheißspiel!* »... um ein besseres Verständnis der, äh Verständnis für die Bedeutung der Prophetie, äh, zu erreichen.«

Das war der Moment, als es begann. Er sah es aus den Augenwinkeln: ein Blitzen, ein blaßgrünes Blinken, so als wollte jemand seine Aufmerksamkeit auf sich lenken – wie ein Glühwürmchen mit Wackelkontakt. Es wurden mehr, die glitzernden Lichter bildeten regelmäßige Muster.

Ouu ja! Panischer Schrecken erfaßte ihn, als ihm jetzt wieder einfiel, was er gerade gegessen hatte: Käse, Knoblauch, Rotwein und ... Schokolade. Ahhhhg! Migräne!

Er schielte auf seine Notizen, aber die blitzenden Lichter pflügten chromgrüne Furchen quer durch sein Blickfeld, breiteten sich aus und bildeten grünleuchtende Buchstaben auf seiner Netzhaut, die wiederum Wörter ergaben – es war ein prophetischer Teleprompter...

»Aktualisierte Terminmeldung Weltende. Stop. Dritter August zwei vierzig. Stop.« Wirr stieß er diese Worte hervor, voll panischer Angst.

Der Zeremonienmeister sah erschrocken von seinem Cognac auf. Das war nicht der abgesegnete Redetext! Freies Sprechen war nicht vorgesehen! Auch andere Gastpropheten blickten von ihrem Nachtisch auf.

»Wasser steigt unaufhaltsam. Stop. Steintrolle auf Marktplatz. Stop.« Die Laufschriftbänder blitzten und blinkten, Nostromo war verwirrt und bestürzt: Nein, das konnte nicht Migräne sein! »Der Himmel steht in Flammen. Stop. Pest. Stop.«

Jetzt plötzlich verstand der Zeremonienmeister, was vor sich ging. Es war eine Weissagung! Eine Vision... Und sie hörte sich schlimm an.

»Hunger. Stop.«

Das Ende der Welt, so wie es jeder kennt! Er sprang auf, warf krachend den Stuhl um und torkelte auf Nostromos Lallkopf zu. Der dritte August! August! Das war der nächste Monat!

»Weißes Kaninchen dreht durch. Stop. Aus Angst, bestimmt zu spät zu kommen. Stop.«

Der Zeremonienmeister packte Nostromo bei den Schultern, riß ihn herum und starrte in seine leeren Augen. »Wann?« schrie er.

»Dritter August. Stop.«

»In welchem Jahr? Verdammt, Mann, in welchem Jahr?« brüllte er. »In diesem Jahr? 2523?« Er war bleich vor Angst. In seinem Magen revoltierte die Erdbeermousse.

»Bestätigung Jahreszahl. Rückfrage. Stop«, murmelte Nostromo.

»Ja, verdammt noch mal! Das Jahr!«

»Dritter August ...«

»Das weiß ich! Das Jahr! Das *Jahr!*«

»... Stop. Zehn dreißig neun. Stop.«

»Was heißt das: Jahr oder Uhrzeit?«

»Zeit zwei vierzig. Stop. Jahr zehn dreißig neun. Stop.«

Der Zeremonienmeister schüttelte Nostromo und fluchte beredt. Die Erdbeermousse beruhigte sich wieder und widmete sich still der Verdauungstätigkeit.

Mehrere Zuhörer (es waren diejenigen, die bereits etwas kräftiger beduselt waren) kicherten hysterisch. Zehn dreißig neun: eintausendneununddreißig – das war vor mehr als vierzehnhundert Jahren gewesen! Was zum Teufel sollte das? Der Kerl prophezeite das Ende der Welt vierzehnhundert Jahre und ein paar Zerquetschte *nach* dem Ereignis! Die allgemeine Panik verrauchte umgehend, verwandelte sich in Verärgerung und senkte sich wie eine dunkle, drohende Wolke auf den Scherzbold herab.

Nostromos Seherblick klärte sich, der Prophet rieb sich die Augen und versuchte, sich in Erinnerung zu rufen, wer er war und was er da eigentlich tat. Und jetzt fiel ihm auch auf, daß auf den Gesichtern der Zuhörer ein feindseliger Ausdruck lag, der vermutlich *Glaubbloß-nicht-wir-lassen-uns-von-dir-verscheißern* bedeutete.

Er drehte sich um und rannte los ...

Und jetzt, drei Jahre später, saß er bolzengerade im Bett, hatte Schüttelfrost und hielt sich krampfhaft den Bauch.

»Ein scheußlicher Traum!« winselte er. »Muß die Käsesauce sein.«

Es mag ja sein, daß auch der eine oder andere Bazillus an dem Flatulenz erzeugenden Aufruhr der Gedärme schuld war, an dem Nostromo jetzt litt. Unwahrscheinlich aber ist, daß ein Haufen randalierender und wild mit den Flagellen um sich schlagender Kolibakterien irgend etwas mit dem zu tun haben konnte, was sich nun ereignen sollte.

Plötzlich und vollkommen unerwartet, ganz so wie sich derlei eben in Romanen zu ereignen pflegt, schoß ein Erinnerungssplitter an jenes Diner unter Umgehung der Hypophyse durch Nostromos Schädel und wühlte sich tief ein in jenen Haufen aus Zellen und fadenartigen Neuronen, der das verkümmerte logische Zentrum des Prophetengehirns bildete. Doch erst als sich der Seher den spärlich beschopften Kopf kratzte, erst da überkam ihn ein sehr eigenartiges Gefühl: das Gefühl, daß jetzt, nachdem er jahrelang das Nächstliegende, das offenkundig auf der Hand Liegende, all die überdeutlichen, beinahe schon plumpen Fingerzeige und Hinweise übersehen hatte, daß dieses Offensichtliche jetzt endlich die Nase voll und ihm genau in diesem Augenblick die Antwort ins Ohr gebrüllt hatte – unüberhörbar und unübersehbar, mit plärrenden Sirenen und blendend hellen Halogenscheinwerfern.

Nostromo Kasein war unendlich peinlich berührt. Natürlich hatte er gehört, daß TV das Gehirn schädigt... Das Entsetzen riß die Bettdecke weg, er war mit einem Satz aus dem Bett und schnappte sich ein großes Buch aus dem Regal. Hektisch blätterte er es durch, so lange, bis er den Eintrag über den Phruhlianischen Kalender gefunden hatte. Mühsam unterdrückte er einen Aufschrei, verdrehte die Augen, hoch bis unter dem Haaransatz, zählte an den Fingern ab und rechnete zurück. Dann hörte er zu zählen und rechnen auf, umklammerte mit beiden Händen seinen Kopf und schrie.

In Augenblicken wie diesem erwies sich immer wieder aufs neue, daß die ganz besondere Gabe des prophetischen Blicks ein immens aufregendes, unendlich erfülltes Leben ermöglichen und sehr wahrscheinlich Magengeschwüre, Herzrasen und fünfzehn weitere streßbedingte Beschwerden verursachen kann.

Nostromo Kasein zitterte und fluchte. Es war zwei Uhr nachts, es war dunkel, er kannte den genauen Zeitpunkt des Weltuntergangs … und stand im Schlafanzug herum.

Als der Morgen dämmerte, warf der Berg Arrarack seinen kalten Schatten über das idyllisch ans Ufer der Altmüll sich schmiegende Lager, das eine kleine Gruppe von Männern dort aufgeschlagen hatte. Fünfundachtzig Kerle waren es, von denen jeder hundertzwanzig Kilo stemmte, jeder einen stolzen Acht-Tage-Bart trug und jeder ein entsprechendes Odeur (einschließlich der dazu passenden Bierfahne) ausdünstete … was es fraglich erscheinen läßt, ob die Lageratmosphäre mit Wörtern wie *heimelig* oder *sich schmiegen* stimmig wiedergegeben werden kann. Seit gestern kampierten die Männer hier, sie hatten – was nicht zu übersehen war – das Lager noch spät in der Nacht aufgeschlagen. Nach einem aufreibenden Tagesmarsch, nachdem sie unter der Führung des Hohenpriesters meilenweit durch eine Wildnis voll irreführender Wegmarkierungen gestolpert waren, hatten sie erschöpft ihre Zelte auf den Berghang fallen lassen, hatten noch ein paar Untergeordnete zum Wacheschieben verdonnert und waren dann wie tot umgefallen. Seitdem lagen sie da, reglos und schnarchend.

Wäre jemand so tapfer gewesen oder hätte sich auf Grund nasaler Schwerbeschädigung dazu verleiten lassen, das Lager zu betreten und unter den diversen Decken und Hüllen herumzuspionieren, er hätte interessante Einsichten gewinnen können. Kisten voll prächtig bebilderter und wunderschön bedruckter Pergamente lagen neben Säcken voll Gold, Armleuchter kitzelten mit den Dochten das Perlengehänge von Kronleuchtern, und prächtig geschnitzte Matschong-Spielsteine aus Onyx stießen mit leisem Klirren gegen exquisite, aus Muschelschalen zusammengeleimte Tierfigürchen. Eine typische Wochenlieferung Opfergaben von den gläubigen Anhängern der Kirche von Sankt Mammon dem Ungewaschenen.

Erst wenige Stunden waren seit dem Morgenappell des mit eiserner Faust regierenden Seligen Feldkuraten P. Uri Tanner vergangen, da summte es in diesem Schnarcher-Camp wie in einem Bienenstock: Die Druckwalzen der Pergamentpressen setzten sich rotierend in Bewegung, der Formularevorrat für die *Bescheinigungen zum Nachweis des Bedingungslosen Glaubens* wurde wieder aufgestockt, der Gesandte der Großen Bekehrung von Krillingen mit allem gerüstet, was er für sein Missionswerk brauchte.

Glitzernd und schlängelnd wie eine raubgierige rosafarbene Muräne auf Beutefang, flatterte die Zunge hin und her – der Oberbürgermeister konzentrierte sich intensiv auf die kleine pockennarbige Kugel, die vor ihm lag. Nebelhaft verschwommen trudelte ein Wirrwarr nie verstandener Formeln durch seinen Kopf – er versuchte, ihre Flugbahn zu berechnen. Unruhig scharrte er mit den Füßen, berichtigte und justierte, die Daumen faßten um den Griff des erhobenen Schlägers und hakten sich ineinander, trotzig starrte er den Eimer am anderen

Ende des Zimmers an. Dann richtete er den Blick wieder auf den Ball, blickte ihn an, als wollte er ihn auf dem grünen Bodenbelag festnageln, holte aus und schwang den Schläger im Bogen durch die Luft, so rund und ebenmäßig, wie es ihm eben möglich war.

In diesem Augenblick flog die Tür auf. Rücken voran ruderte der storchenbeinige Sekretär ins Zimmer, stolperte, wurde von einem von panischem Schrecken erfaßten Propheten überrannt und auf das kurzflorige Grün der kommunalen Auslegeware hingemäht. Aus war es mit der Konzentration des Oberbürgermeisters! Mitten im Schlag fuhr er herum und schrie, als das unschöne Geräusch, das der gemarterte grüne Bodenbelag von sich gab, leise kontrapunktiert wurde vom zischenden Klirren, mit dem der Croquetball durch den Nabel einer Engelsfigur aus gefärbtem Glas sauste.

»Mein Handikap!« heulte Seine Gnaden Hein Cassierer, der siebenundachtzigste Oberbürgermeister von Krillingen.

»Euer Gnaden, ich, äh...«, wollte der am Boden liegende Sekretär Einspruch erheben.

»Wie oft hab ich dir schon gesagt, daß du anklopfen sollst!« schrie der pomadige Bürgerchef und verfärbte sich rapide hochrot.

»Es war nicht meine Schuld. Ich...«, flehte der Sekretär, als der Bürgermeister mit drohend hin und her pendelndem Schläger auf ihn zukam.

»Mein Handikap! Ich darf gar nicht dran denken!« fauchte Hein Cassierer wütend. »Wochenlang Trainingsüberstunden – für nichts! Zurück auf Tor eins! Weißt du überhaupt, was das heißt...?«

»Ja, Euer Gemeinwürden, ich...«

»Ist dir klar, daß im nächsten Monat das Croquet Open von Syndenthal stattfindet? Das ist dir doch klar, oder?«

»Ja, Euer Liebenswürdigkeit...«

»Und warum hältst du dich dann nicht an die vom

Gemeinderat von Krillingen erlassene Direktive dreihundertfünfundachtzig, Schrägstrich sechs?«

»Euer ...?«

»Muß ich dich wirklich jedes Mal wieder daran erinnern? *Klopfen!*«

»Aber, Euer Gnaden ...«

»Ähmmm!« Nostromo stampfte gereizt mit dem Fuß auf den Boden und räusperte sich.

»Er war es!« petzte der Sekretär und zeigte aufgebracht auf den Propheten.

»Euer magersüchtiger Hungerkünstler wollte mich nicht vorlassen«, fauchte Nostromo. Er stampfte auf den Oberbürgermeister zu und deutete mit dem arthritischen Daumen über die knochendürre Schulter zurück. »*Warten,* hat er gemeint! Als ob dazu noch Zeit wäre!«

»Laut Direktive des Gemeinderates von Krillingen, Nummer zwofünfsechsstrichacht a) ...«, fing Bürgermeister Cassierer an. Es war ein Versuch, seine strapazierten Nerven mit einer gehörigen Dosis der schmerzlindernden Salbe *Amtsgewalt* einzureiben.

»Erzählt mir nichts von irgendwelchen Gemeinderatsdirektiven!« kreischte der wütende Prophet. »Es sei denn, Ihr kennt eine, die vorschreibt, wie man angesichts des bevorstehenden Weltuntergangs ordnungsgemäß in Panik zu geraten hat!«

Der Sekretär stand auf, sah an sich herunter und zuckte zusammen. Dann bürstete er sich mehrere Trittspuren von der Vorderseite seines Umhangs.

»Verehrter Herr Kasein«, bestürmte der Bürgermeister den Propheten, »noch nie wurde etwas mit Zorn erreicht.«

»Nicht? Und wie gewinnt man dann Kriege?«

»Nun, das ist eine andere Sache. Ich will damit sagen ...«

»Strategie«, warf der Sekretär ein und entfernte einen weiteren staubigen Fußabdruck. Diesmal von einer sehr delikaten Stelle.

»Ja, ja!« stimmte der zellulitische Würdenträger zu. »Aber wir sind nicht im Krieg, und deshalb ...«

»Sind wir aber möglicherweise sehr bald, wenn Ihr nicht endlich aufhört zu plappern und mich anhört!« schnauzte ihn Nostromo an und fuchtelte mit der geballten Faust. »Es geht hier nicht um mich, versteht Ihr? Die Sache ist *dringend!*«

»Ganz bestimmt, aber müßt Ihr deshalb gleich so, äh, schroff sein?«

»Würdet Ihr mich vielleicht anhören, wenn ich's nicht wäre? Hä?«

»Aber selbstverständlich. Eure Meinung wird in diesem Amt jederzeit mit großem Interesse gehört – ich verweise in diesem Zusammenhang auf Gemeinderatsdirektive sechsdreisechs«, säuselte der Bürgermeister. Das war eine so unverschämte Lüge, daß der Sekretär vor Schreck den Mund nicht mehr zubrachte.

»Und wieso kommt es dann, daß ich jedesmal hier rausgeschleift werde? Von zwei widerlichen großen ...«

»Nananana!« Bürgermeister Cassierer schnurrte so amüsiert wie eine Katze beim Spiel mit einem ganz besonders störrischen Pelztierchen. »Ein Versehen. Soll auch nie wieder vorkommen.«

»Versprochen?«

»Versprochen«, flötete Cassierer, der überzeugt war, daß er mit diesem Versprechen nichts riskierte.

Der Sekretär trat nervös von einem Fuß auf den anderen, ihm war zumute wie jenem Rekruten, die sich die Finger in die Ohren stecken wollte, weil er befürchtete, daß die Bombe, die er in den Händen hielt, versehentlich losgehen könnte.

»Was ist es denn nun, was Ihr uns so dringend mitteilen wollt?« fragte der Bürgermeister.

Nostromo blickte ihm in die Schweinsäuglein und sagte schlicht: »Nächsten Monat wird es kein Croquet Open geben.«

»Was? Und warum nicht?«

»Ganz einfach: Weil es keinen nächsten Monat geben wird.«

»...?«

»Es wird nicht einmal mehr eine nächste Woche geben.«

»Oh. Ha, ha. Sehr gut. Um ein Haar hättet Ihr mich drangekriegt. Das ist wohl wieder einmal eine von Euren Weltuntergangsgeschichten, nicht wahr? Wann ist es denn diesmal soweit? Vielleicht vor eintausendvierhundertsiebenundachtzig Jahren?«

»Morgen.« Nostromo krümmte sich. »Gestern nacht ist es mir klar geworden.«

»Wieder eine Vision?«

»Ein Traum. Durch ihn ist mir meine Prophezeiung klar geworden!«

»Wird ja immer besser!«, fauchte der Bürgermeister. »Ich sollte eigentlich nicht fragen, aber ...: Was ist Euch denn durch ihn klar geworden?«

»Zehn-dreißig-neun: Die Jahreszahl ist richtig! Es ist das Jahr 1039 MEZ!« kreischte Nostromo.*

---

* MEZ: Mittlere Erdschwere-Zeit. Ein primitives Kalendersystem.

Es ist allgemein bekannt, daß die Unendlichkeit enorm groß ist. Viel zu groß, als daß man sie auf einmal in den Griff bekommen könnte. Eine gute Möglichkeit ist es, sie in viele kleine Stücke zu zerlegen. Dadurch gestaltet sich der Umgang mit ihr erheblich praktischer.

Die frühen Naturforscher bedienten sich anfänglich rein empirischer Methoden, um der Unendlichkeit beizukommen. Der Mathematikphilosoph Grienietzsch etwa hat Messungen durchgeführt, um festzustellen, wie lange es dauert, wenn ein Ziegelstein an einem sonnigen Tag aus einem Fenster fällt. Nachdem er eine Unmenge fremder Forschungsmittel durchgebracht hatte, publizierte er zur großen Freude einer mehrheitlich jungen, männlichen Forschergemeinde den MEZ-Kalender. Trotz des verschwindend geringen Nachteils, daß dieser Kalender heillos veraltet ist, auf einer äußerst fragwürdigen, verquasten Logik basiert und grundsätzlich nicht auf den Gang von Sonnenuhren oder die Sperrstundenregelungen für Lokale mit Schankkonzession abgestimmt werden kann, wird er nach wie vor tagtäglich benutzt. Was höchstwahrscheinlich an den farbenprächtigen Bildern

»Du liebe Güte! Danach richtet sich doch kein Mensch mehr. Schon seit ... seit ...« Cassierer wurde schlagartig aschfahl im Gesicht. »Seit ungefähr eineinhalbtausend ...«

»Seit eintausendvierhundertsiebenundachtzig Jahren«, unterbrach ihn Nostromo. »Ich habe recht. 2 Uhr 40, dritter August, 1039. Morgen!«

»Blödsinn. Das ist nur ein billiger Reklametrick.« Der Bürgermeister schlenderte zur Wand und riß an einer langen roten Kordel.

»Was soll das?« meuterte Nostromo. »Ihr habt gesagt, Ihr wolltet Euch meine Meinung anhören!«

»Würde ich, wenn es eine Meinung wäre«, blaffte Hein Cassierer barsch. »Aber nicht das irre Gerede eines publicitygeilen Hungerleiders, der sich Prophet schimpft ...«

»Sehr richtig! Bravo!« applaudierte der Sekretär.

»... noch dazu, wo ich wirklich Wichtigeres zu tun

---

liegt, auf denen lüsterne nackte Maiden an einsamen Stränden zu sehen sind.

Andere Kalender waren weniger prächtig. So gelang es etwa dem Forscher Rhoh Lhexx, der als Pionier auf diesem Gebiet gilt, eine exakte Definition einer Zeitspanne dadurch zu erarbeiten, daß er mitzählte, wie oft der berühmte Heilige Wackelstein Say-Kho vibrierte, solange er den Atem anhalten konnte. Das Ergebnis multiplizierte er mit 2, addierte eine größere ganze Zahl dazu, potenzierte dieses Ergebnis mit einer dritten, beliebig angesetzten sechsstelligen Zahl und dividierte das Ganze durch den Wert seiner Schuhgröße. Die damit ermittelte Zeiteinheit nannte er ›Prime‹. In der Folge publizierte er sehr viele Abhandlungen (leider mangelte es diesen Publikationen an ansprechenden Studien der weiblichen Anatomie), in denen er demonstrierte, wie sich durch die Verkettung mehrerer ›Primen‹ verschiedene andere, größere Zeiteinheiten erstellen lassen.

Als er aber zu seinem Entsetzen feststellen mußte, daß damit ein durchschnittlicher Tag fünfhundertzwölf Stunden zählte, überarbeitete er seine Berechnungen noch einmal, änderte den sechsstelligen Exponenten, dividierte das Ergebnis durch 15 ⅛ und bestimmte so eine neue Zeitspanne. Die nannte er dann etwas weniger vorlaut ›Sekunde‹.

habe«, beendete er seine Ausführungen. Er stampfte die durchgescheuerte Auslegeware glatt und schielte nach dem nächsten Ball.

»Das ist sinnlos! Ihr werdet keine Gelegenheit mehr haben zu spielen!« kreischte Nostromo hysterisch.

Es nützte nichts. Die Tür flog auf, und zwei riesige Wächter schlurften ins Zimmer, die Arme so lang, daß die Fingerknöchel knapp über dem Boden baumelten. »Ihr habt geläutet, Herr?«

»Ah ja. Der da: Raus mit ihm!«

Die Rausschmeißer zögerten, die komplexe Anweisung sickerte ganz langsam durch die um einige Zentimeter zu dicke Schädeldecke. Schließlich nickten sie, dann grunzten sie, und dann marschierten sie los. Parallelverarbeitung war etwas, das auf dem Stammbaum der Evolution mehrere Generationsfolgen über ihnen lag.

»Das wird Euch noch leid tun«, protestierte der Prophet, als ihn die beiden Neandertaler gewaltsam aus dem Amtszimmer beförderten.

»Äh, Wache! Nicht vergessen: keine Hemmungen!« rief der Bürgermeister noch, als sich die Tür schloß.

»Ihr werdet noch an mich denken!«, schrie Nostromo mit heiserer Stimme. »Morgen, 2 Uhr 33! Es wird kommen, wie ich gesagt habe! Morgen ist der letzte ... He, warum geht's nicht weiter? O nein, nicht! *Nein!* ... Auuuu! Was soll das ... Verletzung der Menschenrechte! Ich setze mich mit meinem Anwalt in Verbindung, falls sich herausstellt ... Auuu!«

Und wieder schlängelte sich die rosarote aalförmige Zunge von einem feuchten Mundwinkel zum anderen, Hein Cassierer stellte sich zum Abschlag vor die weiße Kugel.

Manche Leute würden doch wirklich alles tun, um mir mein Training zu versauen. Womit werden sie mir wohl als nächstes kommen? Der Oberbürgermeister holte zum Schlag aus.

Wie eine warme Welle rieselte es durch Nostromo Kaseins zappelnden Körper, voller Genugtuung hörte er, wie Glas splitternd zersprang, hörte gleich darauf Geschrei, dann das hämmernde Geräusch zuschlagender Fäuste und schließlich das rhythmische Wummern, als die Stirn des Sekretärs wiederholt gegen das städtische Grün stieß.

Würgend und spuckend kroch Nostromo Kasein aus einem Haufen Kisten, kaputter Fässer und einer umfänglichen Mischung nur wenig appetitlicher Fischinnereien hervor.

»Idioten!« schrie er den abmarschierenden Stadtgorillas von Krillingen hinterher. »Heute ist der letzte Tag! Versteht ihr: das Ende der Kultur!« Er trat gegen ein Faß und krümmte sich – er hatte sich die Zehe angestoßen.

Die Rausschmeißer verschwanden am Ende einer engen Gasse.

Das Ende der Kultur! Nostromo war wütend. *Die wissen doch noch nicht mal, daß sie schon angefangen hat!*

Und im selben Augenblick schwor sich Nostromo, nicht mehr länger trödelnd zuzuwarten, bis die Welt in Flammen aufging. Er wollte nicht wimmernd verlöschen, ihn sollte man nicht mit heruntergelassenen Hosen ertappen, wenn ... wenn da nicht ... Hmmm ... Es gab da doch diese phantastische Brünette, die ganz hinten in der Max-Plankton-Straße wohnte. Ha! Wenn schon untergehen, dann mit Pauken und Trompeten! Mit ihr zu erleben, wie die Erde bebte ... Es mußte ein Gefühl sein, als hätte man selbst die Erde zum Beben gebracht! Aber ... war er dafür nicht schon zu alt?

Nein, dachte er. *Wenn es mir schon auferlegt ist, daß ich der Vergessenheit anheimfallen muß, dann aber auch richtig!* Und schon hörte er, wie diverse noch verschlossene Flaschen Jacques d'Anyuls nach ihm riefen. Wenn es eines gab, was unfehlbar dazu führte, am nächsten Morgen tot und absolut vergessen zu sein, dann war das seine Fähigkeit, sich besinnungslos zu besaufen.

»Also gut, ihr wißt, was zu tun ist?« flüsterte Bharkleed und zuckte vor Aufregung. Sie standen im Korridor vor dem Büros des Generaldirektors der Binnenländischen Molluskenwerke. Die beiden anderen Hohenpriester nickten begeistert.

»Bist du bereit für deine *Vision*, Bruder Wenzl?«

Der Schleimer grinste, er verdrehte die Augen, bis die Pupillen hinter den Lidern verschwanden, und schüttelte sich heftig.

»Bäh! Ist ja widerlich! Ausgezeichnet«, krächzte der Leidenschaftlich Exaltierte. »Los geht's!«

Ohne auf den Protest der Sekretärin zu achten, die gerade etwas abgelenkt gewesen war, weil sie sich mit einem besonders hartnäckigen Nagelhäutchen beschäftigt hatte, das den Halbmond am Fingernagel verdeckte, platzten die drei Hohenpriester in Len Mulus' Büro.

»Seid Ihr vorbereitet auf das Leben nach dem Tode?« wollte der mit dem indigoblauen Talar wissen.

»Was?«

»Habt Ihr vorgesorgt für Eure postmortale Zukunft?«

»Sind die Herrschaften angemeldet, Fräulein Werther?« rief der Generaldirektor.

»Glaubt Ihr etwa, die Mächte des Jenseits kümmerten sich um Terminvereinbarungen?« blaffte Bharkleed.

»Tja also, ich nehme an ...«

»Es sieht ganz so aus, Herr Direktor, als wäre im Terminkalender kein Eintrag zu finden«, piepste es kleinlaut hinter der Vorzimmertür. »Möglicherweise ist mir ein Fehler unterlaufen, Herr Direktor.«

»Ich zahle Sie nicht dafür, daß Sie Fehler machen.«

»Es irrt der Mensch, solang er lebt«, fiel ihm Bharkleed ins Wort. »Auch Ihr und ich, ein jeder von uns.«

»Nun, ich ... Manche allerdings mehr als die anderen«, konterte Len Mulus hinter seinem Schreibtisch.

»Eine geradezu prophetische Antwort«, grinste Bharkleed.

»Also, das ist doch… Was fällt Euch ein! Ihr platzt hier herein und werft mir Beleidigungen an den Kopf!«

»Nein, nein, Herr Direktor. Es war eine kluge Antwort, durchaus zutreffend.«

»Was heißt zutreffend? Worauf? Auf was wollt Ihr hinaus?«

Flaezz unterdrückte ein Kichern.

Bharkleed holte tief Luft. »Das Leben nach dem Tode«, antwortete er, »darauf will ich hinaus. Was geschieht *nach* dem Ende der Welt? Glaubt Ihr, Ihr werdet in der Lage sein, die Vorzüge der Unsterblichkeit in vollem Umfang zu genießen? Habt Ihr Euch schon einmal überlegt, wie Ihr das finanzieren wollt?«

»Finanzieren? Ich? Ich *leite* eine Renten- und Pensionskasse! Finanzieren müssen andere!«

»Falsch!« mischte sich Bharkleed ein. »Noch nie von den Plänen der BVA* bezüglich einer Möglichkeit der Kostenumlage gehört? Hmmm? Und was ist mit den Heizkosten für die Feuer der Hölle? Den Kosten für Wohnung und Unterkunft? Und nicht zu vergessen die Visa-Gebühren.«

»Wollt Ihr etwa behaupten, man muß dafür zahlen, wenn man den Löffel abgeben will?«

»Nicht direkt. Der eigentliche Vorgang der Einstellung aller vitalen, kognitiven und lokomotorischen Funktionen kostet keinen Pfennig. Der Tod ist umsonst. Was danach kommt, das kostet. Insbesondere wenn es sich um gefragte Wohnorte handelt.« Bharkleed spürte regelrecht, daß Len Mulus Interesse gefaßt hatte. Er glaubte schon, seine nächste Frage hören zu können: neugierig, erwartungsvoll, informationshungrig…

---

* BVA: Beelzebübisches Versorgungsamt. Die Zentralbehörde, von der aus jene streng hierarchisch gegliederte Dienstleistungsorganisation geleitet wird, die zu dem einen und einzigen Zweck geplant, errichtet und mit dem entsprechenden Personal besetzt wurde, ihren Mitgliedern so viel Schmerz und Qual wie unmenschenmöglich zuzufügen.

»Hä?«

Aus dieser Frage konnte er zwar nicht unbedingt jenen unstillbaren Wissensdurst heraushören, mit dem er eigentlich gerechnet hatte, aber immerhin – es war ein Anfang.

»Angebot und Nachfrage! In Zeiten hoher Nachfrage, etwa im Falle von Völkermord, Pest, Krieg oder Weltuntergang etcetera etcetera …« Bharkleed drehte den Stuhl herum, legte die verschränkten Arme auf die Lehne und blickte dem Generaldirektor ins Gesicht: »… haben Preise die unselige Tendenz, sich nach oben zu entwickeln. Nur diejenigen, die sich in weiser Voraussicht einer der etwas lukrativer ausgestatteten Investmentkirchen angeschlossen haben, brauchen derlei nicht zu fürchten. Sie sind in der glücklichen Lage, in vollem Umfang genießen zu können, was ihnen durch ihre Veränderung an neuen Möglichkeiten und Erfahrungen geboten wird.« Er lehnte sich zurück und wartete auf den nächsten wißbegierigen Vorstoß.

»Aber …«

Bharkleed hielt den Atem an. Das war es noch nicht gewesen … da kam doch bestimmt noch mehr …

»… was hat das mit mir zu tun?«

Volltreffer!

»Ich bin sehr froh, daß Ihr mir diese Frage stellt«, sagte Bharkleed. Und das war nicht einmal gelogen. »Könnt Ihr Euch absolut sicher sein, daß der Zeitpunkt Eures Hinscheidens nicht mit dem vieler anderer zusammenfällt? Statistisch gesehen ist es viel wahrscheinlicher, daß dem so sein wird. In einem solchen Falle wird sich unverzüglich erweisen, welche Vorteile der Besitz einer gültigen *Bescheinigung zum Nachweis des Bedingungslosen Glaubens* bietet! Das gilt für Reservierungen beim Transfer genauso wie für die Wahl des Appartments und die postmortale Aktienverwaltung. Schließt Euch daher der Hochkirche von Sankt Mammon dem Ungewaschenen an, und Eure irdischen Ersparnisse werden weit über die Zeit Eures endgültigen Ruhestandes hinaus reichen. Werdet Mitglied, noch heute! Es ist nur vernünftig!«

»Das hört sich ja alles ganz schön an, aber …«

Bharkleed nickte und winkte unauffällig nach hinten.

Auf sein Zeichen hin fing Seine Emolienz, S. H. A. Wenzl der Maßlos Gesalbte, zu wimmern an, schwankte ein wenig und legte die Hand an die schweißnasse Stirn. Der Generaldirektor sah ihn erschrocken an. »Fehlt ihm was?« fragte er Bharkleed.

»Du meine Güte!«

S. H. A. Wenzl verdrehte die Augen, rollte die Pupillen unter die Augenlider, stöhnte etwas lauter und zuckte zur Steigerung der Wirkung ein- oder zweimal.

»Was macht er denn da?«

»Es tut mir ganz entsetzlich leid. Unser Bruder hat gelegentlich derartige Anfälle. Aber laßt Euch versichern, das geht vorüber.«

»Was ist denn mit ihm los? Ist das ansteckend?« fragte Len, als Flaezz den Talarkragen an S. H. A. Wenzls zellulitischem Hals lockerte.

»Aber nein, woher denn. Er hat nur eine Vision, das ist alles.«

»Wa …?«

»Es kommt!« schrie S. H. A. Wenzl plötzlich auf. »Das Ende! Das Ende ist nah!«

»Die Zeit ist gekommen.« Bharkleeds Stimme klang ergriffen.

»Zeit? Zeit wofür?« Len packte die Angst, ohne daß er gewußt hätte warum.

»Für seine Vision der Endzeit«, erklärte Bharkleed. Er musterte Lens beunruhigtes Gesicht und versuchte, seine Reaktion abzuschätzen. »Jeder von uns hat seine eigene Vision vom Ende.«

Wenzl rollte fieberhaft die Augen. »Nein!« schrie er. »Das ist zu früh! Wir brauchen mehr Zeit, um sie alle vorzubereiten. Gebt uns mehr Zeit!«

»Wie lange noch?« Flaezz schüttelte Wenzl, er war anscheinend ernsthaft besorgt.

»Zu kurz«, stöhnte Wenzl. »Nicht lange genug.«

Bharkleed zog eine große Pergamentrolle aus seiner Talartasche und legte sie vor Len auf den Tisch. Dem Generaldirektor traten beim Anblick des Hohenpriesters, der sich unter den heftigen Qualen seiner ›Vision‹ wand, vor Angst die Augen aus den Höhlen. Unerklärlicherweise hielt er plötzlich einen Federkiel in der Hand, frisch in Tinte getaucht und schreibfertig.

»Wie lange noch?« schrie der Generaldirektor. »Sagt mir doch: wie lange? Ich habe hier Aufträge liegen, die ich ausführen muß!« Bharkleed bekam leuchtende Augen. Aufträge: Das bedeutete Geld!

»Zwanzig ...« Wenzl wand sich.

Bharkleed führte Lens Hand vorsichtig an die gestrichelte Linie.

»Jahre?« fragte der Direktor ängstlich.

»Zwanzig ...«

»Wochen?« Seine Hand zitterte.

»Zwanzig vor drei, morgen«, platzte Wenzl heraus, schlug wie wild um sich und klappte zusammen. Noch ehe er auf dem Boden aufschlug, kritzelte Lens Hand bereits seine krakelige Unterschrift auf die pergamentene *Bescheinigung zum Nachweis des Bedingungslosen Glaubens*. Dann umklammerte er mit beiden Händen Bharkleeds Hand und schüttelte sie mit so großem Ernst, als ob es das letzte Mal wäre. Was er ja auch tatsächlich glaubte. »Ihr seid mein Retter!« heulte er. »Ihr habt mich davor bewahrt, auf ewig Qualen leiden zu müssen. Danke, danke!« Und damit floh er aus dem Zimmer, um allen in Krillingen, einem jeden in Phruhl und dem Rest der Welt die Nachricht von der bevorstehenden Katastrophe zu verkünden, solange es noch eine Welt gab, die ihn hören konnte.

Bharkleed grinste und verstaute das dicke, bis auf die

letzte Zeile gefüllte Auftragsbuch der Binnenländischen Molluskenwerke in seiner Talartasche.

Fräulein Werther mußte verwirrt feststellen, daß der sendungsbewußte Blitzstart des Generaldirektors von rauhem, schallendem Gelächter und den klatschenden Geräuschen kumpelhafter Schulterklopferei begleitet wurde.

Phase Zwei war angelaufen. Die Lunte war gezündet, und das blaue Flämmchen raste fauchend auf das Pulverfaß zu, dem Sieg entgegen!

Nostromo hatte die zweite Flasche Jacques d'Anyuls zur Hälfte intus und war auf dem besten Weg, den Zustand des Vergessens zu erreichen, da hörte er durch den dunstigen Alkoholschleier hindurch das Geschrei. Er schlug die Hände über dem Kopf zusammen, torkelte zum Fenster und brüllte auf die Straße hinunter, wo ein Verrückter ein Transparent schwenkte: »Hahauabb!«

Der Mann fuhr herum und schrie etwas Unverständliches zurück, irgendwas von einem baldigen Ende.

»Wirddiakeimmenschglaumm!« brüllte Nostromo. »Miahammsesauchnichgeglaubb.«

Die Stimme schwadronierte weiter drauflos.

»Halzmaulunvassiiedich!« schrie der Prophet und feuerte die Flasche aus dem Fenster.

Auf der Straße vor Nostromos Haus rannte ein kleiner Ex-Generaldirektor wie wild auf und ab und schwenkte ein großes Transparent, auf das die folgende Botschaft gekritzelt war:

DAS ENDE
DER WELT
IST NAH!

Man hat einmal vorgeschlagen, Sprache als eine Art Virus anzusehen. Wenn dieser Vergleich nicht ganz abwegig ist, dann war das, was die Hohenpriester der Hochkirche von Sankt Mammon dem Ungewaschenen in jener Nacht freigesetzt hatten, eine ganz besonders ansteckende Subspezies dieses Virus. Es besaß alle Eigenschaften einer ausnehmend scheußlichen Herpesinfektion und verbreitete sich in Windeseile, indem es zunächst alte, wenig widerstandsfähige Frauen, Fisch- und Klatschweiber befiel, deren Zungen lockerte und auf diesem Weg die Leichtgläubigen infizierte. Indem es bei jeder neuen Infektion sein Lügenkostüm geschickt abänderte, interessante Fakten schlaglichtartig heraushob und verstärkende Gerüchte in sein fiktionales Gespinst einwob, wurde es so mächtig, daß ihm auch mit dem Impfstoff der kategorischen Zurückweisung nicht mehr beizukommen war. Die Botschaft vom Ende der Welt verbreitete sich in Windeseile, der Beschleunigungsfaktor stieg exponentiell.

Und ebenso stieg die Zahl der Bekehrungen signifikant an, immer mehr schenkten Bharkleed, Flaezz und Wenzl ihr gläubiges Vertrauen und übereigneten ihnen ihre irdischen Güter zur sicheren Verwahrung. Ganz so, wie die Hohenpriester es beabsichtigt hatten.

Als das Licht des vermeintlich allerletzten Sonnenuntergangs glutrot vor dem schwarzen Nachthimmel brannte, marschierte eine Handvoll uniformierter Stadtgorillas auf, bezog vor der wogenden Menschenmenge vor dem Rathaus von Krillingen Stellung, trat auseinander und ließ den schweißtriefenden Bürgermeister passieren.

Es tat sich etwas in Krillingen. Und er, Hein Cassierer, mußte wissen, was sich da tat. Er mußte Bescheid wissen über alles, was seine Wählergemeinde mobilisierte. Was immer es auch war – eine große Demonstration, an deren Spitze man sich stellen mußte, oder ein Aufruhr, den man im Keim ersticken mußte –, alles war ihm recht, wenn es nur Wählerstimmen brachte. Immer im Blickpunkt der Öffentlichkeit stehen, nur darauf kam es an!

Er begrüßte die fahrenden Geistlichen, hörte, was sie zu sagen hatten, und wurde bleich. Doch schon im nächsten Moment war er auf den Zug der öffentlichen Meinung aufgesprungen und unterzeichnete, umgeben vom Rauschen hektisch kritzelnder Federkiele, umgehend seine *Bescheinigung zum Nachweis des Bedingungslosen Glaubens*. Mit blutendem Herzen setzte er seine Unterschrift auf das Pergament: Adieu Croquet Open in Syndenthal, für immer adieu! Und das nach all den vielen Trainingsüberstunden!

Bharkleeds böses Herz schwang sich empor, tanzte mit siegestrunken pochenden Adern um die Mauern von Krillingen und drehte eine improvisierte Ehrenrunde. Beglückt sah der Leidenschaftlich Exaltierte, wie Bürgermeister Cassierer unterzeichnete und dabei, wie alle anderen vor ihm, Paragraph 7 nicht beachtete. Was nicht verwundern muß: Paragraph 7 war mit mikroskopisch kleinen, beigefarbenen Buchstaben auf die Rückseite der *Bescheinigung zum Nachweis des Bedingungslosen Glaubens* gedruckt.

Diese Unterzeichnung war die erste Amtshandlung in der Karriere des Oberbürgermeisters, durch die er vorbildhaft auf die Massen des Volkes wirkte: Innerhalb von Sekunden hatten die städtischen Rausschmeißer von Krillingen ihren Daumenabdruck auf der gestrichelten Linie hinterlassen, innerhalb weniger Stunden hatten Scharen von Krillingern im verzweifelten Wettlauf gegen die immer schneller schwindende Zeit achtzehn Zentner Pfauenfedern stumpf gekritzelt, hatten im Eiltempo die Formularstapel mit den knallbunten Pergamentbögen abgebaut und hatten sich mit hysterischem Überschwang bei den hinterhältig feixenden Hohenpriestern bedankt – bei Bharkleed, Flaezz und Wenzl, die sich selbstzufrieden die habgierigen Hände rieben und sich an ihrem neuen Triumph weideten.

Im Licht des morgigen Tages würden die grauenvollen Spuren des finanziellen Totalschadens sichtbar werden, den der von niemandem beachtete Paragraph 7 angerichtet hatte.

Der morgige Tag würde überhaupt so einiges zu sehen bekommen.

Als der Morgen des letzten Erdentages heraufdämmerte, drängten sich die Menschenmassen auf den Straßen und starrten zum Himmel. Der Anblick des meteorologischen Schauspiels, mit dem das Wetter seinen Schwanengesang illuminierte, hatte sie sprachlos gemacht: Orangefarbene Wolkenbänke, in denen ein Gewirr roter Adern zuckte; Gewitterwolken, die sich wie riesige, bösartige Blutergüsse am Firmament zusammenballten, die dumpf grummelten, züngelnde Blitze spuckten und schwere, bleigraue Regenschleier über die Erde hinschleiften; die Vorboten einer ganzen Armee verheerender Wirbelwinde und Tornados, die wie todbringende Schlangenköpfe über das Land wimmelten, Wälder von den Berghängen rissen und wie mit schlammtriefenden Schläuchen die Seen aus den Becken saugten – alles das und noch viel mehr ... war nirgends zu sehen.

Ein nieseliger Wind aus Nordwest versprühte ein paar jämmerliche Tröpfchen, zuckte kurz mit böiger Schulter und ließ dann gelangweilt das herrschende Tief um ein paar lächerliche Millibar weiter abfallen. Ein gewaltiges Stöhnen war jetzt zu hören, es klang, als äußerte ein riesiger Mund mit einemmal das, was alle empfanden: Ernüchterung, maßlose Enttäuschung. Das war die Crux mit den Elementen: Sie hatten absolut keinen Sinn für besondere Anlässe.

Die frisch konvertierten Mitglieder der Hochkirche von Sankt Mammon sahen sich meteorologisch betrogen. Nachdem sie so schlau für alle Eventualitäten der unmittelbar bevorstehenden postmortalen Zukunft vorgesorgt, sich um Transfer, Unterkunft, Finanzen, Visa, Paßmort und alles andere Einschlägige gekümmert hatten, waren sie hier zusammengekommen, um einen Weltuntergang mitzuerleben, der ihren Erwartungen entsprach. Und jetzt sah es ganz so aus, als ob die Möglichkeit, daß das Ende der Welt von einem fulminanten pyrotechnischen Spektakel eingeleitet würde, das die Mächte des Übernatürlichen vor dem eindrucksvollen Panorama der in gewaltigem Aufruhr befindlichen, tobenden Naturgewalten inszenieren wollten, so wahrscheinlich war wie die Möglichkeit, daß eine Napfschnecke ohne fremde Hilfe fliegen lernt. Und zwar rückwärts.

Im Laufe dieses letzten Tages der Menschheit verschlechterte sich die Stimmung konstant, die Mächte der profanen Alltäglichkeit feierten rauschende Triumphe. Ganz Krillingen verfiel in fieberhafte Passivität, überall brodelte es vor kaum mehr bezähmbarer Wurstigkeit. Wozu noch die Napfschnecken für das Sonntagsmenü sammeln, wozu noch den Wagen waschen oder irgend etwas anderes erledigen, wenn es alles das morgen nicht mehr gab?

Und doch glaubte jeder ganz bestimmt, daß sich in Kürze noch etwas ereignen würde. Denn irgendeinen Erinnerungswert mußte das Ende aller Dinge doch schließlich haben!

Tatsächlich ereignete sich dieses Etwas kurz nach 2 Uhr. Auf dem Marktplatz, im Herzen von Krillingen, war ein kleines Podest errichtet. Niemand wußte, wie es dort hingekommen war. Drei Kapuzenträger wuselten um dieses Podest herum, zündeten Kerzen an, verspritzten geweihte Flüssigkeiten und ließen aus Töpfen dichte, duftende Rauchschwaden aufsteigen. Kurz gesagt, sie betätigten sich auf eine Art und Weise, die gleichermaßen hingebungsvoll fromm wie teuflisch geschäftig wirkte. Es sah ganz so aus, als wären diese drei Gestalten intensiv mit den letzten Verrichtungen eines Plans befaßt, durch den etwas Unheilvolles, eine unwiderrufliche Katastrophe verhindert werden konnte. Um zehn nach zwei, eine halbe Stunde, bevor der Begriff ›Zeit‹ irrelevant wurde, bimmelte der Größte von den dreien wie wild mit einer großen Handglocke und fing an, aus vollem Hals zu schreien.

»Mein Volk, meine Getreuen«, schrie er. *Meine vertrauensseligen Schwachköpfe!* dachte er. »Schart euch um mich! Ich habe euch etwas mitzuteilen, das euer kaltes, kaltes Herz erwärmen wird. Verzweifelt nicht!«

Und sie scharten sich um ihn, wenige erst, dann immer mehr. Es gab ja auch nichts Besseres zu tun. Innerhalb weniger Minuten hatte sich eine neugierige Menge um das kapuzentragende Triumvirat auf dem Podest versammelt.

Die Gestalt in der Mitte warf mit theatralischem Schwung die Kapuze zurück und trat vor: Seine Eminenz, Bharkleed, der Leidenschaftlich Exaltierte. Links und rechts von ihm: Flaezz und Wenzl. Gebieterisch hob Bharkleed die Arme, breitete sie weit aus und nahm seine massenwirksame Lieblingspose ein: »Mein Volk, mein wunderbares Volk! Stolz und entsetzliche Angst, Selbstachtung und Grauen wohnen, ach!, in meiner Brust und wollen mir das Herz zerreißen!« Er wischte sich eine imaginäre Träne aus den Augen und schnippte sie über die Menge hin. »Gebetet habe ich um die Kraft, um den Mächten der Vernichtung Einhalt zu gebieten, den Himmel angefleht darum, daß ihr, meine treuen Jünger, verschont bleibet!«

Schmeichle ihnen! dachte er. *Salbe die Hand, mit der ihre Seele nach der Errettung greift, auf daß sie aus* der *Hand fressen, mit der* du *nach ihnen greifst!*

»Das Ende kommt zu früh. Noch darf nicht alles zu Ende gehen, nicht jetzt schon, da es noch so vieles gibt, das ich von euch, äh, das ich an euch so, äh, schätze. Ich habe daher die ganze Nacht gewacht, habe verzweifelt gesucht und in uralten Schriften geforscht, um uns und alles, was um uns ist, im letzten Augenblicke noch vor einem grauenvollen Ende zu bewahren. Doch muß ich zu meinem Leidwesen, nein!, zu meinem Entsetzen gestehen, daß wir drei, deren Stimmen nur schwach sind, diese Aufgabe möglicherweise alleine nicht bewältigen können.« Er schniefte. Ganz so, als könnte er den Aufruhr der Gefühle, der ihn im Innersten bewegte, kaum mehr unterdrücken. »Nur mit eurer Hilfe kann es uns gelingen, das Ende abzuwehren! Seid ihr bereit, wollt ihr es mit uns versuchen?«

Stimmengemurmel, spärliche Zustimmung.

»Ich kann euch nicht hören. Ich fragte: Wollt ihr es versuchen?« Bharkleed hielt den Kopf schief und legte lauschend die Hand ans Ohr.

Beifälliges Gebrummel, etwas mehr und kräftiger diesmal.

»Wie bitte?« rief er und legte wieder die Hand ans Ohr.

Verstärkte Beifallsbekundung, hier und da ein zustimmendes Nicken.

»Ich höre nichts! Noch einmal! So laut ihr könnt: Wollt ihr es mit uns versuchen?«

Ein halbes Dutzend Schreie, in der Hauptsache aber lediglich beifälliges Grunzen.

»Aber nein! Das könnt ihr doch besser! Ganz laut jetzt, noch lauter!«

Endlich kam – laut, dröhnend und zu Bharkleeds großer Erleichterung – die erwünschte Reaktion.

»Ausgezeichnet! Weil uns nicht mehr allzuviel Zeit bleibt, will ich euch jetzt gleich sagen, was ich von euch erwarte.«

Er streckte den Arm aus, hielt ihn über die Menge, teilte sie ihn zwei Gruppen und zeigte mit weit ausholender, schwungvoller Geste nach links.

»Ihr da«, brüllte er, »ihr seid die *Welt!* Ich möchte, daß ihr schreit, so laut ihr könnt: *Erbarmen!* Habt ihr verstanden?« Er zeigte nach rechts. »Und ihr da drüben, ihr seid die *Mächte der Vernichtung*.« An dieser Stelle riefen ein paar Angehörige der *Welt* laut und vernehmlich: *Buh!* Die Sache lief ausgezeichnet. »Und nun, ihr Mächte der Vernichtung, will ich, daß ihr *Zur Hölle mit dir!* schreit. Alles klar? Weiß jeder, was er zu tun hat?«

Die Menge röhrte zustimmend.

»Wer am lautesten schreit, der entscheidet über das Schicksal der Welt. Also dann: Los!«

Ganz Krillingen verfiel in einen Schreikrampf, lieferte sich eine mörderische akustische Schlacht.

Zur Hölle mit dir! brüllte es von rechts, *Erbarmen!* schrie es unnachgiebig von links. Brausend und tosend kollidierten das Geschrei der Mächte der Vernichtung und die Stimmen der Welt, sie fielen übereinander her, vermengten und vermischten sich, wurden in wilden Strudeln verwirbelt und wieder auseinandergerissen. Schallwellen stießen frontal aufeinander, bauten sich zu einer turmhoch aufragenden stehenden Woge auf, die hoch und immer höher stieg, bis sie sich schließlich brach und in einen gischtenden und schäumenden Wirbel aus abgerissenen Schreien zusammenstürzte. Und während der Kampf der Welten tobte, stiegen die drei Hohenpriester der Hochkirche von ihrem Podest, griffen sich in die Taschen, in denen die *Bescheinigungen zum Nachweis des Bedingungslosen Glaubens* verstaut waren, und stahlen sich heimlich davon. Sie verließen die Stadt Krillingen, verließen das Königreich Phruhl und machten sich eilends auf den Weg, um anderswo ihren Schnitt zu machen.

Sie mußten damit rechnen, daß es möglicherweise nur noch wenige Minuten dauerte, bis die brüllende Horde kapiert hatte, daß die Gefahr des Weltuntergangs abgewehrt war. Diese Erkenntnis würde voraussichtlich auf den Straßen von Krillingen mit einem rauschenden Fest gefeiert werden, auf dem gewaltig gegessen und noch gewaltiger getrunken würde. Und dann konnte es sein, daß schon nach wenigen Stunden irgend jemand die vage Vermutung anflog, ob möglicherweise die Behauptungen, wonach das Ende der Welt unmittelbar bevorstand, nicht vielleicht doch ein klein wenig übertrieben waren. Und dann war es wiederum durchaus möglich, daß – wieder ein paar Stunden später – die Leute allmählich der Verdacht beschlich, daß mit diesen Priestern etwas nicht so ganz in Ordnung war und daß man ihnen deshalb vielleicht ein paar vorsichtig bohrende Fragen stellen müßte ... Aber dazu sollte es in Krillingen (ganz so wie in all den vielen anderen Städten und Ländern, in denen sie abgeräumt hatten) erst dann kommen, wenn diese drei Priester nicht mehr da waren.

Das feststellen zu müssen, würde die Bewohner von Krillingen wie ein Schock treffen. Und dieser Schock würde ihnen die Augen öffnen, und es würde ihnen schmerzlich bewußt werden, daß man sie heillos geprellt hatte.

Wie schwer die Prellungen waren, die sie sich dabei zugezogen hatten, welche Quetschungen, Hautabschürfungen und Blutergüsse sie sich eingehandelt hatten, das würde sich dann drei Tage später überdeutlich zeigen: dann nämlich, wenn das missionarische Triumvirat Bharkleed, Flaezz und Wenzl nach Krillingen kommen würde – bereit, gewillt und leider auch bestens gerüstet, die Maßnahmen durchzuführen, die laut Paragraph 7 durchgeführt werden konnten und mußten.

Drei Tage dauerte es, bis Nostromo Kasein endlich einsah, daß seine Prophezeiung Gott sei Dank vollkommen falsch gewesen war. Als er am ersten Morgen danach die gemarterten Augen aufschlug, als ihm das Licht so blendend hell in die Augen stach, daß er glaubte, es müßte ihm die hochempfindliche Netzhaut verbrennen, krümmte er sich vor Schmerz und legte sich auf der Stelle wieder flach. Noch wollte er nicht wahrhaben, daß der Weltuntergang nicht stattgefunden hatte. Er zumindest befand sich in einem Zustand, der dem einer Leiche weit ähnlicher war als dem eines beseelten, selbst eines schwer angeschlagenen beseelten Organismus.

Er stöhnte jämmerlich, machte die Augen wieder zu und verfiel entschlossen aufs neue in einen Zustand vollkommener Trägheit. Selbst das faulste aller Faultiere hätte alles für eine apathische Verfassung dieser Güteklasse gegeben.

Der zweite Morgen. Nostromo Kasein öffnete die Augen. Aus der Tatsache, daß die fünf leeren Flaschen Jacques d'Anyuls immer noch dort lagen, wo sie hingefallen waren (auch daraus, daß sich sein Kopf anfühlte, als wären die Vollstreckungsbeamten der Gedankenpolizei noch immer dabei, die Tür aufzubrechen), schloß er, daß er sich nicht von der Stelle gerührt hatte. Hätte der Weltuntergang tatsächlich stattgefunden, sinnierte Nostromo, während ihn der bösartigste Kater seines Lebens plagte, dann würde er sich (auch dann, wenn dieses Ereignis nur sehr sanft und verhalten vor sich gegangen wäre) jetzt ganz bestimmt in einer anderen räumlichen Anordnung zu seinem Bett, den vier Wänden und den fünf leeren Flaschen Jacques d'Anyuls befinden. Ergo war seine Prophezeiung falsch gewesen.

Ermattet von der Hitze der allmählich erlöschenden Flamme, die Licht in das Dunkel seines Denkens gebracht hatte, fielen ihm erneut die Augen zu, und auch sein Hirn machte für die nächsten vierundzwanzig Stunden wieder dicht.

Zur selben Zeit, als sich Nostromo zum dritten Mal den beschwerlichen Pfad hinaufquälte, der aus den Tiefen des Schlafs zum wachen Leben führte, ritt eine Gruppe sehr großer Männer, die mit ein paar äußerst scharfen Waffen gerüstet waren, auf die Stadt Krillingen zu. Mit entschlossen vorgerecktem Kinn, mit leicht reizbarem Gemüt und mit leeren Taschen – so kamen die Gesandten der Hochkirche von Sankt Mammon dem Ungewaschenen zurück, um einzufordern, was ihnen laut Paragraph 7 rechtmäßig zustand.

Nur eines noch beherrschte jetzt seinen einspurig angelegten Verstand: die sichere Gewißheit, daß er spielen würde, daß er dabeisein würde beim Croquet Open in Syndenthal. Seine Gnaden Hein Cassierer, der Oberbürgermeister von Krillingen, war fest entschlossen, die verlorene Trainingszeit nachzuholen. Überall auf der kommunalen Auslegeware lagen weiße Bälle verstreut, ein jeder Zeugnis dafür, wie sehr seine Konzentration durch die fortwährende, von seiner Wählerschaft verursachte Ruhestörung beeinträchtigt war. In seiner Verzweiflung und um jeder weiteren Störung vorzubeugen, hatte er sich entschieden, Ohrenschützer zu tragen: In seinen Ohren steckte je ein fest zusammengerollter Bogen Pergament.

Erstaunlicherweise funktionierte dieses Mittel. Es funktionierte sogar so gut, daß er das Klappern der Pferdehufe im Hof nicht hörte; auch nicht das aufgeregte Geschrei, als zehn sehr große, in Purpur gekleidete Männer die Stadtgorillas von Krillingen zur Seite drängten; und genausowenig das scheußlich knirschende Geräusch, den kurzen Tumult, als man ihnen – erfolglos – den Eintritt verwehren wollte.

Zum ersten Mal in seinem nunmehr zwanzig Jahre währenden Kampf um die kommunale Regierungsgewalt hörte Hein Cassierer nicht, daß jemand Einlaß begehrte: Sein Sekretär wurde schreiend gegen die Tür geworfen. Der bürgermeisterliche Croquetschläger schlug einen perfekt gezielten Ball, die weiße Kugel steuerte exakt das klaffende Maul des Eimers an, Hein Cassierer stieß aufgeregte, spitze Schreie aus ... Kein Zweifel, es würde ein Treffer werden! Der erste Treffer!

Stumm vor Entsetzen sauste der Sekretär im hohen Bogen über die Schulter des Bürgermeisters, überholte den Ball und ... der Eimer landete krachend an der hinteren Zimmerwand. Ein kleiner Buntglasengel seufzte erleichtert auf, nahm die Beine auseinander und stand wieder bequem.

Einen kurzen Moment lang stand der Bürgermeister reglos da, die Augen entsetzt aufgerissen. Dann verfinsterte sich seine Miene, er glühte zornrot, trampelte auf seinem Croquetschläger herum und warf dem zerknautschten Sekretär unsägliche Beleidigungen an den Kopf.

Erst als eine schwere, purpurbehandschuhte Pranke auf seine Schulter fiel, erst als er herumgedreht wurde, als man ihm sanft, aber bestimmt die Stöpsel aus den Ohren zog, erst dann hielt der Bürgermeister still.

»Schön Gruß auch!« grinste der purpurn gekleidete Selige Feldkurat P. Uri Tanner. »Die Opfergabe!« Es hörte sich ganz so an, als sei er es nicht gewöhnt, abschlägige Antworten zu erhalten.

»Die Opfergabe?« stotterte Cassierer und starrte auf die Gestalt, die ihm einen riesigen Messingteller unter die Nase hielt.

Der Sekretär gurgelte etwas, das sich – so hoffte er wenigstens – wie ein reumütiges Gegurgel anhörte.

»Für die Hochkirche von Sankt Mammon dem Ungewaschenen«, knurrte P. Uri Tanner.

»N ... nie davon gehört ...«

»Die Priester, Euer Gnaden ...«, winselte der Sekretär verschüchtert und versuchte dabei, den Eimer loszuwerden.

»Hä?«

»Is das da Eure Unterschrift?« P. Uri Tanner schlug mit einem schreiend bunten Pergament nach dem verwirrten Oberbürgermeister, der noch immer mit den Überresten seines Croquetschlägers herumfuchtelte.

»Möglich ...«

»Na also. Dann ist jetzt Kollekte!« Neun gewaltige Schädel nickten heftig.

»Aber ich ...«

P. Uri Tanner zeigte drohend auf den Teller. »Paragraph 7 der *Bescheinigung zum Nachweis des Bedingungslosen Glaubens* der Hochkirche von Sankt Mammon dem Ungewaschenen, vor nicht einmal drei Tagen von Euch eigenhändig unterzeichnet, ich zitiere: *Im Falle der Weltuntergang (cf. Paragraph 6) durch göttliche Intervention abgewendet wird, welche bewirkt wurde durch einen Akt der*

Anbetung, welcher wiederum veranlaßt wurde von einem Mitglied der Hohenpriesterschaft der Hochkirche von Sankt Mammon dem Ungewaschenen oder irgendeiner ihrer Neben- und Tochterkirchen, eines Geselligkeitsvereins oder eines der oben erwähnten Kirche angegliederten Pfadfinderfähnleins, dann wird jede Sache, die von den Hohenpriestern in Paragraph 6 als zur Verwendung für die gewinnbringende und gesicherte jenseitige Zukunft des Unterzeichneten geeignete Sache erklärt ist, als eine der Hochkirche zustehende Opfergabe erachtet, und kann jederzeit eingefordert werden.« P. Uri Tanner lächelte den Oberbürgermeister an. »Und *jederzeit* heißt *jetzt*.«

»Wie? Was?« kreischte Cassierer. »Das ist doch absurd! Was ist überhaupt Paragraph 6?«

P. Uri Tanner drehte die *Bescheinigung zum Nachweis des Bedingungslosen Glaubens* um und sagte: »Paragraph 6 legt fest, äh: *Ich, der Unterzeichnete, übereigne hiermit meinen gesamten irdisch-weltlichen Besitz, meine Ersparnisse, Immobilien, Wertpapiere, Aktien, Geschäft inkl. Geschäftsräume sowie alles, was annähernd von Wert ist, der Hochkirche von Sankt Mammon dem Ungewaschenen, zu dem ausdrücklichen Zweck, die aus diesen Mitteln erwirtschafteten Gewinne für einen treuhänderisch verwalteten Fonds* im Jenseits *zu verwenden. Das gilt auch im Falle des Weltunterganges*. Ist das deutlich genug?« fragte P. Uri Tanner.

»Aber, was ...«, stotterte Bürgermeister Cassierer, dem schlagartig klar wurde, daß er höchstwahrscheinlich schon bald Altbürgermeister von Krillingen sein würde.

»Nix *aber*, Kumpel. Sache ist: Das ganze Zeugs gehört uns. Los, Jungs: Aufladen!«

Auf P. Uri Tanners Kommando machten sich die anderen neun Gesandten daran, das Zimmer auszuräumen, verstauten alles in geräumigen Säcken und schafften es fort. Der gleiche Vorgang ereignete sich im Augenblick in verschiedenen anderen Wohnungen und Geschäftsräumen überall in Krillingen. Jeder Widerstand wurde mit Hilfe großer scharfer Messer geregelt, und die Opfergaben wurden stets ›bezugnehmend auf Paragraph 6‹ abtransportiert.

Nach wenigen kurzen, doch höchst einträglichen Stunden luden die Gesandten der Hochkirche von Sankt Mammon dem Ungewaschenen ihre Beute auf mehrere große Karren (Beutestücke, die sie sich ausdrücklich für diesen Zweck beschafft hatten), ließen die verarmte Stadt Krillingen hinter sich und zogen weiter nach Osten, um ihr verblüffend lukratives Missionswerk anderswo fortzusetzen.

II

BON APPETIT!

Der zottlige, glitzernde Unkrautbehang war ihm nicht neu. Geschickt wich es ihm aus, bog scharf nach rechts und drehte aus Spaß an der Freud im Sinkflug ab – so flatterte das Geschöpf der Nacht gaukelnd durch die abgestandene unterirdische Luft der Geheimgänge. Es kannte die Tunnels und finsteren Strecken, die sich tief unter dem befestigten Reichspalast von Cranachan durch die Erde wanden und schlängelten, kannte sie so gut wie die Rückseite seiner schwarzen ledrigen Flügel. Es machte diese Tour täglich. Manchmal, wenn die Schlagzeilen danach waren, sogar zweimal täglich.

Gut möglich, daß heute so ein Tag mit zwei Einsätzen werden konnte.

Die Fledermaus bog nach links, ging dann mit einem Immelmann-Turn scharf nach rechts, schätzte dabei die Kurve falsch ein und krachte gegen die schimmlige Mauer. Die Tageszeitung fiel ihr aus dem Maul, sie selbst landete, kreischend und angeekelt fauchend, in einer grünlich-gelben Pfütze, es klatschte, als wäre ein Lappen Fensterleder in einen Teller mit Griesbrei gefallen. Als sie sah, daß das sauber gerollte Pergament am Pfützenrand wippte und kippelte und um ein Haar in die Lache gerutscht wäre, schrie sie entsetzt auf, gellend und schrill, im höchsten Falsett. Mit wildem Geflatter zappelte sie mühsam auf die Postille zu, hopste, schnappte nach ihr und errettete schließlich die aktuelle

Ausgabe des *Cranachischen Merkur* im letzten Moment vor einem entsetzlich klebrigen Ende.

Weit von dort, tief unten im Fels der Krapathischen Berge, schlugen vier knochendürre Finger einen nervösen Trommelwirbel auf einem spiegelblank polierten Bronzethron. Das knöcherne Hämmern hallte klappernd durch die Höhle, prallte von achtlos übereinandergestapelten gestohlenen Kunstwerken ab und wurde von wertvollen Familienerbstücken zurückgeworfen, die man anderswo aufs schmerzlichste vermißte. Es war ein erlesenes Sortiment ausgewählter Schätze, das *Der Appropriator* in dieser Höhle angehäuft hatte. Jetzt wartete er, zappelnd vor Ungeduld, auf die aktuelle Tageszeitung.

Die Fledermaus putzte sich die Flügel sauber, verfluchte die Pfütze, verdammte die Tunnelwand, nahm den *Cranachischen Merkur* ins Nagemaul und stürzte wieder los. Elegant schwang sie sich in die Lüfte, würdevoll wie ein flugfähiges Spültuch.

Der Appropriator blickte finster auf ein erst kürzlich gestohlenes Gemälde, auf dem ein paar Sonnenblumen zu sehen waren, und wunderte sich, warum sein Wert plötzlich so sprunghaft gestiegen war. Erstaunlich, was die Abnahme eines Künstlerohrs auf dem Kunstmarkt bewirken konnte!

Die Fledermaus landete genau vor der Tür des Hauptraums. Sie keuchte erst noch eine Zeitlang und fing dann an, sich aufgeregt am Boden zu winden. Dabei produzierte sie ein Geräusch, als stülpte sich etwas von innen nach außen... Und dieser Eindruck war gar nicht so falsch. Sie schlug wie verrückt mit den Flügeln, zuckte und rutschte immer wieder aus, die Stummelbeine zappelten und patschten geräuschvoll, bekamen Knie und trieben ein speckig glänzendes Paar Hosen aus. Auch der Kopf veränderte sich: Das pelzige Schwarz verfärbte sich blaßblau, die beiden Eckzähne wurden lang und länger, mit garstigem Pfeifen strich der Atem des Geschöpfs zwischen ihnen hindurch. Ein paar Sekunden Patschen und Glucksen, dann gab es die Fledermaus nicht mehr.

Vlad Langschwein, der Vampir*, sammelte die Zeitungsrolle auf, schüttelte sich die letzten Tropfen der schleimigen Brühe aus den Haaren und stolzierte in die Thronkammer des Appropriators.

»Wo bleibst du denn so lange?« schrie der Appropriator und sprang von seinem bronzenen Podest auf. »Hast die verdammten Schlagzeilen wohl selbst gedruckt?« Gierig riß er den *Cranachischen Merkur* aus dem Klauengriff der vampirischen Fingernägel und verzog das Gesicht. »Bäh! Schon wieder versabbert! Wie oft hab ich dir eigentlich schon gesagt, du sollst sie nicht im Maul transportieren?«

---

* Nur wenigen ist bekannt, daß es verschiedene Vampirarten gibt.

Hört man das Wort *Lykanthrop*, so hat man auf der Stelle das Bild einer schwarzen Silhouette vor Augen, eine Gestalt, die den Vollmond anheult und sich dabei in einen riesigen, menschenfressenden Wolf verwandelt. Worauf sie dann die Gegend unsicher macht und in nicht zu bezähmendem, wildem wölfischem Wahn unschuldige Wanderer in Fetzen reißt. Um es gleich zu sagen: So ist es nicht. Wenigstens nicht immer. Denn schließlich kommen auf jeden Werwolf etwa ein Dutzend Werspaniel, fünf Werlabrador, zwanzig bis dreißig Werterrier und Hunderte von Werchihuahuas. Doch von ihnen hört man nie. Obwohl Nacht für Nacht Menschen angefallen werden, werden diese Vorfälle niemals gemeldet. Aber wahrscheinlich würden auch Sie nur ungern zugeben, daß Ihnen auf dem Heimweg von der Kneipe ein schwach leuchtender grüner Chihuahua die Knöchel zerfleischt hat.

Das gleiche gilt für Vampire. Nur die wirklich gefährlichen Kriminellen und Sektierer treten – wenn nicht in menschlicher Gestalt – als blutsaugerische Fledermäuse auf. Nur die Serienkiller, Vergewaltiger und Steuereintreiber trinken in Gestalt flatternder Nachtwesen das Blut schlafender Jungfrauen, nur sie flattern zum bequemerweise immer offenstehenden Fenster herein und schlagen ihre Fangzähne in porzellanzarte Teenagerhälse. Der Großteil aber schlägt sich vegetarisch durchs Leben. Das glauben Sie nicht? Und wie wollen Sie dann erklären, daß der Apfel in der Obstschale da drüben so rätselhaft verschrumpelt ist?

»Gäht äbän schnäller pär Luftpost!« blaffte der Vampir.

»Ist aber widerlich! Einfach unhygienisch!«

»No, wos is Ihnen liebär? Agil oder stäril?«

Der Appropriator schoß ihm hinter der schwarzen ledernen Augenklappe einen wütenden Blick zu, sein Einauge starrte den Vampir aggressiv an. »Komm mir bloß nie mit deinem Geflatter zu nahe. Ich hasse alles, was fliegt und Krallen und Schnäbel hat und ... insbesondere Tauben!« Er schauderte, wischte die Zeitung an Vlads Jackett ab und schlug sie auf.

Ein Leuchten lief über sein Gesicht, tausend Lumen hell, er feixte hingerissen, als er die Schlagzeilen las:

WASCHSALON LAHMGELEGT
VORWÄSCHE DAUERTE DIE GANZE NACHT
BUNTE FARBENPRACHT DES LEBENS SCHON VOR DEM HAUPTWASCHGANG VERBLICHEN

Wieder einmal hat der Appropriator, die Geißel Cranachans, zugeschlagen. Gestern nacht ...

Er schrie vor Begeisterung, als er von seinen jüngsten nächtlichen Umtrieben las. Er grinste irr, als er sich an den Betreiber des Waschsalons erinnerte, der, geknebelt mit einem Paar Boxershorts, an der Wäscheleine baumelte und langsam immer tiefer sank, hinein in den Bottich mit der 40°-Buntwäsche ... zum Einweichen ... für den Vorwaschgang, der eine ganze lange Nacht dauern sollte ...

»Er hätte wissen müssen, daß ich nicht mit mir spaßen lasse«, schrie er. »Wenn ich saubere Unterhosen will, dann bekomme ich auch saubere Unterhosen! Ich habe ihn gewarnt! Aber die Leute wollen einfach nicht hören!«

»Wenn Wortä nicht wirkän, dann hälfen nur Taten!«

»Und ich bin ein Meistertäter!«

»Wer immer sträbend sich bämiht, den …«

»… kann keine Macht der Welt aufhalten!« kreischte der Appropriator. »Hol mir die zweite Ausgabe von diesem erbärmlichen Schmierblatt her!« Er fuchtelte drohend mit dem *Cranachischen Merkur*. »Ich muß wissen, was mein Volk von mir hält! Alles muß ich wissen!«

Vlad machte kehrt und hastete davon.

»Und denk dran, Langschwein!« schrie der in schwarzes Leder Gekleidete. »Gehen! *Zu Fuß!*«

Ein kleiner, finsterer Hof in einer Seitenstraße in Cranachan.

»Drei Silbergroschen auf Kriller«, knurrte eine Stimme, die wie das Flüstern von Megalithen im Winter klang.

»Wenn ich dir 'n Tip geben darf, Kumpel: Schrotter erledigt ihn spätestens in der zweiten Runde! Is momentan absolut in Spitzenform. Hättest sehn solln, was er gestern im Ausscheidungskampf gemacht hat. Drei auf ein Streich: Matsch! War echt unheimlich.«

»Ich habe gesagt: *drei Silbergroschen auf Kriller*«, knurrte die Stimme wütend. »Hätte ich mich mit jemand austauschen wollen, der gegenteiliger Auffassung ist, oder wäre ich auch nur im entferntesten an der aktuellen Kondition der sogenannten Gegenpartei interessiert, dann hätte ich wohl nicht so deutlich *drei Silbergroschen auf Kriller* gesagt, nicht wahr?«

Auch wenn diese Erwiderung nur leise und in wohlgesetztem Cranachisch geflüstert wurde, so klang in ihr doch eine unheilschwangere Drohung mit, gefährlicher als ein ganzer Ozean voller Muränen. Die Vorsichtigen unter den anwesenden Wettprofis rückten argwöhnisch von der finsteren Gestalt mit den Stimmbändern aus Granit ab.

»Äh, n-nein, natürlich, haha. Hab sehr genau verstanden, was Ihr wollt, mein Herr. Drei Silbergroschen, der

Herr, selbstverständlich, ganz wie Ihr wünscht, bitteschön«, stotterte der Buchmacher. Er schielte ängstlich hinüber zum Rand der Arena, wo der Fremde im düsteren Schatten stand.

»Und noch mal drei im Kampf gegen den Fäustling.«

Die versammelte Menge holte tief Luft. Gegen den Fäustling hatte in den letzten Wochen keiner überlebt.

»Als Kumuiativwette«, fügte der dunkle Fremde leise hinzu. Wieder ein unruhiges Atemholen und hektisch nervöses Hin- und Herüberlegen: Wer war dieser Schwarze? Wußte er etwas von Kriller? Über seine aktuelle Kondition? Hatte er irgendwelche Insiderinformationen? Sollte man sich vielleicht seinem Beispiel anschließen?

Der Buchmacher zuckte zusammen. »Kumulativwette, selbstverständlich. Hmmm, die Chancen stehen etwa dreihundert zu eins. Darf ich vielleicht den Vorschlag machen …«

»Erstens stehen die Chancen zweihundertsiebenundachtzigeinhalb zu eins«, raunte es mit seismischem Knurren, »und zweitens: Nein, dürft Ihr nicht. Hier, Eure sechs Silbergroschen.« Eine schwarz behandschuhte Hand, nietenbeschlagen und an den Fingerknöcheln mit Metallkappen verstärkt, tauchte im Lichtschein der einzigen Kerze auf, und hinter ihr das freudlos grinsende Gesicht von Schyrling, dem Kommandanten der Schwarzen Reichsgarde, den viele auch unter dem Namen *Der Schwarze Giftnickel* kannten. Feucht glitzerte seine Zunge hinter den mit der Rangtätowierung gezeichneten Zähnen.

Schlagartig entstand ein Vakuum, das rasant größer wurde. Die anwesenden Vertreter der cranachischen Demimonde hatten erkannt, wen sie da vor sich hatten, und verdrückten sich. Der Ruf des Kommandanten war legendär. Er war es, der das Motto der Garde *Widerreden heißt Nie wieder reden* geprägt hatte; er war es, der die Zahntätowierung* eingeführt hatte; nur er hatte einmal fünf Jahre lang den Meisterschaftstitel in den offenen Ausscheidungskämpfen im Kühekippen gehalten.

»Ich warte den Ausgang da drüben ab«, knurrte der Kommandant und zeigte auf einen Stuhl in der Ecke.

»Ganz wie Ihr wünscht, mein Herr. Und viel Glück für Eure Wette!«

»Das ist keine Sache des Glücks. Ich habe Kriller gesehen. In Aktion.« Er stapfte in seine Ecke, setzte sich und wartete auf den Beginn des angekündigten Boxkampfs. Die Zuschauermenge konzentrierte sich angestrengt auf das im Augenblick stattfindende Match.

Lauernd umkreisten sich die beiden Rivalen in der Arena, hielten dabei ihre schrecklichen Hieb- und Schlagwaffen hoch. Fäustling hatte bereits das linke Auge seines Gegners lädiert, an dessen rechter Schulter den Panzer deformiert und ihm ein beträchtliches Stück aus der Schwanzflosse gefetzt. Ein dünnes Blutrinnsal sickerte aus den keuchenden Kiemen des Kontrahenten, für den der Kampf schon verloren war.

---

* Die bei der Cranachischen Schwarzen Garde übliche Dentalanzeige von Titel und Dienstgrad war ein in vielerlei Hinsicht sehr nützlicher Brauch. Sie machte es überflüssig, läppische bunte Stoffstückchen auf schwarze Schulterklappen zu sticken – eine Betätigung, die nach Meinung von Kommandant Schyrling den *Aktiven* einer Sicherheitstruppe ganz und gar nicht anstand. Nicht nur weil dadurch das finsterdämonische Erscheinungsbild der Uniform völlig zunichte gemacht wurde, auch und vor allem deswegen, weil sich seine handverlesenen Elitekerle so läppische Freizeitbeschäftigungen wie Nähen, Flicken und Kreuzstichstickerei angewöhnten. Für ihn galt: »Es gibt Männer… und es gibt solche, die gern bunte Bänder tragen!«

Die Anzeige von Rang und Dienstgrad durch Zähneblecken wirkte sich zudem sehr segensreich auf die Disziplin aus. Degradierung in der Schwarzen Garde war ein äußerst schmerzhaftes Erlebnis, eines, das man nicht so leicht vergaß.

Vor allen Dingen dann nicht, wenn man eine tief verwurzelte Furcht vor Kneifzangen im Mund hatte.

Vor vier Jahren hatte man in der Östlichen Lausee die fünfzehn Zentimeter lange *Krustazea pugilista,* vulgo *Boxerkrabbe* entdeckt, und diese Entdeckung hatte die Wett- und Glücksspielkultur der Innenstadthinterhöfe von Cranachan revolutioniert. Krabbenboxen war längst schon nationaler Kampfsport geworden und hatte das Eidechsenschinden aus dieser Position verdrängt. Die Konkurrenz war hart unter den unzähligen inoffiziellen Wettbüros; Tausende von Krabbenzuchtbetrieben und die Schwarzhändler der Krabbenimportbranche versorgten die Hinterhöfe mit gepanzerten Zuchthengsten.

Ein plötzlicher Aufschrei meldete, daß Fäustling ein weiteres Mal gesiegt hatte. Schyrling grinste, im trüben Licht blitzten die tätowierten Mahlzähne auf, die Chancen für einen Sieg von Kriller standen dreihundertachtundsechzig zu eins.

Schyrling liebte Krabbenboxen, er genoß dieses Schauspiel sinnloser Gewalt, bei dem sich zwei fünfzehn Zentimeter lange Krustentiere für das voyeuristische Wettvergnügen der Zuschauer das Hirn zu Krebsbutter zermanschten. Es war ein erfrischendes Spektakel!

In wenigen Augenblicken war es jetzt soweit: Kriller trat gegen Schrotter an. Schyrling bolzte durch den räudigen Haufen der Wetter, die nicht mehr mitbieten wollten, schickte ein paar, die nicht schnell genug aus dem Weg waren, auf die Bretter und sicherte sich so einen Platz auf der Haupttribüne.

Der Kampf war schnell vorbei.

Nach einem schnellen Eins-Zwei-Schlag auf das Rükkenschild des Gegners, einem mörderischen Tiefschlag mit dem Schwanz, der ihn aushebelte und einem abschließenden Schlag zwischen die zweite und dritte Panzerplatte hatte Kriller Schrotter erledigt. Schyrling knurrte vor Freude. Ein meisterhaftes Manöver! Begeistert sah er zu, wie Kriller die Scheren tief in die Weiche seines Gegners grub. Jetzt wußte er, daß dieser Fighter einen würdigen Gegner für die Preiskrabbe des Königs abgab! Schyrling brauchte diesen mörderischen Zehnfüßler unbedingt, er mußte ihn einfach haben!

»Heute in Ihrer Zeitung: Der neue Coup des Appropriators! Der Kommentar zum jüngsten Kunstdiebstahl!« schrie der Zeitungsverkäufer und wedelte mit der Morgenausgabe des *Cranachischen Merkur*. »Die aktuellen Ergebnisse vom Krabben-Boxkampf! Vollständiger Bericht mit eingehender Analyse!«

Hinter dem Rücken des Zeitungsverkäufers bewegte sich ein kleines Mauerstück, etwa so groß wie ein Hand, und verschwand geräuschlos im Dunkel. Dann schoß blitzschnell eine behandschuhte Hand aus dieser Öffnung, schnappte sich ein Exemplar und war schon wieder verschwunden. Mit einem kaum hörbaren Klicken schloß sich die Luke wieder – fugenlos, wie weggezaubert.

Es klang, als schüttelte jemand einen halben Liter Tomatenketchup aus einem schwarzen Lederbikini ...: Vlad Langschwein, den *Cranachischen Merkur* fest in den Fledermauskrallen, flatterte durch die dunklen Korridore im Reich des Appropriators.

Nur zwei Seelen wußten von dieser Welt aus Geheimgängen und Schatzkammern. Nur sie wußten von diesem Labyrinth, das hinter versteckten Schiebetüren lag; von den Tunnelfluchten, die sich – wenn man auf bestimmte Steine drückte – hinter Drehtüren auftaten, dann wieder hinter Spiegeln verschwanden ...

Vlad segelte tolpatschig dahin, vorbei an gewaltigen Schätzen, an Waffen, Geldhaufen und Gemälden, die im Laufe von dreizehn erpresserischen Jahren skrupellos appropriiert worden waren. Es wunderte ihn immer wieder aufs neue, wie spendabel die Menschen doch waren: Nichts war ihnen zu teuer, wenn sie dafür ihre kleinen Lieblinge wohlbehalten zurückbekamen, selbst Familienerbstücke von unschätzbarem Wert gaben sie dann bereitwillig aus der Hand. Seltsam: Anscheinend galten ihnen Tiere oder Kinder mehr als jedes noch so wertvolle Kunstwerk.

In schwarzes Leder gekleidet, saß der selbsternannte Appropriator auf dem goldenen Thron aus dem achtzehnten Jahrhundert, hatte das spitze Kinn in den schwarzen Panzerhandschuh gestützt und grinste selbstgefällig seine jüngste Erwerbung an, das Bildnis einer rätselhaft grinsenden jungen Frau. (Es schien sich um die Geliebte des Künstlers zu handeln. Wenn er richtig gehört hatte, hieß das Porträt *Meine Lisa.*) Vom hinteren Ende des kalten, unterirdischen Saals gaukelte mit mühsamem Gezappel eine Fledermaus heran, sackte trotz aufgeregter Flatterei immer weiter ab und legte schließlich eine Bruchlandung hin. Sie schlitterte bäuchlings über den Boden aus glänzendem Obsidianstein und rumste dem Appropriator krachend gegen die Füße. »Weißt du, wie spät es ist?« schnauzte es vom Thron herab, und hinter der ledernen schwarzen Augenklappe funkelte es wütend.

»Vertffeihen Fffie die Verffpätunk.« Vlad nahm seine humanoide Gestalt wieder an, spuckte, nahm die Zeitung aus dem Mund und überreichte sie dem Mann auf dem Thron.

»Bääh! Wie oft muß ich dir noch sagen, daß du mir das Zeug nicht so durchsabbern sollst!« Der Lederpanzer knarzte böse.

»Värzeihunk, aber ich hobe gäglaubt, Gäschwindigkeit wäre von aisserster Wichtigkait!« pfiff der Vampir durch seine nadelspitzen Zähne.

»Äbäh!« bekam er zur Antwort. Der Appropriator schlug die Zeitung auf und begann zu lesen. Plötzlich ging er vor Zorn in die Luft, drosch mit der Faust auf die Armlehne des Throns und deutete wild fuchtelnd auf einen bestimmten Artikel.

»Hast du das gelesen? Hä? Sieh dir das an! Die haben vielleicht Nerven... Hör zu!« Die Zeitung zitierte Kha Putschieno (führender Krabbenimporteur und Besitzer des Champions Fäustling), der anläßlich des Verlusts seines Gemäldes *Meine Lisa* folgenden Kommentar abgegeben hatte: »Damit ist diese Landplage endgültig zu weit gegangen! Die Mißhandlung unschuldiger Tiere zum Zwecke der Erpressung ist die Tat eines Feiglings ...« Der Appropriator brüllte: »Feigling? Ich? Ich ein Feigling? Das Biest war ausgesprochen bösartig! Was erlaubt er sich, mich ›Landplage‹ zu nennen? Was versteht der schon von Erpressung? Erpressung ist hohe Kunst! Eine Kunst, die großes Geschick erfordert ...« Der Appropriator redete sich in Rage, und Vlad wurde ein klein wenig bleicher.

»... versteht einfach nichts davon! Aber ich werd's ihnen zeigen! *Zu weit gegangen!* Ich und *zu weit gegangen!* Der weiß nicht, wovon er da redet! Aber gut: Noch heute nacht soll Kha Putschieno erfahren, was es heißt, wenn der Appropriator wirklich einmal unschuldige Tiere mißhandelt!«

Die Vorfreude verzerrte sein Gesicht, er feixte böse und zerknüllte das pergamentene Machwerk. Dann riß er das Konterfei des Importeurs in Fetzen und zertrampelte den Artikel mit seinen mit spitzen Nägeln beschlagenen Stiefeln.

Hoch oben auf der Galerie saß der Spielmann, blickte hinab auf das brodelnde, bunte Chaos der Festgesellschaft und schrammelte furios auf seiner Laute dahin. Desinteressiert betrachtete er die roten, lachenden Gesichter, die erhitzt waren von ausgelassener Heiterkeit und Bier, und seine Finger wuselten dabei in halsbrecherischen Passagen, mit mörderischen Akkordschritten über das Griffbrett. *Eines Tages,* dachte er bei sich und verstärkte die Wirkung einer Septime durch eine übermäßige None, *eines Tages werden sie mir ihre Aufmerksamkeit schenken. Diese Gaillarde könnte ein Hit werden, wenn sie bloß zuhören würden. Sie hat alles, was ein guter Lautensong braucht: Liebe, Haß und einen irren Tonartwechsel genau nach der Hälfte. Unvergleichlich besser als dieses moderne Zeug. Krummhörner: Pah! Synkopiertes Klavichord: Hält sich nie! Gebt mir eine Galliarde und einen Krug Met, und ich schenk euch den ganzen Plunder! Musik, wirkliche Musik, das ist es, was der Mensch braucht …*

Unter ihm kippelten vierzehn buntscheckig gekleidete Jongleure, die sich zu einer menschlichen Pyramide aufgebaut hatten, sehr bedenklich hin und her. Drei riesige Wolfshunde, die unter der königlichen Tafel lagen, starrten voll hundsföttischer Verachtung auf den schwankenden Haufen. Eine gewaltige Feuerlohe raste hoch bis unter das Dach, verfehlte nur um wenige Zentimeter eines der riesigen Banner, die dort oben hingen – ein schweißgebadeter Feuerschlucker hatte zum denkbar ungünstigsten Zeitpunkt Schluckauf bekommen.

Und während dieses feudalen Unterhaltungsprogramms schlangen die versammelten Gäste gnadenlos in sich hinein, was in sie hineinging, und futterten bis zur Bewußtlosigkeit. Es war ein Abend wie viele Abende am cranachischen Hof. Nacht für Nacht stopften sich die Geladenen voll mit dem Fleischviehaufkommen riesiger Weiden, der Wildschweinpopulation ganzer Wälder, dem Produktionsausstoß ganzer Weinberge und dem Entenbestand ganzer Seen. Die Günstlinge des Königs waren immer dabei, die namhaften Grundbesitzer, die komplette Vollfett-Crème de la Crème der wohlhabenden Bürgerschaft. Und jeder von ihnen – der Abgebrühte, der Korrupte und der Stinkreiche – repräsentierte auf seine Weise eine der Eigenschaften, durch die sich ihr König auszeichnete.

Die Pyramide der Jongleure vollführte einen weiteren, in der Choreographie nicht vorgesehenen Ruck nach vorn, worauf eine ganze Schar zu Tode erschrockener Serviererinnen auseinanderstob und Deckung suchte. Der König, eine blutige Wildschweinkeule zwischen den Zähnen, blickte auf. Und als der Turm ein weiteres Mal ruckte, leuchtete die spitze Nase von General Batteur wie ein Signalfeuer auf. Der General hielt den Weinkrug, der nur mehr wenige Zentimeter vom offenen Mund entfernt war, reglos still und beobachtete, wie die Basis der Pyramide sich abzappelte, um die oberen Etagen im Gleichgewicht zu halten. Ein einziger unvorsichtiger Schritt, und dann …

Dann bemerkte der Spielmann, wie das gelackte Grinsen der Profi-Showstars schneller dahinschwand als die angeschlagene Reputation einer Hure, und sprang mit einem Satz über Bord. Panik lief durch den Turm der Jongleure, erfaßte die Gäste im Saal, versprühte die mikroskopisch kleinen Partikelchen der schlimmsten Befürchtung, und dann … Dann stieß der Jongleur an der Spitze der Pyramide einen letzten Schrei aus und unterlag den Kräften der Gravitation. Unaufhaltsam segelte er – die Arme weit ausgestreckt, die Beine angewinkelt – auf den Monarchen zu und wünschte sehnlichst, sein Rock hätte Ärmel wie die Kleider der Hofdamen. Denn dann könnte er vielleicht … möglicherweise … wenn er nur stark genug flatterte …

Es war ein törichter Wunsch. Der Sturzflug endete unsanft: auf einem harten Eichentisch, in einer Fünfliter-Schüssel mit Bratensoße, neben einer Wildschweinseite. Wie durch ein Wunder überlebte der Jongleur. Totenstill war es im Bankettsaal, als jetzt der Jongleur den Kopf aus der Soßenschüssel hob und in das bitterböse Gesicht eines wahnsinnig verärgerten Königs starrte. Er versuchte es mit einem entwaffnenden Lächeln, aber leider wollten seine Gesichtsmuskeln nicht so wie er. Das war's dann wohl, dachte er und schluckte schwer. Aus. Ende der Fahnenstange.

Der König starrte den unerwartet auf den Tisch gekommenen Jongleur finster und unbewegt an. Nur der große glitzernde Tropfen Soße war in Bewegung, der an seiner Nasenspitze hing und drauf und dran war, im königlichen Schoß zu landen. Doch dann begannen seine Schultern zu zucken, sie zitterten und bebten schließlich so stark, als schüttelte ihn ein unbeschreiblich schweres und örtlich unglaublich präzis konzentriertes Erdbeben, dessen Epizentrum ungefähr in der Gegend um die Leber lag.

»Verzeiht, Hoheit, mein Herrscher, Euer Gnaden, Sire…«, winselte der Jongleur unterwürfig und entfernte ein gebratenes Wildschweinhinterviertel von einer sehr intimen und äußerst delikaten Körperregion.

Das Gesicht des Königs glühte, die Krone auf seinem Haupte schaukelte unheilvoll. Drückendes Schweigen lastete auf dem Raum. Selbst das Feuer prasselte nur leise, loderte mit angehaltenem Atem.

»… bin wahrhaft unsäglich und aufs äußerste …«

Unerwartet huschte ein winziges Lächeln über das königliche Antlitz.

»… will ich persönlich dafür sorgen, daß …«

Plötzlich begann der König zu kichern, das Beben ebbte allmählich ab.

»… dergleichen nie wieder geschieht.«

Der König starrte den Jongleur an, der sich vor ihm in der langsam gelierenden Soßenpfütze wand. Dann lachte er brüllend los. Es war ein böses, unheilvolles Lachen. Die Menge war wie gelähmt, keiner hatte damit gerechnet. Der Jongleur wollte es nicht glauben. Es war wie ein Wunder, es sah beinahe so aus, als sollte sich doch noch alles zum Guten wenden. Der König war guter Stimmung!

»Na schön«, verkündete der König. Er zuckte mit den Schultern, anscheinend sah er die Sache von der komischen Seite. »Schwamm drüber.«

Der Jongleur rappelte sich aus dem Gedeck, sein Rock kühlte allmählich ab, wurde braun und war würzig und sämig eingedickt. Er verbeugte sich lange und tief, verlor dabei ein kleineres Gemüsesortiment und sagte: »Danke, Sire … ich kann gar nicht sagen, wie sehr …«

»Ach was«, grunzte der König und inspizierte seine Fingernägel, »laß gut sein. Sei so nett und melde dich beim Rausgehen einfach beim Scharfrichter. Wache, tut mir den Gefallen und nehmt ihm den Kopf ab, ja? Herzlichen Dank auch.«

Der Jongleur wollte aufschreien und fuhr sich mit den Händen an den Hals. »Aber Sire, es war ein Unfall... Nicht meine Schuld!« flehte er.

»Nun mach schon! Für heute abend hast du uns genug Unterhaltung geboten. Würdest du dich also jetzt bitte verabschieden? Die Feuerschlucker werden schon unruhig, und die Mädels von der Tanzgruppe waren auch noch nicht dran.«

»Wünscht Ihr ihn auf einem Silberteller, Hoheit?« krächzte ein Angehöriger der Schwarzen Garde. Er taxierte den Kopf des Jongleurs mit einem Blick, der nichts Gutes verhieß.

»Nein, nein. Auf einer Eisenspitze auf der Schloßmauer, das genügt.«

»Aber die sind alle besetzt, Sire.«

»Tatsächlich? Ach, du meine Güte! Es ist ein Jammer. Na gut, dann laßt ihn den Raubmardern. Die Bratensoße wird ihnen schmecken. Nun macht schon, hopphopp! Was ist jetzt mit den Mädels von der Tanzgruppe? Höchste Zeit für ihren Auftritt.«

Die Schwarze Garde schleifte den Jongleur, der um sich trat, brüllte und eine Soßenspur hinter sich herzog, durch eine kleine Nebentür aus dem Saal.

»He, Magd!« schrie der König. »Los, den Pfau tranchieren!«

Und dann lehnte sich der Herrscher der vereinigten Königreiche von Isolon und Cranachan in seinem gemütlichen Speisethron zurück und richtete sich ein zum tänzerischen Augenschmaus und Digestif à Go-go-Girl, den seine fünfzehnköpfige Lieblingstruppe ihm darbieten wollte. Der Jongleur war lang schon vergessen.

Weit hinten in den Krapathischen Bergen. Es war nicht zu überhören, daß ein wahnsinnig lebhafter und wahnsinnig wilder Keiler gegen einen Baumstamm anrannte. Zum großen Entsetzen der drei Kinder, die sich vor einigen Stunden auf eben diesen Baum geflüchtet hatten.

»Hab dir doch gleich gesagt, daß wir nicht auf dem richtigen Weg sind. Aber du wolltest ja nicht hören!« fauchte das kleine Mädchen. Wütend funkelte es seinen Bruder an, mit spitzen, messerscharfen Blicken.

»Das *ist* der richtige Weg. Schloß Isolon liegt gleich da drüben! Es ist eine Abkürzung!«

»Tolle Abkürzung!« knurrte es bissig zurück. »Wir werden die ganze Nacht hier festhängen!«

»Das ist nicht meine Schuld!«

»Ist es doch! Du bist Hals über Kopf davon ...«

»Soll das etwa heißen, du hättest bleiben wollen? Hogshead! Kannst du ihr nicht klarmachen, daß wir da nicht bleiben konnten?« bettelte Firkin, dem das ewige Gequengel von Dawn bis oben stand. »Hogshead?«

Gut zwei Meter unter ihm hielt sich ein dicklicher Junge mit Armen und Beinen an einem starken Ast fest und baumelte wie ein verführerischer Köder über dem tobenden Eber. Hogshead hatte die Augen fest zugezwickt, in seinem Kopf herrschten Entsetzen, Konfusion und Hysterie. Es war sinnlos, er sah keinen Ausweg mehr.

Der rasende Keiler rannte gegen den Baumstamm. Weiß blitzten seine Hauer, als er versuchte, sie anschließend wieder aus dem Holz zu ziehen.

Tief unten, verschüttet in Hogsheads gelähmtem Denkvermögen, zuckte der gebrochene Zeigefinger der Vernunft. Und als die Räder der Empfindung knirschend durchdrehten, da übernahm das Erinnerungsvermögen den Kampf gegen die blinde Panik.

Einhundertfünfzig Pfund rasender Schinkenspeck wummerten ein weiteres Mal gegen den Baum – Hogshead fand seine Stimme wieder.

»Ein Kei... Ein Keil... Ein Keiler!« Er schrie und

klammerte sich noch fester an. Es waren dies die ersten Worte, die er nach vierzehn Jahren sprach. In diesem Augenblick wurden die Sandsäcke des Intellekts von den Schutzdeichen des Gedächtnisses gerissen, und die reißenden Ströme der Erinnerung traten über die Ufer. Bilder blitzten auf im rauschenden Schaum, die aktuellsten zuerst: die blitzartige Flucht vor den Hauern eines wilden Keilers; die Materialisation etwa einen Meter zwanzig über den rauchenden Ruinen des abgebrannten, von Pferdehufen zertrampelten, niedergestampften, zerstörten Dorfes Khucaph; dann das wirbelnde, schwirrende Chaos der Zeitfliegen, das sie vor vierzehn Jahren vom Schlachtfeld gezerrt und gerissen hatte, das Zeit und Welt verändert und neu geordnet hatte …

»Sag's ihr!« zeterte Firkin über ihm.

»Courgette!« Wimmernd umarmte Hogshead den Baum, als sein Gedächtnis mit fuchsroten Erinnerungen explodierte.

»Nicht *ihr!*« brüllte Firkin. »Meiner idiotischen Schwester!«

Der Keiler rammte den Baum, und Hogshead wurde zu seinem Entsetzen klar, daß er für ein Leben auf Bäumen nicht geschaffen war. »Dawn?« heulte er. Der Griff seiner Finger lockerte sich.

»Wer denn sonst?« fuhr ihn Firkin an. »Sag du ihr, daß wir nicht …«

»Ich erinnere mich wieder!« kreischte Hogshead.

»… in Khucaph bleiben konnten!« Und während Firkin seinen Satz zu Ende brachte, erbebte der Baum unter dem jüngsten säuischen Ansturm. »Ist fast so, als hätte sie nicht kapiert, daß Khucaph nur mehr ein Haufen Asche ist. Verbrannt. Abgefackelt!«

»Gibt überhaupt keinen Grund, diesen Ton anzuschlagen«, schnauzte Dawn.

»Aber es stimmt doch! Und wer ist schuld? Klayth!« giftete Firkin, ohne seine Schwester oder den Eber zu beachten. Er zog einen verbrannten Pergamentfetzen aus der Rocktasche und wedelte erbost mit ihm hin und her. »Er wird uns einiges erklären müssen! Warum, zum Teufel, hat er Khucaph abgefackelt?«

»Aber das ist doch Blödsinn!« protestierte Dawn. Sie dachte zurück an die Zeit, als sie in Schloß Isolon gelebt und mit Klayth im Wald gespielt hatten. »Es gibt bestimmt eine bessere Erklärung.«

Der Eber scharrte den Boden auf, grunzte und stürmte wieder an. Hogsheads Finger waren taub.

»Richtig. Und Klayth hat sie«, fuhr Firkin fort. »Ich werde sie rausfinden!«

»Ah ja? Und wie? Über die Zugbrücke laufen und laut schreien: *Verzeiht, Hoheit, aber könntet Ihr so freundlich sein und uns erklären, was Euch bewogen hat, das Bergdorf Khucaph, unser Heimatdorf, niederbrennen zu lassen?*«

»Er kann es nicht ableugnen! Hier ist der Beweis!« Firkin blieb dabei, er zeigte auf den Pergamentfetzen, den Dawn am Nachrichtenstab in Khucaph gefunden hatte. »Eine Proklamation des Königs! Schöne Proklamation!« schrie er.

Dawn krümmte sich. Er wollte es *schon wieder* vorlesen!

»Da es Euch beliebte, Eure Zustimmung zu dem mit der vorausgegangenen Mitteilung erlassenen Zehntenabkommen zu verweigern«, las Firkin, »und da nunmehr endgültig der Zenit der gewährten Frist überschritten ist, soll Vergeltung geübt werden. Jedwede Behausung innerhalb einer Meile um jene Stelle, an der diese Proklamation aushängt, soll durch das Feuer dem Erdboden gleichgemacht werden. Möge Euch dies für die Zukunft eine Warnung sein! Euer Euch immer liebender Herrscher.«

Der Keiler stürmte los, in den Schweinsäuglein blitzte der feste Entschluß, diesmal endgültig etwas zu Fall zu bringen.

»Hier, bitte schön!« demonstrierte Firkin zum hundertsten Mal, »er hat wirklich unterschrieben.« Er wedelte mit dem Pergament. Leicht verkohlt, doch unmißverständlich stand da zu lesen:

Euer Euch immer liebender Herrsch …
König K …

Der massive Schädel des Keilers krachte gegen den Stamm, die Wucht des Aufpralls ließ den Baum über die ganze Länge wütend erzittern. Hogshead stieß einen erstickten Schrei aus, seine Finger konnten nicht mehr festhalten. Kurz strampelte er verzweifelt durch die leere Luft, dann sauste er fünf Meter tief und senkrecht nach unten. Der Keiler zog sich eine Gehirnerschütterung und eine gebrochene Rippe zu und riß sich mit den Hauern die Lippe auf.

Plötzlich brachen sechs riesige schwarzgekleidete Gardisten durch das Unterholz, zögerten erst einen Augenblick lang, warfen sich dann krachend auf Hogshead und den Keiler und nagelten sie am Boden fest, so fest, wie es eine rachedurstige Lawine nicht besser hätte machen können. Der größte und fieseste von ihnen schrie: »Wilderer! Verhaften! Die Sau mitnehmem, als Beweisstück!«

Firkin und Dawn protestierten und kreischten vergeblich: Sie wurden fachmännisch vom Baum geschüttelt und angesprungen.

»Wilderei ist verboten!« bellte der Anführer und starrte Firkin wütend an.

»Hier liegt ein Irrtum vor!« wehrte sich der Junge. »Wir sind Freunde des Königs!«

»Ach ja? Und ich bin die Königin von Krillingen!« kicherte der Gardehäuptling. Der Mann hatte soviel Witz wie ein Verkehrsunfall. »Freunde des Königs? Nich schlecht! Der König hat keine Freunde! Schon gar nich so lächerliche Zwerge, wie's ihr seid! Abführ'n!«

»Was soll denn das? Loslassen!« Firkin wand sich im eisenharten Griff der Gardisten. »Das muß ein Irrtum sein!« protestierte er erbärmlich, als sie schon in Richtung Schloßkerker transportiert wurden. »Wenn der König davon erfährt, gibt's Ärger.«

»Logo! Und wie soll er's erfahr'n?« sagte der Gardehäuptling schadenfroh. »Willst du's vielleicht Seiner Hoheit sagen?«

»Selbstverständlich! Sobald ich ihn sehe!«

»Das einzige, was du in paar Tagen sehn wirst, is das Ende vonner Schlinge!«

»Wie? Weswegen?«

»Weg'n Herbizid.«

»Herbizid?«

»Genau. Zertrampeln königlicher Gänseblümchen! Strafrechtlich ein Fall von – ääh … Vernichtung pflanzlichen Lebens mit Tötungsabsicht! Steht Tod durch den Strang drauf.«

»Aber ich hab doch …«

»Aber sicher hast du. Wir haben's doch gesehn! Hab'n wir doch, Bronzo, oder? Vorsätzlicher Herbizid! Da: überall kaputte Grashalme und zerquetschte Blätter!«

Bronzo schwenkte Hogshead vergnügt hin und her und nickte begeistert.

»Aber der Schaden, den ihr anrichtet, ist doch noch viel größer!« protestierte Firkin. Unter ihm (er hing wie ein erlegter Keiler an einer Stange) zog eine Spur aus niedergetrampeltem Gras vorbei. »Schon wegen eurer Schuhgröße!«

»Das is ja was anderes! Ausnahmegenehmigung! Wir sind auf Anordnung des Königs im Einsatz. Hab ich recht, Bronzo?«

»Klaa! Wir sind schließlich Sicherheitsbeamte!«

Sechs Sicherheitsbeamte der Schwarzen Garde nickten vergnügt mit dem Kopf und schaukelten ihre verängstigten Gefangenen einer noch ungewisseren Zukunft entgegen.

Vier Männer. Im Halbdunkel saßen sie, im düsteren Zwielicht, in tiefes Schweigen versunken, in dem einzig das aufgeregte Schnaufen von Khannit, dem frisch bestallten Kanzler von Isolon und Cranachan, zu hören war, und warteten auf die Ankunft ihres Lehnsherrn, auf die Ankunft des siegreichen Herrschers, auf Seine erhabene Majestät, auf den König.

Khannit zerrte nervös am Kragen seines Amtsrocks, die Erinnerung an die öffentliche Hinrichtung seines Vorgängers im Kanzleramt war noch allzu frisch: Plastron der Tugendhafte war wegen schweren Debilitätsmangels, übertrieben korrekter Buchführung und unspezihafter Verbindung mit Kha-Putschieno (Boxerkrabbenzüchter und Oberhaupt der Cranachischen *Familie*) angeklagt, für schuldig befunden und garrotiert worden.

Beklommen und über alle Maßen beunruhigt, ließ Khannit den Blick über die umfangreiche Sammlung von Waffen und Kriegsgerät schweifen, die die Wände des Sitzungssaals zierte. Er starrte auf die langen Reihen der Hellebarden, auf die Kolonnen der Speere. Warf flüchtig einen ängstlichen Blick auf die Spaliere der Schwerter, auf die Beile, die in Haufen zusammenlagen, auf die Vielfalt der stumm und bedrohlich funkelnden Piken und Streitäxte. In Sekundenschnelle hatte er errechnet, was die Beschaffung dieses Zimmerschmucks gekostet hatte – wieviel Silbergroschen, wieviel Dreiermänner, wieviel Tote.

Die zweiflügelige Tür flog auf, der König stapfte mit herrischem Tritt in den Sitzungssaal und stürmte, mit wehendem, majestätisch rotem Umhang auf den gewaltigen Thron aus Schieferstein zu. Und noch bevor er Platz genommen hatte, begann er mit barscher Stimme und heftig zuckendem Schnurrbart Fragen zu stellen. Die Sitzung war eröffnet.

»Laut Protokoll der letzten Sitzung im Jahre 1039 MEZ…«

»Wie oft muß ich dir das noch sagen«, schnitt der König dem Kanzler das Wort ab. »Protokolle! Das ist Schnee von gestern, Vergangenheit! Mich interessiert der Fortschritt, die Zukunft. Sollen sich die Dichter und Historiker mit dem Gestern beschäftigen, mir gehört, was morgen sein wird! Neues will ich hören, Aufregendes, Glanzvolles!«

»Der Zehnte liegt gegenwärtig bei dreiundachtzig Prozent, Hoheit!« Der stechende, durchdringende Blick des Monarchen ließ Khannit zurückschrecken.

»Und ...?«

»Und das Inkasso-Prozedere verläuft im großen und ganzen störungsfrei, Sire.«

»Im großen und ganzen störungsfrei? Ich hatte den Eindruck, daß gewisse *motivierende* Maßnahmen erforderlich waren, um eine, äh, reibungslose Kooperation zu erzielen«, knurrte der König. Er lächelte dem schwarz gekleideten, dumpf vor sich hin brütenden Kommandanten Schyrling hämisch zu und starrte dann wieder unverwandt den Kanzler an.

»Nun, äh, in der Tat, Sire. Doch das ist mittlerweile geregelt«, schloß der lahm.

»Und ...?« knurrte der König wieder.

»Und?« winselte Khannit und strich sich über den Hals.

»Was das gekostet hat, will ich wissen! Wieviel hat der Einsatz der Schwarzen Garde gekostet, und wie willst du diesen Verlust wieder ausgleichen? Klartext, Mann! Kurz, knapp und ohne Drumherum!«

»Einsatzdauer: drei Tage, vierundsechzig Gardisten à drei Silbergroschen pro Tag.«

»Klartext!« schäumte der König bärbeißig. Er schlug mit der Faust auf den Tisch, womit er eine Menge Staub aufwirbelte und Schyrling ein Lächeln entlockte.

»Vierhundertachtundzwanzig Silbergroschen, Sire.«

»Ihr seid ganz schön teuer, Schyrling«, grinste der König dümmlich. Der Kommandant saß im Halbschatten, war mit seinem mattschwarzen Lederpanzer fast nicht zu sehen und verströmte ein Fluidum des Bösen. Der Helm, der neben ihm auf dem Tisch lag, wirkte kaum weniger bedrohlich als der Kopf, für den er gemacht war. Wie eine dunkle, drohende Wolke hing die Atmosphäre militärischer Gefährlichkeit über dem kurzgeschorenen Schädel – Schyrling war damit beschäftigt, das Gesamtvernichtungspotential des Wandschmucks zu taxieren. Er wußte gern über derlei Dinge Bescheid.

»Der augenblickliche Tarif auf dem Binnenmarkt, Sire. Je größer das Terrain, desto höher die Kosten.« Schyrling sprach mit einer Stimme, die ebenso leicht zu überhören war wie eine Lawine.

»Da ist was dran«, gab der König zu. Dann wandte er sich an Khannit und brüllte: »Also, was willst du unternehmen?«

»Wir verfügen über ausreichend Kapital aus dem Staatsschatz, um die angefallenen Lohnkosten zu ...«

»NEIN! NEIN! NEIN!« platzte der König los und trommelte auf den Tisch ein, als wollte er ihn in die Knie zwingen. »Falsch! Denk gefälligst nach! Gebrauch deinen Kopf, sonst hast du bald keinen mehr!«

»Äh, ja. Weil die Zehntenlieferung des Volks den Erwartungen nicht entsprach«, versuchte es der Kanzler stammelnd noch einmal, »und wir deshalb zu unangemessenen, äh, unumgänglichen Aufwendungen für die Vergeltungsmaßnahmen veranlaßt wurden, sollte also ...« Er schluckte. »... sollte also auch das Volk für die Kosten aufkommen.«

»Und das heißt?«

Khannit ließ die Schultern hängen. »Vielleicht ... vielleicht Zehntenerhöhung, Sire?«

»Mein Gott, jetzt hat er's! Richtig! Zehntenerhöhung! Nenn's meinetwegen Verwaltungsgebühr, wenn dir das lieber ist, aber setz die Abgabensumme noch mal rauf. Ich seh gar nicht ein, warum wir alles nur aus *unserer* Tasche bezahlen sollen. Es ist schon schwer genug, das Zeugs einzusammeln, auch ohne eine Bande räudiger, verlauster Gebirgler, die die Prozedur aufhalten. Umgehend ein Dekret erlassen! Zehntenerhöhung! Sofort!

Genauer gesagt: Zurückdatieren das Ganze. Um ein Jahr! Und streicht den Sankt-Strizzius-Tag!«

»Jawohl, Sire! Wenn Ihr wünscht, Sire!« Khannit schwitzte.

»Und ob ich das wünsche!« Mit diesen Worten verbannte der König den Kanzler aus seinen Gedanken und wandte sich an Schyrling. »Erzählt mir doch von Euren jüngsten Heldentaten. Wo wart Ihr eigentlich gestern abend?«

»Wie ich höre, habe ich eine interessante Jongleurdarbietung versäumt.«

»Für meinen Geschmack ein bißchen zuviel Publikumbeteiligung. Alles ein wenig überdreht, letztendlich ein wenig kopflos.«

»Das kann man wohl sagen, Sire.« Schyrling kicherte. Es klang wie das Brunftgeräusch von Pflastersteinen. »Ich war leider verhindert, Hoheit. Geschäftlich.«

»Laß ich Euch so schwer arbeiten?«

»Aber nein, Sire. Ich glaube, ich habe einen Rivalen für Euren lieben Drescher gefunden. Ich wollte Euch eigentlich fragen, ob wir uns nicht später einmal treffen könnten.«

»Ein Rivale? Oho! Das würde ich wirklich zu gerne miterleben. Wir sehen uns morgen früh, in meinen Gemächern!«

Die Sitzung wandte sich dann normaleren Themen zu, jenen faszinierenden und aufregenden Angelegenheiten, die der König über alles schätzte. Schyrling berichtete mit seismisch rumpelnder Stimme und immensem Behagen von der Vertreibung der Bewohner von Khucaph und von der Einäscherung der Hütten und schwelgte dabei in den blutrünstigen Wonnen der anschaulichen Rekapitulation. Gierig lauschte der König den Schilderungen tyrannischer Umtriebe, sonnte sich genüßlich und voll diebischer Freude im Widerschein der flackernden Flammen, die blutrot auf den Dächern der brennenden Katen tanzten, wärmte sein böses Herz an der Hitze der Lagerfeuer der Barbarei. Er bebte sichtlich, als er von den Taten seiner Schwarzen Garde hörte, die mit harter Hand und eiserner Faust erbarmungslos für Recht und Ordnung sorgte: Diebe wurden von galoppierenden Hengsten durch die Straßen geschleift; wer keine Hundemarke vorweisen konnte, wurde im Angesicht zetermordio schreiender Zuschauer von wilden Schakalen in Stücke gerissen; Parksündern wurde – falls es sich um kleinere Verstöße handelte – öffentlich der Bauch aufgeschlitzt. Das, dachte er mit wohligem Schauer, das ist es, was einen König ausmacht. Es war schön, König zu sein. Es war schön, sich um das Elend der Leute und ihre bittere Armut kümmern zu dürfen und dabei nie aus den Augen zu verlieren, was das Wichtigste war: das Wohl der Monarchie. Bei all dem Elend, das im Königreich herrschte, brauchte das Volk wenigstens einen glücklichen König.

Und während die Wonnen gemeinster Niedertracht wie junger, stürmischer Wein in seinen Adern brausten, erledigte man, was sonst noch auf der Tagesordnung stand. Besprach Pläne und Strategien für die Zukunft, schrie und brüllte, einigte sich am Ende und beschloß eine weitere rückdatierte, saftige Zehntenerhöhung (achtundachtzig Prozent!), schnürte ein Sparpaket und packte dreihundertvier diverse Steuern (neu eingeführte bzw. aufs neue erhöhte Steuern) in dieses Paket. Unter anderem eine Lese-*, Gemeinde-**, Eremiten-***, Daumen-**** und Teppichsteuer*****.

---

* Lesesteuer. a) Lesewillige hatten für hundert pro Minute gelesene Worte einen Zweidrittel-Silbergroschen zu bezahlen oder siebzehneinhalb Silbergroschen für jedes in ihrem Besitz befindliche Buch – je nachdem, was die größere Summe ergab. b) Personen, die nicht lesen konnten, hatten sechs Silbergroschen pro Jahr zu bezahlen, die Gebühr für den Unterricht, durch den Analphabeten zu Lesern gemacht werden sollten. Stundenpläne und Unterrichtszeiten konnten den Anschlägen entnommen werden, die in der Palastbibliothek (Eintritt: sechshundertdrei Silbergroschen) aushingen.

** Gemeindesteuer. Jeder, der in einem Gemeinwesen wohnhaft war,

Nachdem das erledigt war, schlug sich der König klatschend auf die Schenkel, verließ mit Kommandant Schyrling das Sitzungszimmer und begab sich in den Bankettsaal, zur Feier des erfolgreichen Sitzungstages, der so angenehm diktatorisch verlaufen war.

Er stapfte durch die Korridore, lachte lange und laut und blickte mit Verachtung über die Häupter hinweg, die sich ehrfürchtig vor ihm beugten. Ein glücklicher König! Dieser Eindruck ließ sich am besten vermitteln, wenn man demonstrierte, was das A und O der Königsherrschaft war: MACHT.

---

das aus mehr als zwei Einwohnern bestand, war gemeindesteuerpflichtig. Die Höhe des Steuersatzes wurde willkürlich festgelegt: durch Multiplikation der Punktezahl von fünf Würfeln mit der Anzahl der Meilen, die die betreffende Gemeinde vom Mittelpunkt von Schloß Isolon entfernt war.

*** Eremitensteuer. Jedermann, der ein Einsiedlerleben führte, sei es aus religiösen Gründen, aus Gründen der geistig-seelischen Gesundheit oder einfach deshalb, weil ihm ein Leben in jenem verlausten, von Ratten verpesteten Durcheinander, das gemeinhin Zivilisation heißt, zuwider war, war eremitensteuerpflichtig. Die Höhe des Steuersatzes wurde willkürlich festgelegt: durch Multiplikation der Punktezahl von acht Würfeln mit der in Fuß gemessenen Entfernung, in der der Einsiedler von Schloß Isolon lebte. Diese Steuer war auf Verlangen umgehend und bar zu bezahlen. Da auf Zahlungsverweigerung die unmittelbar zu vollstreckende Todesstrafe stand, war es nicht verwunderlich, daß es in Isolon nicht sehr viele Einsiedler gab.

**** Daumensteuer. Jede lebende Person, die über einen oder mehr Daumen verfügte, zahlte fünf Silbergroschen Daumensteuer. Pro Daumen und Jahr. Wem nachgewiesen wurde, daß er vorsätzlich und mit der ausdrücklichen Absicht, damit seiner Steuerpflicht nicht nachkommen zu müssen, einen seiner zwei Daumen abgetrennt beziehungsweise einen anderen mit der Durchführung beauftragt hatte, bezahlte dafür fünfhundert Silbergroschen Lügnersteuer und mit der Abnahme seines zweiten Daumens. Wer gänzlich ohne Daumen angetroffen wurde, wurde auf der Stelle niedergemetzelt.

***** Teppichsteuer. Wer über einen Teppich bzw. einen Bodenbelag (ausgenommen die übliche Bodenbedeckung aus Matsch und Dreck) verfügte, war teppichsteuerpflichtig: drei Silbergroschen pro Quadratfuß.

Als die Sonne über den Horizont kroch, verkrallten sich die gepanzerten Kontrahenten ineinander und umkreisten sich mißtrauisch. Der Kampf war jetzt in der dritten Runde, es floß bereits Blut. Zwischen zwei Brustplatten des königlichen Champions klaffte eine häßliche Wunde. Kaltblütig-stieläugig glotzte Drescher seinen Rivalen an, seine Fühler peitschten durch die feuchte, salzige Luft. Der Königliche Dekapode hatte einiges einstecken müssen. Im Augenblick wäre es richtiger gewesen, von einem Königlichen Nonopoden zu sprechen.

Kriller schlug mit der linken Schere zu, packte Drescher am Fühlergelenk, zwang ihn auf den Faßboden (wo der Königliche Champion ineffektiv herumscharrte) und setzte dann mit einem verheerenden Hieb mit dem Schwanz nach. Es knackte scheußlich, Dreschers Fühler ging zu Bruch, und der König schrie wutentbrannt auf.

Schyrling starrte angelegentlich in das Faß. »Es gibt nichts Schöneres als den Geruch von Seetang am Morgen!« Kriller schlug wütend nach Drescher. »Ich fürchte, die Tage des Champions sind gezählt. Er zählt gewissermaßen nicht mehr«, kalauerte Schyrling und zeigte die tätowierten Zähne. Sehr zum Mißfallen des Königs.

»Schwein gehabt«, fauchte der Monarch.

»Drescher bestimmt nicht!«

Der König schrie entsetzt auf: Kriller montierte Drescher mit weichtierischer Bosheit ein weiteres Bein ab und fuhr dann zum Todesstoß herum.

Die Sache war im Handumdrehen vorbei. Was Drescher anging: Nix mehr Champi, bloß noch Scampi.

»Wo kommt dieses *Ding* eigentlich her? Warum hat man mich nicht informiert? Nicht auszudenken, wenn es in die falschen Hände gelangt wäre. Nur *ich* darf den Champion besitzen!«

»Dieses *Ding*, Sire, kommt von draußen.«

»Von draußen? Soll das heißen, sie werden auch außerhalb unserer Zuchtfarmen gezüchtet?«

»Ja, Sire. Seit Jahren schon. Aber erst vor kurzem ist man dort dahintergekommen, was man damit machen kann.«

Der König packte sich den neuen Champion, legte ihn auf die flache Hand und betrachtete ihn eingehend.

»Hm. Nicht schlecht«, sagte er bewundernd. »Wie heißt der Züchter gleich noch mal?«

»Slym Muphyn, wohnt in der Innenstadt ...«

»Seine Personalien interessieren mich nicht. Schickt ihm eine Einladung für das Bankett morgen abend. Ich würde ihn sehr gerne kennenlernen.«

Schyrling wurde mißtrauisch. Noch nie hatte der König einen Bürgerlichen an seine Tafel geladen.

»Wollt Ihr ihn möglicherweise zum neuen Hoflieferanten machen?«

»Ach was! Gar kein Drandenken!« Er sah das siegreiche Krustentier an. »Der Panzer ist viel zu dünn.« Und um dem Kommandanten zu beweisen, wie recht er hatte, ballte der König urplötzlich die behandschuhte Faust und drückte zu. Grinste dabei und ließ stolz die Muskeln und Sehnen an seinem Arm spielen.

Dann wischte er sich die Hände ab und blickte Schyrling fest in die Augen.

»Seid so nett und sagt Putschieno, er soll mir so schnell wie möglich vom Feinsten liefern. Importvieh. Das taugt mehr und gibt mir zudem die Möglichkeit, mehr Steuergelder auszugeben.« Er grinste, machte auf dem Absatz kehrt und marschierte vom Kampfplatz.

Schyrling blickte traurig auf die zerquetschte Krabbe. *Was für eine Verschwendung*, dachte er. *Das kostet mich fünfundzwanzig Silbergroschen.*

Tief versteckt im behaglichen Dunkel in Hogsheads Rocktasche (die sich ihrerseits im Augenblick tief im weit weniger behaglichen Dunkel des Wilderergefängnisses von Schloß Isolon befand), lag, was bei flüchtigem Hinsehen wie ein ganz gewöhnlicher, harmlos schnulziger Liebesroman aussah. Bei genauerem Zusehen aber zeigte sich, daß die Seiten fünfunddreißig bis einschließlich einhundertachtzehn dem Kauwerk eines Mandibelpaares ausgesetzt gewesen waren, jenen mächtigen Kieferbögen, die sich (eine meisterliche Adaptionsleistung der Evolution!) im Laufe von Jahrmillionen zu dem ausdrücklichen Zweck ausgebildet hatten, die Ligninfasern von Pergamenten zu zerkauen, aus denen Bücher gemacht sind.

Sah man noch einmal genauer hin, dann konnte man entdecken, daß sich in dieser gemütlichen Aushöhlung etwas versteckte. Etwas, das nicht besonders glücklich war.

Hätte dieses Etwas Augenbrauen gehabt, dann hätte es diese geschmerzt abgewinkelt, um soviel Mitleid wie irgend möglich zu erregen; hätte es ein Lippenpaar besessen, es hätte mit diesem angespannt gezittert, um zu vermeiden, auf äußerst würdelose Weise zu schniefen; wären ihm zwei Arme gegeben gewesen, dann hätte es sich mit ihnen fieberhaft den Bauch gerieben.

Dieses Etwas war Ch'tin, der Bücherwurm. Und der hatte Bauchweh.

Hatte äußerst heftige Bauchschmerzen, die auf der Schmerzskala irgendwo zwischen scheußlichen Krämpfen und puren Höllenqualen lagen. Und die immer noch zunahmen.

Ch'tin quiekte elendiglich und krümmte sich in seinem Buch. Er hatte auch früher schon Magenverstimmungen gehabt. Damals etwa, als er mehrere Ligusterhecken verspeist, als er einen Haufen halb verfaultes Laub verschlungen, und dann, als er sich, halb wahnsinnig vor Hunger, über eine riesige Menge Flugblätter hergemacht hatte: politisches Werbematerial für eine Kommunalwahl, von dem er einiges kaum runtergebracht hatte.

Aber noch nie hatte er Bauchweh gehabt, wie er es jetzt hatte. Obwohl – einmal vielleicht doch. Aber das war anders gewesen: Die Bauchschmerzen damals hatten Alpträume verursacht.

Die Erinnerung daran machte ihm jetzt noch angst: Er hatte Stimmen gehört, ein Gewirbel aus Erzählhandlungen, nachdem er sich über den *Anhang IIIb* von *Die Wahrhaft HIstoria von denen ZAubrischen und MAgischen Künsten* hergemacht hatte. Wie hätte er, ein harmloser Bücherwurm, aber auch wissen sollen, daß die Lehrbücher der Zauberkunst nicht lediglich mit üblicher Druckerschwärze gedruckt sind? Daß ihnen vielmehr der Text mit Hilfe von Thaumatin-Farbstoffen auf magische Art und Weise eingeprägt wird? Sagt einem ja keiner! Kein Mensch warnt einen davor!

Ch'tin zuckte zusammen: Wieder fuhr es ihm wie ein Blitz durch die Eingeweide! Es war eine Empfindung, die ihm entsetzlich bekannt vorkam.

Aber das war doch nicht möglich …

Oder doch?

Die frühmorgendliche Chorgemeinschaft der Lüfte zirpte, kreischte und krähte wie üblich und schmetterte die unmelodischen Bekundungen ihrer Wesensart laut über das schnarchende Cranachan hin, schlug sie den Schläfern erbarmungslos um die abgeneigten Ohren und rüttelte mit dem Einfühlungsvermögen eines Preßluftbohrers die ganze Einwohnerschaft wach. Eine Schar Gänse fuhr brausend auf und ließ sich nach kurzem Formationsflug auf ihrem Lieblingsplätzchen für das Morgenkonzert nieder. Im Laufe vieler Generationen hatten die Wildgänse herausgefunden, daß hier, genau zwischen den hochaufragenden Mauern des befestigten Reichspalastes von Cranachan und einer gewölbten, grob behauenen Felswand, eine Stelle lag, die ganze Lautsprecherbatterien überflüssig machte. Der Lärm, den vier oder fünf gut aufeinander eingestimmte Gänse produzierten, wenn sie es richtig krachen ließen, war umwerfend. Ganz besonders dann, wenn sie den richtigen Rhythmus fanden, wenn jeder Schrei durch das Echo des vorangegangenen Schreis verstärkt wurde. Erstaunlicherweise wußten die cranachischen Schläfer diese kakophonische Lärmorgie nur wenig zu würdigen.

Kha Putschieno stieß eine Reihe wüster Flüche vom Feinsten aus, steckte den Kopf unter das pinkfarbene Nullon-Bettuch* und warf sich stöhnend herum.

Benebelt vom regionalen Rotwein, von dem er ein paar Flaschen zuviel getrunken hatte, wurde ihm mit einemmal undeutlich bewußt, daß er nicht allein war. Was an sich nichts Besonderes war. Da er der mächtigste und erfolgreichste Krabbenzüchter von Cranachan war und seine Finger noch in ein paar anderen, weit weniger legalen Unternehmungen hatte, war die Anwesenheit attraktiver Maiden, die durch Verführung überzeugen wollten, alles andere als ungewöhnlich. Wie weit die Töchter irgendeines der vielen nicht ganz so ungemein erfolgreichen Krabbentrainer gehen würden, um einen besseren Preis für den nächsten Preisboxer ihres Vaters auszuhandeln, oder mit welchen Verführungskünsten eine verzweifelte Ehefrau versuchen würde, wenigstens ein paar Dezimeter vom Schuldenberg ihres Ehegatten abzutragen – das war für Kha Putschieno ein nie versiegender Quell lüsterner Vergnügungen. Oder zumindest eine äußerst vergnügliche Art zu feilschen.

Heute morgen aber gab es ein paar Dinge, die seinen

---

* Nullon. Ein feiner Webstoff, gesponnen aus Fasern, die man durch Copolymerisation zweier Komponenten erhielt, die ihrerseits wieder aus den vermoderten Körpern ausgestorbener Würmer, aus Blattläusen und einer größeren Kollektion seit langem verendeter Meeresschnecken gewonnen wurden. Kurz nach dem Ende des mittlerweile legendären Zweieinhalb-Minuten-Kriegs eingeführt, wurde dieses Material auf der Stelle zum Kassenschlager: Die cranachische Damenwelt stürzte sich in Nullon-Strümpfe und warf ihre unmoderne Seidenware umgehend ab.

Wer trägt schon gerne etwas, das aus dem Hintern einer Raupe ausgepreßt wird.

hochentwickelten skeptischen Sinn weckten: Erstens konnte er sich nicht erinnern, daß er am vergangenen Abend jemand eingeladen hatte; zweitens stand das Fenster weit offen; drittens war das Bettuch naß; und viertens roch seine Gesellschaft sehr stark nach Fisch.

Kha Putschieno drehte es den Magen um, als er die Nullon-Laken zurückschlug. Entsetzt stierte er, noch halb schlafend, auf das, was er vor sich sah: Da lag – jedes der zehn Beine sauber und mitleidlos amputiert und neben dem abgetrennten Kopf angerichtet, dazu zwei Zitronenscheiben (dünngeschnitten) und ein Schüsselchen mit Chili-Soße – der fritierte Leib der Boxerkrabbe Fäustling.

Am Kopfteil des Bettes hing ein Pergamentfetzen, auf dem mit glitzernder Fischsoße geschrieben stand:

Bon appétit!
Der Appropriator

III

VON SCHWERTERN UND BAUCHSCHMERZEN

Die Prinzessin saß unter einer großen Linde – es war ein wunderschöner Tag, und die Sonne schien, wie sie das immer tat – und spielte mit einem kleinen, goldenen Ball. Jeden Tag spazierte sie den gelben Pfad entlang, der wegführte von dem zartgrünen Schloß, und pfiff dabei ihr immer gleiches Liedchen. Jedesmal wollte sie hopsen und springen, so fröhlich wie die Sonnenstrahlen, die funkelnd über einen entzückenden Busch tanzten. Und jedesmal kam es nicht dazu. Sie war – und das wußte sie ganz genau – die schönste von den drei Königstöchtern. So stand es ja auch ganz oben an den Himmel geschrieben, in riesigen schwarzen Lettern:

»Es war einmal, vor langer, langer Zeit, da ging des Königs schönstes Töchterlein in den Wald …«

Womit eigentlich beinahe schon alles verraten ist.

Ein paar Absätze lang (während der üblichen langweiligen Schilderungen, wo der Wald und der kleine Hügel beschrieben werden, die Quelle und der Brunnen, der so tief ist, daß man nicht bis auf den Grund sehen kann …) hatte sie mit ihrem kleinen, goldenen Ball gespielt, und jetzt … Überraschung, Überraschung! … entkommt ihr der Ball, der eigentlich kinderleicht zu fangen ist! Mit gespieltem Entsetzen sieht sie gelangweilt zu, wie er davonhüpft, in den Brunnen fällt und dann – ein unerhörter Verstoß gegen die Gesetze der Physik – tatsächlich versinkt und untergeht!

Da beginnt sie zu klagen.

Und kommt sich wie jedesmal entsetzlich dumm dabei vor. Wegen eines blöden Balls zu jammern! Papa ist König, und wenn sie ihn brav darum bittet, kauft er ihr einen neuen! Und wenn sie es richtig anstellt, könnte sie wahrscheinlich auch dem Spielwarenhändler einen abschmusen. Von einer wunderschönen Prinzessin erwartet man eigentlich, daß sie alles hinkriegt. Sie sollte durchaus in der Lage sein, sich ab und an etwas gratis zu beschaffen, wofür ist sie schließlich Tochter des Königs!

Aber: *Klagen!* heißt es. So ist es vorgeschrieben, in riesigen schwarzen Märchenbuchlettern. Also begann sie zu klagen:

»Ach, mein schöner Ball! Versunken im Brunnen!« Ein paar Tränen kullerten über ihre rosenfarbigen Wangen.

Was für ein Affentheater! Sie krümmte sich.

»Was weinest Du, o Königstöchterlein ...?«

So hätte es jetzt amphibisch aus dem Brunnen zu ihr herauftönen müssen. Sie wartete ...

»... ein Herz aus Stein, hart wie Granit, es schmölze dahin beim Anblick Deiner Thränen ...«

Sie wartete.

Und wartete.

Ihr Wehklagen klang inzwischen ein wenig gezwungen. Die Sache zog sich aber auch wirklich ungebührlich lang hin.

»Pssst! He, Lurchi!« flüsterte sie zwischen bühnenreifen Schluchzern. »Jetzt mach endlich!«

Das Wasser im Brunnen blieb absolut still.

»He! Tempo!«

Dann wieder geschmerztes Gejammere, lustlos vorgetragen.

»Hör mal zu: Lang halt ich das nicht mehr durch. Gib mir den Ball zurück!«

Aquatische Zurückhaltung.

Die wunderschöne Prinzessin raffte wütend ihre Röcke und stapfte an den Brunnen.

»He, grüner Junge! Komm endlich raus und tu deine Pflicht. Mach schon: *Was weinest Du, o Königstöchterlein…?*« schrie sie in das abgrundtiefe Loch.

»Jetzt gib mir schon den Ball, damit wir endlich weiterkommen! Oder grantelst du etwa wieder wegen deiner Arbeitsbedingungen? Ich geb ja zu, daß du den beschisseneren Part abbekommen hast: Hockst den ganzen Tag in diesem Tümpel rum und mußt dann auch noch die kalten Marmortreppen raufwatscheln. Paß auf: Du gibst mir den Ball, und ich schmeiß dich dafür vorm Zubettgehn nicht mehr so fest an die Wand… Einverstanden? … Was sagst du dazu?«

Nichts rührte sich unter der Wasseroberfläche, absolut nichts.

»Jetzt reicht's!« Sie kreischte, stampfte mit dem Fuß auf, und der gläserne Pantoffel ging zu Bruch. »Scheiße! Der Requisiteur wird begeistert sein!« fluchte sie vor sich hin.

»Ich geb dir noch fünf Sekunden, dann kommst du raus! … Genau fünf! Sonst bin ich auf der Stelle beim Verleger. Prinz hin oder her: Ich laß mir deine breitmäuligen Launen nicht mehr länger gefallen!«

Sie machte auf dem intakten gläsernen Absatz kehrt und humpelte aufgebracht vor sich hin maulend davon.

Slym Muphyn, der im exklusiven Kreis seiner Freunde *Das Muli* genannt wurde, wollte seinen Augen kaum trauen, als ihm eine dampfende Platte mit Wellhornschnecken serviert wurde. Echte Wellhornschnecken, Import aus dem weitentfernten Krillingen! Der König von Isolon und Cranachan ließ es sich wirklich an nichts fehlen! Seine Festgelage waren legendär. Nichts, was als Delikatesse, als Luxus, als Aphrodisiakum oder alles drei zusammen galt, durfte auf der Speisekarte fehlen, wenn der König ein Bankett gab. Und wenn das nur durch eine Anhebung des Zehnten zu bezahlen war, dann war das eben der Preis, den das Volk für einen glücklichen Monarchen zu zahlen hatte.

Nicht umsonst sagte er seinen Untertanen immer wieder: »Ein glücklicher König erhöht eure Lebenserwartung.«

Feuerschlucker in prächtigen Kostümen schluckten übelriechende Flüssigkeiten und atmeten gewaltige, wabernde Feuerstöße aus, in deren roter Glut jedesmal wieder einige Fliegen verschmorten. Die Jongleure blieben diesmal verständlicherweise am Boden und hopsten allenfalls ein paar Zentimeter hoch in die Luft. Dafür wirbelten sie Keulen, Messer und brennende Fackeln durch die Luft und ließen den König und die Mitglieder des Rates keine Sekunde lang aus den Augen. Schyrling kaute an einer gewaltigen Keilerhaxe, hinter ihm hockten zwei riesige Wolfshunde: erwartungsvoll, mit speicheltriefendem Maul. Hofnarren in buntscheckigen Kostümen hüpften ausgelassen durch den Saal und verwalkten die arglosen Schlemmer mit aufgepumpten Schweinsblasen. Es war ein Festmahl wie alle anderen: beschaulich und harmonisch.

»Schon lange in der Boxerzucht?« schrie der König. Sein Knebelbart triefte von Schweinefett.

Muphyn, das Muli, blickte von seinen Wellhornschnecken auf und deutete sich auf die Brust: »Ich?« fragte er kaum hörbar.

»Sitzt ja wohl sonst keiner hier, der Krabben züchtet, oder? Also: Wie lange schon?«

»So zwei Jahre vielleicht, Hoheit.« Die Hand mit der Schnecke hielt mitten in der Bewegung inne.

»Und wieviel wirklich gemeine Viecher hast du in dieser Zeit gezüchtet?« brüllte der König.

»Wie? Meint Ihr Wettkampfmaterial?«

Der König nickte, seine Augen glühten merkwürdig.

»Bloß den ein, Sire. Tut mir leid, Sire, bloß Kriller. Und der is verkauft.«

Schyrling betrachtete die rechte Hand des Königs und dachte an die Krabbe.

»Gut«, sagte der König. »Sehr gut. Ganz so, wie's sein soll. Und jetzt laß dir's schmecken.«

Schyrling war sich nicht sicher, ob es einfach daran lag, daß Kharthezsh König war. Aber ihm war, als hätte er in dieser Äußerung etwas diktatorisch Endgültiges mitschwingen hören.

Der Krabbenzüchter puhlte eine weitere Schnecke aus ihrem Haus und schob sie sich in den Mund. Er erschauerte genüßlich, als die satt geknofelte Butter eine Geschmacksexplosion auf dem Gaumen zündete. Um ihn herum tobte, wirbelte und schrammelte der Haufen der Stimmungskanonen munter weiter, ein jeder so, wie man es von ihm erwartete.

Plötzlich hustete Muphyn. Er wurde bleich, das Messer fiel ihm aus der Hand, spießte sich in das Brotbrett und nagelte es auf der Tischplatte fest. Muphyns Hände krallten sich um seinen Hals, er verfärbte sich rot, dann gelb und nahm schließlich eine seltsam ziegelbraune Schattierung an. Er keuchte, schwitzte, zitterte. Schließlich stand er auf, drehte sich um, zuckte noch einmal kurz und stürzte dann mitsamt der Platte Wellhornschnecken krachend zu Boden.

»Du liebe Zeit!« Mit finsterem Gesicht sah König Kharthezsh zu, wie die Schaltiere über die Tischkante verschwanden. »Was für eine Verschwendung! Das schöne Essen!«

Schyrling glotzte die Schnecken an und schluckte ängstlich.

»Sieh einer an! Wellhornschnecken, um jemand zu vergiften!« sagte der König noch. »Die müssen ihn ja wirklich gehaßt haben. Wache! Schafft ihn raus! Und du, Magd, räumst mir die Garnierung von diesem Kaninchen! Und holt die Tänzerinnen!«

Die Leiche von Muphyn wurde weggeschafft. Schyrling beobachtete das Gesicht des Königs. Er hätte eigentlich erwartet, daß sich wenigstens der Anflug eines Gefühls des Bedauerns auf diesem Gesicht zeigen würde… Natürlich wußte er, daß der König Konkurrenz nicht ausstehen konnte. Aber was eben passiert war, das war dann doch ein bißchen *sehr* derb.

In einer Ecke am anderen Ende des Saals grinste ein gedrungenes Subjekt mit schwarzem, angeklatschtem Haar blasiert und selbstzufrieden vor sich hin und zwinkerte dem König zu. Es war der erfreulichste Giftmord, den Kha Putschieno jemals besorgt hatte! Und weil es sich um eine Arbeit im Auftrag der Krone handelte, war nicht nur jegliches Folgerisiko ausgeschlossen – die Sache wurde großzügig honoriert und schaffte ihm außerdem auch noch alle Konkurrenten in der Boxerkrabben-Branche vom Hals.

Und Konkurrenz war etwas, auf das er jetzt gut und gern verzichten konnte. Die Leiche von Fäustling in seinem Bett…: Wenn er nur daran dachte, wurde ihm wieder schlecht.

Da war das Reich eine lange Zeit in großer Gefahr, denn jeden Edelmann verlangte es sehr nach der Königswürde. Und so schickte man nach jedem Lehensherren im Reich und nach all den edlen Kriegern, auf daß sie sich einfänden in der Hauptstadt, anderenfalls man sie mit dem Bannfluch belegen würde. Und die Geistlichkeit hob an zu beten um ein Mirakel, auf daß durch ein Zeichen bestimmet werde, wer hinfort König soll sein. Und als die Glocken die Feier der Morgenmette und die Frühmesse einläuteten, erschien neben dem Hochaltar ein gewaltiger Stein, der maß vier Fuß im Quadrat. Und auf diesem Marmelsteine, inmitten des Kirchhofs dortselbst, war ein Amboß zu sehen, nahezu eine Elle hoch, und in ihm steckte ein blankes Schwert. Und in güldener Schrift, deutlich und unmißverständlich standen diese

Worte geschrieben, die da lauteten: »Wer immer dies Schwert *Exhibitur* herausziehet, der ist des Reiches rechtmäßiger König.«

Und jedermann war ganz gehörig beeindruckt.

Und wurden geschwinde zehn mächtige Ritter bestellt und hurtig ein Baldachin errichtet und angebauet zu Schutz und Schirm des genannten Steines. Und kam dann die goldene Lichtmeßzeit, und die Kerzelein leuchteten weit und breit, da trippelten sie in güldenen Sandaletten sonder Zahl voll drängender Begier und von Hoffnung entflammt eiligst an diesen Heiligen Ort. Und inmitten des Volksgewimmels stolperte, die Füße wund und weh im Gemüth ein Jüngling. Wahrhaftig, es war dieser Jüngling der junge Halva, der Lieblingsknappe des edlen Ritters Camelbert, und war er erfüllt von heißem Verlangen, einzutreten unter den rot-grünen Baldachin und Exhibitur aus dem Amboß zu ziehen. Und beiseite schob er die Vorhänge und stürmte hinein. Und laut erhob er seine Stimme und kam zu dem Stein und dem Amboß und schrie: »Ha! Teufel auch! Welcher Witzbold hat das blöde Schwert geklaut, hä? Verdammt noch mal, wo isses? Wie soll ich da König sein, wenn sich einer das Ding unter den Nagel gerissen hat?«

Und jedermann zuckete rathlos die Achseln.

»Hört mal: *Ich* soll das Ding rausziehn, *ich* und sonst keiner! So, wie's in der Geschichte steht ... Oder ... Nein, nein, nein! Nicht schon wieder eine Neubearbeitung! Das reicht jetzt endgültig! Ich muß auf der Stelle zum Herausgeber. *Le Morte D'Halva!* Von wegen! Eher schon *Le Morte D'Editor,* falls er mir eine Neufassung verpaßt hat! Ich hab schließlich einen Vertrag ...«

Überall war er zu hören, in jedem Kellergeschoß des Gefängnisblocks von Schloß Isolon: ein einsamer, verwirrter, gellender Schrei. Ausgestoßen von einer weiblichen Kehle, irrte er laut hallend, wie in panischer Flucht durch das tiefe, düstere Dunkel.

Dort stand sie, in pechschwarzer Finsternis, und … stand einfach da. Es war sehr merkwürdig: Eben noch war sie damit beschäftigt gewesen, das zu verrichten, was immer es war, womit sie beschäftigt gewesen war, und dann … dann nicht mehr. Und jetzt konnte sie sich nicht einmal mehr daran erinnern, womit sie überhaupt beschäftigt gewesen war. Aber es war nicht so, daß sie es vergessen hätte … Sie hatte es von vornherein nicht gewußt. Im Augenblick tat sie etwas, das sie noch nie getan hatte.

»Komm schon, Schätzchen! Mach keine Dummheiten.«

Die Stimme kam aus dem nachtschwarzen Dunkel. Klang lüstern und ließ sie an braune Zähne denken.

»Mach schon, gib's mir! Du willst es doch auch!«

Ein ohrenbetäubender Krach! Mit einem entsetzten Aufschrei ließ sie das Tablett fallen (sie hatte gar nicht bemerkt, daß sie ein Tablett in den Händen hielt), verstreute das trockene Brot und verschüttete das Wasser.

»Joi! Warum hast du das gemacht, Süße? Ich wollte doch, daß du's mir hier reinbringst. Hab mich so auf die knusprige Kruste gefreut.«

Sie starrte die Gittertür an, die schemenhafte Gestalt, die vor ihr auftauchte, als sich ihre Augen an das Dunkel gewöhnten. Wie kam sie hierher? Und wo war *hier?*

Weil ihr die klassische Ausbildung in Parathaumarer Temporalmodifikation fehlte, zermartete sich Courgette eine Ewigkeit lang das Hirn, um hinter Herkunft, Name und Taxonomie jener Lebewesen zu kommen, die schuld daran waren, daß sie, vor jetzt vierzehn Jahren in der Vergangenheit, unversehens aus jenem Tal in den Krapathen geholt worden war, ohne daß man sie lange um ihre Einwilligung gefragt hätte.

Angstbebend kratzte sie sich fieberhaft den fuchsroten Kopf und versuchte sich zu erinnern, was sie vor fünfzehn Sekunden gemacht hatte. Jubelnd hatte sie in das Tal hinuntergesehen, wo die mächtige cranachische

Armee restlos besiegt worden war – von einer Handvoll Kinder und einem kleinen braunen, ungeheuer eifrigen Beuteltier.

Sie blickte sich um, suchte in der Finsternis nach ihren Freunden, nach Firkin, Dawn und Hogshead. Vor allem nach letzterem. Sie waren verschwunden. Aber wohin bloß?

Sie erinnerte sich undeutlich an aufblitzende Lichter, an einen Wirbel von Bildern, an zahllose Hände, die nach ihr griffen und zupackten und sie von den anderen wegzerrten. Nein, keine Hände. Etwas, das stärker war und ... und kleiner. Etwas, das schwirrte und summte.

Zeitfliegen waren es, jene mikroskopisch kleinen, quasiempfindungsfähigen Schwärme geflügelter Zeitboten, die – in Anspielung auf jenes berühmte Motto ›Tempus fugit‹ – im allgemeinen ›Fluchtfliegen‹ genannt wurden. Sie existierten nur in den Enzyklopädien, Wörterbüchern und Nachschlagewerken der Zentralen Handbibliothek der *Gesellschaft zur Sicherung der Zeitgewißheit und Austilgung von Kontinuitätsfehlern*. Und selbst dort, in dieser wichtigsten Stätte chronologisch geheiligter Gelehrsamkeit, selbst dort durfte nur ein einziges Exemplar eingesehen werden, und auch das durfte nur in sehr kleinen Portionen und unter der strengen Aufsicht mehrerer Kustoden studiert werden. Absolute Sicherheit war oberstes Gebot. Wäre ein derartiges Buch in die falschen Hände geraten, es hätte den Ruin des Antiquitätenhandels bedeutet. Über Nacht wäre der Markt mit gefälschten Gobelins überschwemmt worden, mit minderwertiger Importware aus Jahrhunderten, in denen Arbeitskräfte noch billig gewesen waren. Es hätte das Ende für Börse und Börsenmakler bedeutet. Niemand hätte mehr investieren wollen, auch nicht in das glänzendste Geschäft, wenn die Erstellung einer detaillierten Gewinn- und Verlustanalyse für wenigstens die nächsten zehn Geschäftsjahre nicht mehr möglich gewesen wäre.

Was nun Courgette anging, so wäre es sehr gut möglich gewesen, daß sie sehr bald schon den vollkommenen geistig-seelischen Zusammenbruch erlitten hätte. Wäre zufällig jemand vorbeigekommen und hätte ihr freundlicherweise eine erschöpfende und thaumaturgisch korrekte Erklärung der Bedeutung ihrer Aktionen von damals, vor vierzehn Jahren, geliefert, jener Aktionen, durch die sie den Lauf der Geschichte abgeändert und das Heer von Isolon zum Sieger im Zweieinhalb-Minuten-Krieg gemacht hatte, dann wäre es soweit gewesen: Dann wäre Courgette wie ein wimmerndes Häuflein Elend zusammengebrochen.

Weil ihr aber keine Erklärung zur Verfügung stand, fand sie sich mit ihrer Situation ab, so wie sie es am besten konnte: In der Finsternis des Schloßgefängnisses von Isolon nahm sie ihren konfusen Kopf in die Hände, umklammerte ihn so fest sie konnte, pumpte sich die Lungen voll und schrie.

Der Reiter auf dem riesigen Pferd holte gewaltig aus und zielte mit dem Schläger auf den Ball. Das Roß schäumte und dampfte, seine Hufe rissen Erdklumpen aus dem Boden des Spielfelds, es brach aus und jagte auf den Ball zu.

Von links brüllte eine schwarzgekleidete Gestalt mit dröhnender Stimme über das Polofeld: »He, Pest! Hier! Hier rüber! Los, mach schon, zu mir rüberpassen!« Das Publikum tobte.

Der Krieg jagte über die 50-Meilen-Linie, er gab seinem Roß die Sporen, Fetzen der Grasnarbe wirbelten durch die Luft ... Der Krieg hielt die Mannschaft der Tempelritter in Schach, und die Pest gab mit einem wunderschönen Paß an den Tod ab. Souverän, so wie man es von ihm kannte, nahm der schwarz Verhüllte an, grinste fleischlos und sprengte mit wehenden Mantelschößen auf das Tor zu.

Mit aufgeregtem Geschrei warnte die Pest den Hunger: Ein Tempelritter hatte die Deckung des Kriegs durchbrochen und hielt geradewegs auf den stürmenden Tod zu. Ein paar apokalyptische Augenblicke lang sah es so aus, als könnte der Templer den grausamen Sensenmann frontal angehen. Die Pest riß an den Zügeln, ritt mit einem scharfen Schwenk, der die Rasendecke aufspritzen ließ, nach links ab und stürzte sich auf den Ritter. Wie eine Welle lief es rund um das Oval des Stadions, die Menge fuchtelte wild mit den Armen.

In diesen letzten Minuten des letzten Spielabschnitts im Finale der offenen Polomeisterschaften der Kapiteldimensionen (die Apokalyptischen Vier lagen um ein Tor hinter den Tempelrittern zurück), in dieser Situation achtete niemand auf die schwarze Wolke, die über dem Hunger hing und zusehends größer wurde.

Der verzweifelte Ritter warf seinen Schild mit dem roten Kreuz weg, drückte sich flach an den schweißnassen Hals seines Pferdes und preschte haarscharf hinter der Pest vorbei.

Der Krieg brüllte und fluchte wie ein Fuhrknecht – womit er sich einen bösen Blick des Schiedsrichters einhandelte.

Der Tod trieb den Ball weiter, hielt ihn dicht an den donnernden Hufen seines Rosses und sprengte im rasenden Galopp auf das Tor zu. Das bis auf den letzten Platz ausverkaufte Stadion unterstützte ihn mit heiserem Gebrüll. Konnten die Apokalyptischen Vier noch den Sieg erringen?

Wirbelnd türmten sich schwarze Kumuluswolken über dem Hunger auf, der hinter dem Tod hergaloppierte.

Plötzlich brachen noch einmal zwei Templer durch. Sie schwangen ihre Schläger hoch über den Köpfen, sprengten in großem Bogen um den Krieg herum und preschten über das Spielfeld. Die Menge geriet aus dem Häuschen. Der Hunger riß an den Zügeln und galoppierte los, um sie abzufangen. Und genau in diesem Augenblick verdichtete sich die schwarze Wolkenbank, stieß auf das Spielfeld, geradewegs auf den Hunger herab, und war im nächsten Augenblick verschwunden.

Und mit ihr der Hunger.

Der Tod schrie. Er brauchte Unterstützung, sonst stand er im Abseits, und das Tor wurde nicht anerkannt. Der Krieg raste mit Geschrei über das Feld, der Schiedsrichter leckte schon das Mundstück seines Pfeifchens und zählte die letzten Sekunden ab. Da schlug der Tod den Ball aus einer Entfernung von achtzig Metern auf das Tor und …: Daneben! Schlußpfiff! Die Menge tobte. Die Apokalyptischen Vier hatten verloren. Sie, die noch niemals verloren hatten!

Der Tod fuhr herum, sein Schädel schlug vor Wut Falten. »Wo, zum Teufel, war denn der Hunger! Ich hätte das Tor schießen können, wenn er da gewesen wäre! He, Hunger?«

Wo war der Hunger?

Es war ein erbärmliches Leben, das Courgette in den Katakomben des dicht bevölkerten Gefängnisblocks von Schloß Isolon führte. Nur das Wasser, das von der Decke tropfte, zeigte ihr, daß die Zeit verging. Wie die Kakerlaken über den Fußboden, so huschten ihr die Fragen durch den Kopf und machten scharrend auf sich aufmerksam. Ihr Gedächtnis zappelte und zerrte an den Würmern der Vergangenheit, die auf den grünen Wiesen der Geschichte im Boden steckten, und suchte verzweifelt nach einer Erklärung. Bei der Arbeit (es war *ihre* Arbeit – Courgette wußte das ganz bestimmt, auch wenn sie nicht zu sagen vermocht hätte, warum oder woher sie es wußte) waren Szenerien aus der Vergangenheit in ihrer Erinnerung aufgetaucht, flüchtig und verschwommen, wie Fische, die pfeilschnell im trüben Wasser davonschossen, das ohne Ende unter der Brücke lang vergangener Tage rauschte. Und jedesmal wieder schien sich alles noch weiter entfernt zu haben. Sie wußte ganz sicher, daß sie im Gefängnis arbeitete und die Gefangenen mit Wasser und trockenem Brot versorgte, mit Brot, das Val Jambon buk, ihr Vater, den sie nie sehen durfte. Und genauso bestimmt wußte sie, daß das seit acht oder neun Jahren so ging. Tag für Tag.

Aber warum erinnerte sie sich an all diese vielen Abenteuer? An Hogshead, Firkin, Dawn, Klayth...? Klayth, Prinz von Isolon und Cranachan: Wieso bildete sie sich ein, daß sie ihn kannte? Sie erinnerte sich ganz deutlich daran, daß sie mit ihm gespielt hatte! Sie erinnerte sich an weit entfernte Orte, an Guldenburg, an Losa Llamas, das Forschungszentrum der thaumaturgischen Physik, an die Schloßbibliothek in Isolon ... sie sah das alles ganz plastisch vor sich. Und warum war sie verwirrt von allem, was sie rund um sich sah?

Warum kam ihr dabei immer wieder das Wort *Psychoanalytiker* in den Sinn?

Plötzlich schlug ihr Gebrüll und Geschrei an die Ohren, sie hörte Schlüssel klappern, hörte Getrampel. Die schwere Holztür wurde aufgerissen, und sechs Männer der Schwarzen Garde verfrachteten ein paar Neuzugänge ins trübe Dunkel dieser Unterwelt.

»Hört endlich auf zu zappeln!« brüllte eine muskelbepackte Stimme.

»Aber das war ein Fehler!« schrie eine schmächtigere, dünnere Stimme.

»Sag ich doch dauernd: *Euer* Fehler!«

»Bäääh! Hier stinkt's!« zeterte ein weibliches Stimmchen. »Scheußlich!«

Courgette spürte, wie ein paar Saiten in ihrer Erinnerung angerissen wurden.

»Keine Angst, Kleines. Sehr lang müßt ihr hier nich bleib'n. Was, Bronzo! Hab ich doch recht, oder?«

Ein finsteres Kichern klang durch das Dunkel.

»Phuuu! AwaichhanniLuffnichsolangganhaltn.« Das Mädchen hielt sich krampfhaft die Nase zu.

»Tut mir außerordentlich leid, daß ihr überhaupt hier rein müßt, aber ...«

»Das möcht ich aber auch meinen!« schimpfte die dünne Stimme. »Der König wird bestimmt wissen wollen, warum man uns überhaupt hergebracht hat. Es ist unerhört!«

»Wenn ich vielleicht ausreden dürfte«, knurrte die muskelbepackte Stimme. »Dauert nur paar Tage. Der Henker hat sich eine leichte Verkältung geholt. Is schon erstaunlich, wie ein paar Nieser die Abstimmung der Bodenklappen unter den Galgen durcheinanderbringn könn. Hättet ihn sehn solln, wie er vier gleichzeitig aufstellen wollte. Tragisch war das. Er is ein Künstler, müßt ihr wissen. Geht ihm nix über sein Synchro-Pendeln. Kannze dich noch erinnern, Bronzo, wie er mal zehn in einer Veranstaltung runterrasseln hat lassen? War traumhaft! Fünf Paare, taktmäßig kommen sie runter, jeder löst die Kippmechanik von seim Hintermann aus... Große Kunst so was, reinse Poesie! Die Leute ham getobt! Klar, daß es für so was eine Auslösemechanik braucht, die bei der leisesten Berührung losgeht. Und die kann man nicht installiern, wenn man dauernd niesen muß!«

»Ja und?«

»Oh, 'tschulligung. Hab mich wohl bißchen hinreißen lassen. Also, jedenfalls gibt's jetzt nen leichten Auftragsüberhang. Aber trotzdem: Ihr habt ein Mordsglück! Wird euch umhaun, wenn ich euch sag, was er vorhat. Was meinze, Bronzo? Soll ich's ihnen sagn?«

»Klar doch. Is ja auch echt eine Ehre!«

»Eben. Und deshalb solltet ihr euch die Sache auch nich entgehn lassen... 'tschulligung, warn blöder Witz. Jedenfalls: Er plant, fünf Dreiergruppen, die im Dreieck auf nem pyramidenförmigen Gerüst gruppiert sind, gleichzeitig durch die Fallbretter am Galgen sausen zu lassen... Wunderschön wird das sein! Trotzdem – ich kann hier nicht den ganzen Tag verplaudern. Muß vor dem Mittagessen noch ein paar Dutzend sinnloser Gewalttaten erledigen. Also rein mit euch!«

Ein kurzes Gerangel, Protestgeschrei, dann schlug die große Tür zu, und die sechs massigen Schwarzgardisten rückten eilig ab.

»Ich wünsch dem Henker, daß schönes Wetter is. Wenn's feucht is, kann der Strang ziemlich pappig werden«, sagte der Gardehäuptling, als die Tür ins Schloß fiel. »Könnte die ganze Sümmetrie durchnannerbringn, wenn einer von ihnen nich richtig runtersaust.«

»Genau. Wär echt jammerschad«, pflichtete Bronzo bei.

Der Schwarzgekleidete brachte mit einer unanständigen Geste seinen Frust zum Ausdruck, verzog das Gesicht zu einer entsprechend höhnischen Grimasse und fluchte ausgiebig. Dann zerfetzte er die eben gelieferte Tageszeitung und warf sie quer durch das riesige Zimmer im cranachischen Untergrund.

»Reporter!« Der Appropriator schäumte vor Wut, böse funkelte es hinter der ledernen Augenklappe. »Was wissen die schon!«

»Wos? Hom sie Eieren Namen schon wieder falsch gäschriebän?« fragte Vlad aufgeregt.

»Sie glauben, einer von seinen Konkurrenten hat es getan!« kreischte der Appropriator und schlug mit der Lederfaust auf die Armlehne des glanzpolierten Bronzethrons. »Vertuschung! Sie wollen die Angelegenheit runterspielen. *Ich* habe einen Helden der Nation umgebracht, und sie bagatellisieren die Sache! Was muß ich noch tun, damit sie kapieren, daß ich es ernst meine? Noch einen umbringen? Dann aber diesmal ohne Chilisoße!«

»Und wer sssollss sssain diesssmol?« zischte Vlad durch die Zähne, die feucht und erwartungsvoll blitzten.

»Putschieno kommt mir ein bißchen sehr dickfellig vor! Vielleicht könnte man ihm ja mit einem gezielten Stich in den Rücken etwas Feingefühl beibringen! Wenigstens für die letzten zehn Sekunden seiner erbärmlichen Existenz!«

»Sssähr gutt!«

»Wenn dieser Schwachkopf erst aus dem Weg geräumt ist, gibt es nicht mehr sehr viel, das mich hindern könnte, die Position wieder einzunehmen, die mir rechtmäßig zusteht!« Er sprang vom Thron, trat noch einmal nach der Zeitung und rannte aus dem höhlenartigen Zimmer.

Und beinahe so schnell wie seine Füße durch die Säle und die verborgenen Korridore rannten, rasten jetzt auch seine Gedanken. Sie jagten zurück in die Vergangenheit, in jene Zeit, die ihm schon so lange zurückzuliegen schien; in die Zeit vor dem Fiasko des Zweieinhalbminuten-Kriegs, in die Zeit, als er cranachischer Innenminister gewesen war. Dabei hatte sich damals, im Jahre 1025 MEZ, alles so gut angelassen. Mühelos war er, Fisk, die Stufenleiter der Macht hinaufgestiegen, unaufhaltsam, immer höher. Ein paar Monate noch, dann hätte es keinen mehr neben ihm gegeben, nur den König. Alles war bestens geplant, war perfekt arrangiert gewesen. Aber dann… Krieg mit diesem schäbigen Nachbarn wegen der Rechte an der Lemmingverwertung! Und dann die Niederlage! Das war das Ende gewesen. Vierzehn Jahren lang hatte er sich dann versteckt, hatte sein eigenes Königreich aufgebaut, sich eine Machtbasis geschaffen und alles getan, um seinen legendären Ruf zu mehren. Und jetzt diese Rückschläge! Er mußte zur Tat schreiten. Schnell.

Und diese Tat sollte ein Mord sein.

Über dem Marktplatz von Cranachan ballten sich dunkle Wolken zusammen.

»Krabbenkrieg vor dem Ausbruch! Meisterzüchter verfeindet wegen Meisterboxern«, schrie der Zeitungsverkäufer. »Der *Cranachische Merkur* liefert detaillierte Informationen plus die beigelegte Rezeptsammlung ›Kochen mit Krabben: ein mörderisches Vergnügen‹. Vielleicht Ihr, mein Herr, darf ich Euch…«

Es blitzte, eine Wolke raste wirbelnd, wie von elementarer Wucht angetrieben, zu Boden.

»Jemine! Jemine! Ich komme bestimmt zu spät!« jammerte ein kleingewachsener Jemand nervös und zog eine Uhr aus der Westentasche.

»Wie meinen? Eine Zeitung kaufen, das dauert doch nicht lange, mein Herr!«

»Ach, meine Ohren und Schnurrbarthaare, wie schpät esch doch schon ischt«, murmelte der blasse Herr und lief, merkwürdig hoppelnd, davon.

Der Zeitungsverkäufer rieb sich verwundert die Augen und sah dem weißen Kaninchen nach, das um die Ecke sauste und in einem Loch verschwand.

›Ich arbeite zuviel. Und viel zu schwer. Müßte mal ausspannen! Da hab ich mir doch tatsächlich eingebildet, ich sehe ein weißes Kaninchen mit Taschenuhr! Wie soll sich ein Kaninchen eine Taschenuhr leisten können? Kann doch gar nicht sein!‹

»Vertscheihen Schie, mein Beschter.« Das Kaninchen war wieder zurückgekommen.

›Allenfalls eine Taschensonnenuhr, wenn es seinen ganzen Karottenvorrat gespart hat! Aber eine richtige Taschenuhr? Nie im Leben!‹

»Vertscheihen Schie, mein Beschter«, sagte das Kaninchen wieder, ohne dabei auch nur einmal mit der Zunge an den zwei enormen Schneidezähnen anzustoßen. »Könnten Schie mir möglischerweische den Weg tschum Flusch zeigen? Mir scheint beinahe, alsch hätte ich mich fascht ein wenig verlaufen.«

Verdattert stierte der Zeitungsverkäufer dem weißen Kaninchen in die hellrosaroten Augen.

»Ich wäre Ihnen schehr verbunden, wenn Schie schich mit Ihrer Antwort ein wenig schputen könnten, weil schich die Hertschogin schehr wüscht benimmt, wenn man tschu schpät ... Hallo ... Hallo?«

Der Mann hinter dem Verkaufsstand war ungewöhnlich bleich geworden, er verdrehte die Augen, sackte zusammen und war dann hinter einem Stapel Zeitungen verschwunden.

»O jemine! Ich komme beschtimmt viel tschu schpät!« jammerte das weiße Kaninchen verstört und machte sich in der anderen Richtung davon.

Weit hinter den Rändern des realen Universums, jenseits des wirbelnden Strudels, der als das *Raum-Seitliche Kontinuum** bekannt ist, liegen die *Kapiteldimensionen* des Biblioversums.

Vor mehreren Millionen Jahren entstand dort das Leben. Wie üblich gab es auch dort einen Planeten, der allmählich abkühlte, der von vulkanischer Aktivität gebeutelt wurde, auf dem gewaltige Gewitterstürme eine Atmosphäre elektrisch aufluden, in der alle Elemente vorhanden waren, die für einen schöpferischen Anfang erforderlich sind: Konsonanten etwa und Vokale, Phoneme und Silben, und die vermischten und vermengten sich und bildeten eine gehaltvolle Buchstabensuppe. Außerdem gab es aber auch noch ein paar wichtige Ingredienzen, die man anderswo nur sehr selten findet: Übergangsmetalle, die ansonsten nahezu unbekannt sind und keine nennenswerte Rolle spielen: Fikton und Literanium etwa – hier traten sie in verschwenderischer Fülle aus den Fels- und Gesteinsspalten aus und ließen beinahe zwangsläufig eine Unzahl von Lebensformen auf Fiktonbasis entstehen. Fikton: Dieses mehrwertige Element besaß die Fähigkeit, sich auf alle erdenklichen Arten mit anderen in der Umgebung vorhandenen Elementen zu verbinden, was zur Entstehung unterschiedlichster Handlungsschemata und Subtexte, vor allen Dingen aber zur Entstehung komplexer Ökosysteme

---

* Raum-Seitliches Kontinuum: In den Kapiteldimensionen des Biblioversums ist die Zeit statisch. Die dort entstandenen Formen des Lebens kennen keine Veränderung, sie sind für immer unverändert im *Raum* der *Seiten* der Märchen- und Fabelbücher eingebunden.

führte, zur Entwicklung von Fabelwelten mit einer märchenhaften Artenvielfalt. Alle Bewohner der Kapiteldimensionen hatten ihren ganz bestimmten Platz, ihren Ort im bibliographischen Klassifikationssystem, ihre eigene poetologische Nische. Froschprinzen holten Bälle aus Teichen, Zauberschwerter wuchsen auf wundersame Weise aus steinernen Ambossen, und mit schöner Regelmäßigkeit leuchteten Tod, Pest, Hunger und Krieg ihren Gegnern beim Polospiel gewaltig heim.

So war es zumindest normalerweise.

Doch weil es augenblicklich nicht mehr so war, hatte sich eine riesige Schar aufgebrachter Märchen- und Sagengestalten im Marmorpalast des Herausgebers versammelt. Angeführt von dem wütenden Halva, König Ohneamt, von Ritter Camelbert und der kleinen Hexe, die den ganzen langen Weg durch den tiefen Wald hierher zu Fuß gegangen und dementsprechend geladen war, zog die aufgebrachte Menge die gelb geteerte Straße hinunter, verlangte angehört zu werden und wollte Antwort. Die zehn Torwächter, von denen jeder die Gestalt eines flachen Rechtecks hatte, die mit Piken bewaffnet waren und sich wichtig taten, waren machtlos. Insbesondere angesichts der qualmenden Nasenlöcher eines feuerspeienden Drachen.

»Hoho! Immer einer nach dem anderen, bitte schön!« Das rundliche, bärtige Gesicht des Herausgebers lächelte gnädig vom Thron am Kopfende der Tafel herab. »Wenn alle auf einmal reden, kann ich keinen von euch verstehen!«

»Ich hab gesagt: *Jemand hat mir das blöde Schwert geklaut!*« schrie Halva wieder, so laut er konnte. »Exhibitur ist verschwunden!«

»Tja also ...«, fing der Herausgeber an.

»... und mein Frosch taucht auch nicht mehr auf«, schnaubte die Prinzessin. »Einfach weg, mit Haut und, äh, und ...«

»Tja also ...«, meinte der Herausgeber wieder.

»... und ich hab zehntausend Reiter, und keiner zieht weiter, weil der alte Großherzog mitten unter der Befehlsausgabe verschwunden ist«, schrie ein großer Mann in Uniform.

»... ich ...«, winselte der Herausgeber.

»Hat einer den Esel gesehen?« schrie der lahme Ziegenbock, und seine Schultern zuckten krampfhaft vor Kummer und Leid. »*Komm mit,* hat er zu mir gesagt, *was Besseres als hier finden wir überall.* Und jetzt ist er weg, und nach Bremen werd ich wohl nie im Leben mehr kommen!«

»... aber ...«

»Ich verlange, daß das Spiel wiederholt wird!« knurrte der Krieg.

Die Beschwerden wollten kein Ende nehmen. Weit hinten, in einem abgelegenen Winkel, gruben sich derweil immer mehr und tiefere Sorgenfalten in die Stirn einer hochgewachsenen, dünnen Gestalt, die einen langen weißen Bart trug, ein spitzen Hut auf dem Kopf hatte und mit einem dazu passenden saxofranfarbenen Gewand bekleidet war. Irgend etwas war ganz und gar nicht in Ordnung.

Und plötzlich spürte diese Gestalt, wie in ihrer Nase die mit überdurchschnittlicher thaumarer Empfindsamkeit ausgestatteten Härchen zu zitterten begannen: Ein paar Fäden im Seidengewebe des Raum-Seitlichen Kontinuums fingen an, sich aufzutrennen.

Die Strümpfe der Realität hatten Laufmaschen bekommen.

Trotzig hockte der Steinhaufen, der Cranachan hieß, auf dem hellgrauen Granit der Krapathen, duckte sich im Nieselregen, den ein leichter Wind aus Nordwest heranwehte, wie ein unrettbar kariöser Backenzahn, der entschlossen war, jedem weiteren kieferorthopädischen Anschlag Paroli zu bieten. Als der indigoblau Gekleidete die Paßhöhe erreichte, zügelte er sein Pferd, hielt an und wartete auf seine beiden Weggefährten. Er blickte über das rauhe Bergland und lächelte, lächelte das Lächeln eines Mannes, der Freude hatte an seinem Job, große Freude. Der Regen bedeutete ihm nichts, und von dem schäbigen, ramponierten Bild, das Cranachan bot, ließ er sich nicht täuschen. Er war sich ganz sicher: Die Gemeinde der Kirche von Sankt Mammon dem Ungewaschenen würde weiter erstarken. Er hatte nicht den geringsten Zweifel, daß es hier Geld gab, Geld wie Heu, und das wartete nur darauf, in ihre allzeit aufnahmbereiten Schatullen zu springen. Schon seit einiger Zeit hatte er Cranachan als Ort der Verkündigung seiner Frohbotschaft ins Auge gefaßt, seit er das Rufen all jener Seelen vernommen hatte, die es danach verlangte, daß die Last ihrer irdischen Besitztümer von ihnen genommen werde, die flehentlich darum baten, ihren Reichtum teilen zu dürfen, die voll unbändiger Leidenschaft danach fieberten, Sankt Mammon mit übermäßig großherzigen Spenden zu bedenken. Sankt Mammon und seine Hohenpriester Bharkleed, Flaezz und Wenzl.

Und woher wußte Seine Eminenz, Bharkleed, der Leidenschaftlich Exaltierte, daß dieses gewaltige Potential an monetärem Glaubenseifer innerhalb der Gemarkungen Cranachans existierte? Nichts leichter als das: In seiner Tasche steckte das Bestellbuch der in Krillingen ansässigen Binnenländischen Molluskenwerke, BMW. Eine Bestellung für Wellhorn- und Napfschnecken zur Lieferung auf dem Landweg mit einem Auftragswert von fünftausend Dreiermännern pro Monat – ein Ort, der so viel Geld für derart molluskullische Genüsse ausgab, hatte die Heimsuchung kompetenter Gewinnerlöser bitter nötig.

Nur wenige Stunden noch, dann sollten sie dort eintreffen. Und wieder einmal wollten sie sich über einen Haufen gutgläubiger Deppen hermachen, die ihnen nur allzu gern ihre ganz spezielle Version vom Leben nach dem Tod abkaufen würden.

»Ah! Bruder Flaezz, Bruder Wenzl«, begrüßte Bharkleed seine anrückenden Kollegen. »Unser nächster Bestimmungshafen!« Er zeigte über das regenverhangene Gebirge und sprach ein kurzes Gebet: »Mögen wir für das, was *unser* sein soll, nicht *allzu schwer* arbeiten müssen!«

Zwischen den Einbanddeckeln von *Lady Schätterlies Laffe* war ein leises Stöhnen zu hören. Ch'tin wünschte sich nach wie vor nichts sehnlicher als ein Paar Arme. Und wären sie noch so klein gewesen, er hätte sich dann wenigstens den gurgelnden, rumpelnden, brodelnden Bauch halten können. Aber selbst dann... Unglücklicherweise war es gar nicht der grauenhafte Druckfehler im Buchtitel, der die peinigenden Turbulenzen verursachte. Es war etwas viel, viel Schlimmeres...

Außerdem waren auch die Stimmen wieder da...

Aus dem Dunkel sprachen sie zu ihm, dieselben Stimmen wie beim letztenmal. Und doch gab es da einen Unterschied: Diesmal waren es keine wahllos aufgeschnappten Brocken mehr, kein Nonsensbrei, wie ihn sich ein hibbeliger Funkamateur mit einem Konzentrationsvermögen von maximal fünfundfünfzig Millisekunden aus dem Äther geangelt haben könnte; diesmal waren es richtige Sätze, ganze Abschnitte und Absätze, es war beinahe, als hielte jemand in seinem winzigen wurmigen Kopf eine Vorlesung.

»Hat sich jemand schon einmal Gedanken gemacht, woher denn die Geschichten kommen? Was denn der Ursprung der Legenden ist, der Born der Sagen? Wer hat die Märchen unter das Volk gebracht, bevor die Gebrüder Grimm sich brüderlich ihren Federkiel teilten? Wie sähe es aus, wenn Hans Christian Andersen Atheist gewesen wäre? Ja, du vielleicht, mein Kleiner? Du, da hinten, mit dem Wehrgehenk in Rosa und Purpur?... Nein, nein – *Von meiner Mutter Mund, als sie mich auf ihrem Schoß wiegte,* das ist leider nicht richtig. Natürlich hat sie dir das gesagt, zweifellos. Ist aber trotzdem falsch... Ja bitte, das reizende Mädel mit dem entzückenden orangeroten Schleiertuch auf dem Spitzhütchen?... Ja... Mmmmhmm. O nein! Ha, ha! Da hat dir einer den schimmeligsten Wechselbalg der Bücherwelt angedreht... Oh! Pardon, kein guter Scherz, entschuldige bitte. Nein, nein. Aber trotzdem: Ich bin froh, daß du's aufs Tapet gebracht hast. Bitte um Handzeichen! Jeder, der sonst noch glaubt, daß sich die Menschen die Geschichten ausdenken, soll sich melden.«

Und während sein Kopf widerhallte vom Sermon der Vorlesung, wüteten höllische Koliken in seinem Bauch. Ch'tin krümmte sich.

»Siehst du, meine Liebe, du bist nicht die einzige. Fast alle glauben das. Alle seid ihr ihnen auf den Leim gegangen, diesen Autoren und Schreiberlingen und Romanciers! Und ihre Lügengeschichten werden immer unverschämter. Äh, und du, mein Sohn, ja genau, du! Du hast dich eben nicht gemeldet. Glaubst du etwa nicht daran, daß die Menschen sich die Geschichten ausdenken? Tatsächlich? Würdest du dann vielleicht die Freundlichkeit besitzen, uns deine Meinung bezüglich der Herkunft der Geschichten mitzuteilen?... Mmmhmm... ja... O nein, o nein! Mag ja sein, daß man dir das so gesagt hat... Aber wenn man einer nicht näher bestimmten Anzahl Affen für eine nicht näher bestimmte Zeit eine nicht näher bestimmte Menge Schreibmaschinen überläßt, dann handelt man sich allenfalls tintenbekleckste Primaten ein! Und eine immense Rechnung von der Reinigung!«

Die Stimme redete und redete... Ch'tin verknotete gequält seine Fühler.

»Wie ich sehe, hat keiner von euch die richtige Vorstellung. Dann werde ich es euch wohl erzählen müssen. Ich will mich nur noch schnell hier rübersetzen, Moment noch, und das Licht ein wenig abdunkeln... damit es ein bißchen geheimnisvoller aussieht... So ist es doch gleich viel hübscher, nicht wahr? Wie gefällt euch das? Sitzt ihr auch schön bequem …?

Also: Eigentlich dürfte man hier gar keine Geschichten antreffen. Es ist ein bißchen zu riskant, es fehlt ihnen die Stabilität, die sie für den Aufenthalt in dieser Dimension bräuchten …«

»Ch'tin!«

»… shalb ihnen ja auch ein eigener Raum zugewiesen ist: die Kapiteldimensionen. Um zu …«

»Ch'tin!«

»… indern, daß sie sich allzu sehr mit der hiesigen Wirklichkeit verbinden und …«

»He, Ch'tin! Alles in Ordnung mit dir?« Hogshead spähte zwischen die Einbanddeckel des Buches in seiner Tasche.

»… echtes Chaos anrichten!« Die Vorlesung war zu Ende.

Ch'tin fuhr aus dem Schlaf auf und setzte sich gerade, so gerade, wie er, dem es unerfreulicherweise völlig an einem Hintern mangelte, eben konnte.

»Was machst du da drinnen eigentlich für einen Radau?« fragte Hogshead. Ch'tin sah sich verwirrt in der Zelle um. »Winselst und stöhnst, als stünde der Weltuntergang bevor! Schlecht geträumt?«

Der Bücherwurm nickte. »Im Bauch ich Schmerzen habe«, setzte er mit seiner dünnen, penetrant piepsigen Stimme ergänzend hinzu.

»Geschieht dir ganz recht, du Vielfraß«, schnauzte Dawn.

Ch'tin zog die Stirn kraus (es war ein erbärmlicher Anblick!), winselte und rollte sich wieder in seinem Buch zusammen.

»Hast du großartig gemacht!« fuhr Hogshead Dawn an. »Jetzt ist er gekränkt!«

»Ja … aber … wie soll ich …?« Dawn stierte *Lady Schätterlies Laffe* verständnislos an. Gar kein Zweifel: Irgend etwas stimmte mit Ch'tin absolut nicht. Normalerweise ließ er ihr ohne handfesten Streit nie das letzte Wort …

»Ich weiß nicht«, gestand Hogshead. »Ich mach mir Sorgen!«

»Sorgen? Wegen dem Wurm?« fauchte Firkin wütend. Er rüttelte erfolglos an der Zellentür. »Und was ist mit uns? Hä? Hast du vergessen, daß wir hier eingesperrt sind?«

»Was geschieht mit uns?« winselte Dawn.

Firkin sagte es ihr pantomimisch: Er zog die flache Hand vor seinem Hals vorbei.

»Was? Wegen Zertrampeln von Pflanzen?« Hogshead zitterte.

»Hat die Garde jedenfalls gesagt! Hörst du eigentlich nie zu, wenn man dir etwas sagt? Vorsätzlicher Herbizid! Jetzt hör schon auf zu flennen!« blaffte Firkin.

»Von wegen!« Dawn stampfte mit dem Fuß auf. »Ich bin ein kleines Mädchen. Ich habe auch Rechte! Mir bleiben nur noch zwei Tage, und da steht mir einiges an Heulen, Schluchzen und Kreischen zu!«

»Kannst du das vielleicht still erledigen?«

»Still? *Still* sagt er! Kein Mensch kann still heulen, so was funktioniert nicht! Nein, nein, nein! Was stellst du dir eigentlich vor? Daß ich mitleiderregend schniefe und mir die Äuglein mit einem Taschentüchlein betupfe? Bah! *Bah,* sag ich! Reine Zweitverschwendung. Ich will es so richtig krachen lassen, ich werd einen Wutanfall hinlegen, der sich gewaschen hat. Und jetzt laß mich in Ruhe! Du bist ein Junge, du verstehst nix davon!«

»Bitte, nicht! Ich glaube, das steh ich nicht durch!« jammerte Hogshead. In seiner Verzweiflung rüttelte er versuchsweise an der Tür.

»Warum versuchst du's nicht selbst? Ein klein wenig hysterische Raserei tut unwahrscheinlich gut!« schnaubte Dawn, puterrot im Gesicht. »Was willst du denn sonst auch tun? Innerhalb von zwei Tagen einen Tunnel graben? Oder vielleicht einen Gleitschirm bauen? Oder die

Wachen überrennen? Wie wär's: Willst du nicht versuchen, dich durch die Wände zu beißen? Das hast du schon einmal für eine gute Idee gehalten! Absolut glänzende Aussichten! Nur ein Wunder kann uns noch helfen! Wir sind verdammt, verloren, dem *Untergang geweiht!*«

»Aber wer wird denn gleich...«, unternahm Firkin den kläglichen Versuch, seine Schwester aufzumuntern. »Es wird alles gut. Wir finden schon einen Ausweg.« Im Grunde seines Herzens wußte er ganz genau, wie abgeschmackt sich das anhörte. Trost spenden, das war nicht seine Sache, das war etwas für Feiglinge und Versager. Er war ein Held. Hogshead war in diesem Metier besser. Er wußte, was man in solchen Fällen sagte.

»Spar dir diesen Sch... Schmonzes!« knurrte Dawn. »Wir sitzen in der Falle, und in zwei Tagen wirken wir als fünfte Kolonne bei einem synchronisierten Henkerspektakel mit, und es gibt nichts, was du dagegen unternehmen könntest. Und jetzt sei so nett und laß mich bitte allein! Ich habe zu tun. Ungestümes Geflenne, schamloses Gewimmere, maßlos stotterndes Geplärr plus tränenreiches Geheul – das will schließlich erledigt sein!« Und damit verfärbte sich ihr Gesicht wie auf Knopfdruck eine weitere Spur röter, sie kniff die Augen zusammen und begann, in alle Richtungen Flüssigkeit zu verspritzen, wie eine seltene, bis dato unbekannte Zitrusfrucht, die gnadenlos ausgepreßt wurde.

»Halt! Nicht! Hör auf damit! Pssst, ganz ruhig. Hogshead! Tu doch endlich was!« winselte Firkin. Er kam sich vor wie ein Hobbyinstallateur, der viel zu früh den Haupthahn wieder aufgedreht hatte.

Aus einer Nachbarzelle hörten sie eine laute, dröhnende Stimme: »He, Schätzchen! Kannze nich was leiser sein? Is schließlich kein Frauenhaus für depressive Hysterikerinnen!«

»Ich hab das Recht, hysterisch zu sein, wenn mir danach ist!« schrie Dawn, so laut sie konnte. »Eigentlich dürfte ich gar nicht hier eingesperrt sein!« Und wieder heulte sie literweise Rotz und Wasser.

»Meinze ich vielleicht? Und trotzdem heul ich nich rum«, erwiderte die Stimme. »Wenn ich's wirklich so gemacht hätt, wie ich's mir eigntlich vorgestellt hab, un mir mein Pattner von Hals geschafft hätt, dann hätt der mich auch nich verpfeifn können. Ich bin ehm einfach zu gutgläubig.«

»Zu blöd!« schrie es aus einer anderen Zelle.

»Wer war das? Wer sagt da, ich bin blöd?«

Dawn heulte immer weiter.

»Ich sag das! Un ich muß das ja wohl wissn!«

»Nobby? Bis du das, Nobby? Möööönsch, Nobby, was machs'n du hier?«

»Bin gestern hier reingeschleift worn. Von Schyrling höxpersönlich«, antwortete die körperlose Stimme von Nobby, die nur mit Mühe das Gegreine übertönen konnte.

»Wegn was ... sag schon! Oder nein, laß mich raten. Hat er dir die Sache mit dem Massaker am Sankt-Strizzius-Tag angehängt?«

»Himmel, Arsch ... Nich so laut, Harry! Noch ham sie nix inner Hand gegn mich!«

»Was? Du hast wirklich ...? Mann! Hab ich nicht gewußt!«

»Schön. Aber jetz halt schon die Klappe!«

Im Dunkel der Zelle riß Dawn die Augen auf. Ihr war klar geworden, daß a) kein Mensch ihr zuhörte, b) sie bestenfalls mit Firkins Mitleid rechnen konnte und c) in den anderen Zellen etwas vor sich ging, das um einiges interessanter war.

»Und du hast sie wirklich alle ...? Alle fünfzehn?«

»Schnauze!«

Es war jetzt totenstill im Gefängnis, alle spitzten emsig die Ohren. Dawn lauschte schniefend.

»Alle auf einmal?«

»Schnauze!«

»Und wie bisse das Blut losgeworden? Muß ja literweise Blut geflossen sein!«

»Glück gehabt. Und jetzt zum letzten Mal: Halt die Schnauze! Oder willse mich reinreiten?«

»Nie! Würd ich nie tun! Eine Berühmtheit wie dich, den großen Star – niemals!«

Dawn zitterte. Schlagartig hatte sie kapiert: Sie war von Zuchthäuslern umgeben, von Kriminellen, die eine ganze Reihe diverser Schwerverbrechen verübt hatten. Unter anderem Massenmord. Und der Massenmörder hieß Nobby.

Die dunkle Stimme, die als erste gesprochen hatte, meldete sich noch einmal. Diesmal klang sie weniger energisch, hörte sich beinahe kleinlaut an: »Äh, hmmm... Nobby? Was ich da vorhin gesagt hab, du weißt schon, von wegn *von Hals schaffen* un so ... also, ich hab das nicht so gemeint ... verstehst du doch, war nur Spaß, ha ha, äh ...«

Im Dunkel der Zelle schniefte Dawn, holte tief Luft und begann aufs neue mit ihrer Urschreitherapie.

Die Steintrollfrau trampelte durch die größte der höhlenartigen Einkaufspassagen der Kapiteldimensionen, an jeder Ecke stachen ihr die rot-weißen Ausverkaufsschilder ins Auge. Dann plötzlich sprang es sie förmlich an, winkte ihr zu aus dem Schaufenster von Calvin Stein: moosgrün und schiefergrau, ein Babytroll aus Kieselkrepp! Ohne lange zu überlegen wechselte sie die Richtung, steuerte – ihren Sohn Splitt am ausgestreckten Arm hinter sich herziehend – auf den Laden zu und stürzte hinein. Sie mußte es einfach haben!

Sie schnappte sich das Negligé aus dem Schaufenster, walzte in die Umkleidekabine, befahl Splitt, ja nicht wegzulaufen, und fing an, sich auszuziehen.

Über dem Geschäft sammelte sich eine riesige schwarze Wolke, wurde zusehends größer und dicker.

Splitt lungerte gelangweilt vor der Kabine herum,

immer drauf und dran, sich zu trollen ... Daß eine dunkle Wolke über ihm hing, davon hatte er nicht die leiseste Ahnung. Seine Mutter legte eben die letzten Kleidungsstücke ab, griente und schlüpfte in das Negligé aus geschmeidigem Kieselkrepp. Im selben Augenblick bebte die schwarze Wolke und stürzte vom Himmel geradewegs in die Umkleidekabine. Warf Kleider und Schutt durch die Gegend, packte die verdutzte Steintrollmama, die sich eben in ihrer Sonderangebotsunterwäsche bewunderte, und löste sich vor den Augen von Splitt in nichts auf.

Wie durch Zauberei verschwand auch der Laden.

Dem hilflosen Protestgeschrei der Sekretärin schenkte er etwa soviel Aufmerksamkeit wie ein bis an die Zähne bewaffneter Ritter einem gereizten, zahnlosen Chihuahua: Seine Eminenz, Bharkleed der Leidenschaftlich Exaltierte, riß die Tür auf und stiefelte dynamisch ins Firmenbüro der *Gesellschaft für Halbautomatische Ungezieferausrottung mbH,* alleiniger Hersteller und Lieferant der in ganz Cranachan unter dem Markennamen *Ratz-Fatz-Matsch* berühmten Apparatur zur Beseitigung von Nagetieren.*

---

* *Ratz-Fatz-Matsch* oder *Der Patente Mausetod*, wie die Vorrichtung auch genannt wurde, bestand aus zwei speziell geformten Steinen (den sogenannten *Klötzen*), die in den Steinbrüchen der Region abgebaut wurden. Der Apparatur lag die folgende Gebrauchsanweisung bei:

1) So leg denn nunmehr ienen von den beyden Klezzen / worauff ›A‹ geschryben stehet / auf eine Unterlagen von fester und dichter Beschaffenhait.

2) So Du dies gethan / nimmst Du itzt ienen klozz / worauff ›B‹ geschryben stehet mit festem griff in Deine rechte handt.

3) Worauffhin Du das garstig nagetyr in mittiger stelle auf ienem klozz placierest / worauff ›A‹ geschryben stet.

4) Itzt schlegst Du mit ienigem klozz worauff ›B‹ geschryben stet mit geziemendem geschik auf ienen klozz ain worauff ›A‹ geschryben stet / auf welche weis Du ain geschwind und zuverlässig hinscheyden obgenannten nagetyrs bewerkstelligen wyrst.

Weite Flächen aus imposantem indigoblauen Talartuch blähten sich gewaltig hinter dem Hohenpriester auf, der auf den Schreibtisch zustapfte, mit dem Zeigefinger nach dem Mann stach, der dort saß, und von ihm wissen wollte: »Könnt Ihr wirklich vollauf zufrieden sein mit den Vorkehrungen, die Ihr für Eure Reise ins jenseitige Reich getroffen habt?«

»Jenseitig? Von was?«

»Von der Seite, auf der die Mühen des irdischen Jammertales zu finden sind, in die wir gegenwärtig verwickelt sind.«

»Hä?« stöhnte der Firmenchef.

»Seid Ihr auf den Tod eingestellt?«

»Aber natürlich! Immer! Je länger, je lieber!«

»Ihr habt mich möglicherweise falsch verstanden. Ich sagte *Tod*«, wiederholte Bharkleed, der über alle Maßen konsterniert schien.

»Genau. Und ich sagte: *Je länger, je lieber*. Gibt nix Schöneres als ein ordentliches Massaker. Was wollt Ihr eigentlich? Memory spielen mit mir? Noch bin ich nicht senil!«

»Laßt es mich anders formulieren: Freut Ihr Euch, wenn Ihr an den Tod denkt?«

»Ja«, antwortete der Firmenchef und verschränkte die Arme vor der Brust.

»Was?« stotterte Bharkleed. »Das kann nicht sein! Kein Mensch kann sich darüber freuen! Damit verdienen wir unseren Lebensunterhalt.«

»Was heißt kein Mensch? Ich schon! Ich bin sogar voll ordinierter Laienbruder der massacrinischen Mönchsgemeinde von der Glaubensgemeinschaft *Mit Stumpf und Stiel*.«

»Wie bitte?«

»Aber ja doch! Wir treffen uns jeden Dienstag. Wir sind eine große und immer größer werdende Gemeinschaft Gleichgesinnter, deren erklärter Lebenszweck es ist, parasitär gesinnten Lebewesen den Übergang ins Jenseits zu erleichtern.«

»Aha! Ihr seid mit der Fertigung und Distribution von Gerätschaften von zweifellos höchsteffizienter Rodentizidität befaßt, aber … Aber habt Ihr dabei schon einmal eingehalten, um zu bedenken, wie es Euch wohl ergehen mag, wenn einmal *Ihr* zu ungelegener Zeit aus dieser großen irdischen Käseschachtel ausziehen müßt?« Bharkleed grinste. Es war ein teuflisch gieriges Grinsen.

»Ich?«

»Ja, Ihr! Habt Ihr alles vorbereitet für den letzten Tag? Gerade Ihr, der Ihr so vielen von unseren pelzigen Brüdern zu einem unerwarteten Ende verholfen habt, gerade Ihr solltet Euch doch allmählich bewußt machen, welch Müh und Leid mit dem Übergang verbunden ist.«

»Tja also … das ist so eine Sache, über die ich noch nie ernsthaft nachgedacht habe. Ich meine, es widerfährt ja auch immer nur den anderen, oder?«

»Bis jetzt ja. Aber eines Tages, eines nicht mehr allzu fernen Tages, werdet Ihr feststellen, daß Ihr in einer Schlange ansteht, weil Ihr einen gewissen Fluß überqueren wollt. Und dann werdet Ihr bedauern, daß wir uns nicht früher einmal getroffen haben.«

»Ach ja?«

»Dabei könnt Ihr ganz einfach dafür sorgen, daß die Reise ins Jenseits um so vieles bequemer verläuft: Ihr müßt nur glauben: an die Kirche von Sankt Mammon dem Ungewaschenen.« Bharkleed schlug einen Hochglanzprospekt auf: *Sterben, eine Mordschance.*

»Wenn ich Euch kurz unser evangelikal fundiertes Beratungsangebot erläutern dürfte … Ihr werdet dann sicher verstehen, warum es sich lohnt, vertrauensvoll in Sankt Mammon zu investieren, und warum diese Investition im Jenseits mit einer reichen Ernte, mit unermeßlichen Vergünstigungen belohnt wird.«

Und schon betrat – eine Augenbraue leicht angehoben und voll gutgläubiger Neugier – ein weiteres Opfer die Rolltreppe, die unentrinnbar nur in eine einzige, nur in eine ganz bestimmte Richtung führte.

»Nix mehr los in der Liebe? Der erste frische Kitzel der Lust dahin? Ein halbes Pfund aphrodisische Anchovis bringt Sie wieder in Stimmung!«

»Erst edelste Weine zu fürstlichen Speisen und zum Abschluß die Krönung: Pitters Picksüßer Passionsfruchtpudding – der cremige, sahnige Gipfel der Lust!«

Die Marktschreier waren bestens bei Stimme, überall auf dem Marktplatz plärrten und brüllten sie ihre wilden Verlautbarungen, übertrumpften sich gegenseitig mit Behauptungen und Zurückweisungen, warfen denjenigen, die nicht kaufen wollten, wüste Beschimpfungen an den Kopf, fielen unbarmherzig über jeden arglosen Interessenten her und setzten ihm so lange zu, bis sie ihr Geschäft gemacht hatten.

»Mit der wilden Frische von Limonen: die Weze-Ente! Bazillen, Bakterien, Krankheitserreger: Es hat sich ausgekeimt! Auch dort, wo die Hausfrau sonst nicht hinkommt! Das Gebot der Alltagshygiene: Eine Ente für jeden Topf!«

Es gab anscheinend nichts, was es nicht gegeben hätte.

»Angespannt? Nervös? Kopfschmerzen? Spritt, der Geist aus der Flasche, vertreibt die Quälgeister!«

Die Menschen quetschten und schoben sich durch die Gassen zwischen den Marktbuden, drängten weiter oder wehrten sich dagegen, weitergeschoben zu werden. Täglich wurden es mehr. Immer wieder kamen neue Hausierer dazu, bauten ihre Ware an den Rändern des Marktplatzes auf, zogen noch mehr Menschen an, das Gewühl wurde dichter und dichter und wuchs und breitete sich aus wie ein wuchernder Organismus.

Zu Hunderten drängten sie im Laufe des Vormittags auf den Marktplatz: Schnäppchenjäger und Kauflustige auf der Suche nach Interessantem und Ausgefallenem, sie schubsten und rempelten, feilschten und schacherten und sorgten dafür, daß der Lärm immer größer wurde und die Temperatur immer mehr anstieg.

Die eigentliche Besonderheit allerdings geschah hoch

über ihren Köpfen. Dort ballte sich eine schwarze Wolke zusammen, sie bildete sich aus den anderen Wolken am Himmel, ergoß sich aus der Stratosphäre nach unten und flutete wie ein schwarzes Bleichmittel in eine riesige atmosphärische Toilettenschüssel. Gleichzeitig war es, als würde sich die Luft elektrisch aufladen, sie wurde stickig und zitterte ängstlich und vibrierte nervös – die Fiktionalfriktion ließ sie erbeben. Es war wie vor einem Gewitter, so schwül und drückend, als hätte sich der gesamte Sauerstoff in Sirup verwandelt. Aber niemand ahnte, was wirklich bevorstand; keinem wäre dergleichen in den Sinn gekommen, selbst in seinen schlimmsten Träumen nicht.

Die Elektrizität entlud sich in Blitzen, die wimmelnd zur Erde fuhren, einen Augenblick lang glühten sie noch hinter der riesigen schwarzen Wolkenkugel auf – dann sausten sie auf den Markt hinunter. Der erste Stand, den es traf, explodierte mit einem Feuerball aus brutzelnden Anchovis, wie eine funkelnde Fontäne wurden die Fische hoch in die Luft geschleudert. Sekunden später scheuchte ein fischiger Platzregen die Menge vom Marktplatz. Die Wolke wurde größer, verdichtete sich und wurde dick, quoll auf wie ein versoffener Flaschengeist, der unvermittelt, als wäre er plötzlich lebendig geworden, zur Erde raste, wo er beim Aufprall ein paar Dutzend weitere Marktbuden demolierte, die Füße in den Boden rammte, das Straßenpflaster in winzig kleine Stücke zerhackte und Felsbrocken hoch in die Luft katapultierte. Und so blieb die Wolke dann einen Augenblick lang stehen: eine riesige, himmelhoch aufragende Gassäule, die auf der Stelle kreiselte und wie die Legeröhre eines gewaltigen nebelartigen Insekts pulsierte. Bis sie sich schließlich genauso schnell wieder zurückzog und durch das Loch, das sie in den Wolkenhimmel gebohrt hatte, verschwand.

Und das war es dann auch.

Stille lag über dem Marktplatz, vermutlich zum ersten

Mal seit vielen hundert Jahren. Ein paar Fetzen Zeltleinwand schaukelten sanft zu Boden, wie betäubt stierte die Menge auf den Trümmerhaufen. Die nicht verkauften Waren hingen wild verstreut in einem Gewirr aus Stangen und Pfosten, überall lagen zerstückelte Karotten und zermatschte Tomaten, ein paar brutzelnde Fische zischten und zappelten und kühlten dann allmählich ab.

Abgesehen davon war alles in Ordnung. Soweit ein betriebsamer Markt eben in Ordnung sein konnte, der gerade von einer bösartigen Wolke zerstampft worden war, die einen dreißig Meter großen Steintroll zurückgelassen hatte, der jetzt knöcheltief in eben dem Kopfsteinpflaster feststeckte, auf dem vor wenigen Augenblicken ein betriebsamer Markt stattgefunden hatte.

Die gigantische Trollfrau stand vollkommen reglos da, trug nichts als ein hauchzartes Babytroll in Moosgrün und Schiefergrau auf dem Leib und eine ganz und gar perplexe Miene zur Schau.

IV

IMMER UND EWIG: DIE FRAUEN!

Gruppe 4 und 5 nach rechts und links! Erste und zweite Gruppe in gerader Linie hintereinander! Ohne mein Wissen kommt keiner in dieses Ding rein oder raus! Verstanden?«

»Jawoll.«

»Ich will wissen, ob ihr *verstanden* habt!«

»JAWOLL!«

»Klingt schon besser. Also dann: weitermachen!«

Und noch im selben Augenblick fegte eine Sturzflut schnarrender Kommandos über die Schwarze Garde hinweg, grüppchenweise spritzten muskelbepackte Männer auseinander und nahmen die angewiesene Position ein. Die Trümmerreste der kurz und klein geschlagenen Marktbuden wurden aus dem Weg geschafft, der Platz von allem geräumt, was auch nur annähernd zur Deckung geeignet gewesen wäre. Innerhalb weniger Minuten waren endlose Strecken Stacheldraht abgespult, war alles fachmännisch eingezäunt, ringelten sich dornige Stränge wie das stachelige Skelett eines versteinerten Sandwurms um die riesigen Granitknöchel. Nur wenig später schon glitzerten unzählige Piken im Licht der Nachmittagssonne, machten sich Garrottiereisen und Speere mit Katapulten und Ölkesseln die Vorrangstellung streitig, klirrten neben den gewölbten Schutzhelmen und -schilden die Kugel- und Kettenfesseln, leise, mit stählerner Arroganz.

Kurzum: Es konnte losgehen.

Hauptmann Schikaneder postierte sich neben Kommandant Schyrling und brüllte: »Melde gehorsamst: Garde einsatzbereit angetreten!«

»Gut. Dann wollen wir mal sehen.«

Schikaneder lächelte stolz. Allerdings nur insgeheim, seiner Umwelt zeigte er jene höhnische Befehlshabergrimasse, die er von Schyrling abgeschaut hatte: Er zog die Oberlippe gerade so weit hoch, daß das Dentalemblem zu sehen war, das seinen Rang anzeigte, senkte die Lider gerade so weit, daß die niederen Ränge nicht feststellen konnten, wohin er blickte, und ließ gekonnt die Nasenflügel zittern. Warum er das tat …? Ehrlich gesagt, hatte er nicht die geringste Ahnung. Es sah nicht einmal besonders gut aus … Aber Schikaneder hatte einmal miterlebt, wie Schyrling einen Vizehauptmann, der acht Dienstjahre ohne eine einzige Pflichtverletzung hinter sich gebracht hatte, in ein flennendes Häufchen Elend verwandelte, indem er ihm einfach unnachgiebig in die Augen starrte und auf diese unverschämte Weise mit den Nasenflügeln zitterte.

Trotz seiner cranachischen Herkunft hatte Schikaneder unter der Fahne von Isolon als Angehöriger der Schwarzen Garde eine glänzende Karriere gemacht, weil er sich mit bewundernswertem Pflichteifer in den Dienst stürzte, weil er keine Arbeit scheute und weil ihm ein außerordentliches Geschick dabei half, mit nachtwandlerischer Sicherheit stets im rechten Augenblick am rechten Ort zu sein. Daß an dem nie verstummenden Gerede etwas war, wonach seine außerordentliche Hingabe mit einer schon seit langem bestehenden Gefahrandrohung zu tun hätte, die das Schicksal diverser hochgeschätzter Teile seiner Anatomie betraf, diese Unterstellung wies Schikaneder kategorisch zurück.

»Ganz schön unverfroren, diese Kriegslist! Was, Schikaneder?«

»Allerdings, Kommandant«, antwortete der Hauptmann wortkarg. Er hatte sich angewöhnt, zu keiner Zeit übermäßig große Begeisterung zu zeigen, und hatte auf diese Weise eine ganze Menge erreicht.

Eines hatte er schon früh in seiner militärischen Laufbahn herausgefunden: Es war erstaunlich, welche Macht man über *die da oben* ausüben konnte, wenn man ihnen das Gefühl verschaffte, sie würden Macht ausüben. War man zum Beispiel an einem attraktiven Posten interessiert, dann brauchte man nur dafür sorgen, daß der betreffende Vorgesetzte fest davon überzeugt war, man wolle diesen Posten auf keinen Fall haben, beziehungsweise man sei der absolut ungeeignete Mann für diesen Posten – schon war man befördert. Schikaneder beherrschte diesen Trick meisterhaft.

»Wie seid Ihr ihnen eigentlich auf die Schliche gekommen, Kommandant?«

»Kleinigkeit für einen Mann mit meiner militärischen Erfahrung, Schikaneder!« Schyrling starrte auf die gewaltige Steinplastik, die seit kurzem den Marktplatz zierte. »Hab selbst schon an derartiges gedacht. Äußerst gewitzte Angriffsstrategie! Ein Manöver, das mit Raffinesse, Eleganz und einer gehörigen Portion inszenatorischen Talents zuverlässig zum siegreichen Schlußakt führen muß. Nur heute nicht! Heute wird diese Angriffstaktik nicht funktionieren! Noch vor Ende der Nacht wird es hier ein Blutbad geben! Aber davon einmal abgesehen: Mein Entwurf hatte erheblich mehr Stil! Sieh dir dieses Ding doch mal an…«, er zeigte voll Verachtung auf den dreißig Meter großen Steintroll, »…muß ein kolossales Gewicht haben! Die Schlepperei hätten sie sich sparen können, wenn sie es so gemacht hätten, wie ich mir das vorstelle: Die Truppe wird in einer hölzernen Ziege eingeschmuggelt, und wenn man das Ganze auf Räder montiert, dann nimmt einem der Feind auch noch die Schlepparbeit ab. Eins muß ich allerdings zugeben: Das Katapult, mit dem sie dieses Ding über die Mauer gefeuert haben, würd ich wirklich gern sehen!«

Schikaneder wurde schwummerig im Kopf, als er sich Sinn und Zweck dieses Spektakels auszumalen versuchte. Da stand ein dreißig Meter großer Steintroll, in dem die Vorhut einer feindlichen Armee steckte, die (immer vorausgesetzt, sie hatte diesen gewaltsamen Einfall in das cranachische Territorium unbeschadet überstanden) zu nachtschlafender Zeit, im Schutze der Dunkelheit herausschleichen, die Wachen am Tor umbringen und so dem Rest der Truppe Zugang verschaffen sollte. Unter taktischen Gesichtspunkten betrachtet, hatte das Ganze durchaus etwas für sich. Von Esprit, Eleganz oder Gefühl für Stil konnte allerdings keine Rede sein. Von Idiotie schon eher.

Aber wenn schon: Feind war Feind. Es war etwas anderes, das Schikaneder keine Ruhe ließ.

»Kommandant? Verzeiht, wenn es Euch möglich ist, meine Unwissenheit ...«

»Mmmm?« Kommandant Schyrling suchte die Umrißlinien der Statue nach Öffnungen und Ausstiegsmöglichkeiten ab.

»Ich habe, wie es meine Pflicht ist, den aktuellen Stand unserer Beziehungen mit den umliegenden Königreichen eingehend studiert und gürte nun, da ich wieder einmal einen Triumph der Schwarzen Garde vor mir sehe, meine Lenden mit Tapferkeit, Mut und ... äh, nun ja ... eben auch einem gerüttelt Maß nicht unerheblicher Verwirrung, Kommandant!«

»Es schickt sich nicht, mit wirren Lenden in den Kampf zu ziehen, Schikaneder! Woher diese Konfusion?«

Sollte es sich bei dieser Bemerkung um die Erprobung einer neuartigen Ausdrucksweise gehandelt haben, mit der sich beißender Sarkasmus unter einer Schicht aus picksüßem, mit einem Schuß Säure versetztem Zuckerguß mitteilen läßt, dann durfte Schyrling, der diesen Redestil erst vor kurzem erlernt hatte, zufrieden sein: die Sache funktionierte ausgezeichnet. Schikaneder trat einen kleinen Schritt zurück, beobachtete vorsichtig, ob sich die Hände des Kommandanten in Richtung Waffe bewegten, und stellte dann die schüchterne Frage: »Von wem werden wir eigentlich überfallen?«

»Aah! Kluge Frage, Schikaneder! Sehr scharfsinnig! Eine Frage, die die bevorstehende Auseinandersetzung ganz besonders interessant macht …«

»Wie meinen?«

Erst jetzt wandte sich Schyrling vom Anblick des monolithischen Standbildes ab und sah Schikaneder an. War es nur Einbildung, oder schaute der Troll tatsächlich nicht mehr ganz so … so … peinlich berührt drein, nachdem der militärische Blick des Kommandanten nicht mehr auf ihn gerichtet war?

»Unter uns, Schikaneder«, flüsterte Schyrling, und sein Flüstern klang wie das Balzgeräusch von Grabhügeln, »ich hab nicht die geringste Ahnung, gegen wen wir da kämpfen.«

Von der Ostseite des Marktplatzes war ein Schrei zu hören. Gleich darauf schoß ein Arm nach oben, dann zeigte eine Hand zum Himmel.

»Was gibt's?« schrie Schyrling und machte große Augen.

Die Wachen zeigten zum Himmel. Die Schar der Augenzeugen hinter dem Stacheldraht zitterte leicht: Wieder bildete sich dort oben eine schwarze Wolke.

»Eine Wolke? Wolke-Schnolke!« knurrte Schyrling. Dann schrie er: »Stillgestanden! Augen geradeaus! Das ist hier schließlich keine Schulstunde in Wetterkunde!«

»Dürfte ich vielleicht aber doch …«, säuselte Schikaneder, der sehr wohl wußte, daß *Widerreden heißt Nie wieder reden* nicht das einzige Motto der Garde war – es gab da noch ein Zwillingsmotto, das genauso übel war und nach dem genauso schnell und gerne verfahren wurde, »… darauf hinweisen …« (*Der Querulant kommt an die Wand*, klang es ihm fortwährend in den Ohren, während er weitersprach), »… daß auch *der* da erst aufgetaucht ist, nachdem sich eine große dunkle Wolke gebildet hatte.«

Die atmosphärische Anomalie wurde größer und größer, blähte sich zusehends auf, dehnte sich weit schneller aus als jede gewöhnliche Wolke, bis sie plötzlich innerhalb von Sekunden mehrere tausend Meter nach unten stürzte und wie ihre Vorgängerin qualmend, mit einem Hagel aus Felsbrocken auf der Erde einschlug.

»Ha! Daneben!« knurrte Schyrling hochnäsig.

Die Krapathischen Berge schwankten und erbebten bis in ihre Grundfesten hinein. Und keiner sah, und niemand hörte, daß sich erneut mehrere hundert Gewebefasern aufdröselten und die Strümpfe der Realität ein paar neue Laufmaschen bekamen.

»Aber nein, Kerl! *So* mußt du den Knoten schlagen!« schimpfte der bärtige Hauslehrer den blonden Prinzen von Isolon und Cranachan, der sich eben abmühte, seinen Falken für die Jagd zurechtzumachen. »Wenn du das nicht richtig festzurrst, bist du ihn im Handumdrehen los! Wuschisserweg!«

»Aber wenn dieses blöde Ding die Beine nicht stillhält«, meuterte Klayth.

»Ach, du liebe Güte! Dieses *Ding* ist ein Beizfalke, und Beizfalken haben keine Beine, sondern *Fänge!* Und was soll das eigentlich für ein Knoten sein?«

»Weiß ich doch nicht! Muß eigentlich die Schnur erst rumgeschlagen und dann durchgesteckt werden, oder war's umgekehrt?«

»Soll das heißen, du weißt nach all den Jahren der Unterweisung nicht mehr, wie man einen Webeleinstek knüpft?«

»Mmmpf. Und der Strick da …«

»Meinst du etwa die *Fessel?*« Der Hauslehrer seufzte.

»Genau. Ich weiß nicht mehr, wie man die an den Schuhen festmacht …«

»Am *Geschüh! Geschüh* heißt das in der Sprache der Falknerei!«

»Meinetwegen... He! Hör bloß auf, mit den verdammten Flügeln zu flattern! Blöder Vogel!«

»Mit den *Fittichen!*« korrigierte der Lehrer und schlug sich verzweifelt an die Stirn.

»Echt? Fittiche heißen die? Vielleicht hat er ja jemand da drunter genommen, und der will raus, und deswegen zappelt er...«

»Haha! Sehr witzig. Jetzt gib schon her, sonst wird das nie was mit der Beizjagd! Sieh dir nur diese Wolken an!«

Und während sich sein Hauslehrer mit einem Leder- und Federgewirbel abplagte, beobachtete Klayth skeptisch, wie sich am Himmel schwarze Wolken zusammenballten. Donner grollte.

»Glaubst du, wir erwischen was?« fragte Klayth aufgeregt.

»Das hoffe ich. Jetzt sollst du sehen, wie scharf ein Beizvogel rangehen kann!«

Klayth riß den Arm hoch und zeigte auf die Bäume vor ihnen. »Kann ich so einen haben? Mach schon, schick ihn los! Er soll mir so einen holen!«

Er war ein schäbiges, beispiellos mickriges Exemplar der Vogelgattung, das er sich da ausgesucht hatte: Schwungvoll flog es auf und segelte durch die Bäume davon, elegant wie eine aerodynamisch optimal konstruierte Fußmatte.

»Nein! Ich glaube es einfach nicht... das ist doch...«, stotterte der Hauslehrer.

»Was?« fragte Klayth. »Was ist es denn?«

»Ich habe doch heute noch nicht getrunken, oder?«

»Meines Wissens nicht...«

»Das ist ein Byrogrott...«

Plötzlich schoß etwas, das ein wenig wie ein Dachs aussah, dabei aber einer Eidechse nicht gänzlich unähnlich war und stark an einen Korkenzieher erinnerte, trudelnd wie ein Brummkreisel aus dem Unterholz und schnellte auf die Sonnenuhr zu.

»Schnell weg hier!« schrie der Lehrer. »Das ist eine Toofe. Und noch dazu eine verdammt glatschlige!«

Kaum war die Toofe aufgetaucht, da brach ein carollisches Gelärme los, ein pfeifendes Grölen und mittendrin etwas, das sich wie Niesen anhörte.

»Was ist das denn?« schrie Klayth. Über den Himmel zuckte ein Blitzstrahl. Der Falke kreischte.

Und wie zur Antwort auf Klayths Frage brach mit grimmem Gegrötz ein Haufen wütender Jungbullen aus dem Dickicht.

»Schnell ins Schloß!« heulte der Lehrer. »Das sind Ratzjen! Ausgehungerte Ratzjen! Ich kann es einfach nicht glauben! Und das so früh vor dem Dämmerschoppen!«

Im Handumdrehen wimmelte es auf der Lichtung von munter grötzenden Ratzjen, glatschligen Toofen und einem dürftigen Schwarm stelzenbeiniger Byrogrotten.

Die große knochige Hand zitterte nur ganz leicht. Vorsichtig setzte sie den letzten, den Haupthebel ganz oben vor den anderen Hebeln an seinen Platz. Fünfzehn winzige Puppen waren damit in eine sehr prekäre Lage gebracht, waren auf fünfzehn winzigen Fallbrettern positioniert und riskierten einen fünfzehnfachen Absturz mit fatalen Folgen. Mit angehaltenem Atem und aufs äußerste bemüht, nur ja nicht zu zittern, arretierte der riesige Mann den Haupthebel mit einem leicht zu lösenden Laufknoten, stellte die beiden anderen Hebel nach und lehnte sich dann zurück und bewunderte sein Werk. Er stieß einen Seufzer der Erleichterung aus und – hätte beinahe laut aufgeschrien: Sein kompliziert ausbalanciertes, voll funktionsfähiges Modell bebte, wackelte und ratterte, als wollte es zumindest eine Puppe abschütteln. Aber dann beruhigte es sich, Gott sei Dank, noch einmal und fiel wieder in seinen feinfühlig austarierten Gleichgewichtszustand zurück. Womit verhindert war, daß die fünfzehn Fallvorrichtungen, die in drei Fünferreihen auf einem großen pyramidenförmigen Gerüst angeordnet waren und die ein unglaublich reaktionspositives Liquidationspotential repräsentierten, aktiviert wurden. Es war ein herrlicher Anblick! Das Publikum, insbesondere auch das königliche Publikum, würde begeistert sein! Pit Pendler, *Der taktvolle Galgenstrick,* wie ihn seine Bewunderer nannten, hatte da nicht die geringsten Zweifel.

Er schenkte sich ein großes Glas Jacques d'Anyuls ein, feixte böse, lehnte sich zurück und bewunderte seine geniale Schöpfung. Noch niemals in der Geschichte des Strafvollzugs hatte jemand fünfzehn Personen gleichzeitig aufgeknüpft. Schon gar nicht mit Hilfe eines abgestuften Auslösersystems.

Er griff hinter sich, nahm eine große, enganliegende Lederkappe vom Kleiderhaken und zog sie sich über den Kopf. Der Geruch der Tierhaut wirkte wie ein Zauber: Jetzt war er Pit Pendler, der *Königliche Hofscharfrichter*.

»Willkommen, Majestät! Treten Sie näher, meine Damen, meine Herren, liebe Kinder und all die andern, die sich kundig machen wollen in der Kunst des Kreativen Knüpfens!« rief er. Er probte seinen Auftritt. »Zum Spaß für jeden, der die Mehrfachschlinge liebt, zur Freude aller, die das simultane Baumeln über alles schätzen, hab ich heute *das* hier aufgebaut! Sehen Sie jetzt eine Folge glänzend koordinierter Simultanabschwünge, erleben Sie den Zauber zeitgleich in Szene gesetzten Zappelns und Zuckens, ausgeführt und dargebracht in luftiger Höh von einer munteren Schar Galgenvögel und Hampelmänner!«

Er nippte wieder an seinem Glas.

»Darf ich nun um einen Trommelwirbel bitten!« Seine Hand faßte nach der Modellausführung des Hebels, der mit den drei Fäden verbunden war. An diesem Punkt würde er das Publikum animieren, laut mitzuzählen –

Publikumsbeteiligung war unverzichtbar, wenn eine Hinrichtung durch den Strang zu einem denkwürdigen Ereignis werden sollte.

Wenn dann die letzten drei Mitwirkenden aufgerufen waren, dann war der große Augenblick gekommen: Dann würde er den Hebel in Bewegung setzen!

Die Fäden spannten sich, übertrugen die Spannung auf die drei Arretierzapfen, zogen sie mit einem Ruck aus den Fallbrettern und … die ersten drei Opfer wurden der Wirkung der Schwerkraft überlassen. Drei kleine Figürchen fielen durch drei quadratische Löcher, lösten damit die Entriegelung der nächsten drei Arretierzapfen, die nächsten drei stürzten ab und lösten damit … und so weiter und so fort. Jedes Trio, das durch die Klappe sauste, ließ Pit Pendlers Herz höher schlagen. Es war ein mitreißendes Schauspiel!

Und morgen war Premiere! In Anwesenheit des Königs! Morgen würde König Kharthezsh der Kaltherzige dem Spektakel Beifall zollen!

Er konnte es kaum mehr erwarten.

»Und Ihr seid Euch ganz sicher, daß es wirklich ein Byrogrott war?« Zuveth schenkte dem zu Tode erschrockenen Hauslehrer, der jetzt bei ihm in der Palastküche saß, Tee nach.

»Ob ich mir sicher bin? Selbstverständlich bin ich mir sicher!«

»Aber was macht der hier? Ich habe immer geglaubt, das sind reine Phantasiegeschöpfe!«

»Sind sie auch! Genauso wie Ratzjen und Toofen! Unheimlich, das Ganze!«

Fisk ging diese Unterredung immer und immer wieder durch den Kopf. Er versuchte zu verstehen, was er da gehört hatte, bemühte sich, das Gehörte zeitlich und logisch zu ordnen, um seinen Realitätsgehalt herauszufinden. Aber genau den bekam er einfach nicht zu fassen.

Eineinhalb Stunden war es jetzt her, daß er in dem engen Korridor hinter der Wand zur Küche gehockt hatte. Die Ohren hatten ihm geglüht, so intensiv hatte er gelauscht, um nur ja kein Wort zu überhören. Beinahe eine Stunde lang war ihm nur banales Gerede geboten worden, erst dann war das Gespräch auf den Jagdausflug mit dem Beizfalken gekommen, den der Lehrer mit Klayth am Morgen unternommen hatte; erst dann war die Langeweile verflogen und hatte ungläubigem Staunen Platz gemacht. Fisk kam immer nach dem Vormittagsunterricht hierher, spitzte die Ohren und war auf diese Weise – zumindest am Rande – an der Unterrichtsplanung für den kommenden König von Isolon und Cranachan beteiligt. Im Laufe der Jahre hatte er dabei zu unterscheiden gelernt und hörte weg, wenn es um jene nichtssagenden Phantastereien ging, mit denen der Hauslehrer die ansonsten eher fade Konversation auszuschmücken pflegte.

Und die Geschichte mit der Falkenjagd hatte er zunächst für eine solche Phantasterei gehalten. Aber dann … Dieses Getöse, oben auf dem Marktplatz …

Die schwarz behandschuhten Hände trommelten ungeduldig auf die Armlehnen des Throns, der aus dem achtzehnten Jahrhundert stammte. Fisk war nervös, auf das äußerste angespannt. Er wartete auf Vlad.

Unerklärliche Explosionsgeräusche, die urplötzlich das ganze Schloßgebäude erschütterten! Derartiges geschah schließlich nicht jeden Tag! Vlad hätte schon längst herausgefunden haben müssen, was der Grund dafür war. Fisk kochte. *Unerklärlich!* Er haßte dieses Wort! Er haßte es ganz besonders, wenn es mit Dingen wie *Explosion* oder *Tod* oder *Raub* kombiniert war!

Irgend etwas ging da oben vor sich, irgend etwas sehr, sehr Merkwürdiges. Was ihm ebensosehr verhaßt war, war die Tatsache, daß er, der einmal cranachischer Innenminister gewesen war, daß er, der jetzt (nachdem man König Erdrosselbart und seine Kohorten ins Exil geschickt hatte) der mächtigste Überlebende des ehemals unbezwingbaren Cranachischen Reiches war, daß er sich in diesen Tunneln und Gängen herumdrücken mußte und nicht herausfinden konnte, was dort oben, mitten auf dem Marktplatz, diese gewaltigen, unerklärlichen Explosionen verursachte.

Aber nun gut, das sollte sich ändern. Und zwar schon bald. Sobald ihm klar war, wie er diesen Umweg zu seinem Vorteil ummünzen konnte, würde er wieder dabeisein. Seine Zeit war noch nicht vorbei. Es würde wieder einen neuen Anfang geben, ein neues Zeitalter würde anbrechen ...

Mit aufgeregtem Gepiepse brummte eine kleine Fledermaus in den Thronsaal, legte sich scharf in die Kurve und verriß bei einem mit Hochgeschwindigkeit ausgeführten Immelmannturn den Anflugwinkel. Sie flatterte wild, um wieder Luft unter die Flügel zu bekommen, raste geradeaus, flitzte dann um den Thronsessel und landete schließlich mit kreischendem Bremsgeräusch vor Fisk, der vor Wut schäumte.

Mit einem scheußlich quietschenden und schmatzenden Geräusch streckten sich die Extremitäten des Flattertiers, die Flügel schwanden, die schwarze Haut verwandelte sich in einen schwarzen Anzug, und nach vollendeter Metamorphose war aus der Fledermaus eine etwas heruntergekommene Erscheinung geworden: Vlad Langschwein.

»Ich hab doch gesagt, du sollst das draußen erledigen«, fuhr ihn Fisk an. »Widerlich!«

»Värzeihunk, där Härr! Oba ich hobe Neiigkeitän!«

»Na endlich! Sehr schnell war das aber nicht! Da hätte ich genausogut auf den *Cranachischen Merkur* warten können!«

»No, der ärscheint oba ärst morgen. Wos ich zu bärichten hobe, iss vor wänigen Säkundän passiert.«

Und dann berichtete Vlad des langen und breiten und bilderreich und detailliert vom Auftauchen des Trolls auf dem Marktplatz und davon, wie es die schwarze Wolke ein zweites Mal versucht hatte – weit hinten in den Krapathischen Bergen.

Fisk starrte zu Boden. Er hatte das Gesicht in die panzerbehandschuhte Hand gelegt und grinste nachdenklich.

»Du wirst jetzt alles, was dort oben vor sich geht, ganz genau beobachten und mich über die weiteren Entwicklungen auf dem laufenden halten. Ich muß alles wissen. *Alles!*« fauchte Fisk. »Ab mit dir!«

»Sähr wohl.« Vlad stand auf, zog den Mantel eng um sich und bereitete sich auf die nächste Metamorphose vor.

»Ich habe gesagt *draußen!*«

»Oha! Äntschulidgunk! Hätt ich beinahä wieder värgässen!«

»Mann! Ich weiß ja nicht, wie das bei euch ist, aber ich hab das jetzt bitter nötig!« Seine Spektabilität, Flaezz der Höchstpostamentierte, ließ sich von den empörten Blicken, die auf ihn gerichtet waren, nicht weiter beeindrucken und putzte die Hälfte des Inhalts seines Bierkrugs mit einem Schluck weg. Dann schnappte er nach Luft (auf seiner Oberlippe zitterte ein Schnurrbart aus weißem Schaum), stürzte die zweite Hälfte genauso schnell hinunter, knallte den Krug auf den Tresen und bestellte: »Noch einen, Frollein. Ich bin am Verdursten!«

»Genug jetzt!« knurrte Seine Eminenz, Bharkleed der Leidenschaftlich Exaltierte. »Das gehört sich nicht für einen Mann von geistlichem Stand.«

»Also hör mal! Ich hab den ganzen Tag Leute geprel… den Menschen gepredigt, und davon wird man verdammt durstig! Da darf ich doch wohl mal was von meinem Anteil ausgeben!«

»Das kannst du ja auch. Nur etwas diskreter, wenn möglich. Wir haben noch einen langen Weg vor uns.«

»Genau! Und ich weiß auch schon wohin!« Flaezz

schielte lüstern nach der Bedienung, die sich eben weit über den Tresen beugte, um einen Stammgast auf die ihm zustehende Art zu bedienen.

»Wo bleibt eigentlich Bruder Wenzl?« Mißmutig drehte Bharkleed seine Armbandsonnenuhr in alle möglichen Richtungen, um das wenige Licht einzufangen, das es in den düsteren Räumen der Kneipe *Zur Sauren Gurke* gab. »Er läßt sich ganz schön Zeit!«

»Macht er doch immer so! Ich hab noch nie verstanden, warum du ausgerechnet *den* angeworben …«

»Das reicht jetzt! Man hört uns zu!«

»Pah!« Flaezz leerte den zweiten Krug und bedeutete der Bedienung mit einem Handzeichen, daß sie ihm einen dritten bringen sollte. Und als die dann den schäumenden Lederkrug auf den Tresen stellte, beugte sich Flaezz vor und säuselte ihr ins Ohr: »Wie wär's, Schätzchen? Hast du später noch was vor? Also, ich hätte da ein paar wunderschön illustrierte Handschriften! Könnt mir vorstellen, daß die dir gefallen würden!«

»Ach, ihr Männer von geistlichem Stand! Seid doch einer wie der andere!« kreischte sie mit gut gespielter Abscheu und schlug ihm auf die Schulter. »Handschriften wollt Ihr mir zeigen? Na ja, immerhin mal was anderes als *Meine liebsten Grabsteine* oder die Bildersammlung *Prominente Seelen, von mir errettet*.«

In diesem Augenblick stürmte ein Mann, puterrot im Gesicht und dick wie ein Faß, in die *Saure Gurke*. Mit wehenden Rockschößen und schwer keuchend rannte er zu Bharkleed.

»Höchste Zeit, daß du dich blicken …«, wollte Bharkleed loslegen, aber der wirr drauflosfaselnde S. H. A. Wenzl ließ ihn nicht zu Wort kommen.

»Raus mit euch auf den Marktplatz! Schnell! Ihr glaubt nicht, was da los ist! Los, Tempo!«

»Was, ich? Moment, ich hab mir eben frisch nachschenken lassen«, protestierte Flaezz und zwinkerte der Bedienung zu.

»Dafür ist jetzt keine Zeit!« stammelte Wenzl. »Ein Wunder ...«

»Wovon redest du eigentlich?« fuhr ihn Bharkleed an. »Was ist passiert?«

»Kommt schon, und seht es euch an. Ich kann nicht glauben, was ich da gesehen habe. Es ist riesig!« S. H. A. Wenzl zerrte Bharkleed am Ärmel. »Jetzt kommt schon!«

Seine Eminenz erhob sich und folgte dem aufgewühlten Glaubensbruder.

»Äh, wir sehen uns dann später«, konnte Flaezz noch flüstern, bevor er aus der Kneipe geschleift wurde. S. H. A. Wenzl schnappte sich eine kleine Tafel, die neben der Tür der *Sauren Gurke* hing, klemmte sie sich unter den Arm und stürzte zum Marktplatz. Bharkleed und Flaezz blieben ihm dicht auf den Fersen.

Mehrere Minuten lang rannte Wenzl dahin, zwängte sich wieselflink durch Menschenansammlungen, flitzte um Ecken und Kurven, hopste auf der Stelle, wenn er auf die beiden anderen warten mußte, wirbelte herum, als wollte er seine Rockschöße zu fassen kriegen ... Bharkleed erinnerte sich an eine Szene mit einem Hund, die er einmal in einem *Laterna-Magica-Animata-Palast* in Krillingen gesehen hatte. Seine Eminenz war verblüfft: Noch nie hatte er erlebt, daß sich Bruder Wenzl so schnell in Bewegung gesetzt hatte und so lange so schnell in Bewegung geblieben war, wenn es nicht gerade ums Essen ging. Was aber der Grund für den augenblicklichen ungeahnten Ausbruch furioser Rasanz war, das zu erraten hätte ihn vermutlich überfordert. Selbst wenn er tausendmal hätte raten dürfen, selbst wenn er einige Kilo erstklassiger bewußtseinserweiternder Drogen zur Verfügung gehabt hätte, selbst dann wäre es äußerst unwahrscheinlich gewesen, daß er erfaßt hätte, welche Entwicklungen sich anbahnten.

Ein paar Schritte voraus verschwand Bruder Wenzl hinter einer Bruchbude, die allem Anschein nach von einem Architekten geplant worden war, den man nie mit dem Konzept der geraden Linie beziehungsweise des rechten Winkels vertraut gemacht hatte. Bharkleed lief hinterher, bog um die Ecke und stand einem überwältigenden Spektakel gegenüber, so überwältigend, wie er es kaum jemals erlebt hatte.

Zu Hunderten drängten sich die Menschen auf dem Marktplatz und starrten regungslos auf das dreißig Meter hohe Standbild eines weiblichen Steintrolls, der merkwürdig verlegen wirkte. Bis auf einen großen Mann in eindrucksvoller Uniform, der nervös zappelte, rührte sich niemand von der Stelle. Es war, als warteten alle auf ein bevorstehendes Ereignis. Die Trollfrau hoffte inständig, daß die Leute endlich aufhörten, sie unentwegt anzustarren. Mit ihrem hauchzarten Negligé in Moosgrün und Schiefergrau kam sie sich nackt vor, sie kauerte sich zusammen wie jemand, den man beim Duschen überrascht hatte. Wenn die Leute sich doch bloß einmal herumdrehen würden – auf der Stelle wäre sie auf und davon!

Bharkleed hörte ein kratzendes Geräusch, ein nervenaufreibendes Quietschen: Zu seiner Linken, unten auf dem Boden, kritzelte S. H. A. Wenzl mit einem Steinbrocken auf der gestohlenen Tafel herum und kerbte irgendeine Botschaft in das schwarz gestrichene Holzbrett.

»Was soll das?« fragte Bharkleed. »Hast du mich deshalb von meinem wohlverdienten Bier aufgescheucht? Damit ich mir das Standbild eines Trolls ansehe? Noch dazu eins, das nicht mal besonders naturgetreu ist!«

»Das ist kein Standbild«, flüsterte Wenzl und kritzelte weiter auf der Tafel herum. »Glaub ich zumindest nicht. Jedenfalls habe ich noch kein Standbild gesehen, das auf *diese* Art und Weise angeliefert worden wäre.«

»Hä? Würdest du freundlicherweise diese Rätselspielchen lassen? Ich hab heute noch ein Verabredung!« knurrte Flaezz.

»Das Ding ist einfach vom Himmel gefallen!«

»Was?«

»Schwarze Wolken, wirbel-wirbel, und *rums*, da war es! Kommt euch das nicht auch unheimlich vor? Wie dieser Ort, wo wir vor ein paar Monaten waren? Wo mitten im Moor all diese Steine aufgerichtet waren, einer neben dem anderen ... wie hat das gleich wieder geheißen? Ach ja, Hinkelsbühl! Und ich sag euch: Das hier ist so was Ähnliches! Eine großartige Gelegenheit!«

Bharkleed strich sich über das Kinn und sah sich um. Überall die gleichen Gesichter, überall Angst, Verwunderung und Verärgerung: Nix war's mit dem Stoff fürs Wochenende, Ladenschluß, Feierabend!

Alles, was jetzt noch nötig war, war ein kleines bißchen Überredungskunst, und jeder von ihnen würde sich der Gemeinschaft der Gläubigen anschließen.

Und wenn es ums Überreden ging – wer hätte das besser gekonnt als diese drei?

Bruder Wenzl stand auf und zeigte vor, was er geschrieben hatte:

Ihr,
die Ihr von
Trolländsten geplagt,
von Skulpturenspuk geängstigt und
in Sorge seid wegen Eurer Anwartschaft auf das
Leben im Jenseits:
Kommet alle zu MIR!
Oder zu IHM!
Oder auch zu IHM!

Die Hochkirche von Sankt Mammon dem Ungewaschenen war entschlossen, Nutzen zu ziehen aus der Gemütsverfassung mehrerer hundert Seelen und all ihren irdischen Reichtümern!

»Liebe Brüder und Schwestern! Fürchtet euch nicht vor diesem Ungeheuer!« rief Bharkleed. »Mag es auch

Zeichen sein für das Ende der Welt, mich kann es nicht erschrecken. Erhobenen Hauptes trete ich vor es hin und sage: *Weiche von mir, Standbild! Aber,* höre ich euch da fragen, *wie vermag er solches zu tun* oder auch *warum hat er keine Furcht?* Ich aber sage euch: Weil ich mich nicht ängstigen muß vor dem Leben nach dem Tode! Denn für mich ist ein sicherer Platz im Jenseits reserviert, ich habe mein Paßmort, und mein Visum und meine Tickets sind gestempelt und quittiert. Brüder und Schwestern! Kommet alle zu mir! Durch mich soll auch euch diese Sicherheit zuteil werden!«

S. H. A. Wenzl lächelte. Bewundernswert, wie Bharkleed das machte! Gebt ihm ein Publikum, laßt ihn Geld wittern, und nichts kann ihn aufhalten!

»Setz dich doch endlich!« schimpfte Firkin in der düsteren Zelle.

»Nein! Erst wenn ich endgültig davon überzeugt bin, daß es keinen Ausweg gibt!« Hogshead kaute an der Tür herum.

»Du machst das jetzt schon stundenlang«, knurrte Firkin. »Es gibt keinen Ausweg!«

»Willst du einfach so aufgeben?«

»Was soll ich denn sonst machen?«

»Einen Ausweg suchen!« fauchte ihn Hogshead an und scharrte an einer anderen Stelle weiter.

»Und du könntest auch endlich mal die Klappe halten!« knurrte Firkin und starrte finster auf Hogsheads Rocktasche. »Ich hab genug von deinem Gewimmer!«

Im dunklen, warmen Inneren von Hogsheads Rocktasche war die Stimmung um keinen Deut besser.

In Ch'tins Verdauungssystem herrschte Aufruhr, das Gedärm verknotete sich, warf sich im Ansturm verheerender Blähattacken hin und her. Der unglückselige Bücherwurm konnte nichts anderes tun, als sich zusammenzukrümmen und erbärmlich vor sich hin zu stöhnen. Die Misere verschlimmerte sich zunehmend, und zeitweilig kam es dem Wurm vor, als hinge sein Körper irgendwo zwischen Wirklichkeit und Nirgendwo fest, als löste er sich in unzählige Einzelteile auf und würde dann wieder neu zusammengesetzt. Und bei all dem lag er hilflos da und wimmerte.

»Laß ihn in Ruhe«, fuhr Hogshead Firkin an. »Er ist krank!«

»Was fehlt ihm denn?«

»Weiß nicht. Bauchweh, nehm ich an.«

Dawn zog Hogshead das Buch aus der Tasche und lugte hinein. Der grüne Winzling krümmte sich und stöhnte herzzerreißend.

»Ich denke, er müßte unbedingt zum Arzt.« Die hilfreiche Anregung kam von Dawn. »Seine Farbe gefällt mir ganz und gar nicht.«

»Mir hat sie noch nie gefallen«, raunzte Firkin.

»Du weißt genau, was ich meine ...«

Zur Überraschung aller wurde plötzlich die Türklappe aufgerissen, und ein Brocken altbackenes Brot und ein Krug Wasser wurde hereingereicht.

Dawn sprang auf (es war eine instinktive Reaktion, die auch für sie unerwartet kam) und packte die Hand, gerade als sich die Klappe wieder schließen wollte.

»Halt!« schrie sie. »Wir brauchen Hilfe! Einen Arzt! Hier liegt jemand im Sterben!«

Die Hand ruckte und zerrte und wollte sich losreißen. Dawn hielt sie mit beiden Händen fest und ließ nicht locker.

»Er hat die Pest ...«, log Dawn, »... und wenn Ihr uns nicht helfen wollt, halt ich Euch so lange fest, bis Ihr sie auch habt!« Das war bestimmt kein sehr eindrucksvolles Mittel, um jemanden unter Druck zu setzen. Aber Dawn stand selbst unter Druck und mußte sich mit Improvisation behelfen.

Die Hand zog und zerrte noch heftiger.

»Stillhalten, oder ich beiß dir die Finger ab!« fauchte Dawn. Das wirkte anscheinend.

»Nein! Nicht beißen!« hörten sie jetzt eine Stimme hinter der Tür. Hogshead blieb der Mund offenstehen. Eine Mädchenstimme! »Wer ist krank?« fragte sie.

»Ch...«, fing Dawn an.

»Courgette!« platzte Hogshead heraus. Und hätte sich am liebsten die Zunge abgebissen: Da hörte er, wenn man von Dawn einmal absah, zum ersten Mal seit ihrer Rückkehr in die richtige Zeit die Stimme eines Mädchens und dachte sofort an Courgette! *Du lieber Himmel! Hat mich wohl wirklich schwer erwischt,* ging es ihm durch den Kopf.

»Wie? Wer...?«

»Courgette?« fragte Hogshead wieder. »Bist du...?«

Dawn ließ überrascht los. Die Hand wand sich aus ihrem Griff, verschwand, und an ihrer Stelle erschien ein grünes Auge und ein Wirrwarr fuchsroter Haare in der Sichtklappe.

»Hogshead? Was machst *du*...?«

»Wie kommst *du*...?«

»... denn hier?«

»... denn hierher?«

Die beiden haspelten und stotterten und hampelten an der Zellentür hin und her, um einen Blick durch die Klappe zu werfen.

»Wer ist denn nun krank?« fragte Courgette, die sich als erste wieder beruhigt hatte.

»Ich«, ächzte Firkin beim Anblick von Hogshead, der vor der Tür auf und ab hopste und durch die Klappe starrte.

»Ch'tin. Ch'tin ist... Du mußt uns hier rausholen!« bettelte Hogshead.

»Aber wie? Ich... ich kann nicht...«

»Du mußt! Courgette! Du bist unsere einzige Hoffnung!«

»Großartiges Durchhaltevermögen! Muß man ihnen lassen!« Kommandant Schyrling sah den riesigen Steintroll verdrießlich an. »Wird jetzt bald dunkel sein. Und dann kommen sie raus. Gar keine Frage!«

Hauptmann Schikaneder aber wollte nicht so recht daran glauben.

Er hätte es zwar nicht beschwören können, aber je mehr Zeit verging, um so weniger war er davon überzeugt, daß im Innern dieses Granitgebildes ein Heer eingepfercht war, das es kaum mehr erwarten konnte, in die Schlacht zu ziehen. Vielleicht lag es daran, daß er nirgendwo an diesem Ding Türen oder Ausgänge entdecken konnte. Vielleicht auch daran, daß der Monolith so eigenartig empfindsam wirkte: Immer wieder einmal hatte es Augenblicke gegeben, da war er sich absolut sicher gewesen, daß ihn das Ding nervös angestarrt und die Beine übereinandergeschlagen hatte, um seine enorme Blöße zu bedecken, ganz so, als wäre es selbst von seiner Anwesenheit überrascht. Möglicherweise war er sich aber auch deswegen nicht mehr sicher, weil er insgeheim die Idee, sich für den Überfall auf ein feindliches Territorium im Inneren eines selbstgebastelten Steintrolls zu verstecken, für so blöde hielt, daß er sich nicht vorstellen konnte, irgend jemand könnte etwas Derartiges tatsächlich versuchen wollen. Aber vielleicht war auch das heftige seismische Rumpeln schuld, das plötzlich weit hinten in den Krapathischen Bergen eingesetzt hatte.

Das Epizentrum des Bebens lag genau dort, wo vor kurzem erst die zweite Wolke eingeschlagen hatte. Von dort ging es aus und pflanzte sich rhythmisch wummernd in eine ganz bestimmte Richtung fort … In ihre Richtung!

»Spürt ihr es schon?« schrie Bharkleed. Er stand am anderen Ende des Marktplatzes. »Das Ende ist nah! Sehr nah! Ganz nah! Noch ist Zeit, Vorsorge zu treffen für einen sicheren Übergang ins Jenseits und im Trans-Styx-Express einen Platz zu reservieren! Tretet noch heute der Hochkirche bei, und es soll euch zuteil werden der Trost, den der Glaube zu spenden vermag!«

»Was ist das eigentlich?« flüsterte S. H. A. Wenzl verstohlen. Niemand – sein kriminelles Kollegium einmal ausgenommen – durfte bemerken, wie beunruhigt er war.

»Was weiß ich!« gestand Bharkleed. »Aber es hat funktioniert! Und wie! Vorsicht, da kommen die nächsten!« Und schon rollte die nächste Welle auf sie zu: potentielle Gemeindemitglieder allesamt, die Herz und Seele auftaten und (was sie nicht ahnen konnten) ihre Taschen desgleichen, womit sie sich all ihrer in Bankschließfächern sicher deponierten Vermögenswerte und hochverzinslichen, langfristig und indexgebunden angelegten Sparguthaben begaben.

»Name?« fragte Bharkleed und zauberte eine jungfräuliche *Bescheinigung zum Nachweis des Bedingungslosen Glaubens* aus seinem Ranzen.

»Zuveth«, antwortet der verängstigte Mann dem Hohenpriester.

»Adresse?«

»Palastküche, Schlafsaal 4, Dritte Pritsche links, Cranachan.«

Beim Wort *Palast* spitzte Bharkleed die Ohren. Sie zitterten wie die Meßgeräte eines Wünschelrutengängers, der soeben einen riesigen unterirdischen See aufgespürt hatte, der sich nur wenige Meilen unter seinen Füßen in alle Himmelsrichtungen erstreckte.

»Tätigkeitsbereich?«

»Hä?«

»Wie sieht's mit Arbeit aus, meine ich.«

»Hab ich. Danke der Nachfrage.«

»Nein, ich will wissen, was Ihr da macht in der Palastküche.«

»Ach so, verstehe. Ich arbeite da als Chefkonditor.«

»Und wie lange sch …?«

»Zu lange!« Zuveth beugte sich näher zu Bharkleed. »Viel zu lange. Heute zum Beispiel vierzehn Stunden! Und das ohne Kaffeepause! Meine Füße bringen mich um, sie fühlen sich an wie … wie … wie etwas, auf dem man vierzehn Stunden lang ohne Kaffeepause rumgestanden hat!«

»Das hört sich ja schrecklich an! Und jetzt wollt Ihr wissen, wie das im Jenseits ...?«

»... und der feine Herr Ringshey, das ist der königliche Fischkoch, der hockt den ganzen Tag bequem auf seinem Hintern und nimmt Fische aus!«

»Empörend, wirklich empörend! Da interessiert es Euch natürlich, wie sich das nach Eurem Tode verhalten wird, nicht wahr?« fragte Bharkleed noch einmal. Sollte Zuveth ruhig weiter über seinen Kollegen herziehen – möglicherweise fiel dabei die eine oder andere brauchbare Information ab.

»... schlitzt mal einen Schleimfisch auf oder zerhackt einen Schwertfisch ...«

»Schrecklich. Aber so ist nun einmal das Leben *hienieden*. Aber das Leben *nach* ...«

»... und was er erst mit Wellhornschnecken anstellt! Scheußlich! Müßte verboten werden ...«

»Bitte, Herr, äh, Zuveth! Ich muß mich leider auch noch um andere Leute ...«

»Eigentlich hätte ja *ich* diesen Job bekommen müssen«, platzte Zuveth unvermittelt los. Er warf sich in die Brust, wilde Wut flackerte in seinen Augen: »*Ich* müßte eigentlich des Königs Fisch ausnehmen, des Prinzen Plötze pochieren und die fürstliche Flunder filetieren!«

Warum gerade ich? dachte Bharkleed. *Warum muß ausgerechnet ich* immer wieder *an diese stumpfsinnigen Pflastertreter geraten?*

»Ganz bestimmt. Das will ich Euch gerne glauben«, murmelte der Hohepriester mit bewährter Unverbindlichkeit. »Aber nun seht die Sache doch auch einmal positiv: Sehr bald schon gibt es diese Welt nicht mehr, dann seid Ihr Eure Sorgen los und könnt in einer unserer Eigentumswohnanlagen für den frisch Eingeäscherten Ruhe und Frieden genießen. Wenn Ihr bereit seid zu glauben, dann unterzeichnet bitte hier!«

»... und Neunaugen kann ich doppelt so schnell zubereiten wie dieser tatterige Hanswurst! Ganze Schwärme, wenn's sein muß ...«, brummelte Zuveth, während ihm Bharkleed vorsichtig den Federkiel in die Hand schob, das Schreibgerät ins Tintenfaß tauchte und dann über die gestrichelte Fußzeile des Bescheinigungsformulars führte.

»Eure Unterschrift! Bitte! Hier!« flüsterte der Hohepriester und versetzte Zuveths Ellbogen einen sanften Stoß.

»Hä? Ach so, ja ... bloß Boxerkrabben würd ich nicht mal mit der Zange anfassen ...«, redete der Chefkonditor unentwegt weiter, wobei er gedankenlos mit der Hand über das Pergament schabte, »... hab eine Heidenangst vor denen, echt eine Heidenangst!«

»Ja, sehr schön. Alles Gute weiterhin, mein Sohn. Die Schatzkammer von Sankt Mammon wird erbeben beim Empfang deiner Gaben. Der nächste, bitte!« schrie Bharkleed in die wogende Menschenmenge, die immer mächtiger gegen ihn andrängte, je lauter das wummernde Stampfen wurde.

»Fertigmachen zum Einsatz!« brüllte Schyrling am anderen Ende des Marktplatzes. Seine Stimme zitterte, so sehr begeisterte ihn die Aussicht auf baldige Feindberührung. »Sie werden nicht durchkommen! Zeigen wir's ihnen!«

Schikaneder rieb sich die Augen und glotzte den Riesentroll wieder einmal verwundert an. Es war zwar nur ein kurzer Blick aus den Augenwinkeln gewesen, aber trotzdem war er ganz sicher, daß klammheimlich ein Ausdruck gewaltiger Erleichterung über das gigantische Gesicht gehuscht war.

Weit hinten in den Bergen nahm das wummernde Stampfen an Lautstärke und Eindringlichkeit zu, eine mächtige Staubwolke stieg auf und wurde schnell größer, so als jagte sie ein heftiger Wirbelwind auf Cranachan zu.

»Ähmmm, haltet mich jetzt bitte nicht für besserwisserisch, Kommandant«, wandte sich Schikaneder zaghaft an Schyrling. »Aber findet Ihr nicht auch, daß die ein bißchen sehr schnell anrücken für eine schwerbeladene Invasionstruppe? Ich meine, wenn die in diesem Tempo weitermachen, sind sie hin, bevor sie hier sind«, versuchte er sich verständlich zu machen und beobachtete dabei ängstlich die Wolke, die immer größer wurde und sich – wie Schyrlings Stimmung – immer mehr verfinsterte.

»Blödsinn. Das ist nur der Wind, der den Staub davonweht, den sie aufwirbeln.«

Schikaneder sah die Fahnen auf dem Reichspalast an, die schlapp an den Masten hingen. Von wegen *Wind!* dachte er. Hinter einem Lemming mit Darmblähung ist heute die Luft heftiger in Bewegung als irgendwo sonst in der Stratosphäre. Er kam nicht mehr dazu, den Kommandanten darauf hinzuweisen, Schyrling brüllte lauthals Befehle und machte damit jedes weitere Nachdenken unmöglich.

»Schikaneder! Wachen am Osttor verdoppeln! Wer immer da anrückt, er kommt hier nicht rein!«

Einen Moment lang lief ein Anflug sedimentärer Bekümmerung über das Antlitz des Trolls.

»Ist das nicht eher Aufgabe der Heeresverbände, Kommandant? Wir sind eine Einheit des Abschirmdienstes, keine taktisch militärische Kampfeinheit!«

»Blödsinn. Ich weiß sehr genau, was unsere Funktion ist! Aber wir sind nun einmal vor Ort, wir sind kampfbereit, und wir werden siegen!«

»Jawoll!« Widerstrebend machte sich Schikaneder an die ihm aufgetragene Arbeit. Er zeigte es zwar nicht, aber er war fest davon überzeugt, daß es nicht der Stiefeltritt einer anrückenden Armee war, der dieses Beben verursachte. Er warf noch einmal einen kurzen Blick auf das Standbild, schüttelte verstört den Kopf und rannte los, hinüber zur Stadtmauer.

Auch die drei Hohenpriester wurden plötzlich unruhig: Zuveth war etwas eingefallen, er drängte sich durch die Menge zu ihnen durch.

Bharkleed zuckte erschrocken zusammen, als er den Konditor kommen sah, und entwickelte auf der Stelle hektische Betriebsamkeit.

»Ich bin ja jetzt Mitglied der Kirche ...«, sagte Zuveth zu Bharkleed, der angestrengt jeden Blickkontakt mied, »... kann ich denn jetzt auch um die Erfüllung eines Wunsches beten?«

»Aber ja! Nur zu!«

»Klasse! Ich wollt ja schon immer diesen Fischkoch loswerden! Danke!«

»He, Moment! Ihr könnt doch nicht darum beten, daß ...«, schrie Bharkleed. Aber der Konditormeister war schon wieder verschwunden.

Plemplem, sinnierte der oberste Hohepriester, *komplett plemplem!*

Schyrling verschränkte die panzerbehandschuhten Hände auf dem Rücken und starrte mit großen Augen auf die drohende Gefahr, die mit wehender Staubfahne heranrückte. Kampflust ließ sein Herz höher schlagen, übertönte alle Bedenken und ließ auch den letzten Zweifel an der handfest-irdischen Natur dieser Bedrohung verstummen.

Schikaneder hatte innerhalb weniger Minuten die Männer der Schwarzen Garde in alle möglichen Richtungen dirigiert, rannte jetzt auf das Osttor zu und kletterte auf die Stadtmauer.

Als er oben ankam, blieb er erschrocken stehen und riß die Augen auf. Die Staubwolke und das bebende Stampfen waren schon viel näher herangekommen, als er gedacht hatte. Es war zu spät, um noch weitere Verteidigungsmaßnahmen in die Wege zu leiten. »Erst schießen, wenn ihr das Weiße in ihren Augen seht«, schrie er dem Häuflein Bogenschützen zu, das hechelnd und keuchend um ihn herumstand. »Aber dann: volles Rohr!«

Die Wolke walzte auf sie zu, die Erde dröhnte, als erledigte eine kleinere Insel die allmorgendliche Sitzung.

»Ruhe bewahren, Männer!« befahl Schikaneder. »Ganz ruhig bleiben. Gleich ist es soweit!«

Und tatsächlich: Gleich war es soweit. Noch früher, als er geglaubt hatte, sah er, *was* die Wolke verursachte.

Wie von Furien gehetzt, spurtete eine riesiger Koloß geradewegs auf die Stadtmauer zu. Ohne das Tempo auch nur ein wenig zu drosseln.

»Feuer!« brüllte Schikaneder, der nicht glauben wollte und konnte, was er da vor sich sah. »Feuer!«

Noch bevor Katapulte und Belagerungsmaschinen aufgefahren werden konnten, war das Monstrum am Tor. Wie ein Läufer durch das Zielband, so fetzte es durch das verriegelte, dreifach verleimte Eichentor und walzte es mitsamt den beiden mächtigen Wehrtürmen ohne mit der Wimper zu zucken platt.

»*Feuer*, hab ich gesagt!« schrie Schikaneder. »Warum habt ihr nicht geschossen?«

»Ihr habt gesagt: *Das Weiße im Auge,* Hauptmann. Von Grau war nie die Rede, Hauptmann.«

Das zehn Meter große Trollkind rumpelte mit ausgestreckten Armen über den Marktplatz, schleifte Trümmer von Tor und Türmen hinter sich her und legte alles flach, was ihm im Weg stand. Die dreißig Meter große Trollfrau drehte sich um und lächelte. Plötzlich hatte sie vergessen, daß sie beinahe nackt war.

»Magma! Magma!« plärrte das Trollkind und vergoß literweise heiße Tränen aus flüssiger Lava. »Magma!«

Mit tektonischer Urgewalt kollidierte der Sprößling mit den Schienbeinen seiner Mutter, umklammerte sie voll seismischer Seligkeit.

»Splitt!« schrie die Mutter, und die Erde bebte. »Wo bist du gewesen? Ich habe mir schreckliche Sorgen gemacht!« Aus einer Höhe von etwa dreiunddreißig Metern über dem ruinierten Pflasterboden des Marktplatzes von Cranachan setzte die gewaltige Steinplatte der mütterlichen Hand zu einer immer rasanter werdenden Talfahrt an, um am Ende auf Splitts granitener Ohrmuschel aufzutreffen. Die aufmerksamen Beobachter zogen ängstlich die Köpfe ein, als das zischende Geräusch, Zeichen der enormen Luftverdrängung, die die unaufhaltsam nach unten sausende strafende Hand verursachte, immer lauter wurde. Dann dröhnte ein klatschender Schlag über den Marktplatz, so laut und so spürbar, als übten ein paar Gottheiten für die Prüfung in Kontinentalverschiebung, und Splitt hatte eins hinter die Löffel bekommen.

»Ich werd dich lehren, einfach zu verschwinden! Mach das ja nie wieder! Und jetzt komm endlich, du solltest längst im Bett sein!«

Sie packte den Kleinen bei der Hand – es war ein Griff, der tektonischen Druck ausübte –, zerrte ihn hinter sich her und verließ den Marktplatz.

»Ich hab meine Magma wieder!« quäkte Splitt. Sein Ohr glühte feuerrot.

Kommandant Schyrling starrte mit großen Augen den gigantischen Kolossen nach, die durch den Schutthaufen stampften, der einmal *Das Osttor* geheißen hatte.

»Ich glaube es einfach nicht! Es gibt keine Trolle! Wo bleibt meine Armee?«

»Hör jetzt endlich auf zu quengeln!« knurrte die Trollmama und drohte ihrem Sprößling mit dem Zeigefinger. »Sonst werd ich dir einen Grund zum Quengeln liefern!«

Von niemandem bemerkt, sprengte ein Reiter auf den Marktplatz. Das Pferd schnaubte und keuchte, der dunkle Schemen im Sattel schwang einen Poloschläger.

Der massige Gefängniswärter schnarchte sanft und selig. Courgette schlich sich Stück für Stück an ihn heran. Dröhnend hörte sie den Pulsschlag durch ihren angstbebenden Körper hallen, es war ihr unerklärlich, warum der Schläfer davon nicht wach wurde. Aber vielleicht gab es ja tatsächlich so etwas wie Glück.

Aber jetzt bekam sie kalte Füße. Und nicht nur sprichwörtlich, sondern auch wortwörtlich kalte Füße: Bevor sie heimlich in den langen Korridor geschlichen war, hatte sie ihre Lederstiefelchen ausgezogen. Zudem stand sie mittlerweile kaum mehr einen Fußbreit von ihrem Ziel entfernt und spürte die Folgen der Anstrengung überdeutlich. Jeder Muskel schmerzte, war zum Zerreißen gespannt. Und jetzt lag er vor ihr, zum Greifen nahe: der schwere Eisenring, an dem die Schlüssel für alle Zellentüren hingen. Sie mußte ihn nur noch dem Wärter vom Gürtel nehmen …

Sie schlich sich wieder einen Schritt näher, wagte kaum zu atmen, wagte kaum sich zu bewegen …

Plötzlich hustete der Wärter, bellend wie ein gestrandeter Seehund, zog die Nase hoch und zuckte unruhig im Halbschlaf. Die Schlüssel klirrten, hallten durch die Stille wie dröhnendes Glockengeläut, wie der Radau, den eine Meute wildgewordener Glöckner veranstaltete. Courgette schlug erschrocken die Hände vor den Mund, sie erstarrte zur Salzsäule, in den grünen Augen flackerte panisches Entsetzen. Der Wächter rieb sich mit dem Handrücken geräuschvoll die Knollennase, schniefte ausgiebig und beruhigte sich schließlich wieder. Ob es Sekunden waren oder Minuten – Courgette hätte es nicht sagen können. Es kam ihr wie eine Ewigkeit vor, bis sie wieder wagte, sich zu bewegen, bis sie endlich die nötige Courage aufbrachte, nach der Gürtelschnalle faßte und anfing, den Gürtel zu öffnen. Das steife Leder knarzte, als sie unendlich vorsichtig die Schlaufe zurückschob, Zentimeter für Zentimeter, damit der Druck auf den Bauch des Wärters nicht plötzlich nachließ. Dann war es soweit, jetzt gab es kein Zurück mehr: Die Schließe war geöffnet, der Gürtel lockerte sich, der Taillenumfang des Schläfers weitete sich sichtbar, und Courgettes Hand schlängelte sich vorsichtig auf den heißbegehrten Schlüsselbund zu.

»Hallo, Kleines!« Aus dem Dunkel grinste sie das Gesicht des Wärters an.

»Ha …!« schrie Courgette auf und packte schleunigst wieder den Gürtel.

»Hab mich schon gefragt, wie lang's dauern wird, bis du dich traust. Hab schon gemerkt, daß du's auf mich abgesehn hast.«

»Ha …!«

»Is immer's gleiche. Früher oder später – irgendwann passiert's einfach«, sagte der Wärter und grinste lüstern.

»Ha …?«

»Aber warum denn so schüchtern, Kleines? Hättst ruhig fragen können! Ich hab nix dagegen. Ich denk, es iss die Uniform. Das ganze Leder … Is eben unwiderstehlich! Kann ich auch nix gegen machen!«

»Aah …!« Courgette ließ den Gürtel los. Schlapp baumelten die Gurtenden vom feisten Bauch des Wärters herab.

»Keine Angst. Ich hab da so ne kleine Spezialzelle, von der keiner was weiß. Komm schon, is ganz privat, da findet uns keiner!«

Erstaunlich flink war der Dicke auf den Beinen. Er packte Courgette, zerrte sie durch den Korridor, an drei Türen vorbei und dann rechts in eine offenstehende Zelle.

Wollüstig schürzte er die Lippen, warf Courgette auf das bequeme Bett und grinste dreckig. Er strich sich die Haare glatt und prüfte schnuppernd das Odeur unter seinen Achseln. Nachdem das erledigt war, stand der Sache nichts mehr im Weg. Dachte er.

»Nun komm schon, Kleines – gib Küßchen!«

Panische Angst packte sie, der Adrenalinpegel schnellte hoch, der Gefängniswärter kam näher, immer näher, verstellte ihr den Weg, versperrte ihr die Sicht … Courgette konnte sich nicht vorstellen, daß es irgend etwas gab, das ähnlich unküßbar gewesen wäre. Zwiebelgeruch stieg ihr in die Nase …

So hatte sie sich die Sache nicht gedacht. Es hätte eine Blitzaktion sein sollen: rein, Schlüssel klauen, abhauen! Eins, zwei, drei, pure Kinderei!

»Mach schon! Einen richtig dicken Schmatz ...«

Nein! Nie! Hilfe! Wie der Blitz warf sie sich zur Seite, tauchte unter dem rasch näher kommenden, unentwegt schnäuzelnden Brocken durch und rollte sich vom Bett. Mit einem Satz war sie im Korridor und warf die Zellentür mit aller Kraft hinter sich zu. Als sie den Sperrmechanismus rattern und das Schloß einschnappen hörte, zitterte sie vor Erleichterung.

»He! Komm zurück, Schätzchen! He! Mach die Tür auf! Laß mich raus! Hast du mich denn nicht mehr lieb, Kleines?«

Courgette rannte. Es war eine Katastrophe, sie war gescheitert!

Die Schlüssel lagen in der Zelle und waren eingesperrt, die Chancen, an sie heranzukommen, standen jetzt noch schlechter als vor ihrer Aktion.

Sie mußte hier raus. Sie mußte nachdenken, mußte sich etwas einfallen lassen, irgendeine Erklärung ...

»Courgette! Du bist unsere einzige Hoffnung!«

Es war ... es war einfach unfair!

Whintz hatte in seiner Laufbahn als *Fahrender Zauberer* eine ganze Menge äußerst merkwürdiger Dinge erlebt. Die meisten davon hatte er selbst in Gang gesetzt und wußte daher, daß sich für derlei Dinge – mochten sie noch so unmöglich erscheinen, mochte es auch aussehen, als wären sie mehrere Myrillionen Parsek von jeder Wahrscheinlichkeit entfernt – in der Regel eine ganz simple Erklärung finden ließ: Spiegel etwa, Taschenspielertricks und dergleichen mehr.

Und als er jetzt in einem Waldstück, das sich durch nichts in besonderer Weise von anderen Waldstücken unterschied, in einer Pfütze lag, klammerte er sich verzweifelt an dieses gesicherte Wissen, um sich zu beweisen, daß er *nicht* rettungslos einem hirnverbrannten Verfolgungswahn verfallen war. Wieder und wieder sagte er sich, daß die Wespe, deren Überreste jetzt auf seinem schwarzen Umhang verteilt waren, *nicht* aus heiterem Himmel herangesurrt war, mit dem festen Vorsatz, gerade *ihn* zu stechen. Und genauso versuchte er sich davon zu überzeugen, daß die Baumwurzel, vor der er auf dem Bauch, und die Pfütze, in der er auf dem Bauch lag – daß Wurzel und Pfütze sich *nicht* verschworen hatten, ihn zu Fall und in diese Situation zu bringen. Es gelang ihm nicht. Es gelang ihm absolut nicht.

Vor allen Dingen wollte ihm eines nicht gelingen: sich davon zu überzeugen, daß das alte ledergebundene Buch, das jetzt einen Meter von ihm entfernt im Laub auf dem Waldboden lag, daß dieses Buch nicht – noch einmal und ganz entschieden: *nicht* – aus seinem Rucksack gesprungen war, mit den Einbanddeckeln geflattert hatte wie eine geistesgestörte Motte mit den Flügeln, dann zweimal um seinen Kopf gebrummt war und ihm schließlich via linkes Ohrläppchen einen Elektroschock mit einigen tausend Volt Spannung verpaßt hatte.

Natürlich: Es war ein Zauberbuch. Nicht daß er das nicht gewußt hätte. Aber so etwas hatte es noch nie gemacht. Whintz hatte es immer gut behandelt, hatte es nie so rücksichtslos umgebogen, daß der Rücken gebrochen wäre, hatte auf keiner Seite ein Eselsohr gemacht und hatte nie etwas über ihm verschüttet. Warum tat es ihm also etwas Derartiges an?

Whintz krabbelte aus der Pfütze, starrte die Baumwurzel argwöhnisch an, setzte sich und lehnte sich an einen Baum. An einen *anderen* Baum.

Paß bloß auf! ermahnte er sich. *Bleib jetzt ganz ruhig! Wie soll das noch enden, wenn du jetzt schon nicht mal mehr Bäumen traust!*

Er wischte literweise schlammige Brühe von den blechernen Monden, Sternen und Blitzstrahlen, den Tierkreiszeichen aus billiger Emailarbeit, die seinen schmuddeligen schwarzen Hut und seinen nicht weniger schmuddeligen schwarzen Umhang zierten, und schöpfte haufenweise feucht-fauliges Laub (in etwa die Abwurfmenge von vier bis fünf Herbstbäumen) aus seinem Rucksack. Zum Glück war keine einzige der vielen Phiolen zerbrochen, die er immer mit sich herumschleppte, nicht eines dieser Fläschchen, die allerlei seltsam gefärbte Tränklein enthielten. Nicht auszudenken, was das bedeutet hätte: Es gab nur ein Behältnis in dieser Flaschensammlung, dessen Inhalt nicht so roch, als käme er aus den Eingeweiden eines von den Toten auferstandenen Dämons mit Mundgeruch – es handelte sich dabei um einen Liebestrank, der eine sagenhafte Wirkung auf die Libido von Stuten hatte. Whintz hätte sich nirgendwo mehr blicken lassen können. Ob stinkend wie der Hintern eines Teufels mit Verdauungsproblemen oder auf wilder Flucht vor einer Herde brünstiger Hengste – in beiden Fällen wäre es ein außerordentlich geschäftsschädigender Auftritt gewesen. Wie man als Fahrender Zauberer empfangen wurde, das war ohnedies immer eine schwer kalkulierbare Angelegenheit. Es brauchte sich nur ein Zauber, den man bei seinem letzten Besuch gewirkt hatte, als Rohrkrepierer erwiesen haben, schon konnte es geschehen, daß man gefesselt und geknebelt über dem Dorfteich baumelte, bevor man noch *Heraus ihr Leut, der Scherenschleifer ist wieder da* hätte sagen können.

Whintz stand auf. Noch immer wußte er nicht so recht, wie und warum er in dieser Pfütze gelandet war. Mißtrauisch näherte er sich dem großen ledergebundenen Buch. Der Foliant mit dem Titel *Das Buch Maggie. Ein gar lehrreich ANthologia in welcher versammelnt seind Allerley REceptures der ZAubrischen & MAggischen KÜnste nebst so manch anderm HOckusbockuS* lag im Laub und regte sich nicht. Es lag so still, daß es unvorstellbar war, wie es ihm (via Ohrläppchen) einen Stromstoß von einigen tausend Volt durch den Körper hatte jagen können. Er nahm einen Stecken und stupste es vorsichtig in den Rücken. Keine Reaktion. Nicht ein Fünkchen. Er stupste noch einmal. Nichts. Whintz hatte Mut gefaßt, er streckte die Hand aus und berührte die Einbanddecke. Und weil er nichts Ungewöhnliches bemerkte, hob er das Buch auf, steckte es in seinen Rucksack und machte sich auf den Weg dorthin, wo *Das Große Hängen* stattfinden sollte, *das* Ereignis des Jahres, für das überall im Land die Werbetrommeln gerührt wurden.

Man rechnete mit einem gewaltigen Besucherandrang bei Pit Pendlers Show *Fünfzehn auf einen Streich*. Und wo immer zwei oder drei im Namen der Unterhaltung beisammen sind, da soll ein Fahrender Zauberer mitten unter ihnen sein und zeigen, was er anzubieten hat.

Weil er das Buch zuunterst in seinen Rucksack steckte, bemerkte Whintz nicht, wie sich eine schimmernde, funkelnde Aura bildete, wie es um den Folianten knisterte und flimmerte.

Genausowenig bemerkte Hogshead, der fünfzehn Meilen von dieser Stelle entfernt in einer finsteren, schmutzigen Gefängniszelle eingeschlossen war, wie winzige Fünkchen ein bläulich leuchtendes elektrisches Feld um einen gewissen Bücherwurm bildeten, der sich in den Tiefen seiner Rocktasche krümmte und unsägliche Qualen litt.

Und so muß es auch nicht verwundern, daß keiner von ihnen bemerkte, daß dieser Effekt im Quadrat des abnehmenden Abstandes zwischen Buch und Bücherwurm zunahm.

In ganz Isolon und Cranachan gab es nur wenige, die das Quadratische Abstandsgesetz kannten.

Hinter den Bergrücken der Krapathen legte sich nach dem eiligen Abzug der mehrere Tonnen schweren Steintrolle der Staub, über den Ruinen des Marktplatzes von Cranachan. Gewaltige Instandsetzungsarbeiten würden nötig sein, um aus Cranachan wieder eine Stadt zu machen, die zumindest einigermaßen sicher und geschützt war... So sah es jedenfalls – und zwar zu ihrer großen Freude – jene schemenhafte Gestalt, die eine Kapuze über den Kopf gezogen hatte und auf dem Rücken eines durchsichtigen Poloponys saß.

Wie es kam, daß er sich unvermittelt auf dem Marktplatz von Cranachan wiederfand, wo er doch eben noch auf den Schlußpfiff im Endspiel der offenen Polomeisterschaften der Kapiteldimensionen gewartet hatte, das konnte sich Der Hunger beim besten Willen nicht vorstellen. Aber wie auch immer: Es gefiel ihm, er fand es amüsant. Hier hatte er Menschen um sich, echte Menschen, Wesen aus Fleisch und Blut, und nicht nur diese Charaktermasken aus den Erzählungen und Fabeln. Hier waren Wesen, die wirklich Eßlust verspürten, Hungergefühle, an denen man ein wenig drehen und herumspielen konnte!

Hier einmal kurz mit der Hand gewunken, dort flugs den Poloschläger geschwungen...: Schon fingen unzählige Mägen an zu knurren, begannen gierig zu rumpeln und rumoren mit unersättlich digestivem Furor. Innerhalb kürzester Zeit stürmten ausgehungerte Horden den Marktplatz und stürzten schnurstracks auf die Dönerbude los. Der Hunger konnte sich gar nicht satt sehen an diesem Schauspiel. Kichernd sah er zu, wie aus schlummernder Eßlust Heißhungerattacken wurden, lachte wiehernd beim Anblick nimmersatter Hungerleider, denen das Wasser im Munde zusammenlief, die haltlos sabberten wie eine Meute Wildhunde, die sich auf einen Kindergeburtstag verirrt hatten, wo die Kleinen gerade Wurstschnappen spielten...

Jetzt mußte er sich nur noch mit dem Dönerchef einig werden...

Welch ein wunderschöner Tag! dachte der kleine Spatz im Wald von Isolon und holte tief Luft für die nächste Zwitscherorgie. Eine Frau und drei Eier, ein bildschönes Nest auf dem attraktivsten Baum der ganzen Gegend, eine einflußreiche Stellung in der Verwaltungsgemeinschaft *Amsel, Drossel, Fink & Star,* den Bauch gefüllt mit einer Mordsraupe – was wollte ein jungdynamischer, karrierebewußter Sperlingsmann noch mehr? Er wollte zum Beispiel fröhlich tirilieren und seine schöne Stimme erschallen lassen.

Leider – und das galt für jeden, der davon betroffen war, einschließlich des Mädchens, das unter dem Baum saß und alles versuchte, um sich in einem tosenden Meer von Selbstmitleid zu ertränken – leider war eine *schöne* Stimme etwas, worüber dieser Spatz am allerwenigsten verfügte.

Der Spatz aber erachtete dieses Manko als belanglos, er blähte den Brustkorb um ein paar Mikrometer auf, pumpte die letzten noch erforderlichen Mikroliter Luft in die Lungen und schmetterte los – Kraft und Freude im Herzen, halbverdaute Raupe im Bauch. Was er produzierte, klang wie das Gejodel eines gefiederten Badewannentenors: Er sang mit leidenschaftlicher Lautstärke, mit rauschhaftem Überschwang und kümmerte sich nur wenig bis gar nicht um Textgenauigkeit, um exakte Phrasierung oder – und das war am schlimmsten – um präzise und sichere Intonation. Eine schriftliche Wiedergabe seiner Darbietung würde sich in etwa folgendermaßen lesen: »Skwäck skworrrk tschäälp zörp. Zörpili zirpilä zwitsch krrräztzzz!«

Der Winzling lärmte und krakeelte vor sich hin, randalierte in unverantwortlich kakophonischer Art und Weise drauflos und ahnte nicht, daß sich unter ihm ein gefährlich brodelndes Gemisch aus Verärgerung und Zorn zusammenbraute. Er sang fröhlich weiter. Den Blick verstellt von den Scheuklappen der Verzückung, war er sich nicht im geringsten der Tatsache bewußt, daß dort unten eine Hand das Laub durchwühlte, auf der Suche war nach einem kleinen, harten und schleuderfreundlichen Wurfgeschoß. Nur wenige Sekunden sollte es jetzt noch dauern, dann würde das gefiederte Nebelhorn den Zustand der vollkommenen Ahnungslosigkeit erreicht haben.

Courgettes Augen funkelten giftgrün. Mit mörderischer Treffsicherheit feuerte sie das Projektil nach der nervtötenden Kreatur. Pfeifend sauste es durch die Luft, traf den Sperling an der Schläfe und holte ihn vom Ast. Im hohen Bogen und mit wütendem Gekreisch trudelte der Sänger abwärts. In dem Augenblick, als Stein auf Feder traf, hätte Courgette am liebsten losgeheult. Ihre Wut, ihre Enttäuschung und Verwirrtheit, alles das kam jetzt zum Ausbruch. Sie zitterte. Sie konnte nicht glauben, was sie eben getan hatte. Sie *hatte* den Vogel tatsächlich umbringen wollen. Einen winzigen Augenblick lang hatte sie genau das tatsächlich gewollt. Noch nie war sie so wütend gewesen. Außer damals vielleicht... damals, als ...

Bilder schossen ihr durch den Kopf, Bilder von riesigen Zähnen, triefend vor Nässe... sie schnappten nach einem Jungen, der über einen Baumstamm rannte, der über einem Fluß lag. Und sie... sie rannte ebenfalls, schwang einen Holzknüppel, schrie und kreischte ...

Hoch über ihr stand eine kleine schwarze Wolke am Himmel.

Im Wald, in dem es jetzt still war, dort, wo ihr geliebter Brunnen stand, schrie Courgette, wie sie damals geschrien hatte: »Hau ab, du Scheusal! Laß ihn in Ruhe!« Wie Dreschflegel wirbelten ihre Arme, ihre Schwungkraft trieb sie voran, wie der Blitz schlug sie zu, schlug auf den Flußnydd ein ...

Die Wolke wurde größer, schwoll an und blähte sich auf, dehnte sich aus, verfinsterte sich ...

Sie ließ den Kopf sinken, schlug die Hände vor das Gesicht ... Alles war ihr wieder eingefallen. Damals war sie erfolgreich gewesen. Sie hatte ihr Leben aufs Spiel gesetzt, um *ihn* vor einem zwölf Meter langen Flußnydd zu retten. Aber jetzt hatte sie versagt. Jetzt ließ sie die anderen im Stich, alle drei … Wie sollte sie ihnen das bloß beibringen?

Plötzlich stach eine silberne Klinge durch die Wolke und raste leise, unendlich leise surrend zur Erde. Schimmernd und funkelnd durchschnitt sie die Luft und sauste geradewegs auf den tief unter ihr liegenden flammendroten Sammelpunkt der Zerknirschung und Selbstbezichtigung zu.

Courgette zerbrach sich den Kopf, suchte nach einer Lösung des Problems. Sie mußte stark sein, mußte ihre Weiblichkeit einsetzen, allzu lange hatte sie gelitten …

Es war beinahe so, als sollten ihre stummen Bitten erhört werden: Mit einem scharfen, schwirrenden Geräusch fuhr genau zwischen ihren Knien eine stählerne Klinge in den Boden und blieb zitternd – beinahe so stark zitternd wie sie selbst – stecken. Mit großen, ungläubigen Augen starrte Courgette das hin und her pendelnde Kreuz aus Metall an. Runen, die Uraltes bedeuteten, glühten auf der Klinge von Exhibitur, dem Schwert, das sich mittlerweile – wäre alles mit rechten Dingen zugegangen – im Besitz von König Halva hätte befinden müssen, dem rechtmäßigen Herrscher aller Königreiche.

Courgette war fassungslos. Ein Schwert! Wie ein Geschenk des Himmels war es von demselben gefallen! Gerade jetzt, wo sie Lenkung und Leitung so dringend brauchte! Es war ein Zeichen! Es konnte nur ein Zeichen sein! Es war ein ein Meter zwanzig langer metallener Richtungsweiser, der ihr zeigen würde, was sie zu tun hatte. Sie war aufgewühlt, das Herz schlug ihr bis zum Hals, sie zwang sich, ruhig zu bleiben, ganz ruhig … Es ging nicht. *Wozu auch!* wummerte ihr Herz. *Schließlich fällt nicht jeden Tag ein Schwert vom Himmel!* Und es legte noch ein paar Takte zu.

Courgette wischte sich die Tränen aus den Augen, stand auf und packte das Heft. Wieder klopfte ihr Herz, doch diesmal ermutigend, mit herzlichem Einfühlungsvermögen.

Hinter dem Wurzelgewirr am Fuße eines großen Baums lugte ein Spatz hervor, blinzelte und schüttelte heillos verwirrt den Kopf.

Es war ein eigenartiges, ein sehr sonderbares Gefühl, das Courgette empfand, als ihre Finger den Griff umfaßten. Plötzlich entströmte (wie das geschehen konnte, sollte sie nie erfahren) dem fiktionalen Schwert eine verborgene Kraft, und unvermittelt kamen ihr Worte und Wendungen wie *Hieb* und *Parade* und *in Stücke hauen* in den Sinn. Ein Leuchten ging über ihr Gesicht, sie strahlte, wie ein armes Großmütterchen gestrahlt haben würde, wenn man ihm ein nach den neuesten Erkenntnissen der Waffentechnologie konstruiertes Gewehr (Plasmastromzündung, lasergesteuerte Zielautomatik) in die Hand gedrückt, damit auf jene Saubande jugendlicher Rabauken, die ihm in letzter Zeit das Leben so sauer gemacht hatten, gezielt und dann gesagt hätte: »Schau, Oma: Hier ist der Abzug. Viel Spaß!«

Courgette wuchtete das Schwert aus dem Boden, hob es mühsam hoch und richtete die schimmernde Klinge gen Himmel. Und als die Strahlen der Sonne durch das weiße Gewölk brachen und die Waldlichtung erleuchteten, da fielen sie auf eine Gestalt, die mit einemmal stark und mächtig geworden war, stolz und achtunggebietend. Die goldene Lichtflut illuminierte den faszinierenden Vorgang einer erstaunlichen Verwandlung: Sie lag schimmernd auf Courgettes Kinn, das sich entschlossen reckte, strahlte von ihren Schultern zurück, die sich streckten und kräftigten, glitzerte auf ihren Schenkeln, die plötzlich fest und beeindruckend muskulär geformt waren.

»Fürwahr!« rief sie aus, und ihre Stimme klang eine volle Oktave tiefer, »'s ist wahrlich ein Zeichen! So will ich denn dies Schwert ergreifen, zum Kampf für die gerechte Sache!«

Sie überlegte kurz. *Ich trage ein Schwert,* dachte sie. *Ich muß also ein Ritter sein. Mehr noch: Eine RitterIn! Die erste RitterIn der Frauenwelt!*

»Ich, Courgette, führe den bewaffneten Kampf für die gerechte Sache! Eine Bewegung will ich gründen«, schrie sie, »und deren Farben sollen sein ...« Sie blickte sich um, betrachtete die Blumen auf der Lichtung (in ihren Augen glühte ein Feuer, eine nie gekannte Leidenschaft, Trotz und Widerspruchsgeist – sollte irgend jemand versuchen, ihr Steine in den Weg legen zu wollen, sie würde umgehend ... würde ... würde sich umgehend an das nächstbeste Eisengitter anketten ... ganz bestimmt würde sie das!). »... sollen sein Purpurrot und Weiß und Grün. Und die Parole soll sein ...« Sie schwang Exhibitur hoch über dem Kopf, schwang es in immer weiter ausholenden Kreisen, und die Macht des Schwertes nahm zu und ging auf sie über. »Immer und ewig: die Frauen!«

Courgette hatte sich verwandelt. Aus dem Püppchen mit dem klatschmohnroten Haar war eine Heroine geworden.

»Immer und ewig: die Frauen!«

Nachdem er sich heimlich durch einen Seiteneingang auf den Exekutionsplatz von Schloß Isolon geschlichen und herauszufinden versucht hatte, ob ein Fahrender Zauberer eventuell Feindseligkeiten gewärtigen mußte, machte sich Whintz an die Arbeit und schlug seine Bude auf. Er steckte Zeltstangen zusammen, rückte Regalbretter zurecht und brachte schließlich an der Firstseite eine Werbetafel an, auf der er seine Dienste und Leistungen anpries: *parakosmische Flickschusterei, magische Scherenschleiferei, thaumare Warzenbesprechung. Alle Zaubertränklein mit Garantieschein, Salben dergl.* Zum Schluß plazierte er noch seine diversen Phiolen und Fläschchen auf den Regalbrettern. Und dann wartete er.

Lange konnte es nicht mehr dauern, bis sich die erwarteten Menschenmassen an diesem Treffpunkt einfinden würden. Whintz blickte zum Himmel. Er hatte eigentlich geglaubt, es müßte jeden Augenblick donnern; hatte gedacht, der Himmel hinge voll schwerer, dunkler Wolken, die sich im nächsten Augenblick entladen und alles unter ihnen ertränken würden. Aber der Himmel war strahlend blau. Whintz kratzte sich den Kopf, dann den Handrücken – es juckte ihn am ganzen Körper.

Eine halbe Meile von diesem Ort entfernt, tief unter der Erde in den Kerkern von Schloß Isolon, saßen drei Kinder, die es ebenfalls am ganzen Körper juckte. Sie kratzten sich zerstreut. Sie führten den Juckreiz auf die feuchten Gefängniszellen zurück, in denen es von Ungeziefer wimmelte. Und auf die Tatsache, daß sie schon sehr bald spüren würden, wie sich eine Schlinge um ihren Hals zusammenzog.

Hätte Hogshead einen Blick in das ausgehöhlte Buch geworfen, das in seiner Rocktasche steckte, dann hätte es ihm vielleicht gedämmert, daß ihnen etwas bevorstehen könnte, das noch schlimmer war als ihre baldige Hinrichtung durch den Strang.

Während Whintz vor den ordentlich in Reihe aufgestellten Galgen seine Bude aufgeschlagen hatte, waren im Gewebe der schwarzen Strümpfe der Realität acht weitere Fäden gerissen und hatten damit die Laufmasche vergrößert, die jetzt immer schneller auf die elegant geschwungene Fessel des Schicksals zulief.

In einem winzigen, trüb beleuchteten und rauchgeschwängerten Zimmer in Cranachan hockten drei Gestalten über einem Haufen von Pergamenten und Landkarten. Sie hatten die Köpfe zusammengesteckt und debattierten konzentriert, leise und flüsternd den aktuellen Stand ihrer Bemühungen.

»Und wie steht es hier?« fragte der größte und zeigte auf ein Gebiet in unmittelbarer Nachbarschaft des Palastes. »Wie viele sind es hier?«

»Nur zwölf«, antwortete der kleine Dicke.

»Aber das sind die, die wir brauchen! Hier steckt das große Geld!«

»Tut es nicht«, widersprach Seine Emolienz, S. H. A. Wenzl der Maßlos Gesalbte. »Ich zeig dir, wo das große Geld zu finden ist. Wir müssen ...«

Es klopfte an die Tür.

Seine Eminenz, Bharkleed der Leidenschaftlich Exaltierte, starrte wütend in dem winzigen angemieteten Zimmer herum, und für einen Augenblick flackerte panischer Schrecken in seinem Gesicht auf. Dann blickte er wieder auf den Stapel mit den *Bescheinigungen zum Nachweis des Bedingungslosen Glaubens* und schließlich zur Tür.

»Verstecken! Schnell!« fuhr er Flaezz an und schob ihm den Papierhaufen hin. »Das darf keiner sehen!«

»Moment noch, bitte«, rief er zur Tür und tat sein Bestes, um so andächtig wie möglich zu klingen. *Wie sag ich's bloß meiner Zimmerwirtin?* ging es ihm durch den Kopf, und seine Stirn furchte sich wie ein frischgepflügter Acker.

»Los, anzünden!« flüsterte er und warf Bruder Wenzl ein großes Räucherstäbchen zu. »Schnell! Und schnallt euch die Knieschoner zum Gebet an!«

Wieder schlugen Fingerknöchel gegen die Tür.

»Bitte, noch einen Augenblick!« Er drückte seine hastig gerollte Zigarette aus und versteckte die Karte von Cranachan.

»Und die Zündhölzer? He, Bharkleed?« flüsterte Wenzl eindringlich.

»Hab ich nicht. Hast du doch ...«

»Flaezz ...?«

»Was?« Flaezz sah verärgert von der Kiste auf, die er mit den *Bescheinigungen* vollstopfte.

Wieder klopfte es an die Tür. »Hallo?« hörten sie eine ziemlich zittrige Stimme.

»Ob du Zündhölzer hast?« wisperte Wenzl, der kurz davor war durchzudrehen.

»Nein«, grunzte Flaezz.

Langsam wurde die Türklinke heruntergedrückt.

»Singen!« kommandierte Bharkleed. »Los!« Flaezz, der in der Eile keine Gelegenheit fand, um seine Kippe auszudrücken, saugte sie umgekehrt in den Mund und hielt die Luft an.

»Ommmmnahhmmmohhh ...«, brummte Wenzl, hielt sich an seinem Räucherstäbchen fest und schwankte sanft hin und her.

»Mmmmmm ...«, stimmte Flaezz mit ein.

Knarzend öffnete sich die Tür. »Verzeihung, wenn ich hier einfach so hereinplatze«, sagte ein munteres, fossiliertes Exemplar der Gattung *Ältere Dame*, das sich mit einem Tablett abschleppte, auf dem blaues Steingutgeschirr und Kekse angerichtet waren, »aber ich habe Euch beten hören und dachte mir, ein Täßchen Tee käme Euch vielleicht nicht ungelegen.«

»Ommmaaaddee ... Oooh! Mademoiselle Servyette! Das ist aber nett!« säuselte Bharkleed. Er überschlug sich beinahe mit Dankesbezeugungen, um seine Verärgerung und die hektische Geschäftigkeit zu verbergen, die Flaezz beim Verräumen der *Bescheinigungen* entfaltete. »Wie aufmerksam von Euch! Beten kann in der Tat Durst machen!«

»Möchtet Ihr, daß ich Euch einschenke?« krächzte Mademoiselle Servyette. Wie ein arthritischer Geier kreiste ihre Hand über der Teekanne. Flaezz wurde allmählich rot im Gesicht, Rauch quoll aus seinem Mund und stieg kräuselnd auf.

»O vielen Dank! Aber das ist nicht nötig. Wenn wir auch Männer von geistlichem Stand sind, so sind wir doch durchaus in der Lage ...«

»Aber da ich nun schon einmal da bin: Darf ich Euch vielleicht ein schönes Stück Kuchen anbieten, Eminenz? Ganz frisch, ich habe ihn eben aus dem Backrohr geholt. Man weiß doch, daß die Geistlichkeit eine Schwäche für Kuchen hat!«

»O nein, vielen Dank! Wir sind mit den Keksen bestens bedient.« Bharkleed riß allmählich der Geduldsfaden, energisch dirigierte er das wacklige Weiblein in Richtung Tür. »Wenn Ihr uns jetzt bitte entschuldigen wollt, wir haben noch eine ganze Menge zu beten.«

Flaezz wurde krebsrot, dann zartgrün, schaltete wie eine gestörte Verkehrsampel wirr hin und her.

»Aber selbstverständlich. Da will ich Euch nicht abhalten. Solltet Ihr allerdings irgend etwas brauchen ...«

»Ja natürlich, Mademoiselle Servyette. Und vielen Dank noch mal!« Bharkleed schloß die Tür, wischte sich über die Stirn und stieß einen tiefen Seufzer der Erleichterung aus.

Flaezz stürzte auf den Tisch zu, bekam einen Hustenanfall und stieß eine gewaltige Rauchwolke aus.

»Bruder Wenzl wollte uns eben mitteilen, was wir als nächstes unternehmen sollen«, knurrte er sarkastisch, wenn er nicht gerade würgte und spuckte.

»Ah, richtig! Laß hören«, drängte Bharkleed den Mitbruder.

»Nun, mir scheint, wir sind in dieser Gegend nicht so erfolgreich, wie wir sein könnten, weil wir hier kein ...«

Es klopfte wieder. »Hallo!«

Flaezz fegte die *Bescheinigungen* vom Tisch. »Was jetzt?« flüsterte er.

»Moment noch!« rief Bharkleed und zuckte verzweifelt mit den Schultern.

»Ohmmmaahdeemmmoo ...«, setzte Wenzl wieder ein.

Die Türklinke wurde nach unten gedrückt, Mademoiselle Servyette kam ins Zimmer gewackelt. »Ich wollte nur noch das hier vorbeibringen«, krächzte sie und fuchtelte mit einer Streichholzschachtel, »weil mir nämlich auffiel, daß die Kerzen nicht brannten, und da dachte ich, ob die vielleicht Licht brauchen, dachte ich, und habe deshalb die Streichhölzer vorbeigebracht, weil sie ja möglicherweise gebraucht werden.«

»Danke, Mademoiselle Servyette. Sehr gut beobachtet! Ohne ausreichende Beleuchtung läßt sich einfach keine richtige Atmosphäre erzielen. Doch dafür haben wir ja nun die Zündhölzer, vielen Dank auch, aber wir haben wirklich einiges zu erledigen.« Bharkleed schnappte sich die Zündholzschachtel und scheuchte die Zimmerwirtin zur Tür hinaus.

»Und Ihr wollt wirklich nicht ein Stückchen Kuchen? Bestimmt nicht? Ich habe ihn extra für Euch gebacken!« hörten sie Mademoiselle Servyette schnattern, während die Tür schon ins Schloß fiel.

»Nein. Und jetzt laßt uns in Ruhe. Wir haben zu tun. Wir müssen noch eine ganze Menge, äh, armer Seelen erretten.«

»Wie schön! Könntet Ihr dabei auch ein bißchen an mich denken?« fragte Mademoiselle Servyette, während sie schon das Treppenhaus hinunterstieg.

»Ja, ja! Adieu!« Bharkleed warf die Tür zu und wandte sich an Wenzl. »Was wolltest du gerade sagen?«

»Daß uns hier etwas sehr Wesentliches fehlt: ein Hebelpunkt, mit dem wir uns – stünde er uns zur Verfügung – im Handumdrehen die lückenlose Unterstützung des cranachischen Volkes verschaffen könnten.«

Es klopfte, die Tür flog auf, und vor den verdatterten Priestern stand Mademoiselle Servyette. Sie hielt eine Schüssel und einen Schwamm in den Händen. »Äh, nur weil mir gerade zufällig meine Salbölausrüstung in die Hände fiel: Wünschen die Herren vielleicht, daß ich ihnen die Füße salbe?«

»Was?« blaffte Bharkleed.

»Würg!« Flaezz krümmte sich. »Hört sich ja scheußlich an!«

»Verschwindet endlich«, fauchte Bruder Wenzl. »Laßt uns in Frieden, und stört uns nicht fortwährend!«

»Darf ich das so verstehen, daß es also nicht Euer Wunsch ist?«

»Genau *so!*« bekräftigte Bharkleed.

»Na gut, ich wollte nur gefragt haben. Es gibt immer wieder geistliche Herren, die das schätzen, wenn sie mit Beten beschäftigt sind.«

»Das will ich Euch gern glauben.« Flaezz schloß die Tür und verbarrikadierte sie mit einem Stuhl.

»Mach bitte weiter, Wenzl«, brummte Bharkleed.

»Äh ja, hmm. Schaut euch die Karte an. Wir sind unwahrscheinlich stark in diesen Vierteln.« Er zeigte auf die Karte. »Aber das sind die Armenviertel, und die sind finanziell uninteressant. Hier, im Mittelbereich, haben wir eine leidlich große Anhängerschaft. Und hier, wo wir's nötig hätten, nur eine sehr kleine: im Viertel der Stinkreichen, in dem Gebiet, das vor allen anderen einer Läuterung bedarf!«

»Und? Das ist doch nix Neues«, fauchte ihn Flaezz an. »Was willst du damit sagen?«

»Und hier, seht euch das hier an!« Bruder Wenzl deutete auf den befestigten Reichspalast, der innerhalb der Mauern der Stadt Cranachan lag: »Null!«

»Ja, und ...?«

»Ich will damit sagen: Wir brauchen die Unterstützung eines Mannes, der so mächtig ist, daß er den Stein ins Rollen bringen kann. Die Unterstützung eines Mannes, der das letzte Wort hat ...«

»Genau ...«, pflichtete Bharkleed bei, der mit dem intensiven Studium des Schloßplans beschäftigt war.

»... dessen Meinung sich alle anschließen, ob sie diese nun teilen oder nicht ...«

»Ich verstehe, was du sagen willst. Das heißt, wir müssen uns ...«

»... an den König heranmachen«, jubelte Wenzl. »Wenn wir ihn auf unserer Seite haben, ist alles andere ein Kinderspiel!«

Flaezz nickte.

»Dazu«, sagte Bharkleed, »möchte ich folgenden Vorschlag machen: Wir beantragen die Genehmigung für eine *Visitatio-Regis*, eine Heimsuchung des Königs, um

Seine Majestät, König Kharthezsh, den Herrscher von Isolon und Cranachan, davon zu überzeugen, daß er nichts Besseres tun kann, als sein Leben dem Glauben an die Hochkirche von Sankt Mammon dem Ungewaschenen zu weihen.«

»Schließe mich an«, sagte Wenzl.

»Vorschlag angenommen«, faßte Bharkleed zusammen, starrte dabei gierig auf das rechteckige kleine Stück Pergament, auf dem der im Privatbesitz des Königs befindliche Staatsschatz abgebildet war, und grinste hinterhältig.

»Außer mir noch jemand ein Täßchen Tee?« fragte er abschließend. »Macht mächtig Durst, diese Habgier!«

Es sah aus, als marschierten im Exekutionshof von Schloß Isolon fünfzehn ferngesteuerte nackte Vogelscheuchen, die in drei Reihen zu je fünf Mann zusammengeschlossen waren, auf und über eine hölzerne Pyramide. Seilzüge verbanden eine komplizierte Anordnung von Stangen und Streben zu einem verwirrenden und verwickelten Takelwerk, in dem das Fallbrett eines jeden Galgens mit dem Auslösemechanismus des nächsten Galgens verknüpft war.

Mit stolzgeschwellter Brust stand Pit Pendler, der Taktvolle Galgenstrick, vor diesem Meisterwerk, vor der Bühne, die für seine extravagante Exekutionskunst ausgestattet und mit allerlei Terrassen und gärtnerischen Anlagen geschmückt war. Erhobenen Hauptes trat er an den Haupthebel, der auf einem eigenen Podest, gut sichtbar für alle, montiert war. Von hier aus wollte er, wenn es soweit war, das Spektakel in Gang setzen. So wie der königliche Festgast eine Flasche am Bug des Langschiffs zerschellen läßt und damit jenes zusätzliche Trägheitsmoment auslöst, das das Boot über die schiefe und glatte Bahn der Unvermeidlichkeit nach unten schickt, genau so würde er vor den Augen der Publikumsmassen, die es danach verlangte, daß der Gerechtigkeit Genüge getan wurde, diesen Hebel umlegen. Hurrageschrei, stürmischer Applaus und tumultuarische Begeisterung würden die fünfzehn armen Seelen auf ihrem letzten Gang begleiten. Er glaubte es beinahe schon hören zu können. Nur noch wenige Stunden, dann ...

Höchste Zeit, den Wachen ein wenig Dampf zu machen.

Es gab noch eine ganze Menge zu tun: Das Ensemble mußte in die Garderobe* geführt und jedes Ensemblemitglied exakt gewogen werden ... Bittgebete um gutes Wetter waren noch zu verrichten ...

Und plötzlich stach Pit Pendler etwas ins Adlerauge, etwas, das in seiner Planung nicht vorgesehen war. Hinter der letzten Galgengruppe waren drei große Masten aufgestellt worden, an denen zusammengerollte Fahnen befestigt waren.

Nicht mit ihm! Pit Pendler kochte. Was sollte das bedeuten? Wütend sprang er von dem Hauptpodest herunter und stapfte los, bebend vor Zorn.

»He, du da!« brüllte er zu dem Kerl hinauf, der auf einem der drei Masten werkelte. »Ja, du! Was sollen diese ... diese Dinger da? Die sind in der Originalplanung nicht vorgesehen! Was glaubst du, was du da tust?«

»Äh ... Tschulligung, Chef. Keine Ahnung. Ich häng nur die Dinger da auf.«

»Schön. Dann hängst du sie jetzt wieder runter. Und zwar sofort! Am besten noch ein bißchen schneller!«

---

* Garderobe. Ein Hochsicherheitswartezimmer, das speziell für die Mitwirkenden an Pit Pendlers *Mutiplen Exekutionen* gebaut worden war. Die Bezeichnung *Garderobe* hatte sich durchgesetzt, weil häufig beobachtet wurde, daß insbesondere die etwas sensibleren Akteure beim Aufenthalt in diesem Raum, kurz vor Antritt des letzten Ganges, eine Gestimmtheit zeigten, die derjenigen eines Schauspielers, der angstbebend auf sein Stichwort wartete, nicht unähnlich war: eine Art übermächtiges, panisches Lampenfieber.

»Tut mir leid, Chef. Aber ich hab Anweisung ...«

»Hallo«, sagte ein kleines Männchen, das plötzlich neben Pit Pendler stand. »Kann ich, äh, in irgendeiner Weise behilflich sein?«

»Wer seid Ihr denn?« fuhr ihn der Henker an.

»Wyhlli, der Platzwart«, stellte sich das Männlein vor und rieb sich die Hände.

»Aha! Dann könnt Ihr mir ja vielleicht sagen, was mit den Dingern da hinten passiert?«

»Werden gerade montiert, wie's aussieht. Mit wem habe ich die Ehre?«

»Pendler mein Name. Dürfte Euch wohl nicht ganz unbekannt sein.«

Der Platzwart überlegte angestrengt. »Pendler ... Pendler ... ich, äh, also ...«

»Kleiner Tip«, knurrte der Henker, »ich bringe Leute um!«

»Pend ... Oh! Pendler! *Der* Pendler! Ha! Ohne Eure Maske hab ich Euch gar nicht erkannt! Was kann ich für Euch tun, mein Herr?«

»Zum dritten und letzten Mal: Was zum Teufel sollen diese Dinger da hinten?«

»Ach so, *das!* Das ist eine, äh, eine Idee von mir – zur Abrundung des Programms. Ich will es Euch demonstrieren.«

Er drehte sich um und winkte dem Mann auf dem Mast aufgeregt zu. »Ich möchte, daß du Herrn Pendler die Sache vorführst. Sobald ich den Einsatz gebe, klar?«

Der Mann nickte und kletterte von dem Mast herunter. Wyhlli – gequält von der entsetzlichen Vorstellung, daß er möglicherweise in wenigen Sekunden schon der fünfzehnköpfigen Gemeinschaft der Opfer beitreten sollte – faßte Pendler am Arm und führte ihn vorsichtig zur Seite.

»Die Vorrichtung ist mit den Füßen der, äh, *Stars,* also der Mitglieder der letzten Dreiergruppe verbunden«, erklärte der Platzwart, »in der gleichen Weise, wie die mit allen anderen verbunden sind. Und nun stellt Euch den Ablauf vor: Alles klappt wie am Schnürchen, einer nach dem anderen fällt durch das Fallbrett, *Rumms, Rumms, Rumms,* schon liegt Nummer neun unten, wir kommen zum Ende, die Masse rast, und *Rumms, Rumms, Rumms* ziehen die letzten drei gleichzeitig die Fahnen hoch, und ...«, er drehte sich um und gab das Zeichen, »... schon wehen sie, die Fahnen!«

Langsam entfalteten sich drei Fahnen und flatterten im Wind. Stumm sah Pit Pendler zu, *sehr* stumm. Mit gerunzelter Stirn las er den Text auf dem Fahnentuch. Und dann grinste er, zunächst nur ganz leicht, dann immer stärker – Wyhlli fiel ein zentnerschwerer Stein vom Herzen.

Pit Pendler war angetan!

Pit Pendler tätschelte dem Platzwart den Kopf und schlenderte dann gemächlich zum Schloß. Nur einmal sah er noch zurück. Würde gut ankommen ... Ein phantastisches Finale ... Hübsche Idee! Der König würde begeistert sein.

Stolz wehten die drei Fahnen im Wind ... *Guten – Rutsch – Leute!*

Heimlich, still und leise, Exhibitur mit beiden Händen fest umklammert, schlich Courgette durch den finsteren Gefängnisgang. Das Kinn herausfordernd gereckt, wirkte sie wehrhaft und stark, stämmig und kräftig wie ihre Oberschenkel. Sie näherte sich der Zelle, in der Firkin, Hogshead und Dawn eingekerkert waren. Geräuschlos öffnete sie die Klappe vor der Luke, behielt unablässig die Korridorflucht im Auge und flüsterte durch die Tür:

»Heil Euch, und schön, daß wir uns sehen! Ich bin's, meine tapferen Gefährten! Es ist mir, Gott sei's geklagt, nicht gegönnt, lange zu verweilen. Merket dahero gut auf, weil ich das, was ich Euch kundtun will, nur einmal werde sagen können. Wenn ich auch der Schlüssel nicht habhaft werden konnte, ich werde Euch doch – traun fürwahr! – zur Freiheit verhelfen! Den dafür erforderlichen Plan habe ich bereits ausgeheckt. Bleibet also wachsam und haltet Euch bereit. Verstanden? ... Verstanden? ... Hallo ...?«

Mißtrauisch runzelte sie die Stirn und lugte durch das Guckloch.

»Heil Euch ...? ... Keiner da?«

Das grüne Auge durchsuchte das dunkle Innere der tropfnassen Zelle, prüfte jede Einzelheit, durchforschte jeden Winkel. Es war alles genau so, wie sie es in Erinnerung hatte. Abgesehen davon, daß Hogshead, Firkin und Dawn nicht mehr da waren.

Als ihr klar wurde, was das bedeuten konnte, lief es ihr eiskalt den Rücken hinunter, mit Eiszapfenfingern klimperte die Panik auf der Klaviatur ihrer Wirbelsäule: Möglicherweise war es bereits zu spät ...

Weit jenseits des Raum-Seitlichen Kontinuums, über einem Land im Süden, in dem es hohe, spitze Berge und tiefe, dunkle Täler gab, segelte eine Kreatur durch die Wolken. Träge rührte sie die Flügel, die unendlich weit ausholten, erzeugte mit jedem Flügelschlag gewaltige Fallströme, die unermeßliche Luftmassen umwälzten, und transportierte auf diese Weise sich selbst und ihren Passagier durch den stillen blauen und leeren Raum. Die langen Fühler und das lanzenspitze Ende des fünfzehn Meter langen Schwanzes zuckten lässig im ansteckenden Rhythmus einer Salsa, die nur sie über ihre Irrvon-Kopfhörer hören konnte. Aus einer plötzlichen Laune heraus (ein höllisch raffinierter Tonartwechsel hatte sie dazu veranlaßt) faltete sie die eine ihrer geschuppten Tragflächen zusammen und legte sie kurz in den schlangenartigen Nacken. Dann rollte sie sich auf den Rücken, kurvte entspannt weiter durch den blauen Himmel und ließ sich die Sonne auf den golden funkelnden Reptilienbauch scheinen.

»Aaahhh!« kreischte der Passagier entsetzt, den es bei diesem Manöver gehörig durchgerüttelt hatte und der sich jetzt verzweifelt an den winzigen Hörnern festklammerte, die aus dem gewaltigen Schädel herausragten. »Spinnst du? Dreh dich rum! Willst du mich vielleicht umbringen? Ich rutsch ab! Umdrehen!« brüllte Prinz Khevynn, dessen Gesicht beinahe so weiß war wie seine Fingerknöchel.

Der Drache lächelte breit und versonnen. Lautlos formte er mit den Lippen uralte Worte zu der Musik, die durch seinen Kopf dröhnte, und segelte weiter – lässig wie ein Rückenschwimmer und offensichtlich vollkommen taub für die Schreie seines Passagiers.

»Umdrehen! Ich kann mich nicht mehr festhalten!« Khevynn starrte voll Entsetzen nach unten: Wie winzige Schlangen glitzerten Flußläufe zwischen seinen baumelnden Füßen. Ein tödlicher Schrecken fuhr ihm durch die Glieder, als er spürte, wie sein Griff schwächer wurde. Nicht nur, daß die Hörner glatt waren wie Elfenbein – seine bebenden Hände produzierten mit dem Angstschweiß auch noch unentwegt Schmiermittel. Verzweifelt krallte er sich fest, das Blut wich aus seinen Armen, und seine Finger, die nicht mehr mit Sauerstoff versorgt wurden, waren wie abgestorben. Nur noch *ein* Schweißtropfen, dann ...

»Rumdrehen!« schrie er. Sein Schreien verhallte ungehört, und tief unter ihm zogen Miniaturgebirge vorbei, die Berge einer wunderschönen Modelleisenbahnlandschaft. »Du kriegst auch eine Extraportion Karotten!« jaulte er. (Und jetzt war in seiner Stimme ein leicht hysterischer Ton zu hören.) »Doppelte Paraffinration!« (Jetzt ein Schuß Panik.) »Einen Monat lang Öl zusätzlich! Zwei Monate! Das ganze Jahr! Himmel, womit hab ich das verdient? Du ungeheuerliches, ungeheuerliches AAAAaaa ...« Und genau in diesem Moment, in dem Augenblick, als er die Beherrschung verlor, verlor er auch den Halt, rutschte ab und stürzte. Stürzte im reibungslos freien Fall und rasant beschleunigend weg von dem Drachen.

Prinz Khevynn brüllte eintausend Meter lang. Dann holte er tief Luft und schrie wieder. Diesmal fünfhundert Meter lang. Dann hörte er auf. Jetzt, fand er, war es an der Zeit, sich in Ruhe den neuesten Straßenfeger anzusehen, den Film, der vor seinem geistigen Auge ablief: *Die letzten Minuten. Khevynn, Prinz von Perht: Mein Leben im Zeitraffer*.

Fünfzehnhundert Meter über dem unaufhaltsam abstürzenden Prinzen trudelte mit vorsintflutlicher Langsamkeit ein Gedanke durch das riesige Saurierhirn des Drachen. Vor drei Minuten hatten winzige Nerven im Reptiliennacken registriert, daß die Druckbelastung auf die Halswirbel schwächer geworden war – ein Faktum, das eine Verminderung des Frachtgewichts anzeigte. Und diese Verminderung entsprach in etwa jener Belastung, die Prinz Khevynn auf die Halswirb ... Huiuiui! Der Drache riß ein glitzerndes Auge auf, zerrte sich die Irrvon-Kopfhörer von den Ohren und sah sich um.

Sechzehnhundert Meter unter ihm sauste ein kleiner, prinzenförmiger Fleck erdwärts. Und war fast schon verschwunden.

Der riesige goldene Drache warf sich herum, stürzte los und tauchte ab. Er war zerknirscht und machte sich bitterste Vorwürfe, daß er sich so sehr von der Musik hatte hinreißen lassen. Aber daran war nur dieser Rhythmus schuld! Boahey, was'n Rhythmus! Gigantische Spinnakerschwingen trieben den goldenen Reptilienkörper zum rasenden Sturzflug an, die Klauen zuckten, tasteten nach dem Lautstärkeregler ... Ein paar echte Fetzer wären jetzt gut gewesen! Zwei, drei kreischende Mandolinen, die Akkorde hämmerten, daß einem der Kopf abfiel – so was in der Art wär jetzt allererste Sahne gewesen!

Die Rückblende in Khevynns Kopf hatte eben die Szene mit dem silbernen Löffel und den stolzen Eltern gezeigt, und jetzt lief die packende Episode *Kinderspiele im Palastgarten*. Die Erde raste dem Prinzen entgegen. *Tempo, Tempo!* fieberte der Prinz, *zeigt endlich die interessanten Sachen! Viel Zeit bleibt nicht mehr!*

Wie ein dreißig Meter langer Goldstreif sauste es auf den Prinzen zu. Furchtlos stürzte das güldene Flugreptil durch Baumwollwolken, und *Flugplan* oder *Flugsicherung* ... das waren leere Worte, Schall und Rauch.

Eine Croquetpartie. Sie zog sich hin, fade und langweilig. *War das etwa alles, was mein Leben an Aufregendem zu bieten hatte?* überlegte Khevynn unglücklich. Immer schneller fiel er, der Wind pfiff ihm um die Ohren. Ein Fahrradschuppen tauchte auf. *Nein! Bitte nicht! Nicht den ersten Kuß!* Khevynn schüttelte es: Peinlich, peinlich, wie Nachbars Prinzeßchen jetzt die Schnute aufwarf, um ganz besonders reizend zu wirken!

Der Drache war jetzt nur mehr wenige Meter entfernt, dann nicht einmal mehr einen halben Meter – und jetzt war er an Khevynn vorbeigesaust, war unter ihn getaucht, hatte ihn abgefangen und stieg wieder auf.

»Was bildest du dir eigentlich ein, du blöde Flatterechse!« schrie der Prinz von Perht. Er bebte vor Zorn. »Ich hab gute Lust, dir einen Monat lang die Futterration zu streichen! Oder besser noch ein ganzes Jahr!«

Der prinzliche Monsterpegasus blickte seinen Herrn mit glitzernden Augen reumütig an und sah so verschüchtert drein, wie das einem dreißig Meter langen feuerspeienden Ungeheuer eben möglich war. Um nachdrücklich zu signalisieren, daß es ihm wirklich außerordentlich leid tat, versuchte er es noch mit einer kleinen akustischen Ergänzung: Leise wimmernd flog er weiter ... und bemerkte nicht, daß sich in Flugrichtung voraus am Himmel eine winzige Runzel gebildet hatte.

Elektronen wurden aus ihren Bahnen gelenkt, die Lineatur der Normalität verformte und verwarf sich wie das Zeilenmuster auf einem riesigen Fernsehschirm, auf den man einen Magneten gesetzt hatte – immer weiter, immer mehr.

»Oder ich nehm dir die Kopfhörer weg«, drohte der Prinz. Und stellte erfreut fest, daß der Drache erschrocken die Ohren spitzte.

Der Realitätsdefekt weitete sich aus.

»Genau! Das werde ich machen! Ich konfisziere die Kopfhörer, damit du von nun an aufmerksamer bist!«

Der Drache wimmerte.

»Los«, forderte ihn der Prinz auf. »Her mit den Dingern! Ich will kein Risiko mehr eingehen.«

Die Szenerie vor ihnen veränderte sich auf eine äußerst beunruhigende Art und Weise: In einem kleinen Segment brach die Vertikalabstützung zusammen.

Der Drache drehte den Kopf und versuchte es noch einmal mit dem treuherzigen Dackelblick.

»Nein! Mein Entschluß steht fest. Her mit den Dingern, du ungezogener Drache! Das wird dir eine Lehre sein!« schimpfte Khevynn. »Nein! Damit kannst du mich nicht herumkriegen! Hör auf damit, ich meine es ernst! Jetzt gib sie mir endlich!«

In diesem Augenblick strich der Drachenschweif über ein instabiles Feld: Einen kurzen Augenblick war der Drache noch in der Realität vorhanden, dann begann er zu schimmern – erst phasengleich, dann phasenverschoben – und war schließlich verschwunden.

Der Prinz schrie und stürzte zum zweiten Mal Richtung Erde ab.

»Äh … wegen der Kopfhörer … ich hab das nicht so gemeint«, kreischte er. »Du darfst sie behalten! Komm zurück! Ich besorg dir auch ein paar neue!«

Der Drache wurde aus der Welt der Kapiteldimensionen gerissen, herausgesaugt wie von einem schwirrenden, kreiselnden Wirbelwind.

Prinz Khevynns Erinnerung ließ den Vorhang vor die Realität fallen, spulte den Projektor zurück und ließ mit hämischer Freude den Film wieder anlaufen: *Die letzten*

Minuten. Khevynn, Prinz von Perht: Mein Leben im Zeitraffer, Teil II.

»Nein!« schrie der Prinz. Und wieder ging es schneller und immer schneller abwärts, das silbrige Geschlängel der Flüsse war jetzt schon näher gerückt als beim ersten Mal, die Berggipfel standen beinahe schon über ihm, und der dicht bewaldete Boden sauste unaufhaltsam auf ihn zu. »Nicht schon wieder!«

»Also dann, meine Lieben! Zeit zum Abmarsch!« schrie Pit Pendler und grinste hinter seiner schwarzen Lederkappe. »Hört ihr das? Das ist euer Applaus! Die sind alle nur wegen euch da! Das ist doch was, oder?«

Und tatsächlich: Der Exekutionshof hallte wider vom stürmischen Applaus, der den Darbietungen des Kasperletheaters galt, mit dem die Menge auf das bevorstehende Spektakel eingestimmt wurde. Die Leute brüllten vor blutrünstiger Begeisterung, sie genossen es, als das Krodokil nach dem Baby schnappte und dann den Kranz Würste auffraß, worauf der Bucklige mit der großen roten Nase meinte: »So macht man das!« und wie verrückt auf den Gendarm und den Hund einprügelte ... Auch wenn keiner so recht wußte, *was* das eigentlich war, was man *so machte* und warum es ausgerechnet durch endlos wiederholtes Grün- und Blauschlagen eines Grünen respektive Blauen *gemacht* werden konnte oder mußte – es war genau das, was das Publikum sehen wollte, genau das, wodurch die Stimmung aufs trefflichste angeheizt wurde. Als der Vorhang fiel, waren alle bester Laune und konnten es kaum mehr erwarten, bis das *richtige,* das *Große Hängen* begann.

Dawn zitterte. Es war ein entsetzlicher Schock gewesen, als ihr endlich klargeworden war, was das zu bedeuten hatte. Vor wenigen Minuten erst hatte sie begriffen, daß sich die Zeit, die ihr auf dieser Welt gegeben war, unaufhaltsam ihrem Ende näherte: Erst als Pit Pendler ihre Größe, ihr Gewicht und ihre Kragenweite gemessen hatte, erst als sie sich in die Schlange eingereiht hatte, um noch einmal gemessen zu werden – diesmal von einem Mann, der einen langen schwarzen Mantel und einen hohen, abgewetzten schwarzen Hut getragen und sich überschwenglich bei ihr entschuldigt hatte: »In deiner Größe hab ich leider nur Fichte, Liebes. Wenn du vorbestellt hättest, könntest du jetzt auch Mahagoni oder Teak haben. Und wenn ihr euch zusammengetan hättet, hätt ich euch Rabatt geben können. Mengenrabatt, verstehst du? Und Messingbeschläge umsonst!«

»Gibt es hier einen gewissen Pit Pendler?« hörte sie jemand fragen, der den Namen des Henkers offensichtlich von einem Blatt Papier ablas.

»Ja! Hier!« schrie der Exekutor. Mit seinem schwarzen Scharfrichtercape und der dazu passenden schwarzen Ledermaske wirkte er im trüben Licht ganz besonders bedrohlich. »Was gibt's denn? Ich hab nicht viel Zeit. Die da draußen warten schon auf uns!«

»Eilsendung. Per Luftpost!« Der Postbote kicherte über sein mattes Scherzchen. Jede Post, die aus der Welt hinter den Schloßmauern kam, kam auf dem Luftweg. Tauben kann man kaum dazu bringen, zu Fuß zu gehen.

Pit Pendler rempelte sich durch das verängstige Häuflein seines Ensembles und baute sich vor dem Postboten auf, den er turmhoch überragte.

»Gib schon her!« fuhr er ihn an. Sein Mund stach scharf konturiert aus der enganliegenden schwarzen Scharfrichterkappe hervor. Es war ein abscheulicher Anblick. »Einen König darf man nicht warten lassen!«

Bei der Erwähnung des Wortes *König* stellte sich im hintersten Winkel der Garderobe ein Paar Ohren neugierig auf. Mit einemmal war Firkin höchst interessiert und wollte sich kein Wort entgehen lassen. Wenn Klayth im Publikum saß, dann war möglicherweise noch nicht alles verloren …

Pit Pendler fummelte erfolglos an der kleinen Briefkapsel herum, zog schließlich die unförmigen Handschuhe aus und versuchte es noch einmal. Im Nu hatte er jetzt den Deckel abgerissen und entzifferte mühsam, was auf das rauhe Pergament gekritzelt war. Freudig schlug sein Herz, als er das rote Wachs und das blaue Band des königlichen Siegels sah. Eine Nachricht des Königs! An ihn! Welche Ehre! Auch Firkin sah das Siegel und erkannte es auf der Stelle wieder.

Hinter der Lederkappe trat ein breites, stolzerfülltes Grinsen auf Pit Pendlers Gesicht, und der massige Zeigefinger des Henkers wanderte, begleitet vom Gebrüll der ungeduldig wartenden Menge, Wort für Wort die Zeilen entlang.

Firkin beobachtete den Exekutor genau und versuchte angestrengt, aus dessen Reaktion auf den Inhalt des Schreibens zu schließen. Er mußte sich nicht übermäßig anstrengen: Als die Fingerspitze am Textende anlangte, sackten Pit Pendlers Schultern nach unten, niedergedrückt vom Gewicht einer großen Enttäuschung.

»Schlechte Nachricht?« erkundigte sich der Postbote. »Wollt Ihr eine Rückantwort aufgeben?« Er holte einen Federkiel und einen Pergamentblock aus der Tasche.

»Trolle!« knurrte Pit Pendler. »Billige Ausrede! Er hat bloß keine Lust, will nicht aus Cranachan weg! Aber beim nächsten Mal ...«

»Ist das der Text Eurer Rückantwort?«

»Einundzwanzig auf einen Streich! Dann muß er herkommen, Troll hin oder her!«

»Sonst noch was?« Der Postbote sah von seinem Pergamentblock auf. »*Ergebenster Diener* vielleicht? Oder *Für immer der Eure?* Oder wie wär's mit *Untertänigst der Eure?* Das kommt bei Königen immer gut an!«

»Was?« Pit Pendler, der sich allmählich von der ihm zugefügten Enttäuschung erholte, wurde sich langsam wieder der Anwesenheit des Postboten bewußt.

»Eure Rückantwort!«

»Was für eine Rückantwort? Gib her!« Pit Pendler riß

ihm den Block aus der Hand, las entgeistert, was auf dem ersten Blatt stand, und riß es dann in Fetzen. »Raus!« fauchte er den Briefträger an. »Sonst ändere ich noch in letzter Minute an einer ganz bestimmten Stelle den Besetzungsplan!«

Firkin drehte sich alles im Kopf. Der König würde also nicht anwesend sein, soviel stand fest. Aber warum sich Klayth in Cranachan aufhielt, noch dazu mit Trollen – darauf konnte er sich beim besten Willen keinen Reim machen.

»Vorhang auf!« schrie Pit Pendler und zog sich die Handschuhe wieder an. Wenn der König nicht teilnehmen wollte – bitte schön, sein Pech! Da draußen wartete ein Publikum, das Ensemble stand bereit, die Bühne war aufgebaut. »Sse Schoo mast go onn!« brüllte er, und zwei Wachen zogen an zwei dicken, schweren Seilen. Kaltes, grelles Licht flutete durch den Spalt, der sich immer weiter öffnete, in seinem Schein tanzten wirbelnde Staubflocken, wuselten aufgescheuchte Spinnen erschrocken davon.

Im Publikum wuchs die Spannung: Zwischen den beiden ersten Galgen in der Mittelreihe tat sich der Boden auf, und ein Podest schob sich langsam nach oben. Die Zuschauer reckten die Hälse, jeder wollte es sehen, wenn die ersten Kandidaten aus dem pechschwarzen Loch ins Licht der Abendsonne traten. Und als das Podest ganz ausgefahren war, trat eine jedermann bekannte, hochgewachsene Gestalt auf die schräg abfallende Plattform: der Vollstrecker. Trotz der Ledermaske war nicht zu übersehen, daß er grinste.

»Hallo Isolon!« Er brüllte, zappelte und tänzelte wie ein angriffslustiger Boxkämpfer. Die Menge brüllte begeistert zurück.

»Alle bereit für eine beschwingte Vorstellung? Alle bereit zum flotten Pendelverkehr – eins, zwei, drei im Walzerschritt? Heute abend soll keiner zu kurz kommen, für jeden ist etwas dabei! Zum Beispiel: Mörder!«

Die Menge tobte.

»Vergewaltiger!«

Tumultuarischer Applaus.

»Steuerberater!«

In der ersten Reihe fielen drei junge Frauen in Ohnmacht.

Pit Pendler wandte sich zum offenen Bühneneingang: »Und hier sind sie«, brüllte er. »Die Aufgereihten grüßen Euch!«

»Damunherrnliebekinner! Unseren ersten Gast heute abend wird wohl jeder kennen! Wochenlang hat sein Gesicht Wände und Anschlagtafeln geschmückt, immer wieder ist er den Fahndern der Schwarzen Garde entschlüpft, bis er schließlich nach viertägiger Belagerung in einer leerstehenden Scheune gefaßt wurde ... Einen Riesenapplaus für unser geliebtes Haßobjekt, den neunundzwanzigjährigen Erntevernichter und Getreidekiller: Hark Kornfläx! Bringt ihn runter!«

Eskortiert von zwei Wachen wurde das erste Opfer aus den Pferchen hinter der Bühne gezerrt und nach einem kurzen Gerangel auf dem Fallbrett unter dem ersten Galgen positioniert. Als ihm die Schlinge um den Hals gelegt wurde, spendete die Menge stürmisch Beifall.

»Danke, danke, vielen Dank! Es erfüllt mich mit Stolz, als nächstes einen Verbrecher vorstellen zu dürfen, den hängen zu sehen mir ganz persönlich eine große Freude bereiten wird.«

Ganz hinten im Zuschauerraum schlich sich heimlich und leise eine rothaarige Gestalt herum und suchte eine Stelle, von der aus sie alles überblicken konnte. Sie studierte die Bestuhlung, die Gänge zwischen den Stuhlreihen, die Galgen und den Auslösemechanismus und überlegte, wie sie am besten ihren Angriff starten sollte.

»Niemand«, fuhr der Vollstrecker fort, »hat wohl etwas dagegen, wenn ich jetzt einen weiteren Mörder präsentiere. Ein nettes Bürschchen! Wir haben ihn nun schon seit einigen Wochen in unserem Gewahrsam …«

Courgette krümmte sich, ihr wurde übel von diesem elenden Geschwätz, das Pit Pendler bei seiner Kandidatenvorstellung von sich gab. Immer größer wurden ihr Haß und ihr Zorn.

Was aber weder Courgette noch irgend jemand sonst bemerkte, war die Tatsache, daß nicht nur ihre Wut immer mehr zunahm. Hoch über ihr stand eine kleine schwarze Wolke, die sich jetzt, nachdem sie ihr bescheidenes stratosphärisches Anfangsstadium hinter sich gelassen hatte, ausdehnte und aus den Tiefen des Raum-Seitlichen Kontinuums ihre gasförmigen Tentakel weit über das Firmament ausstreckte.

»… und ganz zum Schluß, und ganz speziell für unsere kleinen Zuschauer: drei allerliebste kleine Scheusale, Umweltfrevler, Mordbrenner, die sich an der Biosphäre und an königlichem Eigentum vergangen haben! Werden wirklich immer jünger, diese Schwerverbrecher! Aber sei's, wie's sei: einen ganz besonders großen Applaus für unsere letzten drei Kandidaten, die den langen Weg von den Krapathischen Bergen zu uns nicht gescheut haben; Beifall für *Das Khucaph-Terzett*, Applaus für Firkin, Hogshead und Dawn! Her mit euch!«

Courgette krampfte sich noch mehr zusammen, als sie sah, wie die drei, die sie so gut kannte, an die kühle Abendluft geschleift und auf die Fallbretter gezerrt wurden. Der Applaus verstärkte sich noch, als ihnen der Strick um den Hals gelegt und eine kleine Schlinge um den Knöchel gebunden wurde – die Verbindungsleine zu den drei Fahnenmasten, von denen zum guten Schluß die Grußbotschaft zum Abschied flattern sollte.

Alles stand bereit.

Die Wolke dehnte sich weiter aus.

Pit Pendler bestieg sein Podest. Stolz schritt er dahin, den Kopf hoch erhoben, und holte aus diesen letzten noch verbleibenden Minuten heraus, was herauszuholen war. Nur mehr wenige Sekunden noch, dann würde er ein Synchronhängen in Gang setzen, wie es die Welt noch nicht erlebt hatte. Ein kurzer Zug an diesem Hebel, der die drei Stricke mit den Sperriegeln an den drei Fallbrettern verband, und ein Platz in den Geschichtsbüchern war ihm sicher.

Plötzlich war der richtige Augenblick gekommen. Courgette kam aus ihrer Deckung heraus (sie hatte sich hinter einer wohlbeleibten Frau versteckt gehalten, die eine riesige Pappschachtel mit flockig weichem Popcorn ausräumte) und raste durch die Stuhlreihen, hinunter zur Bühne. Exhibitur schwang sie in wirbelnden Kreisen hoch über dem Kopf, wie ein drogensüchtiger durchgedrehter Hammerwerfer. Ihr purpurroter Umhang flatterte wie die Schwingen der Justitia, unter ihrer weißen Bluse schlug ein reines Herz, die von grünem Tuch bedeckten Beine stampften im Sauseschritt die Stufen hinauf, rannten um der Wahrheit willen. »Immer und ewig: die Frauen!« schrie sie und nahm drei Stufen auf einmal. Am Himmel hoch über ihr spuckte die riesige Wolke einen goldenen Drachen aus.

»Rühre du nit an dies Gebild, Auswurf des Menschengeschlechtes!« schrie sie und stürzte auf Pit Pendler los, der schon nach dem Hebel griff.

Ein Ausdruck der Empörung trat auf das Gesicht des Henkers, das wegen der ledernen Maske nur teilweise zu sehen war. Das durfte nicht sein! Nicht heute! Nicht an seinem großen Tag, in diesem großen Augenblick …

Das Publikum gestikulierte wild, als Courgette vorbeispurtete. Ein dreißig Meter langer goldener Drache stieß vom Himmel herab, genau auf die Menschenmenge zu.

Pit Pendler legte die Hände um den Haupthebel, die drei Stricke spannten sich.

Ein Zuschauer schrie auf: Der Drache spreizte die großen Spinnakerflügel, regulierte damit die Sinkfluggeschwindigkeit, fauchte und stieß einen einhundert Meter langen sengenden Flammenstrahl aus.

»So du diesen Hebel umlegest, soll dies kalte Eisen in dein Gedärm fahren!« schrie Courgette.

Panik erfaßte die Menge, als hinter ihr der Drache niederging und auf der Schloßmauer landete. Die Menschen flohen.

Hätte nie geglaubt, daß meine Autorität so groß ist! dachte Courgette selbstgefällig, als sie sah, wie sie auf die Menge wirkte.

»Steige du itzt hernieder von deinem Piedestal!« brüllte sie.

»Niemals!« schrie der Henker zurück.

»Nun denn, so mache dich zum Sterben bereit!« kreischte Courgette, schleuderte Exhibitur nach ihm, und der Drache spuckte aufs neue lodernde Feuersbrunst.

Die Menschen wurden hysterisch. Sie ergriffen die Flucht, trampelten sich gegenseitig nieder.

Boahey! Echt gut! fand Courgette.

Exhibitur sauste durch die Luft wie ein leuchtender Blitzstrahl, der mit tödlicher Sicherheit sein Ziel finden würde: einen Punkt, der zwischen der Bauchspeicheldrüse des Vollstreckers und dessen Gallenblase lag. Genauer gesagt: der sein Ziel todsicher gefunden hätte, hätte sich Pit Pendler etwas mehr als einen Meter über dem Boden und auf halber Strecke zwischen dem Podium und den Galgen aufgehalten.

Die Stricke spannten sich, Pit Pendler hielt den Atem an, die fünfzehn Kandidaten schrien, Exhibitur durchtrennte die Seilzüge und blieb schwirrend in einem Galgen stecken. Die Fallbretter blieben geschlossen. Mit einem Satz war Courgette bei ihrem Schwert, riß es aus dem Holz, und schon wieder blies der Drache glühendheißes Grauen über die Arena.

Pit Pendler schrie vor ohnmächtiger Wut und versuchte hektisch, die Stricke wieder zusammenzuknüpfen. Derweil hetzte die in Purpur gekleidete Todesfee, Exhibitur, den eisernen Tod schwingend, auf die Galgen in der letzten Reihe zu. Dreimal blitzte der rasiermesserscharfe Stahl auf, dann waren Firkin, Hogshead und Dawn losgeschnitten und noch im selben Augenblick auf der Flucht in die Wälder von Isolon, wo die Freiheit wohnt und wo sie eine unerträglich aufgeblasene Courgette kennenlernen sollten.

V

SANKT ABSENTIUS, DER ORDENTLICH ABGESCHRIEBENE

Tief drunten in den Grundfesten des cranachischen Reichspalastes war ein Mann fieberhaft beschäftigt. Mit klopfendem Herzen entzündete er eine weitere Kerze und wienerte die nächste Bank des Kirchengestühls blank. Ein dumpfes Stöhnen lief durch den Raum, schwoll unvermittelt an, fiel unversehens wieder ab – je nach Gemütslage des Mannes, der letzte Hand an das bescheidene Interieur der Kapelle legte und dabei vor sich hin sang.

In wenigen Stunden sollte die Kapelle von Sankt Absentius dem Ordentlich Abgeschriebenen den alle zwei Jahre gespendeten Segen des Königs empfangen. Alle zwei Jahre wagte sich König Kharthezsh in das unterirdische Labyrinth, suchte die Kapelle auf, murmelte dort ein paar geistlose Worte geistlichen Zuspruchs und ließ sich dann wieder zwei Jahre lang nicht mehr sehen. Es war eine Pflichtübung, die ihm verhaßt war, er hielt sie für ebenso sinnlos wie rückständig. In Kharthezsh' Leben hatte Religion keinen Platz, er hatte keine Zeit für dieses abgeschmackte Ritual der Verherrlichung eines Mannes, der schon lange tot war; eines Mannes, dem Liebe und Frieden als höchster Lohn galten, der sogar auf hohe, kahle Berggipfel stieg, um diese Ideale zu verkünden, und dabei die Massen mit Brot und Fisch verköstigte! Und das auch noch gratis! Kharthezsh wußte sehr genau, daß man den Menschen, wollte man sie ganz und gar gewinnen, in die Tasche greifen mußte! Diese kleinen runden Plättchen mit seinem Konterfei – es war erstaunlich, welche Macht die Dinger auf die Massen ausübten! Je größer der Anteil, den *er* an ihnen hatte, und je kleiner der Anteil, über den der Pöbel verfügen konnte, um so größer die Hochachtung, die das Pack ihm entgegenbrachte. Das konnte natürlich auch einfach damit zu tun haben, daß er sich durch höhere Steuern größere Speere leisten konnte, schärfere Schwerter und hervorragend eingerichtete Folterkammern. Wer braucht schon die himmlischen Freuden der Religion, wenn er den irdisch-handfesten, ehrenwerten Lustbarkeiten schwerkrimineller Beutelschneiderei frönen kann? Zum Glück für alle benachbarten Königreiche, die an das vereinigte Königreich von Cranachan und Isolon angrenzten, hatte König Kharthezsh noch nicht erkannt, daß mit inbrünstiger Leidenschaft gepflegte religiöse Differenzen ein unerschöpfliches Reservoir für allerlei kriegerische Anlässe und Unternehmungen darstellten.

Seine Rechtschaffenheit, Hochehrwürden Patheter III., unterbrach für einen Moment sein Psalmodieren. Er zog geräuschvoll die Nase hoch, räusperte sich nachhaltig und spuckte gekonnt auf den Kerzenleuchter, den er in der Hand hielt. Dann entfernte er mit Hilfe einer seit langem schon abgelegten Unterhose die schmierige Schicht aus Ruß und Talg, die sich in zwei Jahren angesammelt hatte, und fing wieder an zu psalmodieren, weitgehend atonal. Nur noch drei Kirchenbänke, dann war alles bereit.

Und während Hochehrwürden Patheter III. noch schrubbte und spuckte, hörte er immer wieder – einmal schwächer, dann wieder deutlicher – ein scharf klickendes Geräusch, das allmählich lauter wurde. Es kam ihm irgendwie bekannt vor, erinnerte ihn an etwas. An etwas, das er zum letzten Mal vor… vor… oooch, gut zwei Jahre war das jetzt bestimmt her, daß er es zum letzten Mal gehört hatte. Das waren Dings, äh … na! Es lag ihm auf der Zunge … es waren, es waren … *Schritte!* Ganz genau: Schritte! Und sie kamen hierher!

Viel zu früh! Es traf ihn wie ein Schock.

Das Schrittgeräusch einer zielbewußt marschierenden Dreiergruppe näherte sich der Kapellentür, laut hallten die Absätze auf dem kalten Steinboden. Hochehrwürden Patheter befürchtete das Schlimmste. Er räumte die drei noch nicht geputzten Kerzenständer von den Kirchenbänken und verstaute sie hinter dem noch nie benutzten Taufbecken. Dann wischte er sich die Hände ab und wartete im Seitenschiff auf das königliche Klopfen. Erst in dem Augenblick, als mit militärischer Präzision die Schritte vor der Tür anhielten, fiel ihm auf, daß er noch die alte mottenzerfressene Unterhose in der Hand hielt. Er unterdrückte einen entsetzten Aufschrei, warf den Fetzen in die Ecke und quälte sich ein verängstigtes, einfältiges Grinsen ab. Langsam öffnete sich die Tür, und drei Herren in langen purpurfarbenen Talaren standen vor ihm.

Hochehrwürden Patheter blickte die Fremden verwundert an, zögerte kurz und verneigte sich dann tief und schwungvoll.

»Mein König! Im Namen des Heiligen Absentius …«

So ganz entsprach das Erscheinungsbild der Zentralfigur der Gruppe allerdings nicht dem Bild des Königs, wie er es in Erinnerung hatte. Erheblich weniger Schnurrbart vor allem … Aber immerhin, es lag jetzt zwei Jahre zurück, daß er den König gesehen hatte, und in zwei Jahren konnte viel geschehen sein: ein Friseurbesuch etwa, vielleicht sogar die Inthronisation eines neuen Königs … Neuigkeiten kamen hier unten nie an. Und üblicherweise auch keine Menschen. Das war eines der vielen Dinge, um die Hochehrwürden Patheter immerfort betete: Er hätte so gerne eine Kirchengemeinde gehabt, auch wenn es nur ein oder zwei Schäfchen gewesen wären, die er von Zeit zu Zeit um sich hätte versammeln können!

»... des Abgeschriebenen möchte ich Euch die Hand reichen zum Willkommensgru ...«

»Ähemmm!« hüstelte der in Purpur gekleidete große Fremde. »Nicht nötig ...«

Hochehrwürden Patheter, der sich immer noch tief verneigte, blickte jetzt auf: »Hä? Aber ich heiße Euch doch immer auf diese Weise willkommen?«

»Das kann nicht sein.«

»Doch! Ihr tretet ein, und ich sage: *Mein König! Im Namen des ...*«

»Ich bin zum ersten Mal in meinem Leben hier«, sagte der große Fremde. Er grinste und flüsterte seinen Begleitern lautlos ›Ein Klacks!‹ zu.

»Aah! Ich verstehe! Wenn das so ist, dann eben: *Mein neuer König! Im Nam ...*«

»So erhebt Euch doch, Hochehrwürden. Nein, Ihr müßt mir nicht die Füße küssen! Es scheint hier eine Verwechslung vorzuliegen. Ich *habe* nicht beziehungsweise *hatte* noch nie – falls zutreffen sollte, was Ihr hinsichtlich Wiedergeburt und Seelenwanderung behauptet – auch nur einen Tropfen königlichen Blutes in meinen Adern.«

»Aber was wollt Ihr dann hier? Ihr seid doch nicht etwa gekommen, um mich zu besuchen?« stotterte Hochehrwürden. Die Haut um den Kragen leuchtete zartrosa, er hörte auf, Bharkleed die Stiefel blank zu putzen.

Seine Eminenz nickte. So sanftmütig, wie nur jemand mit jahrelanger Übung nicken konnte.

»Nein, wirklich? Welch ein Tag! Besucher!« Hochehrwürden war hingerissen. »Nachdem doch auch der König jede Minute hier sein wird!«

»Ach, tatsächlich? Das ist aber interessant. Ha! Was sagt man denn dazu, Jungs? Der König! Kommt hierher!«

Und schon hatte Bharkleed – so aalglatt und fix, wie

und zog einen floral gemusterten Sofaschoner hinter dem Rücken des verdreckten Prinzen weg.

Khevynn riß verwundert die Augen auf: »W ... W ... Wie könnt Ihr das wissen?«

»Och, nur so eine Vermutung«, sagte der Herausgeber und begutachtete die diversen Nadelbaumzweige, die in Khevynns zerfleddertem Fliegerkittel steckten.

»Der Herausgeber weiß Bescheid«, schrie jemand von hinten. »Es handelt sich um eine Neufassung!«

»Eine Verschwörung!«

»Nein! Nein, ich ...«, fing der Herausgeber an.

»Er verscherbelt uns als Serienware! Als Fortsetzungshäppchen!« wetterte der Herzkönig.

»Nein!«

»... als Cartoons ...«

»... ich würde nie ...«

»... für Laterna-Magica-Rechte!«

Die wütende Menge schwenkte aufgeregt die Transparente, und der Herzkönig geiferte: »Wir alle hier kennen Eure Ansichten in Sachen Zweit- und Drittverwertung! Ich sage nur *Neuauflage: Das Buch zum Straßentheater!* Oder Lizenzverkäufe an Masken- und Moriskentanztheater zu *Fantasy*-Preisen! Jetzt ist es soweit: Der Ausverkauf der Literatur hat begonnen! Lit-napping nenne ich das!«

Der hochgewachsene, dünne Zauberer mit dem nicht mehr ganz weißen Bart, dem spitzen Hut, der Eule und dem wallenden saxofranfarbenen Gewand, der bisher in einer Ecke gestanden und mit wachsender Besorgnis zugehört hatte, trat jetzt plötzlich vor die Menge: »Meine lieben Freunde und Fiktionsgenossen!« rief er und breitete die Arme aus, als wollte er eine stürmische See besänftigen. »Was hier geschieht, ist weit schlimmer als bloße Ausbeuterei! Viel gravierender als jede Umarbeitung und Neufassung!«

»Wie bitte? Hat man dich schon jemals umgearbeitet und neubearbeitet? Weißt du überhaupt, was es heißt, wenn deine Welt auf den Kopf gestellt wird und alle Regeln geändert werden? Wenn erst alles in Fetzen gerissen und weggeworfen wird, und dann alles wieder von vorne losgeht?« schrie Rumpelstilzchen. »Das nervt! Das nervt echt!«

»Das will ich dir gern glauben. Aber trotzdem: Was hier geschieht, ist viel schlimmer! Glaubt mir!« schrie Merlot – denn um niemand anderen handelte es sich bei diesem hochgewachsenen dünnen Zauberer mit dem nicht mehr ganz … (nähere Beschreibung siehe oben).

»Es könnte das Ende des Reiches der Phantasie bedeuten, der Phantasie, wie wir sie kennen! Nichts wird je wieder anormal sein, wenn wir nicht bald etwas unternehmen!«

»Was redest du da? Hast du dich etwa wieder über diese Pilze hergemacht?« schrie ein Alchimist.

»All das, was hier geschildert wurde, läßt nur einen Schluß zu: Es geht nicht etwa nur darum, daß sich Figuren und Charaktere danebenbenehmen – daß sie sich einfach nicht blicken lassen, daß sie einfach davonlaufen und an den vereinbarten Schlachten und Befreiungsaktionen nicht teilnehmen.« Merlot, unterstützt von der Eule Arbutus, die auf seiner Schulter hockte, funkelte alle, die an seinen Worten zweifelten, drohend an. »Nein! Akzeptieren wir es endlich: Alle diese Figuren und Charaktere – sie verschwinden!«

»Genau!« pflichtete Arbutus bei.

Verwundertes Gemurmel lief durch den Saal.

»Was soll das heißen, *sie verschwinden?*« Der Herausgeber beugte sich vor und zupfte verstört an seinem Bart herum.

»Verschwinden heißt *verschwinden!* Sie sind weg, von einer Sekunde auf die andere! *Wwwuussssch,* und es gibt sie nicht mehr!« erklärte Merlot, der seinerseits nicht recht verstand, was daran so schwer zu verstehen war.

»Und wohin verschwinden sie?«

»Ach so! Auf die andere Seite!« Der Zauberer gestikulierte geheimnisvoll.

»Auf die andere Seite von was?« Der Herausgeber spürte, daß er allmählich Kopfschmerzen bekam.

»Auf die andere Seite des Raum-Seitlichen-Kontinuums.«

Die Menge tobte hysterisch. Das durfte doch nicht wahr sein! Es war hinlänglich bekannt, daß an diesem alten Aberglauben nichts dran war! Das wußte doch jedes Kind! Oder? Die Figuren des Biblioversums konnten doch nicht einfach verschwinden und in die… in die… die *Realität* hinüberwechseln! Oder?

»Es gibt nur eine Erklärung: Das Raum-Seitliche Kontinuum hat ein Loch!« Merlot brüllte, um sich gegen das wütende Protestgeschrei und das Trommelfeuer der Literaturkritik durchzusetzen. »Und dieses Loch wird ständig größer!«

»Du redest Blödsinn, Zauberer!« schrie der Herzkönig. »Hast du dafür Beweise? Zeig mir deine Beweise, oder ich lasse dich hinrichten!«

»Ich werde es euch beweisen! Was ist als erstes verschwunden? Es waren kleine Kreaturen: Frösche, Kaninchen …«

»Aber auch Esel!« schrie ein lahmer Ziegenbock.

»Auch Esel, richtig. Inzwischen ist es ein dreißig Meter langer goldener Drache!«

»Und Steintrolle!«

»Bald werden es Personen sein«, behauptete Merlot. »Denkt an meine Worte!«

»Aber es weiß doch jeder, daß es die Realität nicht gibt!« schrie der rundliche Mann mit dem immer gleichen Grinsen im gelblichen Gesicht. »Das ist so, als wollte man sagen, die Erde ist rund und dreht sich um die Sonne! Oder als wollte man mir, der ich tagtäglich da oben bin, erzählen, daß der Mond *nicht* aus grünem Käse besteht!«

»Und es gibt sie *doch!* Ich war selbst schon dort!« schrie Merlot.

»Ich auch!« sagte Arbutus.

»Ich sag doch: Er hat sich wieder ein paar von diesen komischen Pilzen genehmigt.« Der Alchimist ließ sich nicht davon abbringen.

»Ja, ja! Wir haben alle von deinem Wahnsinnstrip gehört«, rief der Herzkönig. »Aber wir haben keine Postkarte von dir bekommen! Und du hast auch keine Andenken mitgebracht, bunte Steine zum Beispiel, auf denen *Souvenir aus der Wirklichkeit* draufsteht. Nein: Wir haben dir damals schon nicht geglaubt, und wir glauben dir auch jetzt nicht!«

Ein paar leicht zu beeindruckende Kriecher spendeten lautstark Beifall. Allen voran die Meerschweinchen.

»Alles Blödsinn, Zauberer«, fuhr der Herzkönig fort, nachdem ihm seine Frau einen unsanften Stoß versetzt hatte. »Es handelt sich hier um Ausbeutung und Geldschneiderei! Und ich werde so lange jeden hinrichten, bis ich den Beweis dafür habe! Und wenn ich ihn habe, dann …«

»Kopf ab!« kreischte die Königin. Sollte sie jemals auch nur ein Quentchen königlicher Würde besessen haben, so war auch das jetzt restlos dahin.

Der König machte auf dem Absatz kehrt und zog durch ein Spalier zornig flatternder Transparente aus dem Saal aus. Innerhalb kürzester Zeit war der Saal leer, nur ein bedrückter Herausgeber und ein brummeliger Merlot waren noch zurückgeblieben. Und Arbutus, der es auf die Maus unter dem Hut des Zauberers abgesehen hatte.

»Meinst du das wirklich im Ernst? Diese Relativi …, äh, Realitätstheorie?« Der Herausgeber strich sich nachdenklich den Bart.

»Kein *Souvenir aus der Realität* …«, murmelte Merlot vor sich hin.

»Merlot …«, hakte der Herausgeber nach.

Arbutus ließ von seiner Maus ab.

»Er würde es auch dann nicht verstehen. War nie dort, und bläst sich auf ...«, brummelte Merlot.

»Merlot!« brüllte der Herausgeber.

Arbutus drehte sich um und biß den Zauberer ins Ohr.

»Au! Was fällt dir ...!«

»Ist es wahr?«

»Hä? Was?« Merlot schrak auf.

»Diese Geschichte mit der Realität.«

»Selbstverständlich.«

»Ja und ...? Was sollen wir dann tun?«

»Das ist eine sehr gute Frage«, antwortete Merlot und verstummte.

»Nicht wahr? Also ...«, bohrte der Herausgeber nach.

»Ich fürchte, ich müßte lügen, wenn ich behaupten wollte, daß ich auch nur die leiseste Ahnung hätte. Aber abgesehen davon: Wenn es so weitergeht wie bisher, dann werden die Kapiteldimensionen schon bald entvölkert sein ...«

Plötzlich dröhnte ohrenbetäubendes Pferdegetrappel durch den Saal. Drei Reiter sprengten durch das Tor, sie brüllten und schwangen Poloschläger.

»Wo steckt er?« schrie die Pest. »Nur noch dreißig Sekunden bis zum Schlußpfiff, und er verschwindet einfach! Wir haben das Pokalspiel verloren! Zum ersten Mal seit mehr als achthundert ...«

Der Herausgeber schlug sich an die Stirn und stöhnte gequält.

»Geht's um den Hunger?« wagte er den Tod und den Krieg zu fragen, die ihn mit gräßlichen Blicken anstarrten.

Die Pest nickte. »Allerdings. Unser Stürmer! Und er haut einfach ab ...«

»Das ist eine ziemlich lange Geschichte«, ließ sie der Herausgeber wissen. »Merlot kann es Euch vielleicht bei einem Glas Wein genauer erklären.«

Der Tod stieg vom Pferd, und der Herausgeber zauberte zwei Flaschen unter dem Tisch hervor. »Rot oder weiß?« Er ließ sie die Etiketten sehen und lächelte nervös. »Wenn Ihr vielleicht Eure Schläger und die Pferde an der Tür abstellen wollt?«

Merlot schüttelte den Kopf. *Warum ich?* Er geriet in Panik. *Warum muß ich bloß immer das Maul so weit aufreißen?*

»Hört Ihr?« schrie Seine aufs höchste erregte Rechtschaffenheit, Hochehrwürden Patheter III., und legte die Hand ans Ohr.

»Was denn?« fragte Bharkleed.

»Schritte!«

»Ausgezeichnet! Pünktlich auf die Minute. So laß ich mir einen König gefallen«, sagte Seine Eminenz. »Und jetzt bitte Aufstellung nehmen!«

Im Nu hatten die drei Hohenpriester der Hochkirche von Sankt Mammon dem Ungewaschenen Schulter an indigoblauer Schulter neben Hochehrwürden Patheter Stellung bezogen, in der winzigen Kapelle von Sankt Absentius dem Ordentlich Abgeschriebenen, die nicht viel größer zu sein schien als eine Abstellkammer.

Daß diese Kapelle tatsächlich genauso groß war wie eine Abstellkammer, in der eintausendachthundert Federkiele (Gänsefeder), sechshundertsechzig Bogen Pergament (Briefqualität) und drei topmoderne tragbare Druckerpressen hätten deponiert werden können – das lag daran, daß sie zunächst für nichts anderes als eben für diesen Zweck gedacht war: als Abstellkammer, in der eintausendachthundert Federkiele (Gänsefeder), sechshundertsechzig Bogen Pergament (Briefqualität) und drei topmoderne tragbare Druckerpressen deponiert werden konnten.

Es hatte ihn erhebliche speichelleckerische Aufwendungen, sein eindrucksvoll ausgestattetes Nummernkonto im Ausland sowie die dreimalige Zahlung eines

Zusatzhonorars an die Architektenbürogemeinschaft Unglauber, Lesterer & Syndiger (ein brandneuer, feuerroter Sportwagen pro Büromitglied) gekostet, aber dann hatte sich Seine inzwischen restlos bankrott gegangene Rechtschaffenheit Hochehrwürden Patheter III. seine eigene Gnadenstätte geschaffen. Nachdem er aber bei der Einweihung seiner Kapelle erlebt hatte, was leidenschaftliche öffentliche Nichtanteilnahme bedeutet, als ihm, nachdem er die Türen weit aufgetan, eine Woge ekstatischer Lethargie entgegengeschlagen war, da fragte sich Hochehrwürden Patheter, ob er sich nicht möglicherweise den falschen Heiligen ausgesucht hatte.

Vierundvierzig Jahre später fragte er sich das immer noch und wartete nach wie vor auf den ersten freiwilligen Kirchgänger. Die Bewohner von Cranachan waren wohl (so versuchte er sich zu trösten) so sehr mit sich und ihren Mitmenschen im reinen, daß sie den Zuspruch und den Schutz, den die Religion gewährt, nicht nötig hatten.

Freilich ...! Und alle anderen, bei denen das nicht der Fall war, hatten vermutlich hohe Lebensversicherungen...

Aber nun gut, dachte er bei sich, wenigstens der König besucht mich regelmäßig. Ich weiß, ich weiß – er tut das nur alle zwei Jahre einmal. Und wahrscheinlich freut es ihn ebensosehr wie ein eingewachsener Zehennagel. Aber immerhin: Er kommt regelmäßig.

Und immer pünktlich auf die Minute.

Die Schritte wurden lauter. Es waren zwei verschiedene Arten von Schritten: die einen selbstbewußt, mit festem, sicherem Taktmaß, die anderen eher ängstlich darum besorgt, den Anschluß nicht zu verlieren. Jetzt hielten sie unvermittelt an, laut klopfte ein Heroldsstab auf Eichenholz, das Geräusch hallte durch die kleine Kapelle.

Seine Rechtschaffenheit Hochehrwürden Patheter III.

hielt den Atem an, zupfte seinen Ornat zurecht und öffnete ängstlich und unter tiefen Verneigungen die Tür.

»Mein König! Im Namen des Heiligen Absentius des …«

»Ist gut, ist gut, ist gut! Diesen Quatsch kennen wir in- und auswendig«, blaffte ihn König Kharthezsh an. Wie der Wind kam er in das winzige Kirchlein hereingeweht, dicht gefolgt von einem Mann, der ein gequältes Gesicht machte, einen kleinen Klingelbeutel umklammerte und ein großes Buch wie einen Schild vor sich her trug.

Bharkleed grinste siegessicher. Sein Spinneninstinkt sagte ihm, daß die fette Schmeißfliege *Königsherrschaft* bald in seinem weit ausgespannten Netz zappeln würde. Flaezz und S. H. A. Wenzl lächelten liebenswürdig wie ein Krokodilpärchen.

König Kharthezsh trampelte an den Altar, spritzte mit dem Wedel, den Hochehrwürden Patheter ihm gereicht hatte, achtlos ein paar Tropfen Wasser darüber und nuschelte dabei vor sich hin: »In meiner Eigenschaft als gegenwärtiger Inhaber der Königswürde über Stadt und Land Cranachan will ich hiermit, äh, wie geht das gleich wieder? He, jetzt sag schon, wie war das?«

»Äh, erneuere ich hiermit den Erlaß …«, soufflierte sein nervöser Begleiter und runzelte besorgt die Stirn – hoffentlich hatte er den Text korrekt zitiert …

»Ah ja! Den Erlaß, durch welchen dem Heiligen Absentius der Status eines Ordentlich Angeschriebenen zuerkannt wird, und, aah, blablabla, so wie beim letzten Mal, fertig! Damit wär ja wohl alles erledigt!«

Hochehrwürden Patheter runzelte die Stirn. Er grübelte. Irgend etwas hatte sich nicht so ganz richtig angehört. Aber was?

Der König wandte sich an seinen Begleiter, der sich hinter dem Buch versteckte, und brüllte: »Kanzler!«

Beim Klang dieses Wortes fuhr Bharkleed auf. Seine Ohren, seine Augen, sein Bewußtsein: alle waren sie mit einem Satz hinter diesem Wort her und umzingelten es wie eine Meute tollwütiger Dingos. *Kanzler!* Dieses Gesicht: genau einprägen, nie wieder vergessen!

»Kanzler! Den Beutel!« fauchte Kharthezsh und blickte das Säckchen mit Gold finster an. »Jetzt mach schon! Ich hab' schließlich nicht den ganzen Tag Zeit! Um vierzehn Uhr ist öffentliches Auspeitschen, und da will ich nicht zu spät kommen! Sonst versäume ich das Beste vom Besten: den ersten Schlag!«

Vorsichtig überreichte ihm der Kanzler den Beutel und schlug dann sicherheitshalber das Buch auf.

»Zum Zeichen der immerwährenden Hochachtung seitens der Monarchie«, leierte der König, »und für die Andachtsübungen, die dem Heilig … äh, ja … Also … also, ich kann mit diesem ganzen theologischen Brimborium einfach nichts anfangen, weil ich ja auch von vornherein nix damit am Hut habe. Hier: Der übliche Zuschuß für Euch. Fünfhundert … fünfhundert wieviel …?« wollte Kharthezsh von seinem verängstigten Kanzler wissen und schnalzte ungeduldig mit den Fingern. »Fünfhundert …?«

»F … Fünfhundertfünfundneunzig Goldstücke«, zitierte der Kanzler den Eintrag in seinem Buch. Zittrig hallte seine Stimme in der kalten, dunklen Kapelle.

Bharkleed leckte sich die Lippen. Gold *und* Kanzler: Die Sache ließ sich gut an!

»Ja also, Ehrwürden«, knurrte der König. Er strich sich den mächtigen Knebelbart und starrte wie ein Löwe auf den plötzlich sehr flügellahm wirkenden Kirchenmann. »Das Leben da draußen ist hart, wißt Ihr das?«

Ehrwürden Patheter nickte. »Selbstverständlich, Hoheit …«

»Die Kosten, wißt Ihr, die Kosten: Sie steigen und steigen ohne Ende. Was wir zur Sicherung des friedlichen Zusammenlebens mit unseren Nachbarn aufbringen müssen – es wird beinahe von Tag zu Tag mehr. Was die Kosten angeht, die die enormen Bankette verursachen, mit denen wir sie bei Laune halten …«

»Allerdings, Hoheit.«

»... oder das Unterhaltungsprogramm nach den Banketten! Diese pompösen Turniere mit den Besten der Ritterschaft ...«

»Das will ich meinen ...«

»Die Aussteuerkosten beim Kauf, äh, bei der Verheiratung ihrer Töchter ...«

»Ganz bestimmt, Hoheit ...« Plötzlich huschte ein Anflug von Mißtrauen über das Gesicht von Hochehrwürden. Bharkleed lauschte hingerissen den Ammenmärchen, die der Monarch zum besten gab. Er wußte genau, worauf der hinauswollte. Es war eine Wohltat, einem professionellen Kollegen zuzuhören!

»Aber lassen wir einmal die Außenpolitik«, fuhr der König mit seinem Sermon fort. Sein Vortragstil war der eines Schmierenkomödianten und wirkte trotzdem packend. »Auch hier, *zu Hause* gewissermaßen, sind immer wieder neue Investitionen nötig.«

»Sicher, Hoheit, ich kann Euch da nur zustimmen ...«

»Gebäuderenovierungen ...«

Patheter nickte.

»Reformen im Bereich Bildung und Erziehung ... Wißt Ihr, es ist erstaunlich, erstaunlich und traurig, wie niedrig der Kenntnisstand der Jugend von heute selbst in den Anfangsgründen der Kriegsführung ist.«

Hochehrwürden fiel das Gesicht herunter.

Der König sah ihn an, als wollte er ihm ein trauriges Geheimnis beichten: »Bildung und Erziehung sind nicht mehr das, was sie einmal waren. Könnt Ihr Euch vorstellen, daß es heutzutage Kinder gibt, die felsenfest davon überzeugt sind, daß gepanzerte Raupenfahrzeuge Kohl essen und sich irgendwann in Schmetterlinge verwandeln? Es ist hanebüchen!«

»Das ist es, Hoheit, das ist ...«

Bharkleed lächelte still. Es war eine bewundernswerte Leistung, der König von Cranachan war ein absolut skrupelloser Lügner! Lange konnte es jetzt nicht mehr dauern, bis er mit der Pointe herausrückte!

»Und deshalb, Hochwürden, will ich mich an das halten, was Ihr immer predigt: Immer zuerst an die eigenen Leute denken, Nächstenliebe beginnt zu Hause. In unserem Fall also im Palast.« Der König schlug dem Priester auf die Schulter, gerade so fest, daß es nicht als zu massive Drohung empfunden wurde. »Ich bin mir sicher, Ihr werdet verstehen, daß ich nicht anders konnte, als einer unmäßigen Mieterhöhung für die Palastwohnungen, äh, zuzustimmen... Einfach um diese sündteuren Bankette finanzieren zu können und die Reformen im Bereich Bildung und Erziehung und dieses ganze Zeugs.«

»Oh, gewiß Hoheit! Ihr habt das gewiß alles sehr sorgfältig bedacht und überlegt...«

»Aber ja doch! Äußerst sorgfältig. In stundenlanger quälender Gewissensprüfung. Deswegen soll Euch auch, nach einer Mietdauer von fünf Jahren, ein Sonderrabatt von einem Zehntelprozent auf den Mietzins gewährt werden.«

»Oh«, stöhnte Hochwürden Patheter. Und auf seinem Gesicht, das immer länger wurde, spiegelte sich überdeutlich gewaltige fiskalische Enttäuschung.

»Na, was meint Ihr dazu? Ein großzügiges Angebot, oder?« knurrte der König und verstärkte den Griff um den Hals des Priesters. Inhalt und Formulierung seiner Frage wollten gar nicht so recht zu der unbarmherzig grausamen, finsteren Grimasse passen, die das monarchische Antlitz verzerrte.

»Jawohl, Hoheit, überaus grrrächch ... zügig ...«

»Freut mich, daß Ihr einverstanden seid. Ihr schuldet also der für die Mieteinnahmen zuständigen Palastverwaltung der Krone, na ...!« Kharthezsh schnalzte wieder mit den Fingern.

»Fünfhundertdreiundneunzig Goldstücke«, ergänzte der Kanzler.

Der König riß dem verstörten Hochwürden den Beutel aus der Hand und schnippte ihm zwei Münzen hin. Sie prallten von der geistlichen Stirn ab. »Euer Wechselgeld! Aber haut es nicht auf einmal auf den Kopf, ha, ha!«

Der Kanzler verbuchte die Transaktion, drehte sich um und eilte hinter dem König her zum Ausgang. Hochwürden Patheter krabbelte auf dem Boden herum und suchte die zwei Goldmünzen, seine Einnahmen, mit denen er die nächsten zwei Jahre auskommen mußte.

Jetzt war der Augenblick gekommen: Bharkleed handelte. Er trat aus dem Schatten und begrüßte den König überschwenglich.

»Hoheit, es ist eine Lust, miterleben zu dürfen, mit welcher Freude sich der Herrscher über ein Königreich um sein Lebenswerk kümmert ...«

»Wer seid Ihr?« fuhr ihn Kharthezsh an.

»Manch anderer Monarch, der ansonsten gegen alle Eventualitäten gewappnet sein mag, läßt sich niederdrücken vom Gewicht der Sorgenlast, die die Herrscherrolle mit sich bringt ...«

»Was wollt Ihr eigentlich?«

Bharkleed blickte den König fest an und überging auch weiterhin jede Frage, die an ihn gestellt wurde. Denn das war, wie er genau wußte, die einzige Möglichkeit, sich die Aufmerksamkeit eines machtbesessenen königlichen Herrschers zu sichern, eines jeden machtbesessenen königlichen Herrschers überall auf dieser Welt.*

---

* Bharkleed wußte das, seit er einmal eine wahnsinnig anstrengende Sitzung mit Copula, der Prinzessin des in Südhedonien beheimateten Vulgarenvolkes, gehabt hatte.

So wie manche Länder Monarchien sind (dort herrschen ein König oder eine Königin), andere dagegen Theokratien (dort herrscht die Kirche), so ist Südhedonien eine Orgiarchie (dort regiert die Wollust).

Königin Pornicula, die ihre Feinde als *Exzessa Insatiabella* zu fürchten gelernt hatten, regierte ihr Königreich nach den strengen Richtlinien der Orgiarchischen Disziplin. Sie hatte, um der wachsenden Straßenkriminalität Einhalt zu gebieten, die Einführung der *fleischlichen Bestrafung* durchgesetzt. Selbstlos und dem Gemeinwohl verpflichtet, ließ sie sich nicht davon abhalten, jederzeit eigenhändig die

»So viele Männer, die Führungspositionen innehaben, leben in entsetzlicher Angst vor dem, was die Zukunft bringen wird...«, fuhr er fort. »Ganz anders *Ihr!* Habe ich nicht recht...?« Bharkleed klatschte handwarmes

---

delikate Arbeit der Befragung der Täter und deren persönlicher Einvernahme und Untersuchung durchzuführen.

Zahllose Kriminelle (Verbrecher, die alle einem speziellen Täterprofil entsprachen, das sich aus Größe und Form bestimmter körperlicher Merkmale ergab) wurden zu stundenlangem Sinnestaumel verurteilt, wurden mit Schwämmen und Babycreme traktiert oder für lange Zeit in heißen, nach Badeöl duftenden vulkanischen Quellen festgehalten.

Nachdem es Bharkleed nicht gelungen war, Prinzessin Copula zur Kirche von Sankt Mammon zu bekehren (er hatte diesen missionarischen Einsatz nur mit knapper Not heil überstanden), war er an Königin Pornicula herangetreten, furchtlos und mit einem Fläschchen gerüstet, das eine wohlriechende Hautcreme genau dieser Sorte enthielt. Der zweifelhaften Ehre, zu einem ihrer unzähligen Versuchskaninchen zu werden, entging er nur dadurch, daß er alle ihre Fragen mißachtete, ihren wollüstigen Blicken keine Beachtung schenkte und so schnell er konnte davonrannte. Zu seinem Glück war die komplette Wachmannschaft gerade mit intensiver Untersuchungsarbeit beschäftigt gewesen.

Nach dieser knapp geglückten Flucht hatte sich Bharkleed entschlossen, jedwedes Mitglied eines königlichen Hauses mit der ihm gebührenden Verachtung zu strafen.

Darüber hinaus hatte er auch noch ein paar andere heilsame Lektionen für die Zukunft gelernt:

1) Den Palast des Vulgarenvolkes in Südhedonien betrete erst dann und nur dann, wenn du dich versichert hast, daß der Latz an deiner Hose gußeisengepanzert und einbruchsicher verriegelt ist.

2) Lasse dich nie dazu überreden, mit einem weiblichen Mitglied der königlichen Familie von Südhedonien nackt zu baden.

3) Bist du allein, dann begib dich in Südhedonien niemals mit mehr als einem weiblichen Mitglied der königlichen Familie in einen Raum, vor allem dann nicht, wenn du jenen gewissen *einvernehmlichen* Glanz in ihren Augen leuchten siehst.

Interessanterweise war in Südhedonien nach Einführung der fleischlichen Bestrafung die Kriminalitätsrate sowie die Zahl der inhaftierten jungen Männer sprunghaft angestiegen.

Massageöl auf den Rücken von Kharthezsh' Ego und packte es fest bei den Schultern.

»Äh...«

»*Sie* ducken sich feige vor dem Schicksal, schrecken vor ihm zurück wie vor dem Angriff einer tödlich giftigen Schlange. *Ihr* aber nicht!« Kharthezsh' Ego räkelte sich entspannt auf der Massagebank.

»Macht weiter...«

»*Sie* klammern sich an den verschlissenen Schürzenzipfel der Vergangenheit, während *Ihr* beständig voranschreitet...« Bharkleed lockerte mit kurzen, schnellen Handkantenschlägen die verspannte Nackenmuskulatur von Kharthezsh' Ego und ölte nach.

»Das kann man wohl sagen...«

»*Sie* leben in Angst vor dem Unvermeidlichen! *Ihr* nicht, Sire!«

Je fester sein Ego auf den Massagetisch gedrückt wurde, um so mächtiger schwoll Kharthezsh vor Stolz die Brust.

»Wie ein heller Stern steht *Ihr* hoch über *ihnen,* in *Eurem* Licht verblassen *sie* wie der schwache Schein einer armseligen Kerze, in *Eurem* Glanz zeigt sich, was *sie* wirklich sind: wehleidige Schwächlinge! Ihr seid *wahrhaftig* ein Herrscher!« Noch mehr Öl.

»Selbstredend!« sagte Kharthezsh und polierte sich die Fingernägel am Hermelinkragen seines Königsmantels.

Hochwürden Patheter, der unter einer Kirchenbank herumkroch, starrte Bharkleed fassungslos an. Eine bodenlose Frechheit, so mit dem König zu sprechen! Nie im Leben hatte er dergleichen gehört. Und nie im Leben hätte er die gleiche Courage aufgebracht.

»Habt Ihr Euch jemals gefragt, warum Ihr diese Macht besitzt?« Bharkleed war jetzt ganz zuversichtlich, daß Kharthezsh' Ego so gut durchgewalkt, so butterweich und streichfähig war, daß es sich mühelos auf den knusperbraunen, ofenwarmen Sauerteigfladen des Glaubens schmieren ließ.

»Weil ich der König bin!« fuhr ihn Kharthezsh an. Seine egoistischen Schultern verspannten sich augenblicklich wieder, die Muskeln und Sehnen wurden hart wie Stahltrossen. »Wie gesagt, ich habe es sehr eilig ...«

»Ich will Euch sagen, warum Ihr diese Macht besitzt«, stotterte Bharkleed erschrocken, als er feststellen mußte, daß sein Vorstoß fehlgeschlagen war; als er spürte, wie sich die Messerklinge der Überredungskunst verbog, weil die eben noch butterweiche Seele des Königs mit einemmal beinhart gefroren war.

»Das habe ich Euch doch gerade gesagt!« knurrte Kharthezsh, der sich eilig in Richtung Tür entfernte. »Weil ich der König bin! Und jetzt laßt mich in Ruhe!«

»Nein! Sondern weil Ihr an das Jenseits glaubt«, rief Bharkleed und hätte sich am liebsten auf der Stelle die Zunge abgebissen.

»Jenseits! *Jenseits!* Was Besseres fällt Euch nicht ein, hä? Seid doch einer wie der andere, Ihr Kleriker! Muß wohl an diesem Weihrauch liegen! Dörrt Euch das Hirn aus!«

»Aber, Hohei ...«

»Jenseits! Das ist ein Mythos, der von Leuten wie Euch am Leben gehalten wird, damit Eure Gemeinde nicht kleiner wird! Es gibt kein Jenseits! Und wenn Ihr dieses Wort in meiner Anwesenheit noch einmal in den Mund nehmt, dann werde ich höchstpersönlich dafür sorgen, daß Ihr Euch schneller, als Euch lieb ist, von seinem Wahrheitsgehalt überzeugen könnt! Wie Ihr wißt, bin ich nicht ganz ungeschickt, was die eine oder andere Methode angeht, jemand ins Jenseits zu befördern!«

Bharkleed faßte sich an den Hals und schluckte.

Kharthezsh machte kehrt und lief schleunigst aus der Kapelle. »Los, Khannit! Auf uns wartet ein öffentliches Auspeitschen! Und zwar hier, im *Diesseits!*« Auf dem Weg durch den Korridor brummte und schimpfte er vor sich hin. »*Jenseits!* Demnächst kommt man mir möglicherweise noch mit Engeln oder Feen oder Kobolden!«

»Ich hoffe, du bist mit dir zufrieden«, fauchte Flaezz, als die Kapellentür zugeschlagen wurde. »Großartige Überzeugungsarbeit! Missionarisch äußerst wirkungsvoll! Schwache Leistung, Bharkleed, du läßt nach! He, hörst du mir überhaupt zu?«

Das schwache Echo einer Stimme aus der Vergangenheit flatterte durch die Schlupflöcher des Bösen in Bharkleeds Gemüt: »Weil ... eil ... eil ich ja jetzt Mitglied der Kirche bin ... bin ... bin«, sagte die Stimme, »kann ... ann ... ann ich denn jetzt auch um die Erfüllung eines Wunsches beten ... eten ... eten ...?«

»Ja ... ja ... ja! Nur zu ... u ... u!« hörte Bharkleed seine verzerrte Stimme auf dem Marktplatz sagen.

»Klasse ... lasse ... asse! Ich wollt ja schon immer diesen Fischkoch loswerden! Danke ... anke ... anke!« hallte die Erinnerung an Zuveth, den Chefkonditor.

»Du könntest wenigstens so höflich sein, mir zuzuhören, wenn ich dich schon beleidige!« fauchte die reale und sehr gegenwärtige Stimme von Flaezz. »Ich sagte, *du läßt nach!*«

»Tu ich das? Tatsächlich? Das wollen wir doch mal sehen!« murmelte Bharkleed, in dessen Augen die Glut der Entschlossenheit leuchtete. »Das wollen wir doch gleich einmal sehen! Höchste Zeit für Phase Zwei! Kommt mit!«

Wie ein indigoblauer Wirbelwind sauste Bharkleed aus der Kapelle und marschierte forschen Schritts in Richtung Palastküche. Seine entgeisterten Komplizen wuselten aufgeregt hinter ihm her.

Wieder einmal war die Kapelle des Heiligen Absentius des Ordentlich Abgeschriebenen leer und verlassen. Hochwürden Patheter III. kroch unter der Kirchenbank heraus und starrte unglücklich auf die zwei Goldmünzen in seiner Hand. Dann schlurfte er (die Stelle auf seiner Stirn schmerzte immer noch) hinüber zur Wand, dorthin, wo der kleine hölzerne Opferstock angenagelt war.

Mit einem tiefen Seufzer steckte er die Münzen in den Schlitz und ahnte nicht, daß diese Sorte Valuta seit drei Monaten nicht mehr im Umlauf war. Kharthezsh hatte sie aus dem Verkehr ziehen lassen. Sein Bild auf diesen Münzen – er wäre da nicht besonders gut getroffen, hatte er gefunden.

Zudem war es eine ausgezeichnete Gelegenheit gewesen, die Menge des in Umlauf befindlichen Münzgeldes zu reduzieren, das frei werdende Gold zu reprivatisieren und dem Königlichen Privatvermögen zuzuführen.

Der saxofranfarben gekleidete Zauberer beendete mit melodiösem Geraschel seinen Vortrag, mit dem er den Drei Apokalyptischen Reitern, so gut ihm das eben möglich war, die Lebensverhältnisse jenseits des Raum-Seitlichen Kontinuums geschildert hatte. Der Herausgeber war aschfahl geworden. »Unmöglich, ganz unmöglich«, bibberte er erschüttert. »Wie kann man so etwas denn aushalten? Willst du, Merlot, mir wirklich erzählen, es gäbe in der Realität keine Feen? Kein Circe? Keine Sirene?«

»Nun ja, Sirene ...«

»... und keiner kann dort fliegen?«

»In ein paar Jahren vielleicht. Mit Flugz ...«

»Gibt es denn keine Drachen?«

Merlot gab auf und nickte nur noch stumm.

»Und kein Happy-End?« Der Herausgeber blickte auf, seine Hände zitterten. »Wir dürfen nicht zulassen, daß es hier so weit kommt. Der Gedanke, daß die Menschen selbst über ihr Leben bestimmen – gräßlich! Das bedeutet den Zusammenbruch jeglicher Disziplin! Du mußt etwas unternehmen!« Krieg und Pest nickten.

»Was ... wie ... wer? *Ich?*« stotterte Merlot.

»Ja, *du!*«

»Warum ich? Ich bin nur ein armer kleiner Zau ...«

»Du kennst die Wirklichkeit besser als irgend jemand sonst. Deshalb!« Der Herausgeber blieb hart.

»Hab mir doch schon immer gedacht, daß irgend etwas an ihm nicht so ganz anormal ist!« knurrte der Krieg.

»Aber ich habe euch doch alles gesagt, was ich weiß«, beschwor sie Merlot.

»Keine Sperenzchen! Du bist schon einmal dort gewesen, und jetzt gehst du noch einmal hin und siehst zu, daß du herausfindest, was eigentlich los ist!«

»Aber ich ... ich ...«

»Das ist ein Befehl!« schrie der Herausgeber.

»Ich ... äh ...«

»Ich mach dich zur Serienfigur, wenn du nicht gehorchst! Dann kannst du ein Leben lang jede Woche genau an der spannendsten Stelle aufhören!«

»Aaah! Selbstverständlich geh ich ... ha, liebend gern mach ich das, ist mir ein Vergnügen«, wechselte Merlot die Tonart, machte auf dem Absatz kehrt und stapfte aus dem Büro des Herausgebers.

Serienfigur, nein danke! Er schluckte erschrocken. Die Vorstellung, in unzählige Halbstundenepisoden zerlegt zu werden, machte ihn nervös.

Und so schlimm war es ja vielleicht auch gar nicht, wieder in die Wirklichkeit zurückzukehren. Wenn Merlot an all die Abenteuer dachte, die er damals erlebt hatte, wurde ihm beinahe warm ums Herz. Dieser kleine Bücherwurm ... wie hieß er doch gleich wieder? Richtig: Ch'tin. Vielleicht wußte der ja, was vor sich ging.

Merlot setzte sich auf eine der unendlich vielen Bänke, die die gelbe Teerstraße vor der Bude des Herausgebers säumten, schloß die Augen und dachte an den wurmigen grünen Winzling. Er ließ die Gedanken schweifen, weit hinaus über die riesigen Entfernungen, die zwischen Realität und Phantasie lagen, und versuchte, Kontakt herzustellen.

Mit Ch'tin war das wohl am ehesten möglich. Sah man die Welt der Wirklichkeit durch die thaumare Brille, dann mußte Ch'tins magische Wurmhaftigkeit wie ein Funkfeuer aufleuchten, wie ein helles Flurlicht auf der Treppe, die in die Realität führte. Und nach diesem Leitstrahl hielt Merlot jetzt Ausschau. Er entließ seinen Verstand aus der Alltagsplackerei der phantastischen Geschichten, befreite ihn aus dem Geschirr und schlug ihm mit dem Gurtleder klatschend gegen die Fesseln: Los! Such Ch'tin! Apport!

Nur einmal sah sein Verstand noch zurück, dann sprengte er davon und sauste wie der Blitz auf das Große Unbekannte zu. Wirbelte erst noch surreale Wölkchen auf, war bald schon nur mehr ein winzig kleines Fünkchen und dann verschwunden. War verschwunden und auf der Suche nach einem Zeichen, um Merlot und Arbutus über das weglose Ödland des Raum-Seitlichen Kontinuums zu leiten.

Substanzlos und ungreifbar, beinahe wie ein Molluskenkörper, kroch ein Gedanke durch den Schlick im monströs großen Saurierhirn des riesigen goldenen Drachen, der zusah, wie die fünfzehn Galgen in Flammen aufgingen.

Irgend etwas war anders als sonst, ganz anders.

Ein splitterndes Krachen hallte durch den Exekutionshof von Isolon: Einer der Galgen knickte jetzt ein, schwankte und brach inmitten eines rotglühenden Funkenregens zusammen. Der Drache kratzte sich mit einer ein Meter langen Klaue am gigantischen glänzenden Hinterkopf und sah fasziniert, wie die Galgen ein Raub der Flammen wurden, wie das Feuer sie mit unstillbarem Hunger verschluckte.

Das war es! dachte der Drache. *Das* war anders als sonst! Komisch: Jahrhundertelang hatte er alles mögliche mit seinem fauchenden Glutatem versengt, aber jetzt erlebte er zum ersten Mal, daß etwas auch wirklich brannte!

Gelbe und rote Flammen loderten zum Himmel, sie tänzelten wie die mit Gelbwurz gefärbten Schleier der etwas derangiert wirkenden Maiden bei einer abendlichen Orgie. Mit wohligem Schauer sah er den Feuerschein auf seiner spiegelblanken goldenen Haut glitzern, und wenn das im Holz eingeschlossene Harz explodierte und aschene Fontänen verspritzte, dann brüllte er vor drachenhafter Wonne.

Hübsch! dachte er.

Er holte tief Luft, setzte mit der Sauerstoffladung seine Brennerdrüse wieder in Gang, drehte die Heizschlangen auf und schaltete mit einem Rülpser seine gewaltigen organischen Nachbrenner ein. Dann wischte er sich lässig mit der Klaue über das riesige Maul und feuerte einen weiteren glutheißen Flammenstoß ab. Diesmal zielte er auf die Stuhlreihen. Dutzende von Hockern, Hunderte von Stühlen und ein nicht unerheblicher Teil der hölzernen Bänke gingen unverzüglich in Flammen auf und bliesen Rauchfahnen zum windstillen Himmel. Schwarze Aschefontänen kitzelten den Drachen in der Nase. Er kicherte. Er war erfüllt von diesem Erlebnis, es verschaffte ihm eine vollkommene, tiefe Befriedigung.

Zum ersten Mal erfuhr der Drache, daß Brandstiftung eine brennende Leidenschaft ist. Ringsum brannte es, alles wurde ein Raub der Flammen, die Sitzreihen fauchten wie Papierlunten.

Nie zuvor hatte er derartiges erlebt. Dem Buchstabenfeuer in den Kapiteldimensionen fehlte eine ganz bestimmte, entscheidende Komponente: die Kraft der Zerstörung. Mochten auch noch so viele Adjektive in noch so umfänglich ausgestatteten Wörterbüchern stehen, keines von ihnen konnte diesen prasselnden, züngelnden, flammenden Kohlenwasserstoffteilchen das, äh, Wasser reichen! Die Wirklichkeit der Buchstabenwelt war einfach nicht das Wahre – auch wenn das noch so oft behauptet wurde.

Der Drache blickte über das brutzelnde Terrain, sprang von der Mauer, ließ sich tragen von der von ihm selbst erzeugten Thermik und warf sich in das feurige

Chaos aus brennenden Bollwerken, züngelnden Zinnen und flackernden Flaggen.

Er warf den Kopf in den Nacken und fauchte ... und dieses Fauchen war unheimlicher als das bösartige Grinsen des Leguans, war grausiger noch als das humorlose Lächeln eines Krokodils. Er blies noch einmal eine Feuerwalze hoch zum Himmel, röstete eine Schar Gänse, drei Spatzen und eine höchst unangenehm berührte Eule und lachte. Lachte brüllend und irr.

Wortwörtlich *irr:* Der Wahn der Pyromanie hatte ihn gepackt.

Bei dem Geräusch, das durch die riesige, mitternächtlich verwaiste Küche des befestigten Reichspalastes von Cranachan hallte, handelte es sich unzweifelhaft um das beharrlich platschende Klatschen eines Fisches, der sich auf einer Steinplatte abzappelte und verzweifelt nach Luft schnappte. Leider sollte der Weißfisch, der flossenringend um sein Leben kämpfte, den Kampf verlieren. Auch er sollte zum tragischen Ende dem großen Fischsterben nicht entgehen.

Herr Ringshey, der Königliche Cheffischkoch, schnappte sich den schnappenden Fisch, packte ihn mit seinen bleichen Wurstfingern am Schwanz und schlug mit einer kurzen, harten Bewegung aus dem Handgelenk den Fischkopf auf die blutbefleckte Steinplatte. *Zack, Schlitz, Schlodder weg, fertig: Fischfilet!*

In den Wasserbecken rund um ihn herum blubberten unzählige Schaltiere, Weichtiere und Fische erleichtert auf, weil es ihnen noch einmal vergönnt gewesen war, dem Tod von der Servierplatte zu springen.

Ringshey wischte sich die Hände ab und blätterte in dem Zutatenkatalog, den er neben sich liegen hatte. Ein halbes Dutzend Hummer. Er drehte sich zu dem großen Wasserbecken um und grinste: »Hallo, ihr Scherenschnitter! Onkelchen Ringshey hätte gern sechs von euch! Kommt schon, Freiwillige vor!«

In den Wasserbecken der Krustentiere schrillten die Alarmsirenen: Der Koch schürte das Feuer unter dem großen Kessel, krempelte die Ärmel auf und marschierte, vorbei an dem niedrigen Schneckenbehälter, auf sie zu! Und während die Hummer blitzschnell in Deckung gingen und einen Höllenlärm machten, weil sich einer unter dem anderen verstecken wollte, drängelten sich in den anderen Becken die Krabben, Garnelen und Schnecken vor den Glasscheiben, um sich das Spektakel nicht entgehen zu lassen. Dann widmete sich der Koch mit größtem Vergnügen seinem Lieblingssport, der Hummerhetzjagd. Die Körpermassen des angejahrten Küchenchefs wabbelten beschwingt, er steckte die Hand in das Becken und schnappte nach den Dekapoden, die verängstigt nach rückwärts davonschossen.

»Kommt schon, ihr kleinen Luder! Wie wär's mit einem schönen heißen Bad? Gibt nichts Besseres, wenn ihr eine feine, zartrosa Babyhaut haben wollt!«

Ein gewaltiges Männchen schnappte nach den Wurstfingern, die vor seinen Scheren hin und her wackelten, packte sich den kleinsten, den pinkfarbigen Knubbel und zwickte, angespornt vom sprudelnden Applausgeblubber seiner Mitkrustentiere, zu. Der Chefkoch kreischte wütend auf, riß die Hand aus dem Behälter und den an ihr hängenden Hummer hoch in die Luft. Millisekunden bevor der Küchenchef mit der anderen Hand zugreifen konnte, lockerte der Hummer seinen Scherengriff und fiel in das Wasserbecken zurück, wo ihm mit begeistertem *Schnipp-Schnapp* Beifall gespendet wurde und wo die HummerInnen kokett mit den Stielaugen schlackerten – für ihn, den Helden des Augenblicks.

Der Koch lief hochrot an (es handelte sich genau um den Farbton, den ein Hummer an sich selbst nicht besonders schätzte) und lutschte kläglich an seinem verletzten Finger.

»Herr Ringshey?« fragte jemand an der Tür. Höflich, aber bestimmt.

»Mmmm. Wabfbibff?« Wegen des schmerzenden kleinen Fingers fiel die Antwort ein wenig verhalten aus.

»Wir kommen vom Monatsmagazin *Der Weichtierzüchter*«, log der große, indigoblau gekleidete Fremde. »Dürften meine Kollegen und ich Euch vielleicht ein paar Fragen stellen?«

»Mmmm. Mmbfengnn!«

»Äh, wäre es unter Umständen möglich, den Finger … aus … ja?«

»Oh! Entschuldigung. Mit Vergnügen! Berufsrisiko, damit muß sich ein Königlicher Chefhummerist abfinden!« sagte Ringshey gezwungen humorig, rieb sich den Finger und ging um das ausgedehnte Areal mit dem Schneckenvorrat herum auf seine Besucher zu. Die Wasserbecken waren in Stufenfolge hintereinander angelegt, das Wasser lief aus dem höchstliegenden über die tieferliegenden in das unterste, im Boden eingelassene Becken, in dem es von Schnecken wimmelte. »Was ist das eigentlich für ein Geratter?« wollte Ringshey wissen. Er hatte kaum den Mund aufgemacht, da ging der ratternde Lärm schon wieder los.

»Ach das! Achtet einfach nicht drauf. Mein Kollege zeichnet unser Gespräch mit dieser hochmodernen tragbaren Druckerpresse auf. Und nun zu unserem Anliegen: Wir würden uns gerne mit Euch unterhalten, zum Thema *Ein Tag im Leben eines Chefkochs*, mit besonderer Berücksichtigung der Problembereiche *Verarbeitung und Lagerung von Meeresschnecken.*«

»Schön, schön!«

»Wunderbar. Würde es Euch etwas ausmachen, wenn ich das Interview mit Euch dort drüben, am Schneckenbassin, führte? Dann könnte uns mein Illustrator beim Gespräch abbilden.«

»Sehr schön. Wo wollt Ihr mich haben?«

»Ein wenig weiter nach hinten«, sagte der in Purpur

gekleidete Illustrator. »Noch ein Stück«, bat er und stellte seine Staffelei auf. »Nein, tut mir leid. So bring ich Euch nicht drauf. Noch ein kleines Stückchen weiter zurück.«

»Äh, jetzt steh ich aber schon direkt an der Kante …«

»Ja, seid um Himmels willen vorsichtig! Äh, vielleicht noch eine Winzigkeit. Fast! Noch etwas.«

»Ich glaube, ich rutsch …«

»Ja, so ist es genau richtig!«

Den Reportern vom Fachblatt *Der Weichtierzüchter* schien es eine Ewigkeit zu dauern: Der feiste Herr Ringshey wippelte und kippelte, fuchtelte mit den Armen, suchte verzweifelt nach einem Halt im Leeren und wehrte sich mit aller Kraft gegen das Unabwendbare. Aber dann – die Hilfestellung, die Bharkleed leistete, war kaum der Rede wert – konnte er das Gleichgewicht schließlich doch nicht mehr halten, er fiel nach hinten, stürzte ab und sank, quälend langsam, unter die brodelnde Schicht aus schwarzen Schneckenhäusern. Sein Kopf wollte so lange nicht verschwinden, bis sich Bharkleed ein Herz faßte und dem Schneckenpack zu Hilfe eilte, das jetzt endlich Rache nehmen konnte an dem Mörder, der Generationen ihrer Brüder auf dem Gewissen hatte, ihrer Schwestern, ihrer Vettern, ihrer Vettern zweiten Grades, ihrer …

Bharkleeds Stiefelsohle verweilte ein paar entscheidende Augenblicke lang auf der Birne des in nächster Zukunft ehemaligen Cheffischkochs von Cranachan und blieb dort so lange, bis das Geblubber aufgehört hatte – ein verläßliches Anzeichen dafür, daß die Schnecken ihren gemeinsamen Erstickungseinsatz erfolgreich zu Ende gebracht hatten.

»Ich hab schon geglaubt, das wird nicht mehr«, knurrte S. H. A. Wenzl und verräumte seine Staffelei.

»Ich denke, es wird hier in Kürze eine Beförderung geben.« Bharkleed grinste höhnisch und heftete ein kleines Stück Pergament an das Hummerbecken. »Ha, ha!

Schon wieder ein Wunder! Wie sich so manches doch auf unerklärliche Weise löst!«

Die drei Männer stahlen sich heimlich fort. Sie ließen nur einen äußerst wichtigen Anhaltspunkt zurück: den Pergamentzettel. Und auf dem stand:

Fiel er hin?

Oder stieß man ihn?

Mit den allerliebsten Grüßen
Der Appropriator

»Aber es gibt doch in Isolon keine Drachen!« keuchte Hogshead. Er war nach der irrsinnigen Rennerei durch den Wald immer noch nicht wieder zu Atem gekommen. Courgette hatte sie zu dieser Lichtung, ihrem Lieblingsversteck, gehetzt.

»Und was glaubst du, ist das dann, hä?« Firkin zeigte auf die goldene Riesenschleiche, die segelnd und sengend durch die dichten Rauchschwaden flatterte, die aus dem Hof von Schloß Isolon aufstiegen. »Eine Elfe? Die böse Fee?«

»Wenn ich die Augen zumache, geht es dann weg?« Dawn hatte sich hinter einem großen Baum versteckt.

»Es gibt aber keine Drachen!«

»Hast recht.« Firkin überhörte die Frage seiner Schwester. Er grübelte. »Vielleicht ist es ein Glühwürmchen mit krankhaftem Riesenwuchs … oder ein Basilisk aus der Abteilung Übergrößen!«

»Ein Feuerwurm ist's!« behauptete Courgette, die Exhibitur krampfhaft festhielt. »Ist groß und flieget und speyet Feuer: Ein Drache ist's!«

»Es gibt keine Drachen!« Hogshead blieb dabei. In seinem Kopf drehte sich alles. Er fragte sich verwundert, was für eine Veränderung mit Courgette vorgegangen war.

»Paß auf!« sagte Firkin. »*Ich* weiß, daß es keine Drachen gibt, und *du* weißt, daß es keine Drachen gibt, und wenn du mal kurz wartest, dann gehe ich zu ihm und frag ihn, ob ihm noch nie einer gesagt hat, daß es keine Drachen gibt!«

»Spar dir deinen Blödsinn!« fauchte Hogshead.

»Dann find dich endlich damit ab!« tobte Firkin. »Oder glaubst du, dieser Rauch und die Flammen und das ganze Zeugs kommt von einer brennenden Friteuse? Es war ein Drache! Dora, Richard, Anton, Cäsar ...«

»Aber wo soll denn ein Drache herkommen?«

»Tja nun, das ist so: Wenn die Drachenmammi den Drachenpappi ganz, ganz lieb hat ...«, spottete Firkin.

»Willst du Possen nur reißen, so schweig lieber feyn still!«

»Was soll denn das? Du redest nur noch Unsinn! Dachschaden, oder wie seh ich das?« schimpfte Firkin und funkelte den hitzigen, säbelrasselnden Rotschopf wütend an.

»'s bist du, der da Unsynn erzählet!« Courgette blickte ihn finster an. Bilder schossen ihr durch den Kopf, Bilder von Ketten und Gittern, und ... Firkin, geknebelt ... »Schaden hast du genommen an deinem Geiste durch den Kerker.«

»Was für einen Bockmist du ...!« begehrte Firkin auf.

Ein wildes, barbarisches Fauchen, das Blitzen einer wirbelnden Klinge, und schon lag Firkin am Boden und schielte auf die eisenharte Spitze von Exhibitur, die einen halben Zentimeter vor seinem Kopf zitterte. »Was habest du doch gleich gesaget?« fragte Courgette gelassen und ließ ihren Trizeps spielen.

»Ääh ... ach ja, äh ... Bockmist, äh, jede Menge Mist da unten im Kerker. Völlig versaut. Müßte dringend mal richtig durchgeputzt werden«, winselte Firkin und schluckte sehr, sehr ängstlich.

»So hatt denn deine Red kein andern Hintersynn nit gehabet?« Courgettes Augen blitzten inquisitorisch.

»Aber woher denn ... überhaupt nicht!« katzbuckelte

Firkin. »Sprich ruhig auch weiterhin so, wie's dir gefällt! Kümmer dich gar nicht um mich!«

Courgette schürzte verächtlich die Lippen und nahm den Fuß von Firkins Brust.

»Aber ... wenn es sie nicht gibt, wo kommt *der* denn dann her?« Dawn zeigte auf den dreißig Meter langen goldenen Drachen, der über Schloß Isolon segelte.

Firkin stöhnte verächtlich und putzte sich den Stiefeldreck von der Brust. »Wir stehen hier rum, machen uns Gedanken über die Herkunft von Drachen – alles pure Zeitverschwendung! Wir wollten längst weg sein und uns von Klayth erzählen lassen, warum er unser Dorf niedergebrannt hat! Habt ihr das schon wieder vergessen?«

»Vielleicht war's ja auch ein Drache!« spottete Hogshead wenig hilfreich.

Keiner bemerkte, daß in diesem Augenblick etwa fünf Meter über Hogsheads Kopf ein winziger, mikroskopisch kleiner Lichtblitz aufleuchtete. Das Licht hüpfte ein wenig auf und ab, stellte sich auf die neue, ungewohnte Umgebung ein und hatte große Mühe, sich gegen den Sog der Schwerkraft zu behaupten.

»Soll das heißen, du willst wieder zurück? Noch mal da rein?« Als Dawn verstanden hatte, was Firkin beabsichtigte, rieb sie sich nervös den Hals. »Wenn dich der Drache nicht kriegt, Pit Pendler kriegt dich bestimmt!«

»Klayth ist nicht in Isolon«, sagte Firkin selbstgefällig.

»Schlau von ihm. Sonst wär er jetzt ziemlich verkokelt«, meinte Dawn.

»Drachen sind fiktiv!« sagte Hogshead mehr zu sich selbst. Es ging ihm etwas durch den Kopf, eine undeutliche Erinnerung, die er nicht zu fassen bekam. Der winzige Funke sauste auf Hogsheads Rocktasche zu, flitzte hinein und schlängelte sich hell leuchtend ins dunkle Innere des Buches, das in dieser Tasche steckte.

»Wir müssen los und Klayth finden«, tobte Firkin. »Er soll mir Rede und Antwort stehen!«

»Drachen *sind* fiktiv!« sagte Hogshead wieder. Es fiel ihm nicht leicht, diese Überzeugung aufrechtzuerhalten – angesichts eines dreißig Meter langen, pyromanischen Flugreptils, das – wie Hogshead fassungslos beobachten mußte – alles abfackelte, was ihm vor die Nase kam.

Der Funke leuchtete das ausgehöhlte Buch aus wie ein über und über mit Staub bedeckter Archäologe, der in eine ägyptische Grabkammer eindringt. Und als er entdeckte, was seiner Meinung nach Ch'tin hätte sein müssen, da verschlug es ihm den Atem, und er schrie (mit einer Lautstärke von einem Dezibelbruchteil) entsetzt auf. Natürlich hatte er nicht vergessen, daß Ch'tin scheußlich aussah. Aber daß er *so* scheußlich aussah ...! Krampfhaft hielt er sich das, was das winzige immaterielle Äquivalent eines Magens war, und floh mit entsetztem Gefunkel.

»Er wird mir einiges erklären müssen«, fuhr Firkin fort.

Courgette hatte die Hände auf dem Schwertknauf aufgestützt und blickte finster drein.

Der funkelnde Kern von Merlots Bewußtsein hetzte seitwärts an dem riesigen Hogshead hinauf und hämmerte an die Tür zum Gehirn. Er schrie und trommelte immer lauter und wilder, versprühte vor Aufregung mikroskopisch kleine Lichtblitze und schaffte es doch nicht, daß man seine Gegenwart bemerkt hätte. Schließlich trat er ein Stück von Hogsheads Nacken zurück, ließ versehentlich ein, zwei Protuberanzen aufflackern und warf sich mit dem funkischen Äquivalent einer Schulter mit aller Macht gegen den Hirneingang.

»Drachen sind *fiktiv!*« schrie Hogshead und schlug sich klatschend in den Nacken. »Auu ... oouh!« Im hintersten Winkel seiner Erinnerung war eine Verbindung hergestellt worden. Hogshead hätte es lieber gehabt, sie wäre nicht hergestellt worden.

»Ja, ja«, murrte Firkin gereizt. »Das haben wir doch

schon vor einer Ewigkeit geklärt. Aber jetzt: Khucaph, Aschehaufen, Klayth finden ... du erinnerst dich?«

Hogshead riß sich vom Anblick des Drachen los und starrte Courgette an. »Wo hast du dieses Schwert her?« fuhr er sie plötzlich an.

»Jenseits von hüben.« Courgette zeigte vielsagend auf eine Stelle irgendwo zwischen den Bäumen.

»Interessiert sich hier eigentlich irgend jemand dafür, wo Klayth sein könnte?« beklagte sich Firkin bei drei Paar tauben Ohren.

»Und es ist einfach so rumgelegen, bis du gekommen bist?« Hogshead sah jetzt einiges in einem ganz neuen, seltsamen Licht: im Licht einer allmählich heraufdämmernden Ahnung.

»Ei, woher denn! Groß Glück ward mir beschieden, daß es mich nit in zween Teile gespalten hat! Von oben her ist es herabgestürzet!«

»Von einem Baum?« fragte Hogshead.

»Sag bloß von einem Schwertbaum!« meldete sich Firkin. »Mag ja sein, daß es Schwertfische gibt oder auch Schwertlilien – aber von einem Schwertbaum hab ich noch nie gehört! Könnten wir uns vielleicht endlich um Klayth kümmern?«

»Nein«, beantwortete Courgette Hogsheads Frage und überging den Beitrag von Firkin. »'s ist vom Himmel gefallen!«

»Einfach so? Aus heiterem Himmel? Willst du mir das allen Ernstes weismachen?« fragte Hogshead ungläubig. Umgeben von einer leuchtendgelben Korona, hangelte sich die Ahnung über seinen geistigen Horizont, und die Strahlen der plötzlichen Eingebung erhellten den dunklen Grund des geheimnisvollen Unbekannten.

Courgette nickte und tätschelte das Leder am Schwertgriff beinahe zärtlich.

»Und du erwartest, daß wir dir das abkaufen?«

Courgette nickte wieder. »In der That! Traun!«

»Hing denn kein Namensschild dran?« erkundigte

sich Firkin. »Ich meine, man hat ja schon von riesigen Hagelgeschossen gehört, und es soll auch schon Fische geregnet haben, aber daß ein Breitschwert mit juwelenbesetztem Knauf vom Himmel gefallen wäre …? Wir verschwenden bloß wertvolle Zeit. Klayth …«

»'s ist ein Zeichen!« behauptete Courgette zum vermutlich hundertsten Mal. »'s ist meine Bestimmung. Ein Ruf, und ich will ihm Folge leisten!«

»Bockmist!« blaffte Firkin. »Du hebst ein Schwert auf, das irgendwo im Wald rumliegt, und schon hältst du dich für den Erlöser des Universums!«

»'s ist vom Himmel gefallen!«

»Und dir vermutlich genau auf den Kopf«, brummelte Firkin.

»Ist es nit!«

»Ist es doch!«

»Nit!«

»Doch, doch. D …«

»Aufhören!« schrie Hogshead.

»Nit«, flüsterte Courgette.

»Beide!« knurrte Hogshead und blickte sie drohend an. »Laß es mich mal ansehen!«

»Heb dir das für später auf«, schnauzte ihn Firkin an. »Wir verschwenden unsere Zeit, wir müssen Klayth suchen!«

Hogshead fuhr herum und fixierte Firkin mit jenem glasig starren Blick, der eines Tages einmal einen kleinen Bären berühmt machen sollte. »Wenn mein Verdacht zutrifft, dann gibt es kein Später mehr!« Firkin wurde, wider besseres Wissen, bleich und still. Irgend etwas lief hier falsch – *man* kommandierte *ihn* herum!

Hogshead besah sich die Waffe von oben bis unten, musterte das Heft, studierte (vollkommen erfolglos) die Inschrift auf dem Griff, bewunderte die kunstfertige Ausführung und spürte, daß an diesem Schwert etwas Vertrautes war. Er fuhr mit der Hand über die Klinge und stieß plötzlich einen Schrei aus.

Courgette starrte erschrocken auf seine Hand.

»Hier! Seht her, da ist es!« schrie Hogshead.

Firkin sah ihm über die Schulter. »Was? Ich seh nix!«

»Da! Wie ich mir gedacht habe!«

»Ich seh bloß ein paar kleine Steinchen«, brummelte Firkin. »Los, gehn wir endlich.«

»Und wo kommen kleine Steinchen her?« fragte Hogshead. »Von größeren Steinen«, beantwortete er seine Frage gleich selbst, damit Firkin nicht wieder mit irgendeiner Geschichte von Mammisteinen und Pappisteinen daherkommen konnte. Die Gedanken überschlugen sich in seinem Kopf, er hatte einen Anhaltspunkt gefunden, einen Hinweis! Merlots sondierendes Bewußtsein keuchte vor Anstrengung und versuchte, Hogshead an den Bücherwurm in seiner Tasche zu erinnern.

»Na und?« stöhnte Firkin. Er fühlte sich zurückgesetzt und war beleidigt.

»Na *das:* Dieses Schwert hat in einem Stein gesteckt. Und, wenn ich mich nicht täusche, in einem Amboß!«

»Nit wahr ist's, was du da sagest«, widersprach ihm Courgette. »Nur Holz und Taue hab ich mit ihm zerspellet!«

»Nein, nein! Ich meine *davor! Bevor* du es gefunden hast«, sagte Hogshead aufgeregt. Er war erfüllt von der Wahrheit, sie kochte und brodelte in ihm und stand kurz vor dem Durchbruch.

»Verlassen lagen Hain und Flur, als mir das Schwert vom Himmel fuhr!«, sagte Courgette.

»Du liegst falsch, Hogshead!« Firkin riß der Geduldsfaden. »Statt über das Problem des Waffenschmuggels zu debattieren, sollten wir endlich mit Klayth reden! Los, marschieren wir nach Cr ...«

»Ich versteh das nicht«, gestand Dawn, die das Gefühl nicht mehr loswurde, daß irgend etwas nicht so ganz in Ordnung war.

»Ich schon!« sagte Firkin. »Er ist durchgeknallt! Hat sie nicht mehr alle!«

»Muß ich dich wirklich erst mit der Nase draufstoßen?« Hogshead ließ sich nicht abfertigen, der helle Schein der plötzlichen Eingebung leuchtete jetzt auch den hintersten Winkel des Unerklärlichen aus.

»Ja!«

»Dieses Schwert steckte in einem Stein und in einem Amboß! Klingelt's jetzt?«

»Wollest du uns damit etwan bedeuten, 's ist *jenes* Schwert? Das Schwert im ...?« Courgette sprach nicht weiter, sie war von Ehrfurcht ergriffen.

»Richtig! Du hältst Exhibitur in deiner Hand!«

»O neiiin! Das gibt es doch nur im Märchen«, sagte Firkin.

»Eben!« rief Hogshead. »Und wo kommen die Drachen her?«

»Ah! Oh ...«

»Welch Teufelswerk geschehet da?« Courgette war plötzlich beunruhigt, sie sah das Schwert jetzt in einem ganz neuen Licht.

»Ich weiß es wirklich nicht«, gestand Hogshead. Er schüttelte den Kopf, als ob tief drinnen irgend etwas juckte. »Aber ... aber ...« Er stockte und schloß die Augen, um sich zu konzentrieren. Merlots Bewußtseinsfunke flackerte und hämmerte fluchend auf Hogsheads schwerfällige Neuronen ein. »Aber ich kenne einen Bücherwurm, der es wissen könnte!«

»Natürlich!« flüsterte Dawn.

Vorsichtig, träumerisch beinahe, zog Hogshead die zerfledderte Ausgabe von *Lady Schätterlies Laffe* aus der Tasche und schlug sie auf. »Ch'tin, Ch'tin«, rief er leise. Sehr leise – er wußte nur zu gut, wie grantig der knapp zwei Zentimeter lange Bücherwurm werden konnte, wenn man ihn an der falschen Stelle aufweckte. »Ch'tin!« schrie er entsetzt und starrte mit offenem Mund in das Buch. Statt des bekannten zartgrünen Körperchens mit den großen Augen, die sonst so ringelig zu ihm aufblickten, hockte da ein scheußliches braunes

Etwas von der Sorte, wie es eine an Verstopfung leidende Amorettische Giftschleiche nach langem, schwerem Bemühen hinter sich läßt. In der hintersten Ecke des Buches hockte es, wurde zunehmend härter und glänzte.

»Na also. Gehn wir jetzt nach Cranachan?« fragte Firkin herzlos.

»Haltdieklappe!« fauchten ihn Hogshead, Courgette und Dawn gleichzeitig an.

Niemand bemerkte, wie das winzige weiße Bewußtseinsfünkchen des Zauberers Merlot aus Hogsheads linkem Nasenloch sauste, nach oben davonflitzte und verschwand.

Es nützte nichts. An die Wirklichkeit kam man nur heran, wenn man sich die Hände dreckig machte.

Kreuz und quer verliefen die Fußspuren in der schwarz verbrannten Aschewüste im Exekutionshof von Schloß Isolon. Zwölf abgeurteilte Kriminelle hatten die Freiheit mit ungläubigem Staunen angegrinst, hatten das Gesicht gegen ihre Matronenschürze gedrückt und waren dann auf der Stelle in jede erdenkliche Richtung davongerast, bevor sie die Männer der Schwarzen Garde mit ihren mächtigen Panzerhandschuhen davon abhalten konnten.

Pit Pendler, der bullige Scharfrichter, sah heulend und schluchzend auf die verkokelte Wüstenei und riß sich büschelweise nicht vorhandene Haare aus der enganliegenden Lederkappe. Er hätte ein Spektakel bieten können, das das Publikum von den Stühlen gerissen hätte, hätte ... hätte ihm nicht dieser Drache die Schau gestohlen!

Plötzlich tauchte, wie ein Mörderwal aus pechschwarzer See, Whintz aus einem Rußhaufen auf, blies Aschewolken in die Luft und stieß lästerliche Flüche aus: Rund um ihn lagen Glasscherben, brodelten Pfützen mit brühheißen Zaubertränklein, verkochte sein gesamter Vorrat an Warzenentfernungsmitteln.

Entsetzt schrie er auf, als er plötzlich feststellte, daß

sein Zauberstab verschwunden war. Und mit ihm der schwere ledergebundene Foliant, den ihm sein Großvater anvertraut hatte – *Das Buch Maggie. Ein gar lehrreich ANthologia in welcher versammelnt seind Allerley REceptures der ZAubrischen & MAggischen KÜnste nebst so manch anderm HOckusbockuS.*

Panische Angst packte Whintz. Noch im selben Augenblick tobte dort, wo eben noch ein großer, angekohlter Fahrender Zauberer gewesen war, ein Wirbelsturm aus Glasscherben und verbrannten Holztrümmern, rußschwarzen Wolken und unbändigen Flüchen: Wie ein Rasender durchstöberte Whintz den Trümmerhaufen, riß sich die Finger wund und zog sich unter anderem eine böse Muskelzerrung zu. Wie ein tollwütiger Biber unter Termindruck wühlte er sich durch die Stätte der Zerstörung, warf schwarz verbrannte Pfosten und Streben durch die verrußte Gegend und … stellte mittendrin urplötzlich seine hektischen Aktivitäten ein. Vor ihm lag, wie ein Ausgrabungsstück, wie der Zahn eines längst ausgestorbenen, fossilisierten Lebewesens das *Buch!* Die rauschenden Wasser der Erleichterung löschten das Feuer der Panik, Whintz stellte fest, daß das Werk kaum Schaden genommen hatte. Das alte Leder der Einbanddecke war bis auf einen kleinen Brandfleck am Buchrücken unversehrt, nur in den Vertiefungen der goldenen Prägeschrift hatte sich eine dicke Rußschicht angesammelt.

Er griff danach – und schrie auf.

Kurz bevor seine Hand den Folianten berührte, explodierte der, Feuer lohte auf, Flammen züngelten und hätten um ein Haar seinen Bart in Brand gesetzt.

»Mein Buch!« Whintz starrte entsetzt auf das Kleininferno, das vor seinen Augen loderte, dann riß er sich den Mantel von den Schultern, um die Flammen zu ersticken. Wie ein stygischer Torero, der zum Todesstoß ansetzt, sprang er los – und fuhr erschrocken zurück: Hysterisches Gekreische erscholl aus dem Feuer, ein

Schnabel stach durch den Rauch, goldene Flügel flatterten, und dann schoß ein verschwitzter Vogel aus dem thermischen Tohuwabohu. Mit einem leisen *Pffft* erloschen die Flammen, zurück blieb ein Häufchen stark duftendes Grass und Heu.

Der Phönix spreizte die runderneuerten Flügel, leckte sich den Schnabel, gähnte und kratzte sich mit der linken Zeigekralle den Bauch.

Whintz war wie gelähmt. Er konnte und wollte seinen Augen nicht trauen, die ihm immer wieder hartnäckig versicherten, daß das, was sie und er sahen, tatsächlich wahr war. Ein Phönix! Ein echter, lebendiger, leibhaftiger Phönix! Haltbarkeitsdauer fünfhundert Jahre, garantierte Selbstvernichtung auf Privatscheiterhaufen (inkl. Vortrag melod. Trauergesang), pflegeleicht, anhänglich und absolut tempelrein, für nur …

Whintz bückte sich und schnappte sich sein Buch, das unter dem gähnenden Vogel lag, der sich jetzt in die Brust warf, wie ein frisch eingeölter Bodybuilder posierte und mit narzißtischem Vergnügen seinen wieder einmal wiedererstandenen Körper begutachtete. Der Phönix, empört über die Störung, kreischte und flog davon. Whintz wiegte die *gar lehrreich ANthologia etc. pp.* in den Armen, streichelte sie und säuselte beruhigend, sprach mit ihr wie mit einem kleinen kuscheligen Tierchen, das er eben davor bewahrt hatte, in einem mit Steinen gefüllten Sack in einen reißenden Fluß geworfen zu werden.

Es war ihm unerklärlich: Das Buch hatte alles unbeschädigt überstanden, war brauchbar wie eh und je.

Der Phönix flatterte weiter, nutzte mit beiden Flügeln die herrschende Thermik und segelte davon. Zum Taubenärgern.

Derweilen wand und krümmte sich eine kleine braune Chrysalide (wohnhaft: Waldlichtung Isolon, Rocktasche, Buchkap. 5–76 inkl.) und erholte sich allmählich wieder von einem heftigen Anfall fliegender Hitze.

Alles in Ordnung, sprach sich Ch'tin Mut zu, *kein Grund zur Aufregung! Fliegende Hitze – so etwas gehört nun mal zur kritischen Zeit des Wechsels.*

Fünfundzwanzig Meter unterhalb der zerbröckelnden Spitze des *Lüginsland* waren zwei Gestalten emsig mit der Verrichtung ihrer klammheimlichen Umtriebe beschäftigt. Niemand sonst wußte, daß sie sich dort herumtrieben. Und nicht nur das: Seit Inkrafttreten des Reichserlasses No. 538 war es jedermann in Cranachan strengstens (Zuwiderhandlung wurde mit Verbannung bestraft) verboten, auf etwas zu blicken, das höher lag als das Gesicht des Königs – weswegen tatsächlich kein Mensch wußte, daß es diesen Turm überhaupt gab. Mit Ausnahme der im Turm hausenden Eulenbagage, versteht sich.

»Also dos mißt Ihr Eich wirklich unbädingt ansähän!« sagte Vlad jetzt zum dritten Mal an diesem Abend, blickte vom Okular des Fernrohrs auf und deutete über die Gipfelkette der Krapathischen Berge.

»Was soll es denn, um Himmels willen, Wichtigeres geben als *das* hier!« kreischte Fisk und schlug mit dem panzerbehandschuhten Handrücken auf den frisch gestohlenen *Cranachischen Merkur* (Abendausgabe).

»No, dos mächte ich Eich ja die ganzä Zeit erklären…«

»Irgend jemand mißbraucht meinen Namen! Eine Unverschämtheit!«

»No, wär weiß: Vielleicht is dos ja noch wirkungsvoller als ein Mord«, zischte Vlad und spähte mit seinem Triefauge wieder durch das Fernrohr.

»Ich bin nie auch nur in die Nähe dieses Fischkochs gekommen! Ich hab damit nichts zu tun!« schrie Fisk. Zu seiner Verwirrung mußte er feststellen, daß es ein einzigartiges Gefühl war, wenn man sich wegen eines Verbrechens verteidigte, das man gar nicht begangen hatte.

»Joi! Gäht aber hoch här, do driben!« zischte Vlad und

drehte am Okular, um das Bild einer hoch auflodernden Flammenwand scharfzustellen.

»Ob mir da einer was anhängen will?« Fisk zerknautschte die Pergamentbögen zwischen seinen knarzenden Panzerhandschuhen. »Aber wer? Und was will er damit erreichen? Außer den sicheren Tod!« Er hämmerte so fest mit der Faust auf die Armlehne, daß es laut von den Wänden der kleinen runden Turmstube widerhallte. Fisks Übellaunigkeit steigerte sich immer mehr und erreichte schließlich den üblichen Siedepunkt: Er kochte vor Wut. Es war nicht zu überhören, daß Fisk seine kühl kalkulierende, mörderische Sicherheit eingebüßt hatte – die sprunghaft angestiegene Knarzfrequenz der ledernen Panzerhandschuhe, die Tempoverdopplung der Pochgeräusche, die die mit Stahlkappen verstärkten Schuhspitzen erzeugten, das Geräusch des stoßenden, keuchenden Atems und des Knirschens der Backenzähne, das aus dem niederträchtig feixenden Mund drang – das alles waren untrügliche Anzeichen dafür.

»Was geht da draußen vor sich?« brüllte er. Es war eine rhetorische Frage, auf die er keine Antwort erwarten konnte. Seit Jahren war er angewiesen auf das, was er in gestohlenen Zeitungen las, aus aufgeschnappten Gesprächsfetzen erfuhr, beim flüchtigen Blick durch durchlöcherte Bilder oder in Einwegspiegel sah. Die Folgen davon bekam er jetzt zu spüren: Dinge geschahen, von denen er allenfalls ärgerliche Gerüchte oder nur halbverstandenes Geflüster mitbekam, seine Macht über die Cranachier schwand spürbar, die Leute hatten keine Angst mehr vor ihm. Sie brachten ihm nicht mehr den gebührenden Respekt entgegen, mißbrauchten sogar – Gipfel der Unverschämtheit! – seinen guten Namen für einen Mord!

»Was spielt sich da draußen ab?« fauchte er und knirschte mit den Zähnen. Es war ein Wunder, daß überhaupt noch Zahnschmelz auf seinen Beißwerkzeugen war.

»No, zingelnde Flammen lodärn zum Himmel!« zischelte Vlad durch die Eckzähne.

»Was heiß das, *Flammen?*« Plötzlich hatte Fisk verstanden, was Vlad gesagt hatte.

»So feirige Dingelchen, wos flackärn und knistärn ...«

»Was? Wo? Gib schon her!« Fisk warf den zerfetzten *Merkur* in die Ecke und riß Vlad das Fernrohr aus den kalten, bleichen Händen.

»Ich sehe nichts! Weit und breit kein Inferno!« Er schielte angestrengt durch das Okular.

»Is es vielleicht mäglich, daß Eire Augenklappä ...?«

»Mußt du eigentlich immer so verdammt pedantisch sein?« schrie Fisk. Dann wechselte er auf das andere Auge und blinzelte maßlos verwundert. Weit hinten in den Krapathischen Bergen, mehr als hundert Meter über der Stelle, wo Schloß Isolon liegen mußte, hing eine dicke, schwarze Rauchwolke, die schnell größer wurde.

»Unglaublich! Was ist das?« bellte Fisk und preßte das Auge ans Okular. »Was passiert da?«

»Is vielleicht die alljährliche Grillsässong eräffnet?«

»Nein... sieht eher nach Aufruhr aus... oder wie eine Belagerung... oder...« Fisk riß sich plötzlich vom Fernrohr los, blinzelte, rieb sich die Augen, starrte dann wieder hinein und schüttelte völlig entgeistert den Kopf.

»Ich könnte schwören, ich hätte gerade einen... Aber das kann nicht sein! Nein! Das muß eine Flamme gewesen sein! Kann nur eine Flamme gewesen sein!«

»No wos? Wos?«

»Nein. Es ist... Überarbeitung... natürlich, ich arbeite zuviel und zu schwer!«

»Oba wos isses dänn?«

Fisk schüttelte den Kopf, er war deutlich bleicher als sonst. Er packte Vlad und stieß ihn mit der Nase gegen das Okular: »Was siehst du? Sag mir ganz genau, was du siehst!« Fisk sprach mit so großen Nachdruck, daß Vlad ohne weiteres gehorchte. Er hatte diesen Ton noch nie gehört.

»Himmälhohe Feierseilän ... und Rauch ... und, äh ...«

»Ja? Was?«

»... no, Bärge, ganze Mänge Bärge ...«

»Sonst nichts? Am Himmel, meine ich?«

»... äh, nix ... oba, oba *doch!* ...«

»Siehst du's? Ja?«

Vlad wandte sich ab vom Anblick des flammenden Infernos.

»Dos is ... dos is«, stotterte er, »... dos is ein Drachä!«

»Aber es gibt doch in Isolon keine Drachen!«

»Schaut nicht so aus, wie wenn von Isolon noch so viel ibrig ist, daß äs do iberhaupt wos nicht gäben kännte!«

»Und was *macht* er? Sag schon, was *tut* er?« kreischte Fisk, ohne auf Vlads Überlegungen einzugehen.

»Z ... z ... zindeln! Zindet alles an!« zischte Vlad. Er war begeistert vom Anblick des Flammenmeers. »Fackält Isolon ab ...«

»Ist ja gut, ist ja gut!«

»Zärstärt alles ... värsängt das ganze Land ... lägt olles in Schutt und Aschä ...«

Als Fisk Vlad so reden hörte, wurde sein Blick kalt und starr ... Er dachte an die Zukunft. Plötzlich sah er ihn vor sich, den Ausweg aus seinem unterirdischen Schattenreich. In Sekundenschnelle hatte er es erkannt: Der Drache ebnete ihm den Weg, der in eine neue, eine wunderbare Zukunft führte! In eine Zukunft, wo die Furcht vor König Kharthezsh längst vergessen war, wo die Leute *ihm* wieder ein wenig mehr von jener Hochachtung entgegenbrachten, die er so sehr verdiente ... weil sie sonst sterben mußten!

»Das ist es!« knurrte Fisk. Er rieb sich die Hände (und das Leder sang quietschende Hymnen der Freude), auf seinem Gesicht erblühte wieder jenes böse, feixende Grinsen, das er während der letzten verdrießlichen Monate schon beinahe verlernt hatte. *»Das! Ist! Es!«*

»Wos? Is? Äs?« krächzte Vlad entgeistert.

»Meine Chance! Meine Gelegenheit! Hervorragend,

ganz hervorragend! Packen wir's an!« Wir der Blitz war er aus der Turmstube, sauste die Wendeltreppe hinunter, rannte zu seinem unterirdischen Thronsaal – und hatte plötzlich das Gefühl, als legte er diesen Weg zum allerletzten Mal zurück. Nur einmal unterbrach er seinen hastigen Abmarsch und holte aus einer kleinen Abstellkammer eine Kürbisflasche aus Ton, einen großen Weidenkorb und eine Dose mit weißer Farbe.

Auf einer der unzähligen kleinen Bänke, die die gelbe Teerstraße säumten, fuhr ein Mann, der einen saxofranfarbenen Umhang und den dazu passenden Spitzhut trug, urplötzlich kerzengerade aus dem Schlaf hoch und rannte zu seiner Hütte. Der Waldkauz, der das von einem Baum aus beobachtete, war so überrascht, daß er ein würdeloses Kreischen ausstieß. Hastig schlang er die letzten Reste der vor kurzem geschlagenen Wühlmaus hinunter und flatterte schleunigst hinter dem Zauberer her, der schon kaum mehr zu sehen war.

»Ich hab Hunger«, jammerte Dawn. Schätzungsweise zum fünfzigsten Mal innerhalb von schätzungsweise ebenso vielen Minuten.

»Klappe halten, weitergehen!« fuhr Firkin seine kleine Schwester an.

Sie schlichen durch den Wald, in dem Schloß Isolon lag, das zum größten Teil in Flammen stand. Immer wieder sahen sie huschende Silhouetten, die in alle erdenklichen Richtungen sausten und eimerweise Wasser aus dem Schloßgraben über den Wall schütteten – es war ein mäßig erfolgreicher Versuch, das Feuer unter Kontrolle zu bekommen. Karren, Schafe, Pferde und alle möglichen von panischem Schrecken ergriffenen Isolonier strömten aus dem Haupttor und über die Zugbrücke, während der pyromanische Drache mit brüllendem Lachen immer und immer wieder vom Himmel herabstieß und wahllos alles, was ihm leichtentzündlich schien, in Brand steckte.

»Bist du sicher, daß wir nach Cranachan müssen?« fragte Hogshead ängstlich.

»Bin ich. Hast du nicht gehört, was Pit Pendler gesagt hat? Klayth ist in Cranachan.« Firkin drängelte, es ging ihm nicht schnell genug voran. »Deswegen war er ja nicht bei dem Hängen!«

»Aber das ist ja ewig weit!« quengelte Dawn. »Und ich hab Hunger!«

Firkin drehte sich um, um Dawns Gejammer nicht mehr hören zu müssen, und marschierte los. Marschierte weiter auf die Berge der Krapathen zu, die in der schnell hereinbrechenden Abenddämmerung dunkel vor ihnen aufragten.

Unablässig brausten die Feuer, unaufhörlich zischte das siedende Wasser, spritzten die brutzelnden Karkassen, und niemand hörte oder sah die drei Besucher eintreten.

Die Küchenbrigade des Cranachischen Reichspalasts war viel zu sehr mit der Arbeit beschäftigt, werkelte so fieberhaft, daß keiner den Ankömmlingen Beachtung schenkte. Und das, obwohl die Besucher in meterlange, wallende indigoblaue Talare gewandet waren und etwas gewissermaßen Religiöses an sich hatten.

Die drei Hohenpriester der Hochkirche von Sankt Mammon dem Ungewaschenen schritten zielbewußt durch die schweißtreibende kulinarische Sauna und schnurstracks auf einen Mann und mehrere Dutzend aalähnlicher Fische zu, auf *den* Mann, der ihnen ermöglichen sollte, Cranachan erfolgreich zu schröpfen. Ganz Cranachan.

Zuveth, der frisch designierte Königliche Fischkoch, spülte sein Zerwirkmesser ab und machte sich dann über das wimmelnde Neunaugenknäuel her – die erste Tranche für die königliche Servierplatte. Zuveth war überglücklich, war überwältigt von der plötzlichen und völlig unerwarteten schicksalshaften Veränderung in seinem Leben, war außer sich vor Freude, weil er jetzt die Position innehatte, die er sich immer gewünscht hatte. Und das alles mit einem einzigen, kurzen Gebet! Natürlich war es schade um Herrn Ringshey! Tragische Geschichte!

Niemand wußte eigentlich, wodurch er sich den Zorn des Appropriators zugezogen hatte. Was der *Cranachische Merkur* dazu veröffentlicht hatte, waren Spekulationen, was in der Öffentlichkeit geredet wurde, Mutmaßungen, aber einen verläßlichen Anhaltspunkt hatte niemand. Außer Bharkleed, Flaezz und Wenzl. Und, natürlich, Ringshey selbst. Nur konnte man von dem nichts mehr erfahren.

»Sei gesegnet, Jünger Zuveth«, grüßte Seine Eminenz, Bharkleed der Leidenschaftlich Exaltierte, den Fischkoch, der sich fieberhaft dem Geschäft des Ausweidens widmete. »Außerdem ist es wohl auch angebracht zu gratulieren!«

»Euer Eminenz!« Zuveth war so überrascht, daß es ihm beinahe den Atem verschlug. »Ich, äh, äh, verzeiht, wenn ich mir die Stirn nicht ... aber ...« Mit einem Kopfnicken wies er auf seine bluttriefenden Hände hin, die eben mit dem Ausräumen eines vor kurzem noch ganz lebendigen Neunauges beschäftigt waren.

»Ist schon in Ordnung. Ich verstehe.« Bharkleed sah mit einem Grinsen über die Angelegenheit hinweg. »Habt Ihr Euch an Eurem neuen Arbeitsplatz schon eingewöhnt?«

»Aber ja! Ich konnt' es erst gar nicht glauben, als ich gehört hab', was mit dem alten Ringshey passiert ist.« Zuveth weidete aufgeregt den nächsten Fisch aus.

»Zweifelt niemals an den Schicksalsmächten!« sagte Bharkleed und erhob die Augen zur Zimmerdecke. »Wenn sie mitunter auch sehr seltsame Wege gehen!«

»Nein, ich, äh, wenn ich gesagt hab, daß ich's nicht glauben konnte, dann hab ich nur gemeint, daß ich mich zu Tode erschrocken hab, wie ich gehört ...«

»Aber garantiert nicht so zu Tode erschrocken wie

Ringshey«, gluckste Bruder Wenzl und stupste Flaezz in die Seite.

»Hütet Eure Zunge!« Bharkleed blickte Zuveth drohend an und verpaßte Wenzl einen kurzen, schmerzhaften Tritt gegen das linke Schienbein.

»Natürlich, selbstverständlich«, stotterte Zuveth. »Ich will in Zukunft noch vorsichtiger sein.«

»Aufgeblasener Leuteschinder!« murrte Wenzl. Er rieb sich das Schienbein und starrte wie ein bis aufs Blut gereizter Terrier auf Bharkleeds Nacken.

»Ich denke, das tragische Ableben Eures Vorgängers hat Euch gezeigt, daß es sich tatsächlich lohnt, jederzeit auf das Leben im Jenseits vorbereitet zu sein!«

»Bestimmt! Bin ganz Eurer Meinung! Hab sogar mit Ringshey noch über euch Burschen gesprochen, noch an dem Nachmittag, bevor er, äh … Ihr wißt schon.«

»Und? War er interessiert?«

»Kein Stück! Er hat gesagt, Ihr wärt eine Bande unverschämter Betrüger, die einen im Handumdrehen bis aufs Hemd ausziehen! *Laß dich bloß nicht mit denen ein!* hat er gesagt. *Sei bloß vorsichtig, die knöpfen dir sogar noch das Geld ab, das du noch gar nicht verdient hast!*«

Bharkleed wurde kreidebleich. »Ha! Ahaha! Möchte wissen, wie er dazu kommt, etwas derartig *Lächerliches* zu behaupten!«

»Keine Ahnung, Eminenz«, sagte Zuveth, stach mit dem blitzenden Messer zu und schlitzte lässig und mit geschickter Hand dem nächsten Neunauge die weiche Bauchdecke auf. »Keine Ahnung. Aber er war ja auch verrückt, müßt Ihr wissen.«

»So? War er?«

»Und ob! Hat jeder gewußt. Total bekloppt. Hat sich immer mit den Schnecken unterhalten.«

»Ach ja? Also, ich wußte es nicht!«

Zuveth erledigte ein weiteres Neunauge, drehte sich dann, die Hände tropfnaß, zu Bharkleed um und sagte: »'tschulligung, Eminenz, freut mich wirklich ganz außerordentlich, Euer Besuch. Aber wie Ihr ja selbst seht, hab ich ganz hübsch zu tun.« Er zeigte mit der Hand auf fischig-feucht schillernde Geknäuel. »Gibt's irgendwas, wo ich Euch behilflich sein könnte?«

Alles wäre in den Tagen nach diesem Gespräch um so vieles einfacher gewesen, wenn Bharkleed jetzt Zuveth milde lächelnd den Arm um die Schulter hätte legen und sagen können: »Hört zu: *Wir* haben es so gedeichselt, daß Ihr jetzt diesen Job habt. *Wir* haben Ringshey drangekriegt, *wir* haben den Postboten bestochen und dafür gesorgt, daß niemand die Stellenausschreibung im *Cranachischen Merkur* lesen konnte, weil der *Cranachische Merkur* nicht zugestellt wurde. Wenn Ihr das alles einmal so richtig bedenkt, glaubt Ihr dann nicht auch, es wäre jetzt an der Zeit, daß Ihr Euch ein wenig erkenntlich zeigt?«

Zweifellos hätte Zuveth dann geantwortet: »Das habt Ihr alles für mich getan? Ich bin ganz überwältigt! Bitte sagt mir, was ich für Euch tun kann.«

Dann hätte Bharkleed gelächelt, etwa so wie jedermanns Lieblingsonkel zu lächeln pflegt, hätte ein Fläschchen aus der Tasche gezogen, das ein interessantes, weißes Pulver* enthielt, und hätte es Zuveth mit den Worten überreicht: »Seht zu, daß Ihr davon dem König täglich zwei Teelöffel voll ins Essen schmuggeln könnt.«

Leider verlief diese Unterredung ganz anders. Und zwar so:

»Nein, nein! Ich, äh, das heißt wir, wir wollten nur einfach mal vorbeischauen und gratulieren und nachsehen, ob Ihr Euch auch gut eingelebt habt. Wir sehen es einfach gerne, wenn unsere Jünger im Diesseits voran-

---

* Interessant wirkte dieses Pulver vor allem deshalb, weil auf der Flasche ein äußerst geschmackvoll bebildertes Etikett klebte, das einen schwarzen Totenschädel zeigte, zwei gekreuzte Knochen, einen Grabstein und einen Sarg. Und unter diesem Bild standen die Worte: GIFT! PFUI! BÄH-BÄH!

kommen und zufrieden sind. Hab ich nicht recht, Jungs?«

Flaezz und Wenzl grunzten mit überwältigender Anteilnahme.

»Nett von Euch. Und vielen Dank auch, aber …«

»Sind die da für den König?« Bharkleed zeigte auf die Neunaugen.

»Ja. Alles, was ich zubereite, ist für den König. Das ist es ja, warum ich den Titel *Königlicher Fischkoch am Hofe Seiner Majestät, König Kharthezsh, des Herrschers über die Königreiche Isolon und Cranachan, des Oberhauptes der Vereinten Stammesgemeinschaft des Vorgebirges, des Trägers der Eisernen Steuerschraube und der Fackel der Hitzigen Heimzahlung* führe.«

»Faszinierend!« flüsterte Bharkleed, der äußerst überzeugend den von Ehrfurcht erfüllten Zuhörer spielte. »Und was bringt das Amt des Königlichen Fischkochs sonst noch mit sich?«

»Mein schönstes Erlebnis bisher war, als man uns mal einen ganzen Stör geliefert hat und ich damit beauftragt wurde …«

Und während Bharkleed weiterhin glänzend die Rolle des wunderbaren, intelligenten, geistreichen und aufmerksamen Publikums spielte, schlich sich Flaezz vorsichtig an das Geknäuel ausgenommener Neunaugen heran, deren aus dem Kiefer gerissene, klaffende Zahnreihen wie eine fischartig stumme Imitation jenes gekrönten Hauptes aussahen, dem sie in Kürze serviert werden sollten. Ohne daß es jemand gesehen hätte, zog er aus einer in den Tiefen seines Mantels verborgenen Geheimtasche ein Fläschchen mit einem interessant gestalteten Etikett (Einzelheiten siehe oben) und streute dessen Inhalt über seine unfreiwilligen aquatischen Komplizen.

Merlot stand auf, massierte sich das schmerzende Rückgrat, trat einen Schritt zurück und bewunderte sein

Werk, das er auf den Fußboden seiner Hütte gekritzelt hatte: ein kompliziertes kalkweißes Liniengewirr aus Geraden, Kreisen und Kurven. Dann blickte er in das Buch, das er in der Hand hielt, und grunzte.

»Kommt hin«, brummelte er und zupfte nervös an seinem nicht mehr ganz weißen Bart. Dann steckte er die Kreide wieder in eine der unzähligen Taschen, die in seinem Mantel versteckt waren. »Der hintere Drudenfuß ist vielleicht ein bißchen wackelig, und ein paar von diesen Linien sind etwas schlängelig, aber ... müßte eigentlich hinkommen. Hoff ich wenigstens.«

»Ich auch«, schloß sich Arbutus an, »ich auch!« Dann leckte er sich die letzten Wühlmausrestchen vom Schnabel und plusterte das Brustgefieder auf.

Merlot nahm eine große Flasche von einem Regalbrett, streute großzügig rosafarbenes Pulver über das Pentagramm und begann sich wie ein vom Veitstanz befallener Derwisch wild kreischend zu drehen.

Arbutus zappelte unruhig hin und her. Er hatte Merlot schon einige hundertmal so herumwirbeln sehen. Häufig nach übermäßigem Rotweinkonsum.

Es dauerte nicht lang (Merlots Beschwörungen wurden zunehmend lauter), da fingen Arbutus' Knöchel zu jucken an, und ein feuchtkalter Wind zauste seine Schwungfedern. Die Eule starrte angestrengt auf den Mittelpunkt des Pentagramms. Wenn sich überhaupt etwas tun würde, dann dort.

Der nackte Holzfußboden schimmerte – erst einmal, dann noch einmal. Dann wurde er unversehens schwarz, Merlot trat einen Schritt vor und verschwand. Arbutus kreischte, flog mit zornig rauschendem Flügelschlag auf, sauste mit geschlossenen Augen auf das Zentrum des Bodens zu und richtete sich auf einen ruckartigen Aufprall auf den sehr soliden Dielenbrettern ein. Aber dann ...: Mit einem Geräusch, als platzte ein Goldfisch in der Mikrowelle, verschwand zuerst Arbutus und dann das schwarze Loch im Fußboden.

»Aber es stimmt, Vater! Ich habe wirklich einen Byrogrott gesehen!« beteuerte Klayth. Er saß zum Wochentreff mit König Kharthezsh zusammen und erzählte ihm von seinem Abenteuer im Wald.

»Mmmm ... Hauptsache, es hat dir Spaß gemacht«, murmelte der König, der gerade über einen passenden Namen für die Steuer nachdachte, mit der er die Reparatur des Schadens finanzieren wollte, den die beiden Trolle angerichtet hatten. Vielleicht Marktlückensteuer? Bah! Langweilig.

»... und vier Ratzjen, Vater! Frag meinen Lehrer!«

»Ja, ja ...« Posttrollare Markteinbruchssanierungssteu ... hmmm.

»Wir sind gerannt!«

»Das ist gut, sehr gut. Gesunder Geist *und* gesunder Körper, sehr gut ...« Steuertroll ... Blödsinn! Ach was: Warum eigentlich ein Name? Die Frage *wieviel* ist eigentlich wesentlich interessanter! Noch mal fünf Silbergroschen ...?

»Ich hatte noch nie eine Ratzje gesehen.«

Oder fünfzehn Silbergroschen ...? Pro Kopf?

Plötzlich flog die Tür auf, und Kommandant Schyrling platzte ins Zimmer. Er schwitzte und keuchte, als wäre er eben eine mehrere Stockwerke hohe Wendeltreppe hinaufgerannt, durch einen Flur gerast, der einen Kilometer lang war, dann über einen Wehrgang von insgesamt vierundzwanzig Kilometern Länge gehetzt und hätte schließlich mit großer Mühe auf dem rutschigen Steinplattenboden im Korridor abzubremsen versucht, um dem König dringende und schlechte Nachricht zu überbringen. Das war es auch.

»Si ... dhhhire, i ..., ichhh ... brrr ...«, keuchte Schyrling, schnappte nach Luft und ruderte wild mit den Armen.

»Was soll das, Kerl! Könnt Ihr nicht anklopfen?« brüllte der König und riß sich von seinen Überlegungen betreffs Steuererhöhung los.

»Uiii! Ist das ein Spiel, Pappi?« fragte Klayth.

»*Sire* oder *Hoheit!*« fauchte König Kharthezsh seinen Sohn an. »Wir haben Gesellschaft!« Dann wandte er sich wieder an den japsenden Kommandanten. »Also! Spuckt es schon aus, Kerl!«

»Fhhhh ... Fhhh ...«, würgte Schyrling.

»Kommt in dem Wort vielleicht der Buchstabe *L* vor?« wollte Klayth wissen. »Oder *Q?*«

»Fhhhh ...«, keuchte der rot angelaufene Schyrling, rang verzweifelt die Hände und zeigte über die Krapathischen Berge in Richtung Isolon.

»Oder ein *P?*« bettelte Klayth.

»Sei still! Das ist wichtig!« Kharthezsh versuchte den Sinn der heiser pfeifenden Botschaft zu ergründen.

Der Kommandant gab den Versuch zu sprechen auf, sprechen zu wollen. Er verlegte sich aufs Deuten und zeigte verzweifelt aus dem Fenster.

»Was zum ...!« schrie Kharthezsh, als er den Rauch in der Ferne sah. »Ein Angriff?« brüllte er Kommandant Schyrling an.

»Hhhhh ...«

»Alarmiert die Garde! Mobilmachung! Zurückschlag ... hä?«

Kommandant Schyrling schüttelte den Kopf.

»Keine Mobilmachung? ... Werden wir doch nicht angegriffen?«

Kommandant Schyrling nickte und würgte.

»Ja, dann ... Feldposten, Alarm blasen ...! Also, was ist jetzt? Werden wir nun angegriffen oder nicht?« fauchte der König, weil Kommandant Schyrling wieder heftig den Kopf schüttelte. »Wir werden? Aber warum denn dann keine Mobilmachung?«

Als Antwort zeigte der Kommandant plötzlich wieder aus dem Fenster, flatterte mit den Armen und blähte die Nasenlöcher auf.

»Ja, ja! Weiß schon, Feuer ...«

Der Kommandant schien per Zeichensprache ausdrücken zu wollen, daß irgend etwas seinem Mund entströmte.

»Ist Euch nicht gut? Müßt Ihr Euch übergeben? Ist es die Pest?«

Klayth, der in die Richtung blickte, in die der Kommandant deutete, schrie plötzlich verwundert auf: »Ein Drache! Da: ein Drache!«

»Unterbrich mich nicht dauernd! Davon verstehst du nichts! Das verstehen nur Könige!« fuhr ihn Kharthezsh an.

»Aber ich … ich bin doch der Prinz!«

Kommandant Schyrling nickte hinter Kharthezsh' Rücken heftig mit dem Kopf.

»Äh, mmmmm. Aber das verstehen nur erwachsene Könige … Moment, was hast du gesagt? Ein Dra …« Kharthezsh riß beinahe den Fensterrahmen aus der Mauer und starrte entsetzt auf die Berge: »Ein Dr … Dr …!«

Der Kommandant nickte, zuckte dann die Achseln und rannte hinter dem König her aus dem Zimmer … Während hoch über Isolon, fauchend und feuernd wie ein fliegender Flammenwerfer, der Drache kreiste.

Heimlich, still und leise hüpfte der kleine braune Spatz durch das Gewirr aus abgefallenem Laub, das den Boden der Lichtung im Wald von Isolon bedeckte. Er hatte es auf das appetitliche Häppchen abgesehen. Seine heutige Tagesration war – und das soll hier nicht unerwähnt bleiben – nicht eben vom Feinsten gewesen: die hintere Hälfte eines Hundertfüßlers, der schon gut und gern eine Woche hinüber war, und eine Krallevoll Samenkörner vom vergangenen Jahr. Er atmete vorsichtig durch, leckte sich beim Anblick des Wurms genießerisch den Schnabel und machte sich fertig zur Attacke … Auf drei! … Er reckte die winzige Brust für den bevorstehenden Kampf … Zwei! … Ein letzter prüfender Blick, eine letzte Sondierung des Terrains … Eins! … Jetzt hatte er ihn genau im Visier… Los!… Er hopste voran, so schnell, wie man es bei seiner Größe nicht für möglich gehalten hätte, rannte die letzten Zentimeter und knallte gegen eine Mauer aus strapazierfähigem blauem Segeltuch…

»Verdammtverdammtverdammtverdammt!« kreischte der kleine braune Vogel. Wie hingemäht hing er an dem riesigen Leinending und sah gerade noch, wie sich der Wurm unter das Laub verkroch. »Komm auf der Stelle zurück! Du sollst zum Essen bleiben!«

Hoch über seinem Kopf hörte er etwas klingeln, ein leises Gebimmel an der Spitze eines riesigen Segeltuchschuhs. Der Spatz piepte verdutzt auf, hopste ein kleines Stück zurück und blickte nach oben: Dort, wo noch vor einer Sekunde nichts gewesen war, ragte jetzt ein Paar rosa und weiß gestreifter Beine himmelhoch auf und verschwand am Ende in den unendlichen Weiten eines saxofranfarbenen Umhangs.

»Keine Angst«, dröhnte es hoch über dem Spatz. »Ich will nur… Oh! Mist! Zu spät!«

Plötzlich flogen Zweige und Blätter durch die Gegend, ein maßlos eingeschnappter Waldkauz polterte aus dem Unterholz und düste auf den Zauberer zu, der turmhoch über dem zu Tode erschrockenen Sperling stand.

»Ha! Wolltest mich einfach so zu Hause hocken lassen, was?« kreischte Arbutus und surrte wie aufgezogen um Merlots spitzen Hut. »Wolltest mich wohl nicht dabei haben, he? Und ich hab gedacht, du bist mein Freund! Wird dich einen Haufen Mäuse kosten, wenn du das wiedergutmachen willst! Vorsätzliche Beleidigung nenne ich so was!«

Wie ein schnatternder, zeternder Wirbelwind brummte Arbutus um den Zauberer herum; Merlot wurde schwindlig vom Zusehen und Zuhören.

»Aber nun gut! Warum sind wir hier?« krächzte die Eule. Sie schnalzte lässig mit den Schwungfedern, putzte flüchtig eine Schwinge, ging in die Kurve und legte auf dem verdutzten Zauberer eine perfekte Landung hin.

»Äh!« beantwortete Merlot mit einem Grunzen ihre Frage. Er war tief in Gedanken versunken, spielte selbstvergessen mit den Fingern.

»Was wollen wir hier?« fragte Arbutus, unüberhörbar gereizt, noch einmal.

»Bah! Dummes Zeug!« brummelte Merlot.

»War ja nur eine Frage«, beschwerte sich die Eule. Sie war kurz davor, schwer zu schmollen, wenn sie nicht bald eine Antwort bekam.

»Zu spät!« murmelte Merlot. Dann hob er ein vertrocknetes Buchenblatt auf, grinste den verwirrten Spatz zu seinen Füßen an, warf das Blatt in die Luft und beobachtete, wie es wieder zur Erde fiel. Er zeigte nach links und kam zu dem Entschluß: »Da lang!« Sagte es und stürzte sich ins Dickicht. Nach rechts.

Auf dem Waldboden tief unter ihm brach der Spatz zusammen, schluchzte trillernd und vergrub den Kopf in den Flügeln.

Eulen, Zauberer und Schwerter? klagte er stumm. *Ich arbeite zuviel! Höchste Zeit, Urlaub zu machen. Wo bitte geht's hier nach Süden?*

Nachdem er in Isolon soviel wie irgend möglich vor den Flammen gerettet, auf die sieben Karren verladen und die Fuhrwerke zusammengekoppelt hatte, war Magnus, der Fuhrmann, zu seiner üblichen Wochentour nach Cranachan aufgebrochen. Mit einer kurzen, gekonnten Bewegung aus dem Handgelenk hatte er seine Peitsche über die massigen Rücken der sieben Lasttiere schnalzen lassen, langsam hatte sich das Vieh ins Zeug gelegt, das lederne Geschirr hatte sich knarzend an den starken Flanken gerieben, und dann war der Wagenzug rumpelnd zur fahrplanmäßigen Nonstop-Transkrapathentour aufgebrochen.

Alles das lag jetzt Stunden zurück. Das gleichmäßig

feste Stampfen und Stoßen, mit dem sich der Wagenzug die lange, beschwerliche Strecke zum Fohpaß hinaufschleppte, hatte Magnus eingelullt und in einen Zustand tiefer Apathie versetzt. Doch als plötzlich der erste Wagen des Zugs über einen großen Stein rumpelte, war er schlagartig hellwach. Sein Puls raste, blitzschnell riß er den kurzen Dolch aus der Scheide und suchte die Gegend nach Banditen ab. Wieder rumpelte der Wagen, als jetzt das Hinterrad über den Stein holperte. Einen Augenblick lang war ihm die Sache ungeheuer peinlich. Schnell steckte er die Klinge in die Scheide zurück und brannte dem Gespann eins mit der Geißel über – nur um den Biestern zu zeigen, daß es ihn noch gab. »Hü, Donner! Hott, Blitz!« schrie er. Das schwerfällig dahintrottende Rhinozerossextett kümmerte sich nicht sonderlich darum. Blitz zog die schwarzen Lippen zurück, stieß mit dem Horn und schnaubte nach Art der Dickhäuter mäßig gereizt und stapfte dann weiter über den langen, gewundenen Fahrweg den Hang hinauf.

Mehrere hundert Ellen voraus, hinter einer scharfen Kurve, schleppten sich vier Kinder ebenfalls den kahlen Berghang hinauf.

»Sind wir schon da?« quengelte Dawn wieder einmal.

»Kannst ja mal raten«, stöhnte Firkin. »Schau dich um und sag mir dann ganz ehrlich, was du glaubst!«

Dawn stierte auf die riesigen Berge, die links und rechts des steilen Pfades zum Himmel aufragten, sah mit finsterem Blick auf die untergehende Sonne, die es sehr eilig hatte, zum Horizont zu kommen, spuckte mürrisch aus und kickte einen Stein aus dem holprigen Weg. Erstaunlich, wie das Verhalten eines großen Bruders abfärben kann!

»Und?« fragte Firkin.

»Humpfff!« grunzte Dawn.

»Nicht ratsam ist's, in diesem Thale lange zu verweilen«, sagte Courgette. Sie blickte auf den Weg, der vor ihnen lag, und spielte mit dem Griff von Exhibitur. »Nicht Schutz wird uns gewähret hier noch Schirm.«

»Den brauchen wir auch nicht«, sagte Hogshead müde. »Ich glaub nicht, daß es regnen wird.«

»Nicht doch! Verfehlt wär es von dir, mein Absicht so verstehn zu wollen. Ich meine: Sollten etwan Fremde unsern Spuren folgen«, fuhr sie ihn verächtlich an. »Falls ein Hinterhalt ...«

»Ah! Wir können uns also verstecken?« meinte Hogshead.

»Nein, nein, das mein ich nit!« klagte Courgette. »Wir vermögeten nit, denselbigen aufzulauern!« Sie tätschelte Exhibitur.

»Ah! Natürlich, wie dumm von mir! Aber macht ja nix.« Hogshead zuckte die Achseln. »Im ganzen Gebirge ist sowieso keiner außer uns. Kommt auch keiner ...«

»Wie lachhaft ist doch deine Red' ...« Courgette grinste. »Horch!«

Jetzt, da Courgette ihn darauf hingewiesen hatte, fiel es auch Hogshead auf: ein dumpfes, kaum hörbares Rumpeln hinter einer Wegbiegung unter ihnen, auf dem Weg von Isolon hier her. Dann ein scharfer Peitschenknall, gefolgt von einem fernen Schrei.

»Was ist das?« flüsterte Hogshead ängstlich.

»Groß ist's«, sagte Courgette, »und nähert sich uns.«

»O nein! Wir müssen doch nicht schon wieder davonrennen, oder?« jammerte Dawn und zog einen erbärmlichen Flunsch. »Meine Füße bringen mich um!«

»Nein. Wir wollen uns dem Kampfe stellen!« Courgette grinste erwartungsvoll. »Immer und ewig: die Frauen!« Tief in ihrem Herzen erwachte der Trotz. Sie wollte kämpfen. Und wenn das nicht möglich sein sollte, dann würde sie sich eben umgehend an das nächstbeste Eisengitter anketten, bis es möglich war. Es war einfach nicht recht, daß die Männer immer ...

»Courgette!« schrie Hogshead, packte sie bei den

Schultern und schüttelte sie. »Courgette! Steck das Schwert weg!«

»Schwächling!« Sie zappelte und wand sich.

»Wir wissen doch gar nicht, was es ist!« beschwor sie Hogshead.

»Oder wie viele es sind«, fügte Firkin hinzu.

»Ich glaub, ich hau lieber ab!« stöhnte Dawn. Noch jämmerlicher als eben schon.

»Memmen seid ihr!« knurrte Courgette.

»Paß auf: Wir gehen jetzt in Deckung, stellen fest, wie stark sie sind, und entscheiden dann, ob wir loslegen oder nicht!« bettelte Hogshead. Das Rumpeln wurde lauter, wurde durch das Echo der Felswände auf dem Paß noch verstärkt.

»Fersengeld geben!« fauchte Courgette. »'s ist eine Schand!« Ihre Hände krampften sich um das Heft von Exhibitur.

»Aber sicherer! So was wie ein taktischer Rückzug«, erklärte Hogshead. Und hoffte fast, Courgette werde durchdrehen und angreifen; werde losgehen auf das, was da auf sie zukam, ganz gleich, was es war. Beim Gedanken daran, noch einmal eine rasende, kampfwütige Courgette zu erleben, wurden ihm die Knie weich. Er hatte sich von der Befreiungsaktion in Isolon noch nicht ganz erholt. Zu seinem Entsetzen mußte er feststellen, daß er sabberte. Wieder einmal.

Plötzlich tauchte hinter der Wegbiegung eine große graue Schnauze auf, gleich darauf eine zweite, dann ein Paar gebogene große Hörner: die ersten zwei Nashörner aus dem Gespann.

Courgette verschlug es kurzzeitig die Sprache. Gegen eine riesige Armee von Männern zu kämpfen war eine Sache; gegen Menschenrechtsverletzungen eine andere. Aber Nashörner ...?

Dawn unterdrückte einen Angstschrei. »Abhauen?« fragte sie.

Firkin und Hogshead krabbelten bereits den Berghang hinauf und versuchten verzweifelt, einen kleinen Strauch so weit zu dehnen und zu strecken, daß sie sich beide dahinter verstecken konnten.

Das zweite Rhinozerospaar stapfte um die Kurve und brachte mehrere Tonnen Dickhäuterzugkraft auf die Paßhöhe.

Courgette wich zurück, drehte sich um und kroch hinter der heftig keuchenden Dawn auf allen vieren die Böschung hinauf.

»Feigling, Feigling!« kreischte Dawn und tauchte hinter einem winzigen Grasbüschel ab.

»Mich dünkte es angebracht, die möglichen Vorteile zu nutzen, die ein taktischer Dingsbums durchaus zu bieten vermag«, fauchte Courgette kleinlaut

»Ich sag's doch: Du bist davongelaufen!« stichelte Dawn.

Unter ihnen zogen, kommandiert von Magnus, dem mittlerweile eingeschlafenen Fuhrmann, sieben Lastkarren vorbei, vor die sechs schwitzende Nashörner gespannt waren.

Courgette hatte ein Idee. »Komm!« drängte sie Dawn. »Folge mir nach!«

»Aber ich will die da nicht aus dem Hinterhalt überfallen!«

»Komm!« sagte Courgette wieder. Dann rannte sie die Böschung hinunter und hinter dem letzten Karren des Wagenzugs her. Ein paar Sekunden nur, dann hatte sie ihn eingeholt. Sie packte die Stricke, mit denen die Plane festgezurrt war, lief neben dem Karren her und knüpfte sie auf. »Hurtig! Eile geschwind und rühr deine Füße!«

Drei schnelle Schritte, dann ein Sprung: Courgette saß auf dem Wagen und gestikulierte heftig und aufmunternd. Dawn war sofort dabei; sie rannte den Hang hinunter und kreischte: »Freie Fahrt für freie …!«

Firkin spurtete los, überholte Dawn und sprang auf den Wagen. Als nächster kam Hogshead, der schwer keuchend auf zwei Säcken landete.

Dawn hechelte halb laufend, halb stolpernd hinter dem Karren her und holte trotz des aufmunternden Winkens von Courgette nur quälend langsam auf. Sie hatte das Gefühl, durch Sirup zu rennen.

»Bremsen!« krächzte sie. »Kommt zurück!«

Beinahe gleichzeitig wurde den drei Passagieren auf dem Wagen klar, daß sie es nicht schaffen würde.

Es sei denn ...

Hogshead entdeckte einen Hebel über dem Rad. In jedem Karren gab es diesen Hebel. Hogshead verstand, sprang auf, packte den Hebel und zog. Die Rhinos an der Spitze des Wagenzugs spürten, daß die Zuglast schwerer wurde. Blitz schnaubte und legte sich stärker ins Geschirr. Hogshead zerrte am Bremshebel, stemmte sich gegen die Kraft des Nashornsextetts; Holz und Metall splitterten. Die Karren rollten langsamer, die Räder protestierten kreischend.

Dawn stolperte weiter und holte ein paar Schritte auf.

Firkin riß an einem zweiten Hebel. Donner schnaubte. Magnus schnarchte, war blind und taub für das verzweifelte Tauziehen, das rund um ihn ausgetragen wurde.

Hogsheads Arme schrien gequält auf, als die Sauerstoffversorgung empfindlich absank und Milchsäure im Blut die Muskeln krampfte. Die Bremsbeläge, die nur dafür vorgesehen waren, die Fahrtgeschwindigkeit der Karren während der langen Talfahrt hinter der Paßhöhe zu verringern, glühten und verschlissen rapide.

Dasselbe passierte mit Dawn. Sie hatte kaum noch Kraft und taumelte und torkelte nur.

Plötzlich blockierte eines der Räder, grub eine Furche in den Boden und schob einen Berg aus Erde und Steinen auf. Mit letzter Kraft stürmte Dawn los und wurde von Courgettes fuchtelnden Armen in den Karren gezerrt.

Firkin und Hogshead ließen die Bremshebel los, und die Wagenkolonne zog mit einem heftigen Ruck an.

Wieder schreckte Magnus aus dem Schlaf auf, brannte Gigolo eins mit der Peitsche über, bedachte Papagallo mit einem Schwall verschlafener Verwünschungen und döste dann wieder ein – ohne auch nur im geringsten etwas von den vier blinden Passagieren zu ahnen, der er sich eben aufgeladen hatte.

Mit wackelnden Fühlern witterte das Ameisenmännchen die Duftmarke eines Weibchens. Wie unzählige aromatisierte Einladungen zum Diner wehte ihm die sanfte Abendbrise ihre Pheromone zu. Im Nu hatten die süß duftenden Signale nasaler Verführung seinen Verstand restlos besetzt. Das Ameisenmännchen hatte vollständig vergessen, was Gefahr, Leid oder Arbeit bedeuteten, der Dufthauch der Weiblichkeit machte es verrückt und weckte ein übermächtiges insektiles Verlangen. Nur ein einziges Wort konnte es noch denken: Lust.

Auf der Stelle ließ es das Blatt fallen, mit dem es sich gerade abgeplagt hatte, machte auf allen sechs Absätzen kehrt und wuselte los, getrieben von unbändiger Fleischeslust. Mit einzigartiger Entschlossenheit und Zielstrebigkeit durchwatete es einen wild plätschernden Gebirgsbach, krabbelte eine steile Klippe hinauf und stemmte sich, tropfnaß noch, über die Kante auf einen Pfad, befeuert von der überwältigenden Triebkraft zügelloser Lüsternheit.

Und dann sah es sie! Drüben am Wegrand stand sie! Hundertfach sah es sie, vervielfältigt durch seine Facettenaugen: eine wohlgeformte schwarze Schönheit, strahlend im Licht der sinkenden Sonne. Boahey! Das nenn ich 'n Thorax! Und ein Abdomen... Scharf wie Ameisensäure! Mit elegantem Schwung machte sie auf ihren sechs Stilettoabsätzen kehrt und wackelte mit den Mundwerkzeugen.

Es mußte sie haben! Sie schnäuzelte. Nichts konnte es jetzt mehr aufhalten...

Indes...

Es geschieht immer wieder, daß der Zufall, der bekanntermaßen ein lästiger, bösartiger, sadistischer Gnom ist, andere Pläne hat. Fatalerweise hatte er diesen tapferen, gliederfüßigen Don Juan dazu ausersehen, eine (wenn auch nur winzige) Rolle in jenem grausamen Fiasko zu spielen, das er sich heute als Abendunterhaltung gönnen wollte.

Urplötzlich tauchten hoch über dem Kopf des Insekts ein Paar blauer Segeltuchschuhe auf, schwebten einen Moment lang in der Luft, bimmelten, senkten sich dann ein wenig und trafen schließlich hart auf dem nackten Gebirgsboden auf.

»Keine Angst«, dröhnte die Stimme, die zu den Füßen und dem gehörte, was nördlich davon lag. »Ich will nur... Oh! Mist! Nicht schon wieder!«

Merlot stand auf dem Fohpaß, blickte sich um und runzelte die Stirn.

Ein dunkles, zorniges Etwas kam aus dem Feuerball der Sonne geflogen und flatterte schnurstracks auf ihn zu. Flügel und Krallen verdeckten den Himmel, mit einem Gewirbel aus Federn und laut gekreischten Anschuldigungen setzte Arbutus zur Landung an.

»Es würde mich wirklich freuen, wenn du einmal so anständig wärst und mir mitteilen würdest, wann du zu verschwinden gedenkst!« blaffte er und pochte mit einer Kralle gereizt auf Merlots saxofranfarbene Schulter. »Dein Verhalten ist wirklich *äußerst* enervierend!«

Merlot hatte die verräterisch eiligen Fußabdrücke und die Spur eines blockierten Rads auf dem Boden studiert. Jetzt blickte er auf und starrte Arbutus an. »Sie sind in *die* Richtung! Wohl Cranachan, was?« Er streckte die rechte Hand aus, zählte bis drei und war verschwunden. Ohne blaue Rauchwolke – die wollte er sich für eine andere Gelegenheit aufsparen. Arbutus stieß kreischend eine Unzahl grimmiger Flüche aus, fluchte auf eine Art und Weise, die geeignet war, die gesamte Spezies der Eulen in Verruf zu bringen, spuckte aus und flatterte wütend davon. Auf die sinkende Sonne zu, nach Cranachan.

Als sich eine winzige, von Wollust getriebene Ameise aus einer schuhförmigen Bodenvertiefung hochrappelte, den Kopf schüttelte und sich dann schleunigst wieder auf die Suche nach dem Objekt ihrer von Pheromonen verderbten insektilen Begierde machte, stemmte der Zufall die Hände in die Hüften und lachte laut und ausdauernd. Dann verschwand auch er. Machte sich davon, um die Ergebnisse eines kleinen, vor einiger Zeit begonnenen Experiments zu überprüfen, an dem ein großer Strohballen, mehrere Dosen Paraffin und eine Feuerechse beteiligt waren, wobei letztere an einem schlimmen Heuschnupfen litt.

VI

IM DUNKELN TAPPEN

Statt wie sonst üblich mit dezentem Gebimmel die Essensbestellung durchzugeben, grollte, fauchte und zischte die Glocke des Königs lärmend durch die Küche und telegraphierte so ausdrucksvoll den Zorn und die rasende Wut, mit der sie geläutet wurde.

Am anderen Ende des Glockenstrangs, in den königlichen Privatgemächern, saß Kharthezsh und ließ schwitzend und fluchend den Tag Revue passieren. Es war schon spät, er war müde und wollte sein Abendessen. Jetzt sofort! Irgendwie hatte er es fertiggebracht, daß alle diese Befindlichkeiten durch die Art und Weise, wie tief unter ihm die Glocke schepperte, übermittelt wurden. Jetzt lag die rote Klingelschnur auf einem Haufen aus Mörtelstaub, Bruchstein, den Rollen eines ruinierten Flaschenzugs und verbogenen und abgebrochenen Wandhalterungen. Worauf es auch nicht mehr ankam, nach einem Tag mit Drachen, Trollen, Brand und ...!

Vor der Tür war Fußgetrappel zu hören, schnell, als stünde unmittelbar eine Enthauptung bevor, das Quietschen von Absätzen und dann ein ängstliches, aber doch auch hartnäckiges Klopfen. Vorsichtig öffnete sich die Tür.

»Euer Hoheit, das Abendessen«, flüsterte Zuveth. Er stellte eine Platte mit gebratenen Neunaugen* auf das

---

* In der Zeit vor der Amtseinsetzung von König Kharthezsh reichte man in Cranachan Neunaugen mit einer Beilage aus beispiellosem

Nachttischchen, machte auf dem Absatz kehrt und ging ab – rasch, und doch wieder nicht allzu hastig.

Wie eine dunkle Wolke hing der mit Zorn aufgeladene Trübsinn über König Kharthezsh, als er sich jetzt an sein Abendmahl machte.

Die Kapelle des Heiligen Absentius des Ordentlich Abgeschriebenen besuchen zu müssen und dabei auch noch diesen Priestern zu begegnen – schlimmer hätte der Tag nicht beginnen können! »Glauben die doch tatsächlich ans Jenseits!« fauchte er und zerkaute dabei ein Neunauge. »Hätte sie eigentlich wegen Blasphemie hinrichten lassen sollen!«

»Hätte eigentlich alle hinrichten lassen sollen!« brüllte er und schlug mit der Faust auf den Tisch. »Unnütze Bande! Zu nichts zu gebrauchen! Da stellt man ihnen eine einfache Frage, und was bekommt man zur Antwort? Ein jämmerliches Achselzucken!«

Er schäumte vor Wut, als er an die überstürzt einberufene Konferenz dachte, auf der man – mit der Absicht,

---

Abscheu und heftigstem Ekel. Und auch das nur glücklosen Fremden, die nichts Besseres kannten. Der Volksglaube will wissen, daß dieser aalähnliche Fisch aus dem Gedärm des Teufels höchstpersönlich hervorgeht, nach Verzehr wieder feste Gestalt annimmt und sein Opfer von innen her auffrißt. Möglicherweise liegt der Grund für diesen Glauben darin, daß der Verzehr von Neunaugen unseligerweise akute, hochexplosive Blähsucht verursacht, die häufig zu tödlicher Darmfäule führt.

Beim Galadiner am Abend der Investitur wurden Kharthezsh von einem cranachischen Spion Neunaugen serviert – angeblich um das Wohlwollen des neuen Königs zu erlangen, in Wahrheit aber, um ihm eine bakterielle Lebensmittelvergiftung anzuhängen, wie sie die Welt noch nicht gesehen hatte. Weil Kharthezsh aber an eine Kost aus Amorettischen Giftschleichen (unter Rühren in der Pfanne gebraten) gewöhnt war, konnte die Lebensmittelvergiftung nicht greifen.

Später experimentierte Kharthezsh dann mit allerlei Kräutern und Gewürzen und entwickelte so sein Lieblingsrezept: fritierte Neunaugencremesuppe und Sauce Mornay mit Knoblauch.

brauchbare Lösungen zu erarbeiten – die aktuellen Ereignisse debattiert hatte.

»Hätt mich genausogut mit Papageien unterhalten können!« Er kochte, schrie und äffte die Stimmen seiner Gesprächspartner nach: »Wo kommt der Drache her?« – »Weiß nicht, Sire.« – »Wer hat ihn geschickt?« – »Weiß nicht, Sire.« – »Warum ist er hier?« – »Weiß nicht, Sire.« – »Wie sollen wir ihn wieder loswerden?« – »Weiß nicht, Sire.«

Eine einzige Frage hatte ihm die geballte Intelligenzia des Nachrichtendienstes (bestehend aus Kommandant Schyrling, General Batteur, Oberst Rachitwitz und Oberbefehlshaber Schlurf) beantworten können, die Frage: »Was waren das eigentlich für Kreaturen, die den Marktplatz plattgemacht haben?« Wie aus einem Munde hatten sie da geantwortet: »Trolle, Sire!« Und wie selbstgefällig sie dabei dreingeschaut hatten!

»Intelligenz, ha!« Noch eine von Zuveths Neunaugen wurde verschluckt. »Idioten!«

Wenige Augenblicke später war die Platte abgeräumt, und der König ging schlafen. Es sollte ein sehr unruhiger Schlaf werden.

»Fir wos schläppt Ihr eigentlich dieses ganze Zeigs mit Eich rum?« zischte Vlad. Er hetzte hinter Fisk her, der den Ostteil des befestigten Reichspalastes von Cranachan ansteuerte.

»Wirst schon sehen!« Fisk schleppte sich mit dem großen Weidenkorb ab, in dem auf einer Polsterung aus Stroh die Kürbisflasche lag, die jetzt weiß gestrichen war. »Wir sind gleich da!« Er grinste hämisch.

»Wo?« Der Vampir blickte sich um und versuchte ihre augenblickliche Position zu lokalisieren.

»Zweite Treppe rechts, wo es zu Kharthezsh raufgeht!« Fisk zitterte, er konnte seine Aufregung nur mühsam unterdrücken. Es war jetzt drei Uhr morgens. Wenn alles klappte, wie Fisk es geplant hatte, dann hätte er es bei Tagesanbruch geschafft! Dann wäre er erlöst von einem Leben im Untergrund, von dieser verborgenen Existenz in einem Schattenreich; dann wäre er ein freier Mensch, ausgestattet mit der ganzen Macht, die er sich wünschte. Dann würde es nicht mehr lange dauern, bis ihm Cranachan und Isolon gehörte, dann würde *er* herrschen!

Er zählte die Geheimtüren zu seiner Linken ab.

Eins: das Wohnzimmer des Königs.

Zwei: der königliche Sanitärbereich.

Und dann, geradeaus, Nummer drei: das Schlafgemach des Königs. Hier war es! Mit einem kaum hörbaren Geräusch wurde vom linken Auge auf dem Porträt von König Klemm, dem Ausweglosen, ein kleines Leinwandstück weggenommen. Fisk drückte die Nase an die Rückseite des Gemäldes und feixte hämisch. Die Augenlider des schlafenden Monarchen zitterten und flatterten: der König träumte, er befand sich in einem Zustand, in dem er für suggestive Einflüsterungen äußerst empfänglich war! Perfekt, absolut perfekt!

Blitzschnell hatte Fisk eine kleine Geheimtür entriegelt und war im Schlafgemach des Königs verschwunden, mitsamt der weiß gestrichenen Kürbisflasche und dem Weidenkorb.

König Kharthezsh stöhnte im Schlaf und wälzte sich im Bett hin und her. Tiefe Furchen zogen sich durch die schweißnasse Stirn, es sah beinahe so aus, als tobe ein Aufruhr im Gehirn des Königs, als stürzten ihn Alpträume in heillos panische Verwirrung. Es sah nicht nur so aus.

Alle Vorfälle der jüngsten Vergangenheit tanzten und wirbelten durch seine Träume, spotteten mit irrem, keckerndem Lachen und schreckten ihn mit Gesichtern, die wie verzerrte Totenmasken waren: Trolle zerstörten mit seismisch dröhnenden Schritten den Marktplatz und zertrümmerten, zerstörungswütig wie kriegslüsterne Mongolenhorden, den Palast; Drachen schwangen sich in die Lüfte, stürzten feuerspeiend auf Schloß Isolon herab, legten mit gewaltigen, allesverschlingenden Feuerstößen die Mauern in Asche und rösteten und grillten alles und jedes, unaufhörlich und unaufhaltsam. Das ganze Königreich flammte und blitzte, brannte und brach vor seinen Augen zusammen. Und das auf Überformatbreitwand, in Farbe, mit voller Lautstärke und Dolby-Sound: *Das Ende von Kharthezsh' Welt*, in einer vom Regisseur erstellten gedrängten Kurzfassung, die nicht einmal Zeit für eine kurze Pause ließ, damit man sich Popcorn und Eis kaufen konnte.

Fisk stellte den Korb mit der Kürbisflasche am Fußende des Betts ab, beugte sich über den von Alpträumen gequälten Monarchen und feixte eiskalt und bösartig.

Vlad lugte durch die linke Augenhöhle von König Klemm und sah, wie sich Fisk noch näher über den König beugte und ihm etwas ins Ohr flüsterte.

Aus dem Rauch und den Flammen des rußschwarzen Schlosses Isolon tauchte ein riesiges dunkles Gesicht auf, schwebte unheilvoll über den schauerlichen Staubwolken, die über Cranachan hingen, drehte sich und starrte Kharthezsh böse an. Eine schwarze Lederklappe verdeckte ein Auge, wie rußiger Qualm löste sich kohlschwarzes Haar in den aufsteigenden Rauchschwaden auf, der glutrote Schein der züngelnden Flammen leuchtete auf der wie ein Sensenblatt gebogenen Nase und auf der zu einem bösen Feixen hochgezogenen Oberlippe. Der riesige Mund öffnete sich, atmete ein und stieß dann fauchend und zischend Worte hervor.

»Pfui, pfui! So ein unartiger König aber auch!«

Kharthezsh schrie im Traum auf. Der Atem, den die dämonische Fratze ausstieß, riß ihm die Krone vom Kopf und den Mantel von den Schultern.

»Was du bisher erlebt hast, das waren nur Probierhäppchen!« brüllte das Gesicht. »*Ich* bin der Herr der Drachen, und sie tun alles, was *ich* ihnen befehle!«

Kharthezsh schauderte. Glitzernde Schweißtropfen standen ihm auf der Stirn, unruhig warf er sich im Bett hin und her.

»Wenn du genau das tust, was ich dir sage, dann kannst du behalten, was von deinem geliebten Reich noch übrig ist. Wenn nicht, dann wird die krankhaft eifersüchtige Drachenmutter erfahren, wer ihr das Ei gestohlen hat. Sie wird erfahren, daß es hier, am Fußende deines Betts, liegt, und sie wird erfahren, wie sie hierherfindet! Kapiert?«

Kharthezsh schauderte wieder und nickte.

»Und jetzt werde ich dir sagen, was ich will ...«

Fassungslos sah Vlad, wie Fisk dem von Angstträumen gepeinigten König den Katalog seiner Forderungen ins Ohr flüsterte und am Ende noch eine schreckliche Warnung aussprach.

»Laß dir ja nicht einfallen, das Ei auch nur anzufassen! Menschengeruch hält lange an, und Drachen haben überaus sensible Nasen und vergessen nie, wenn sie einmal Rache geschworen haben!«

Still und leise verließ Fisk den zu Tode geängstigten König und verschwand. Nur im Geist rieb er sich die Hände und feierte seinen Triumph, den Sieg der abgrundtiefen Verderbtheit. Und nur mit Mühe konnte er sich davon abhalten, aufgeregt zu kreischen.

Nicht mehr lange, dann wäre alles vorbei. Es war nur noch eine Frage der Zeit ...

Heimlich schlichen sie sich durch die mondbeschienenen Häuserzeilen und Gäßchen des befestigten Reichspalastes von Cranachan. Flaezz platzte fast vor Neugier. »Bharkleed!« flüsterte er. Und stolperte über den Flügel des annähernd zwei Meter großen Pergamentcherubs, den er mit sich trug. »Was zum Teufel machen wir eigentlich?«

»Geduld, Bruder Flaezz. Bald wirst du verstehen«, antwortete Bharkleed und manövrierte einen ähnlich großen Engel an einem großen dunkelgrünen Busch vorbei.

»Von wegen *Geduld!* Ich will endlich wissen, wozu ich diesen Cherub mit mir rumschleppe!«

»Für den König, wenn du's genau wissen willst«, fuhr ihn Bharkleed an.

»Großartig! Hast du jetzt auch noch den letzten Rest deines winzigen Verstandes verloren?« knurrte Flaezz. »Ich bin doch nicht hergekommen, um ein Krippenspiel aufzuführen!«

»Ich auch nicht.« Bharkleed schlich nach links und verschwand durch eine winzige Tür. Er knurrte gereizt, als dabei der Engelsflügel verknautschte und der Heiligenschein einen Fleck bekam. Bruder Wenzl plagte sich murrend mit seinem Engel durch die Tür.

»Was soll das heißen?« fragte Flaezz kurz darauf, nachdem er mit seinem selbstgebastelten Cherub das Hindernis überwunden hatte.

»Die sind nicht für ein Krippenspiel«, sagte Bharkleed. »Wär ja wohl auch die falsche Jahreszeit. Ich dachte, du hättest dich mit der Bearbeitung von Geistlichen Spielen befaßt?«

»Ja, also ... ein bißchen«, gestand Flaezz. »Aber mit so was hatte das nichts zu tun!« Er schüttelte aufgeregt seinen Cherub.

»Stimmt«, murmelte Bharkleed und bog scharf links ab. Dann blieb er stehen, legte eindringlich den Finger an die Lippen, blickte nach oben und flüsterte: »Wir sind da!«

»Da?« Flaezz sah sich entgeistert um: Sie standen in einem kleinen verlassenen Hof, vor einer nackten, steilen Wand mit einem einsamen Fenster.

»Perfekt! Müßte genau die richtige Zeit sein«, flüsterte Bharkleed nach einem Blick auf seine hübsche neue Taschensonnenuhr (Modell *Nocturne*), die er in Krillingen hatte mitgehen lassen. »Jetzt müßte er eigentlich soweit sein.«

»Wer müßte wie weit sein?« Flaezz verzweifelte allmählich. »Los, erklär's uns schon endlich!«

»Der König!« knurrte Bharkleed. »Hast du nicht zugehört?«

»Doch, aber ich versteh immer noch nicht …«

»Na schön!« Bharkleed gab nach. »Aber viel Zeit haben wir nicht. Wir müssen schnell machen. Also: Was verstehst du nicht?« fragte er, während er in dem Gebüsch am Fuße der Mauer herumstöberte.

»Alles!« stöhnte Flaezz.

»Ach, nur?« meinte Bharkleed, der mehrere lange Zweige und ein Bindfadenknäuel aus dem Gebüsch holte. »Bindet die hier schon mal zusammen, ich erkläre es euch unterdessen«, sagte er und hockte sich – Stecken in der einen, Schnur in der anderen Hand – im Schneidersitz auf den Boden. Wenzl blickte Flaezz fassungslos an und hockte sich ebenfalls hin.

»Dort oben«, flüsterte Bharkleed und zeigte auf das Fenster, »ist der König. Und jetzt, kurz nach drei Uhr morgens, ist er wahrscheinlich am wehrlosesten.« Geschickt band er zwei kurze Stecken zu einem langen zusammen.

»Heißt das, wir wollen ihn überfallen?« krächzte Wenzl enthusiastisch. »Aber wie sollen wir denn da raufkommen?«

»Mit diesen Stecken natürlich, Blödmann!« blaffte ihn Flaezz an. Der Knoten, der er gerade zu knüpfen versucht hatte, löste sich vor seinen Augen wieder auf.

»Aber das ist ja ewig hoch oben …«, wandte Wenzl ein. »Und diese Stecken halten mein Gewicht niemals aus!«

»Nein, nein. Halt die Klappe und hör zu«, knurrte ihn Bharkleed an. »Wir werden da auch nicht raufklettern. Wir schicken geflügelte Boten zu ihm!«

»Hä? Meinst du Brieftauben?«

»*Nein! Die* hier!« Bharkleed schüttelte seinen Engel. Mit Nachdruck.

Wenzl, dem die Zunge immer noch aus dem Mundwinkel hing, so sehr hatte er sich konzentriert – Wenzl glotzte Bharkleed jetzt noch entgeisterter an als vor Beginn des Aufklärungsunterrichts.

»Paßt auf«, sagte Bharkleed entnervt. »Unser lieber König da oben hat, wenn Zuveth pünktlich war, vor fünf Stunden sein Abendessen beendet und ist ins Bett gegangen.«

»Wo ich jetzt auch liegen sollte«, brummelte Flaezz.

»Und?« Wenzl begutachtete mit finsterem Blick eine ziemlich schlampig geknotete Verbindungsstelle.

»Er hat Neunaugen zum Abendmahl gegessen!« Bharkleeds Flüstern hörte sich an, als wispere er in Kursivschrift und fettgedruckt.

»Ja, und?« bohrte Flaezz nach, der genausowenig kapierte wie Wenzl.

»Neunaugen!« betonte Bharkleed. »Genau *die* Neunaugen, die wir vorher geimpft haben! Erinnert ihr euch?«

»Klar«, sagte Flaezz. »Was war das eigentlich für ein Zeug, das ich da draufgestreut hab? Ich wollt eigentlich die ganze Zeit schon danach fragen. Aber wegen dieser Cherubim und so bin ich einfach nicht dazu gekommen.« Er grinste einfältig.

»Das berühmte, nicht nachweisbare, geruchlose Halluzinogen des weisen Ellis Dee«, antwortete Bharkleed stolz.*

---

* Ellis Dee, alias *Der Weise High*, alias *Opi Jumbauer*, alias beinahe so viele andere Aliase, wie es Königreiche gab, in denen er gesucht wurde (sowohl von der Polizei als auch von unzähligen kauflustigen Kunden, die sich sehr gern wieder einmal eine Prise, einen Schluck oder ein auf welche Weise auch immer konsumierbares Quantum von seinen Präparaten, Tinkturen und Pülverchen genehmigen wollten), war ein berüchtigter Alchimist.

Nachdem er erkannt hatte, daß die Gewinnspannen, die sich aus der Verwandlung von Blei in Gold erzielen ließen, weit unattraktiver ausfielen als die, die aus der Verwandlung von Pflanzen in Stoff er-

»Du hast ihm Ellis Dee gegeben?« stotterte Flaezz, und vor Schreck ging ihm sein Knoten auf.

»Ich nicht. Du!«

»Aber warum?« fragten Wenzl und Flaezz im Duett.

»Ein Akt der Förderung und Bestärkung. Um seinen Geist so zu formen, daß er sich bereitwillig dem Glauben an das Jenseits öffnet.«

»Hä?«

»Hört mal: Dieser König ist ein eingefleischter Materialist, so eingefleischt, wie ich noch keinen erlebt habe«, erklärte Bharkleed und befestigte einen weiteren Stecken an der immer länger werdenden Stange. »Er hat absolut keine Vorstellung von der Macht des Jenseits, nicht die geringste Ahnung vom Himmel und keinerlei Kenntnis von den chthonischen Schrecken der Hölle. Sobald aber er einmal davon überzeugt werden kann, daß es das alles tatsächlich gibt …«

---

zielt werden konnten, kündigte er bei der Bergwerksgesellschaft *Zerussit* mbH seinen Dauerauftrag über die monatliche Lieferung von fünf Tonnen Blei, verkaufte seinen Stein der Weisen und machte sich auf, um das sagenhafte *Goldene Dreieck*** zu finden.

Ellis Dee verbrachte viele Jahre im Goldenen Dreieck, erntete, destillierte, extrahierte und verarbeitete so viele verschiedene Pflanzenproben, wie ihm in seine alchimistischen Finger kamen, und testete die so gewonnenen Pulver, Tinkturen und Salben an einer Unzahl freiwilliger Mitarbeiter.

Schon nach kurzer Zeit wußte er beinahe alles über die diversen Mohngewächse, rübenförmigen Kakteen und Beerenextrakte. Das Präparat aber, das ihn weltweit bekannt machte, war das *berühmte, nicht nachweisbare, geruchlose Halluzinogen des weisen Ellis Dee*, das der Kürze halber schlicht und einfach mit dem Namen seines Erfinders bezeichnet wurde: Ellis Dee.

** Das Goldene Dreieck: eine Gegend im *Culmän*-Gebirge, die traurige Berühmtheit erlangt hatte, nachdem dort auf unerklärliche Weise Tausende von bedröhnten Nhuh-Eydsh-Pilgern, Hunderte von Anhängern der Glaubensgemeinschaft *Freie Liebe für alle* und einige Dutzend Mitarbeiter der Sittendezernate verschiedener Königreiche verschwunden waren.

»Aber diesen ganzen Unsinn haben wir uns doch ausgedacht!« fuhr Flaezz auf.

»*Ich* weiß das, und *du* weißt das. Ich seh aber nicht ein, warum wir deshalb zu allen unseren Anhängern *vollkommen* ehrlich sein sollten«, erklärte Bharkleed glatt. Wenzl gluckste verschwörerisch.

»Sobald aber unser König da droben«, fuhr Bharkleed fort, »davon überzeugt ist, daß die Sicherheit, die der Materialismus in *dieser* Welt gibt, beim Übergang in die nächste Welt verlorengeht, daß Schmerz und Pein ...«

»... unendliche Pein!« stimmte Wenzl in die Litanei mit ein.

»... und ein ganzer Haufen Qualen diejenigen erwartet, die nicht glauben, dann wird er vor Verzweiflung glauben. So einfach ist das!« grinste Bharkleed. »Möglicherweise ist dafür ja eine regelmäßig verabreichte Dosis Ellis Dee nötig und ein paar Nächte lang konstanter Druck von seiten unserer geflügelten Freunde – aber irgendwann wird er ganz bestimmt zusammenbrechen. Und wenn es soweit ist, dann stehen wir zum Empfang seiner Gaben bereit.«

In Bharkleeds Augen leuchtete ein Feuer, das beinahe so hell loderte wie der Brand, der nach wie vor in Isolon wütete. Er beendete die Montage des Engels, begutachtete stirnrunzelnd die Arbeitsergebnisse beziehungsweise Pfuschereien seiner Kollegen und verhalf dann seinem geflügelten Boten zum Aufstieg an das Fenster.

Dort oben, in Kharthezsh' aufgewühltem, von entsetzlichen Alpträumen gequältem Geist, loderte fauchend die Feuersbrunst von Isolon zum Himmel, ein Flammenmeer, das von einem endlos kreisenden goldenen Drachen immer wieder nachgeschürt wurde. In der Welt unter dem Schädeldach des Königs widmeten sich die Trolle mit unendlichem Vergnügen der Zerstörung von Cranachan, stieß das einäugige Gesicht aus der Hölle immer maßlosere Beschimpfungen aus, riß seinen Stolz immer mehr in Fetzen, wuchs der Stinkefinger, den es ihm zeigte, zu gigantischer Größe an.

Es war vermutlich die schlimmste Nacht seines Lebens.

Und sie sollte noch schlimmer werden.

Vor dem Fenster tauchten, tanzend und flatternd wie lichthungrige Motten um eine blakende Kerze, zwei Engel und ein Cherub auf.

Für einen kurzen Augenblick öffnete sich flatternd eines der schlaftrunkenen Augen des Königs und meldete dem Unterbewußtsein, daß himmlischer Besuch ans Fenster klopfte – der Rest des königlichen Geistes aber verharrte im Bann des rasenden Bilderwirbels seiner Alpträume.

Plötzlich schossen aus den imaginierten Flammen von Isolon drei winzige weiße Figuren hervor und sausten trotz der unruhigen Thermik in festgeschlossener Kampfformation geradewegs auf das geifernde Gesicht mit der Augenklappe zu.

Und während die zwei Pappdeckelengel und der pergamentene Cherub weiter gegen die Fensterscheibe wummerten, flogen ihre imaginären Doppelgänger in seraphisch geschlossener Dreiecksformation voran.

»Wie lange müssen wir die Dinger eigentlich noch hochhalten?« Stöhnend schmetterte Flaezz seinen Cherub gegen das Fenster. »Allmählich brechen mir die Arme ab.«

»So lange es eben dauert«, knurrte Bharkleed. Insgeheim bereute er, daß er sich nicht einen kleineren Engel gebastelt hatte. »Es wird uns bestimmt auffallen, wenn es einsetzt.«

»Wenn was einsetzt?«

»Die Bekehrung des Königs«, grunzte Bharkleed. Und dann fluchte er: Ein leichter Windstoß klatschte seinen Engel gegen die Steinmauer, und der Heiligenschein war endgültig ab.

Kharthezsh warf sich unruhig hin und her, wimmerte,

bebte und fuhr plötzlich auf – schweißgebadet und den Daumen bis zum Anschlag im Mund. Er packte das Kopfkissen, kroch an das Kopfteil des Betts und krümmte sich wie ein Fötus zusammen: Vor dem Fenster hopsten und tanzten gespenstische Gestalten! Bharkleeds Engel klopfte gegen die Scheibe. Kharthezsh schrie und vergrub sich unter der Bettdecke.

»Bingo!« flüsterte Bharkleed und holte seinen Engel auf die Erde zurück.

Kharthezsh' Gehirn war in Aufruhr. Das Halluzinogen hatte die Grenzen zwischen Alptraum und Wirklichkeit verwischt, der Stiefeltritt des Alkaloids hatte chemischen Dreck über den undeutlichen Kreidestrich geworfen, der die Trennungslinie zwischen Realität und Imagination markierte. Der König war entsetzt und heillos verwirrt: Er hatte Engel gesehen! Da drüben am Fenster! Ob er noch einmal einen Blick wagen und sich aus dem Schutzraum der Bettdecken begeben sollte?

Das Grauen rieselte ihm über den schweißnassen Rücken, im Mondlicht lauerten Schreckensbilder mit drohend ausgefahrenen Krallen und glitzernden, gebleckten Zähnen. Er hielt den Atem an, zwang ihn mit einem Doppelnelson nieder und schlug langsam, ganz vorsichtig die Bettdecke zurück.

Das riesige feixende Gesicht, das ihm vor dem Hintergrund der Verwüstung finstere Drohungen entgegengeschleudert hatte, war verschwunden. Sein Atem würgte und zappelte verzweifelt. Er starrte auf das Fenster, fürchtete, daß dort Heerscharen von Engeln Einlaß forderten ... Nichts, nicht einmal ein einsamer Wandercherub. Ängstlich streckte er einen Fuß aus dem Bett, schlich sich dann ans Fenster und blickte zitternd auf den Hof hinunter, der inzwischen menschenleer war. Keine Gefahr. Es war vorbei, es war alles nur ein ganz gewöhnlicher, alltäglicher Alptraum gewesen.

Und dann sah er plötzlich – und sein Herz hätte beinahe ausgesetzt – das riesige Drachenei am Fußende des

Bettes. Sein Atem sprengte den Doppelnelson und fuhr brausend aus seinen Lungen, raste die schreckensstarre Luftröhre hinauf und floh mit einem Entsetzensschrei aus seinem bebenden Körper – nur wenig schneller als Kharthezsh selbst, der aus dem Zimmer rannte.

Hogshead bemerkte es als erster: Ferne Stimmen drangen durch die Wagenplane an die Ohren der Kinder und gesellten sich zum quietschenden Gerumpel der Karrenkolonne.

Vorsichtig hob er die Plane an und lugte hinaus. Nichts Außergewöhnliches war zu sehen: das Ende der Fohpaßstraße, die immer weiter zurückweichenden Berge der Krapathen, die Spuren der Zugnashörner... Plötzlich aber versperrte ihm etwas den Blick: die gewaltige, undurchdringliche Mauer des äußeren Befestigungswalls von Cranachan. Genauer gesagt: die gewaltige Mauer des äußeren Befestigungswalls von Cranachan, die vor der Beeinträchtigung durch zwei sehr große Steintrolle undurchdringlich gewesen war. Hogshead stockte der Atem beim Anblick des Resultats trolloider Destruktionskraft. Im nächsten Moment waren die anderen drei bei ihm, blickten aus dem Fond des Lastkarrens, wackelten und nickten mit den Köpfen wie jene lächerlichen Plastikdackel, die manchmal im Wagenrückfenster sitzen.

»*So* schlimm hat es in Cranachan doch nicht ausgesehen, oder?« murmelte Hogshead, als eine flachgelegte Marktbude nach der anderen an ihnen vorbeizog. Dann ging es rumpelnd und ratternd durch eine Bodenvertiefung, die ein riesiger steinerner Fuß hinterlassen hatte. Blitz beschwerte sich schnaubend, als ihm Magnus, der Fuhrmann, die Peitsche schnalzend über den dickhäutigen Rücken zog.

»Ein Schlachtfeld ist's fürwahr!« Courgette starrte auf die Trümmerlandschaft und spürte, daß sie aufs neue kriegerische Gelüste anwandelten.

»Wenn's nur das wäre...«, kommentierte Hogshead

orakelhaft. Sein Verstand bemühte sich verzweifelt, ein Puzzle zusammenzusetzen, das aus einer Myriade widersprüchlicher Informationen bestand. Es war, als versuche man eine Schar störrischer Amöben zusammenzutreiben.

Plötzlich ertönte aufgeregtes Rufen, und der Karren hielt mit einem unsanften Ruck unvermittelt an. Dawn warf Courgette einen beunruhigten Blick zu, dann hörten sie, gedämpft durch die Planen, die Unterredung, die vor dem Karren geführt wurde.

»Alles in Ordnung, Magnus? Gute Fahrt gehabt?« Richard der Wagner, neununddreißigster Expräsident des TÜV* und berüchtigter Vielschreiber, trat, Klemmbrett einsatzbereit in der Hand, an den Wagen.

»Geht so«, grunzte Magnus, streckte sich und kraxelte vom Fahrersitz. Er schnallte den Nashörnern die Pachygraphen** ab, überreichte sie Richard und unterdrückte ein Gähnen.

---

* TÜV: Transkrapathischer Überwachungsverein. Berufsständische Organisation der Transkrapathischen Mietfuhrwerker Cranachs, gegründet zum Zweck der Untersuchung der zahllosen Fälle von unsauberem Geschäftsgebaren, Betrug und Gaunerei, durch die die Zunft der Transkrapathischen Mietfuhrwerker ins Gerede gekommen war. Zwei Jahre anstrengender, verdeckt durchgeführter speziwirtschaftlicher Bemühungen waren erforderlich, monatelanges Kopfzerbrechen in Kommunen und Verbänden und die Entrichtung eines deftigen Rechtsberatungshonorars, doch dann war es soweit: Die TÜV-Vorschriften wurden verbindlich ausgearbeitet.

Von einem Tag auf den anderen verhundertfachte sich die Menge der Formulare, die vor dem Beladen ausgefüllt werden mußten. In dreifacher Ausführung waren Angaben zu machen bezüglich Giftigkeit, Brennbarkeit, Explosions- und Suchtgefahr, spezifiziert für jedes einzelne Stück der zu transportierenden Ladung.

Unter dem Deckmantel des ins Maßlose angewachsenen Pergamentkrams entstand branchenweit etwas, das nur als eine Meisterleistung finanzieller Taschenspielerkunst angesehen werden kann: Abgelenkt vom Gewirbel kritzelnder Federkiele, entging den Lieferanten und Käufern, wie auf wundersame Weise der Inhalt ihrer Taschen in die Taschen der Fuhrunternehmer floß.

** Pachygraph: Kurzform für Pachydermograph. Kunstwort, gebildet

»Den Dingern zufolge bist du die ganze Nacht durchgefahren!« schnauzte Richard mißbilligend und musterte mit finsterem Blick den Pergamentausdruck. Magnus grinste durchtrieben, wühlte in seiner Rocktasche und überreichte dem Mann mit dem Klemmbrett ein paar glitzernde Goldstückchen. »Scheinen wohl wieder mal verrückt zu spielen«, stöhnte Richard und vermerkte eine zweistündige Rast auf dem Stundenzettel. »Technik!« schnaubte er abschätzig, zerknüllte die Pergamentaufzeichnungen und warf sie in die glühende Kohlenpfanne vor seiner Hütte. Dann drehte er sich um und schrie einem bulligen Mann zu, der einen gelben Mantel trug: »He, Kollega! Du abladen Zeugs da, kapito?«

Panik breitete sich aus, als man im siebten Wagen diese Anweisung hörte.

»Die laden aus! Die finden uns!«

Courgette drückte sich in den Schatten des Rads und lugte um die Kisten und Säcke, die dicht an dicht aufgestapelt waren. Der bullige Mann war mit dem Abladen beschäftigt, Magnus und Richard führten die Rhinos zum wohlverdienten Schlammbad in den Stall. Wie der Blitz sauste Courgette hinter eine Mauer aus Säcken und winkte die anderen nach.

»Ist eigentlich meine Sache«, murrte Firkin. »Ich bin schließlich der Held!«

Dawn unterdrückte ein Kichern, folgte Courgettes Anweisung und verschwand hinter der Wand aus Mehlsäcken.

---

aus den griechischen Wortelementen *pachyderm*: *dickhäutig* bzw. *Dickhäuter* und *graph: schreiben* bzw. *Schreiber*. Wie der *Fahrtenschreiber* eine Art Meß- und Kontrollgerät, mit dem überprüft wurde, ob der altersbedingte Wuchs der Zehennägel eines Nashorns ›zurückgestutzt‹ worden war – ein Trick, den skrupellose Gebrauchtrhinohändler gern anwendeten, um den Wiederverkaufswert von Dickhäutern mit hohem Kilometerstand zu erhöhen.

»Und was jetzt?« fragte Firkin gereizt, als kurze Zeit später das komplette Quartett hinter den Säcken hockte.

Ehe Courgette antworten konnte, brüllte eine aufdringlich laute Stimme über den Ladeplatz: »Also Jungs: als erstes der Haufen da drüben! Aber macht Tempo, das Zeug hätte gestern nacht schon rausgehn müssen!« Die Kinder blickten sich entsetzt an: Zwei schwere Stiefel stampften auf sie zu, ein Sack wurde gepackt und in einen bereitstehenden Lastkarren befördert. Dawn schnappte erschrocken nach Luft.

»Bravo!« moserte Firkin und starrte Courgette finster an. »Vom Regen in die Mehlpampe! Hier können wir nicht bleiben!«

»Aber ... Wohin sollen wir denn sonst?« wimmerte Hogshead und verstummte wieder – ein weiterer Sack wurde weggenommen.

»Kinderspiel«, flüsterte Firkin zuversichtlich. »Wenn sie uns den Rücken zudrehen ...« Der nächste Sack. »... spurten wir los ...« Ein Grunzen: wieder ein Sack weniger. »... zu diesem Stapel da drüben!« Er zeigte, welchen Stapel er meinte.

»Macht schon! Tempo, Tempo!« brüllte die aufdringliche Stimme – noch ein Sack weniger.

»Aber dann sehen sie uns ja!« sagte Hogshead.

»Nicht, wenn wir ...« Sack. »... schnell sind. Ist alles eine Sache ...« Sack. »... des Timings!« Firkin drehte sich um und verschaffte sich einen Überblick über das Terrain: Er spähte durch eine kleine Lücke in der Mehlsackmauer, die Jutestück für Jutestück abgetragen wurde. Geradeaus rüber zu den Zwiebeln, dann um die Rüben rum, über diesen Haufen Kisten da vorn, und schon sind wir frei. Kinderspiel!

»Ich hab's! Seid ihr bereit?« flüsterte Firkin. Er drehte sich um und sah Hogshead aufgeregt winkend in einem Loch im Boden verschwinden, in dem er beinahe steckenblieb.

»Komm schon!« flüsterte Hogshead lautlos.

»Aber was ist mit meinem Vorschlag?«

»Viel zu riskant!« antworteten Kopf und Schultern von Hogshead. »Meint Courgette.«

Wut- und mehlschnaubend mußte es Firkin über sich ergehen lassen, daß er von einer weißen Staublawine überrollt wurde: Ein Mehlsack war geplatzt.

Er hastete los und stieg hinter Hogshead in das Loch.

»Courgette sagt: *Vergesset nun nit, das Gatter wieder dorten zu plazieren, wo es vordem ward!*« flüsterte Hogshead aus dem Inneren des Abwasserkanals.

Zicke, Zicke, Zicke! dachte Firkin. *Für wen hält sie sich eigentlich?*

Gerade als die letzten Mehlsäcke auf den bereitstehenden Lastkarren geladen wurden, schob sich, vorsichtig und ganz leise, ein Kanalgitter wieder an die Stelle, wo es hingehörte.

Mit schlackernden Gliedern und flatterndem Nachthemd platzte König Kharthezsh ins Schlafgemach von Schyrling. Er stürmte durchs Zimmer, packte seinen Kommandanten bei den Schultern, rüttelte ihn wach und stierte ihm mit irrem Blick in die verschlafenen Augen. In dicken Tropfen stand der Angstschweiß auf der Stirn des Königs.

»Drachen … hier!« schrie er.

»Wie spät ist es denn?« murmelte Schyrling hinter einem dichten Schleier aus lähmender Müdigkeit.

»Eier … meinem Bett!« kreischte der König und schüttelte Schyrling wie verrückt.

»Hä? Ouuu, nicht so heftig, mein Kopf …«

»… und Engel …«

»Keine rosa Elefanten?« Schyrling kratzte sich den Kopf.

»… Cherubim … Teufel … Drachen!«

»Schüttelt doch nicht so! Ich kann nicht denken, wenn man mich schüttelt!« jammerte Schyrling, den der König wie besessen beutelte.

Schlagartig hörte Kharthezsh zu toben auf und blickte sich wild im Zimmer um. »Sie sind hier! Hörst du sie?«

»Nein, ich ...«

Kharthezsh fuhr herum, riß Schyrlings Kleiderschrank auf. Er suchte etwas.

»Hier sind irgendwo Drachen! Ich weiß, daß sie hier sind! Überall sind Drachen! Ich hab das Ei *nicht* angefaßt, ich nicht ...«, schrie er. Ängstlich blickte er zur Decke, wie von Furien gehetzt.

»Was ist denn bloß los? Worum geht's denn eigentlich?« fragte Schyrling entgeistert. Er konnte sich noch immer nur sehr widerstrebend von jenem außerordentlich vergnüglichen und so unendlich lustvollen Traum lösen, aus dem ihn der König so unsanft gerissen hatte. Hoffentlich fand er hernach den Anschluß wieder! Er wollte unbedingt wissen, was die gierig keuchende Maid mit der Seidenschnur und dem Handschuh aus Lemmingsfell vorhatte ...

»Drachen ... Drachen!« schrie König Kharthezsh. Mit beiden Händen umklammerte er sich den Kopf, als befürchte er, es könnte ihn zerreißen, drehte sich um und flüchtete aus dem Schlafgemach des Kommandanten. Seine Schreie und das patschende Geräusch der nackten Füße hallten laut durch die leeren Gänge des Palastes.

Schyrling hoppelte durch das Zimmer und versuchte im Laufen den zweiten Pantoffel und den hieb- und stichfesten dolchbestückten Ledermorgenmantel anzuziehen. Er rannte dem Königsgeschrei hinterher und kam hopsend und schlitternd genau in dem Moment vor den königlichen Gemächern an, als das panische Gejammer urplötzlich verstummte.

Schyrling befürchtete das Schlimmste. Unendlich vorsichtig schlich er sich in das Schlafgemach des Monarchen und starrte mit großen Augen auf die Szenerie, die sich ihm bot.

Es sah aus, als wäre genau in der Mitte des königlichen Betts ein wütender Dämon aus der Hölle gefahren: Laken und Bettdecken waren vom Bett zum offenen Fenster und von dort aus der Tür geschleift worden, überall auf dem Boden lagen Kissen. Schyrling feixte: Unter einem zerknautschten Kissen lugte eine kleine braune Bärenpfote hervor. *Also das hätte ich mir nie…*, dachte er.

»Nein! Nein! Nein!« jaulte Kharthezsh plötzlich auf. Er zitterte, war verwirrt, bebte vor Angst. »Es ist weg!« schrie er, stürzte sich wie ein Rasender auf die zerwühlten Bettdecken und suchte verzweifelt nach dem Drachenei. »Wie konnte sie wissen, daß es hier war?«

»Was ist weg, Sire?« fragte Schyrling.

»Sie hat es geholt…«, schluchzte Kharthezsh.

»Äh, hilft Euch vielleicht das hier weiter?« fragte Schyrling und gab dem König einen Blatt Pergament, das er auf dem Boden gefunden hatte.

»Es ist nicht mehr da…« Geistesabwesend nahm der König das Pergament, schneuzte sich geräuschvoll hinein und gab es dem Kommandanten zurück.

Schyrling rümpfte angewidert die Nase und reichte es wieder dem König. »Ich glaube, Ihr solltet es lesen. Es ist an Euch adressiert, Sire«, sagte er und wischte sich heimlich Daumen und Zeigefinger an einem königlichen Bettlaken ab.

Die Gesichtsfarbe des Königs veränderte sich schlagartig. Hatte es eben noch die Farbe von Magermilch (das Kolorit tödlicher Angst) gehabt, so rauchte es jetzt (zum Ausdruck rasenden Zorns) wie beißend scharfe Salpetersäure. »Was heißt das?« hyperventilierte er. *»Was heißt das?«* Schyrling schielte über das Schulterstück des königlichen Nachthemds. Was er sah, verwirrte ihn nur noch mehr. Doch kurz bevor Kharthezsh zähneknirschend das Pergament endgültig zerknüllte, mit einer Wut, die so gewaltig war, daß sie auch noch die letzten Milligramm von Ellis Dees berühmtem, nicht nachweisbarem, geruchlosem Halluzinogen aus seinem zornbebenden Körper ausstieß – kurz davor konnte Schyrling noch die folgenden Zeilen lesen:

> ... Ihr Euch aber *nicht* daran halten,
> dann sag ich Mammi, wo das Ei geblieben ist!
> Schlaft schön und träumt süß,
> Der Appropriator.

Nur mit großer Mühe konnte Fisk ein schallendes, böses, niederträchtiges Lachen unterdrücken. Mit einem fröhlichen Grinsen wandte er sich von der Rückseite von König Klemms Porträt ab, nahm das Ei, die weiß gestrichene Kürbisflasche und ging. Auf dem ganzen Weg durch den Korridor feixte er hinterhältig und äußerst selbstzufrieden vor sich hin.

»Perfekt, absolut perrrfekt!«

»Und wie soll's jetzt weitergehen?« murrte Firkin. Zwischen den bemoosten Wänden des Kanalschachts klang seine Stimme merkwürdig gedämpft. »Kann mir nicht vorstellen, daß wir hier irgendwo über Klayth stolpern werden. Keine sehr königliche Umgebung, oder?« Seine Bemerkung triefte von Sarkasmus, etwa im gleichen Ausmaß, wie die Wände von Wasser trieften.

Courgette blickte ihn finster an.

»Itzt ist's wohl hoch an der Zeit, die Sache eyn fyr allemalen zu klaeren«, sagte sie, und ihre grünen Augen funkelten zornig. »Seind wir vielleicht eim Fyhrer zur Triuwe verpflichtet, oder seind wir's nit? Bist's etwan du, der uns befehliget?«

Stummes Kopfschütteln ringsum.

»So geltent denn, traun!, die Regula der Demokratie!« schlußfolgerte sie.

»Scheint so«, gab Firkin zu.

»Ganz so, wie ich's gedacht«, sagte Courgette. »Ein Wohlthat, daß dies gekläret ist. Und itzt horchet und merket gut auf und höret, was wir des weitern thun sollen!« Sie hielt den Kopf schief und lauschte. »'s ist reyne Luft dort draußen! So lasset uns denn aufbrechen, um Klaythen zu suchen. Firkin, geh du voran!« Sie zeigte auf das Gitter über ihm.

Firkin brummelte still vor sich hin und fragte sich, wie sie es bloß immer schaffte, ihn zu dirigieren! Schon wieder! Er richtete sich auf und drückte gegen das Gitter.

Dann drückte er noch einmal. Fester diesmal.

Das Ding bewegte sich um keinen Millimeter.

Wäre die Technik des Lichtbogenschweißens schon erfunden gewesen und hätte Firkin dann auch noch gewußt, daß sich durch Starkstromeinsatz Metallteile außerordentlich fest miteinander verbinden lassen – er hätte jeden Eid darauf geschworen, daß man dieses Gitter mit Lichtbogenschweißung zugeschweißt hatte!

»Laß den Blödsinn«, schimpfte Dawn. »Wir sind doch hier auch reingekommen!«

»Das mußt du mir nicht erzählen!« knurrte Firkin und stemmte die Schulter wieder gegen das Gitter. Nichts tat sich, nur sein Gesicht lief rot an.

»Aber jetzt läßt es sich nicht mehr bewegen! Es sitzt fest!«

»'s ist itzt nit Zeit für Possen und Schaber…«, wollte Courgette anfangen.

»Es sitzt fest! F, E, S, T. Fest!«

»Äh, ich sag das jetzt nur sehr ungern«, meldete sich Hogshead, »aber wenn es festsitzt, dann sitzen wir ja auch fest!«

»Großartig!« brummte Firkin. Er lümmelte sich an die bemooste Wand und rieb sich die Schulter. »Wir hätten es doch auf meine Art machen sollen: raus, hinter die Zwiebeln… Kinderspiel!«

»Sie würden uns erblicket haben!« widersprach Courgette.

»Du kannst doch laufen, oder?«

»Ei, wahrlich doch…!«

»Eben! Dann hätten…«

»Schnauze!« zischte Hogshead aufgeregt. »Ich höre Stimmen!« flüsterte er.

»Klar! Das sind die Fuhrunternehmer, die da droben…«, fing Firkin an. Hogshead brachte ihn mit einem wütenden Blick zum Schweigen.

»Nein«, hauchte er nervös. »Da *unten!*« Er zeigte in die pechschwarze Finsternis, dorthin, wo der Abwasserkanal in einen größeren Kanal mündete, der von links nach rechts verlief. Und dann hörten auch die anderen das scharfe Klicken spitziger Stiefel, die mit Metallkappen verstärkt waren, und die blasierte, arrogant-höhnische Stimme, die durch die bemoosten Kanalgänge hallte.

»…ein Kinderspiel! Perfekt! Ist absolut drauf reingefallen. Nicht mehr lange, dann habe ich ihn in meiner behandschuhten Hand, und dann… Wer wird dann über Cranachan herrschen, he?«

Diese Stimme – Hogshead erstarrte vor Schreck.

»Eißerst gäwieft! Hobt Ihr wirklich raffiniert aingäfädelt! Ssss Sss Ssss!« kicherte und feixte eine zweite Stimme. Das vampirische Zischeln ging Firkin durch Mark und Bein.

Das Licht, das die beiden mit sich trugen, fiel aus dem Seitengang auf den kreisrunden Schlund eines Nebenkanals und huschte flackernd über die mit Moos und Flechten bewachsenen Wände.

»Nicht mehr lange, und ich bin diese Kloake für immer los! Nicht mehr lange, dann trete ich stolz vor die Welt, und die Welt wird mir zu Füßen liegen!« schnatterte die erste Stimme.

»Sss Sss Sss!« antwortete die zweite.

»Nie mehr im Finstern hausen, nie mehr im verborgenen herumschleichen wie eine miese Kanalratte…«, hörten sie die hämische Stimme noch, und dann – dann fiel der Lichtschein einer einsamen Kerze in den Abwasserkanal und erfaßte die Kinder, wie ein achtzigtausend Lumen heller Richtscheinwerfer eine Gruppe flüchtige

Sträflinge erfaßt: Unzählige unsichtbare Gewehrläufe waren auf sie gerichtet, die Hähne gespannt, die Sicherungsflügel seit langem schon weggefeilt, eine falsche Bewegung, und … und …

Die Kerze wanderte vorbei, ihr Licht verdämmerte und warf einen bogenförmigen Schatten hinter dem schwadronierenden Paar, das viel zu sehr mit seinen Angelegenheiten beschäftigt war, als daß es das verängstigte Quartett bemerkt hätte, das sich furchtsam zusammenkauerte.

»… und Macht! Sehr, sehr bald schon!« salbaderte die erste Stimme. »Ich kündige die Morgenröte eines neuen Zeitalters an!«

»Ssss Sss Sss!«

»Ein Zeitalter der Unterwürfigen. Ein Zeitalter der Sklaven und Kriecher …«

»Wo olle katzbuckäln und speichelläcken missän …!«

»… der Duckmäuser und Leisetreter …«

»… der submissästän Untärtänigkeit …«

»… wo mir die cranachischen Sklaven mit der Zunge die Stiefel putzen werden!«

Keiner von denen, die sich im Abwasserkanal aufhielten, bemerkte, wie das Nashorn Blitz den Vorderhuf vom Kanaldeckel nahm und gemächlich in den Stall trottete, wo endlich ein Platz im Schlammbad frei geworden war.

»Sehet nach Osten, ihr guten Leute!« rief Bharkleed der Menschenmenge zu, die am frühen Morgen auf dem Ruinenfeld des Marktplatzes von Cranachan zusammenströmte. »Der Schotter, den ihr hier um euch her seht, ist eine Warnung«, schwadronierte er fanatisch, und sein indigoblauer Talar blähte und bauschte sich. »Ist gleichermaßen ein Probepäckchen Armageddon! Das Ende ist nahe! Seid ihr bereit, ihm ins Auge zu sehen?« Er stand auf einer wackligen Kiste, zeigte vorwurfsvoll auf die Menschen, die desinteressiert vorbeihasteten, und schrie mit heiserer Stimme: »Das Ende der Welt ist nicht mehr fern! Wie wollt ihr euch darauf einrichten?«

»Hab'n Sie gehört, Frau Abrhoimer? Besorgen Sie sich diese Woche lieber mal 'ne Extraportion Rüben«, kreischte eine geschäftige Matrone, die sich zwischen den wenigen noch verbliebenen Marktbuden hindurchdrängelte.

»Schon werden die Feuer der Vernichtung geschürt…«, brüllte Bharkleed.

»Ich glaub, ich nehm mir auch noch etwas Wildschweinfleisch mit. Fürs Grillen. Wär ja eine Schande, wenn man das ganze Feuer nicht ausnutzen würde, meinen Sie nicht auch, Frau Abrhoimer?«

»Kommt zu uns und schließt euch der Hochkirche von Sankt Mammon dem Ungewaschenen an, dann werdet ihr ein herrliches Leben im Jenseits haben!« schrie seine Eminenz über das Meer der Unwissenheit hinweg, das sich auf den Marktplatz ergoß.

»Nicht so gut in Form, heute morgen«, murmelte Flaezz, der ein Transparent schwenkte, das für *Wohnen in der Hölle* warb.

»Mhmm. Er wirkt müde«, stimmte ihm Wenzl zu. Er lehnte lässig an einem Karren, der mit Plakaten beklebt war, auf denen die Hadischen Wechselkurs-Sonderkonditionen für die Mitglieder der Kirche von Sankt Mammon aufgelistet waren.

Plötzlich sprang Bharkleed von seiner Kiste und verließ im Sturmschritt und zornrot im Gesicht den Marktplatz. Flaezz und Wenzl sahen sich verdutzt an, dann rannten sie hinter ihm her.

»Diese bodenlose Dummheit!« tobte Bharkleed. »Weiße Rüben sind ihnen wichtiger als ihre Seelen! Aber wartet nur! Ihr werdet schon sehen! Sobald wir den König auf unserer Seite haben, werden sie in Scharen zu uns kommen! Scharenweise werden sie kommen!«

»Hältst du das wirklich für eine gute Idee?« flüsterte Hogshead, der durch eine knöcheltiefe Pfütze stapfte, die alles andere als einen appetitlichen Eindruck machte.

»Wahrlich nit!« flüsterte Courgette. Krampfhaft umklammerte sie Exhibitur und lugte um eine Ecke. »Habest du etwan ein bessre Idee?«

»Nein.«

»So verweil nun nit länger mehr, ansunsten wir sie verliern!«

»Ich bin eigentlich gar nicht so drauf aus, ihnen nahezukommen«, winselte Hogshead und schüttelte seinen tropfnassen Fuß. Laut hallte das Gezischel und Gequassel von Vlad und Fisk durch die unterirdische Welt.

Courgette fuhr herum: »Willst du das Hasenpanier ergreifen, dann mache nur recht geschwinde!«

Hogshead blickte Firkin und Dawn wehleidig an, zuckte die Achseln und folgte Courgette um die nächste Wegbiegung. Vor ihnen stapfte Fisk unaufhaltsam weiter, schwadronierte hitzig von irgend etwas, das er *Appropriator* nannte, und davon, was der (oder *das?*) in allernächster Zukunft mit Cranachan vorhabe. Scharf knallten seine Stiefel auf den glitschigen Boden, und hin und wieder wurde sein delirierender Monolog von Vlads beifälligem, humorlos kaltem Lachen unterbrochen. Was Hogshead ganz besonders wütend machte, war die Vermutung, daß die beiden ganz genau zu wissen schienen, wo eine Pfütze war. Während er – wie jetzt zum Beispiel – prompt in jede hineintappte ... Hogshead fluchte.

Plötzlich – die beiden waren um die nächste Ecke gebogen – veränderte sich der Klang von Fisks Stimme: Die hart gestoßenen Konsonanten hallten mit unheiliger Freude, die schneidenden Zischlaute sirrten mit unheimlicher Schärfe. Die Stimme schien mit einemmal weiter zu tragen, es klang, als wäre der Sprecher aus einem Tunnel in einen Saal getreten.

Auf ein Handzeichen von Courgette blieben Firkin,

Hogshead und Dawn stehen. Courgette lugte um die Ecke und hielt erschrocken den Atem an. Das Bild, das sie vor sich sah, brannte sich unauslöschlich in die Netzhaut ihrer Augen: eine Ansammlung unzähliger spinnwebenverhangener Schätze und staubbedeckter Gemälde und mittendrin, wuchtig und schwer, ein uralter Thron. Sie schüttelte den Kopf, rieb sich die Augen und blickte dann noch einmal hin. Fisk raffte mit schwungvollem Gewirbel seinen Lederumhang und ließ sich mit der selbstverständlichen Ungezwungenheit dessen, der hier zu Hause war, auf dem Thron nieder.

Das hier war *seine* Welt! Sie hatten sich versehentlich in *sein* Reich verirrt, in das Reich von Fisk!

»Ich denke, wir sollten uns jetzt einmal informieren, was der *Cranachische Merkur* so schreibt!« Höhnisch hallte Fisks Stimme durch die übervolle Schatzhöhle. »Ich möchte doch zu gern lesen, was sie über die jüngsten Untaten des Appropriators zu sagen haben! Dem König drohen! Eine Unverfrorenheit! Wie unartig von mir!« Es war nicht zu überhören, daß ihm diese Vorstellung übermäßigen Genuß bereitete. »Los, bring sie mir!«

Vlad sauste dienstbeflissen aus dem Thronsaal. Fisk lachte schallend. Es war ein böses Lachen, er freute sich diebisch auf die Lektüre der Schlagzeilen.

Hatte es sich Courgette nur eingebildet, oder hatten sich die Schrittgeräusche des eilig davonsausenden buckligen Vampirs plötzlich verändert? Hatte sie tatsächlich das huschende Flattern ledriger Flügel gehört?

Dröhnend trommelten die nervösen Finger des Königs auf den uralten Eichentisch im Konferenzsaal von Cranachan, das Möbelstück vibrierte wie unter den galoppierenden Hufen eines auf Spitzengeschwindigkeit dressierten Schlachtrosses.

»Sie sind unpünktlich!« brüllte Kharthezsh. »Wenn sie nicht einen verdammt guten Grund dafür nennen können, dann werden – und das schwöre ich bei allem, was mir unheilig ist – Köpfe rollen!«

Dann trommelte er wieder gereizt auf die Tischplatte. Das hämmernde Geräusch hallte von den mit gekreuzten Piken und Streitkolben karg dekorierten Steinwänden wider.

Plötzlich schlug er mit der Faust auf den Tisch und brüllte: »Met her! Ich will Met! Met und Neunaugen!«

Ein verängstigter Diener verschwand durch die knarzende Tür. Er war heilfroh, der brütenden Stimmung, die im Konferenzsaal herrschte, entkommen zu können. Er wußte zwar, daß der König ein übler Choleriker war – aber diese Gereiztheit hatte er noch nie erlebt.

»Wo stecken die denn?« brüllte Kharthezsh wieder. Und starrte dabei Kommandant Schyrling finster an, den einzigen Menschen, der augenblicklich mit am Tisch saß.

»Darüber, Sire, bin ich leider nicht unterrichtet«, sagte Schyrling. So ruhig, wie es ihm eben möglich war. Es nutzte nichts.

»Ihr nennt Euch Chef der Schwarzen Garde und wollt nicht unterrichtet sein? Für wie blöd haltet Ihr mich eigentlich?«

Ruhig, ganz ruhig! ermahnte sich Schyrling. *Heute werden ganz bestimmt Köpfe rollen ... Also besser, ihn wie ein rohes Ei behand ... Eier! Um Himmels willen – bloß nicht erwähnen!* Schyrling schluckte nervös.

»In keiner Weise, Königliche Hoheit, in keiner Weise wollte ich damit andeuten, es handle sich um ein Versäumnis Eurerseits! Die Verantwortung für diese Fehlleistung fällt zur Gänze und ausschließlich in meine Zuständigkeit, und daher werde ich, sobald dies möglich ist, ihre Ursache eruieren und persönlich für ihre Richtigstellung Sorge tragen, Sire«, katzbuckelte Schyrling. Jetzt war einfach nicht der richtige Zeitpunkt, um zusätzliche Truppen für die Patrouille auf dem Fohpaß zu beantragen.

»Na schön. Aber wo sind sie?« wollte Kharthezsh wissen.

»Ich kann nur vermuten, sie befinden sich irgendwo zwischen hier und Schloß Isolon, Sire. Und das deshalb, weil mir gestern abend Meldung von ihrem Abmarsch gemacht wurde. Per Brieftaube, Sire.«

Leise öffnete sich die Tür. Der Diener kam zurück und brachte einen Krug Met und eine Platte mit ofenfrisch dampfenden Neunaugen. Er stellte die Köstlichkeiten vor dem König ab, zitterte dabei nur ganz leicht vor panischer Angst, verbeugte sich und floh.

»Und warum brauchen sie so lange?« bellte Kharthezsh. »Wir sind doch nicht im Krieg gegen irgend jemand, oder?«

»Nein, Sire!« antwortete Schyrling, der plötzlich befürchtete, Kharthezsh könne ihn als nächstes ›Warum eigentlich nicht?‹ fragen. Statt dessen aber grinste der König nur und rieb sich genüßlich die Hände: Schwere Stiefelschritte hallten durch den Korridor und blieben auf einen schnarrenden Befehl hin ruckartig in Habachtstellung stehen. Dann klopfte es an die große Tür aus Eichenholz.

Kharthezsh knurrte rauh, nahm einen Schluck Met und verschlang ein Neunauge. Am Stück – weswegen ihm nicht auffiel, daß der Fisch über und über mit einem weißen Pulver bestäubt war. Er warf einen Blick auf die Sonnenuhr und trank, dumpf vor sich hin brütend, noch einen Schluck Met. Schyrling rutschte nervös auf seinem Stuhl hin und her, er spürte regelrecht, wie Kharthezsh immer mehr in Rage geriet.

Bei denen, die draußen vor der Tür standen, nahmen Beunruhigung und Sorge immer mehr zu. Sie hatten sich verspätet. Sie wußten, daß sie zu spät dran waren. Und sie wußten auch, welche Folge die Strafe für Unpünktlichkeit haben konnte: die Folge, daß ihre Chance, Nachkommen in die Welt zu setzen, auf weit unter Null sank.

Plötzlich wurde die Tür aufgerissen, und König Kharthezsh stand vor ihnen: die Arme ausgestreckt, die beiden Türflügel fest im Griff, wütend wie eine Amorettische Giftschleiche, die jeden Augenblick zubeißen konnte. Sein Gesicht wechselte von einer Rotschattierung zur anderen und testete jeden Farbton, der jemals mit dem Begriff *Zorn* verknüpft worden war.

Schließlich entschied es sich für ein ausnehmend geschmackvolles Karmesinrot (Gratuliere zur Ihrer Wahl, Gnädigste! Ein höchst aussagekräftiges Kolorit! Zorn, Raserei, fanatische Wut: alles läßt sich damit auf eine sehr stilvolle Weise sagen! Genau das Richtige für Ihren Typ, Gnädigste! Darf ich es Ihnen einpacken?), und der König brüllte los:

»Wißt ihr eigentlich, wie spät es ist? Wo seid ihr so lange gewesen? Ihr kommt zu spät!« Sein Knebelbart flatterte wütend. »Ihr müßt euch schon eine verdammt gute Ausrede einfallen lassen!« Er drehte sich um und stampfte zu seinem Konferenzthron zurück. Oberbefehlshaber Schlurf, Oberst Rachitwitz und General Batteur zockelten verschüchtert, mit weichen Knien hinter ihm drein.

»Ich höre!« bellte Kharthezsh und blickte demonstrativ auf die Sonnenuhr.

Die Militärs sahen einander an.

»War nicht unsre Schuld«, begann Rachitwitz. Sein Spitzbart zuckte. »Sind sofort nach Lageprüfung Schloß Isolon abmarschiert ...«

»... auf dem Fohpaß aufgehalten worden ...«, grunzte Schlurf. »... Tiere, so weit das Auge reicht ... Hunderte ...«

»... kamen paarweise aus einem Boot merkwürdiger Bauart auf dem Gipfel des Vandarrat ...«, meldete sich jetzt auch Batteur, dem man – des dichten schwarzen Haars wegen – seine achtzig Jahre nicht ansah.

»... Schafe und Schieraffen und ...«, fügte Schlurf ergänzend hinzu.

»Hab das Ding da oben zum ersten Mal gesehen!« kreischte Batteur.

»... Antilopen und Bisons und ...«

»Keine Ahnung, was es da oben wollte!« sagte Batteur kopfschüttelnd.

»... Schlangen und Ameisen und ...«

»Genug!« fuhr Kharthezsh dazwischen.

»... Fische eigentlich nicht. Kann mich jedenfalls nicht erinn ...«

»Schluß jetzt! Wißt Ihr was von Booten auf dem Vandarrat?« bellte Kharthezsh und funkelte Schyrling wütend an.

»Mir ist kein Antrag auf Anlegeerlaubnis auf diesem Berg zugegangen, Sire«, antwortete der Kommandant und versuchte, ernst zu bleiben. »Aber ich werde umgehend ein paar Männer mit der Untersuchung der Angelegenheit beauftragen.« Und dann ließ er seinen Söldnercharme spielen, mit dem er das kalte, berechnende Herz des Königs so wohltuend zu wärmen verstand, und fügte noch hinzu: »Dürfte ich an dieser Stelle die Einführung einer Gipfelanlegesteuer vorschlagen sowie die Erhebung einer Einwanderer- und Quarantänegebühr für alle Tiere, inklusive Insekten und Vögel, Sire?«

»Exzellente Idee, Schyrling«, antwortete der König und verputzte das nächste Neunauge. »Nur zu!« Dann wandte er sich an das zitternde Trio: »Euer Bericht betreffend Isolon! Laßt hören!«

Schlurf hüstelte, schlug ein hastig zusammengeschludertes Pergamentkonvolut auf und las vor: »Die überparteilich durchgeführte Untersuchung des Zustandes des Herrscherhofes des Königreichs Isolon, ehemals und in seiner Gesamtheit *Schloß Isolon* geheißen, hat ergeben, daß ...«

»Knapper halten, Kerl!« schrie Kharthezsh und deckte den Tisch, den Fußboden und die drei Militärs mit einer feinen Schicht aus Fischrückständen ein. »Das Fazit! Knapp, kurz, mit einem Wort!«

»Feuer, Sire!« murmelte Schlurf. Der Oberbefehlshaber versuchte angestrengt, das unidentifizierbare

Stück Neunauge zu ignorieren, das ihm langsam die linke Wange hinunterrutschte.

»Feuer?«

»Sire«, bekräftigte Schlurf. Und nutzte die Gelegenheit, ein wenig heftiger als erforderlich zu nicken, um so den glitzernden Klacks Fischfleisch loszuwerden.

»Soll das ein Witz sein?« fauchte Kharthezsh.

»Durchaus nicht, Sire!« Er schüttelte verneinend den Kopf und seufzte erleichtert auf, als sich das Lampretenpartikelchen endlich von seiner Wange löste und auf dem Stiefel von Batteur landete.

»Brandursache?« blaffte Kharthezsh.

»Exzessive organische Hitze, appliziert in fauchenden Stößen von flammularer Form durch einen sehr großen Flugsaurier legendären Ursprungs, Sire!« antwortete Oberst Rachitwitz. Und wünschte im selben Moment schon, er hätte nicht geantwortet.

Kharthezsh brachte vor Zorn den Mund nicht mehr zu, sein Knebelbart bebte tobsüchtig. Schyrling duckte sich.

»Was, im Namen des gesunden Menschenverstandes, soll das bitte heißen?«

»Äh, Drache, Sire!« Rachitwitz krümmte sich. Zitternd verabschiedete sich sein Spitzbart vom Kragen, von den Schultern und von all den anderen Körperteilen, die er so schmerzlich vermissen würde.

König Kharthezsh' Gesichtsfarbe sprang auf der Farbskala wieder ein kleines Stück in Richtung Karmesinrot. »Wollt Ihr mir damit etwa sagen, Ihr habt den langen Weg nach Isolon gemacht, nur um mit dem Befund zurückzukommen, daß es ein Drache niedergebrannt hat?«

»Ja, Sire!«

»Das hätte ich Euch auch sagen können! Es ist wohl nicht besonders schwer, Rauchwolken und einen riesigen goldenen Flammenwerfer mit Keuchhusten zusammenzubringen und dann zu einer ähnlichen Feststellung zu kommen, oder?«

Die drei schüttelten den Kopf.

»Hab ich nicht irgend etwas von *Schlüsse ziehen* gesagt?«

»Äh, der Drache! Es war der Drache!« platzte Schlurf heraus. »Sire!« fügte er dann noch betreten hinzu.

»Nein! Nein! NEIN!« schrie Kharthezsh. Er hämmerte auf den Tisch und sprang auf. »Seht Euch doch einmal an, was Sache ist! Mir wird ein Königreich niedergebrannt, und dazu fliegt ein Drache durch die Gegend – eine Kreatur, die, wie ich vor kurzem noch geschworen hätte, fiktiv ist! So! Und bevor dieser Drache aufgetaucht ist, gab es hier keine Zündeleien! Hexen und windige Dorfgemeinschaften, die ihren Zehnten nicht zahlen wollen, einmal ausgenommen. Aber das ist professionelle Arbeit! Man muß also kein Genie sein, um dahinterzukommen, daß es ein Drache war! Sogar ich hätte das rausfinden können!« Kharthezsh pausierte gerade so lange, wie es dauerte, um einem Neunauge den Kopf abzubeißen und einen Krug Met hinunterzukippen.

»Wenn ich sagte: *Schlüsse ziehen*« – der König futterte wüst –, »dann habe ich das ganz praktisch gemeint: Schluß *machen!* Also: Wieder rauf auf die Pferde und macht Eure Arbeit ordentlich! Seht zu, daß der Drache das sein läßt!«

Jeder Widerspruch erstickte angesichts des wütend malmenden Königsantlitzes, das sie gebieterisch über die mit Fischabfällen bespritzte Tischplatte anfunkelte.

»Und bringt mir seinen Kopf!« schrie er den davoneilenden Militärs nach. »Ich würde gern mal gedünstetes Drachenhirn probieren!«

Dem König drohen! Dem König drohen? ging es Firkin immer wieder durch den Kopf. Er stand in dem engen dunklen Tunnel am Eingang zum Thronraum und überlegte immer wieder, was Fisk damit gemeint hatte. Es war ihm bewußt, das alles, was Fisk anging, immer nur unerfreulich beziehungsweise in hohem Maße erpresserisch sein konnte – die nachlässig aufgehäuften Schätze, die vor ihm in der Höhle lagen, bestätigten das sehr anschaulich. Die eine Hälfte von Firkins Verstand wollte sich dort hineinschleichen, belastendes Beweismaterial sammeln, dann wie der Blitz abhauen und ihm die Polizei auf den Hals hetzten. Die andere Hälfte war ganz zufrieden damit, was sie im Augenblick tat: im Dunklen hocken und zittern vor Angst und Verwirrung. Was hatte Fisk vor?

Plötzlich schoß eine Hand aus dem Dunkel, drückte ihm Mund und Nase zu und zerrte ihn in eine kleine Nische. Panik flackerte in seinen Augen, die gerade über den Zeigefinger der unnachgiebig zudrückenden Hand hinaus- und Courgette wild gestikulieren sahen. Sie bewegte aufgeregt flatternd die Arme, hielt sich zwei Finger wie Fangzähne vor den Mund und schaffte es auf diese Weise, daß schließlich auch Firkin, trotz seiner Verwirrtheit, auf ein Geräusch aufmerksam wurde, das klang, als würde ein Stück Fensterleder klatschend gegen eine Wand geschlagen. Was es bedeutete, das verstand Firkin aber erst, als aus dem trüben Dunkel eine zapplige Fledermaus auftauchte, die eine Ausgabe des *Cranachischen Merkur* im Maul hielt.

Unvermutet, wie aus heiterem Himmel, tauchte sie plötzlich auf und legte eine tölpelhafte Landung auf dem Tunnelboden hin. Und fing sofort an, sich wild zu winden und hin und her zu werfen wie ein Entfesselungskünstler, der sich verzweifelt bemühte, die knorpelige Verschnürung eines fledermausförmigen Sacks abzuwerfen. Unmerklich wurde die Haut der Fledermaus zu einem Smokingjackett von eher schäbiger Eleganz, wurden die Flügel zu Armen, und schließlich hatte auch der Kopf eine annähernd menschliche Form angenommen. Dawn, die den Vorgang stumm beobachtete, wurde es augenblicklich speiübel.

Vlad, dem nicht bewußt war, daß er Zuschauer hatte,

putzte sich das Jackett sauber, hob die Zeitung auf und sauste in den Thronraum.

»Hier bittä: Liefärunk pär Eilbotän ...!« Dienstbeflissen ruderte er über den schwarzen Steinfußboden.

»Gib her! Schnell!« Fisks Panzerhandschuhe öffneten und schlossen sich nervös, so lange, bis er die Zeitung in der Hand hatte.

»Du bist wieder geflogen! Hab ich recht?« fauchte er. Das vollgesabberte Pergament wäre ihm beinahe aus der Hand gerutscht.

»No, weil das schnäller ist ...«

»Ist aber auch unappetitlicher!« knurrte Fisk. Er entrollte den *Cranachischen Merkur* und starrte auf die Titelseite. Er blinzelte maßlos verwundert, schüttelte den Kopf, sah wieder hin ... Und während er die Schlagzeilen las, begannen seine Lippen zu zittern, ungläubiges Staunen und Zorn verzerrten sein Gesicht zu einer bösen Fratze.

»NEIN!« brüllte er los und warf die Zeitung auf den Boden. »Das gibt es doch nicht! Er leugnete es einfach ab!«

»Keine guttän Neiigkeitän ...?« flüsterte Vlad vorsichtig.

»Die denkbar schlechtesten!« brüllte Fisk. Rasend vor Wut trommelte er mit der Faust auf die Thronlehne. »Schlimmeres hätte er nicht tun können! Aber das wird ihm noch leid tun! Niemand legt sich ungestraft mit dem Appropriator an! Keiner, der sich über mich lustig macht, kommt mit dem Leben davon! Das gilt auch für Könige!«

Fisk zuckte und zappelte wie rasend, sprang auf und stürzte aus dem Thronsaal. Wütend trat er nach einer Rüstung, die mit metallischem Scheppern zu Boden krachte.

Vlad wandte sich um, sah die Zeitung an und zuckte erschrocken zusammen, als er die dümmliche Schlagzeile las: »Ein schlechter Scherz. Das faule Ei des Appropriators!«

»Joioioi! Dos wird bäse änden!« brummelte er vor sich hin, während – begleitet von einer Sturzflut lästerlicher Flüche – ein Pikenschaft durch den Brustpanzer einer unschuldigen Rüstung fuhr, ein Streitkolben drei weitere Rüstungen köpfte und eine stählerne Lanze mit böser Lust durch den Kopf einer fünften getrieben wurde. Dann blieb es für einen Augenblick still. Fisk bewunderte das frisch angerichtete Waffenschaschlik, überlegte kurz, und dann fiel ihm ein, was noch fehlte: die höllisch scharfe feuerrote Chilisoße der rasenden Wut. Und schon trat und schlug und stampfte er wieder, daß die Funken flogen.

Stand man auf dem mit einem Boot bestückten Gipfel des Berges Vandarrat und blickte, so weit das Auge reichte, über den Fohpaß hinaus, dann war nicht zu übersehen, daß hier in rascher Folge mehrere tausend Tiere nach der Zwangsverschickung aus der Gefangenschaft entlassen worden waren. Aus dem Spurengewimmel am Boden konnte man lesen, daß pflanzenfressende Weidegänger in panischer Angst vor den Klauen raubgieriger Kanivoren geflohen waren. Überall waren die blutigen Zeichen des Kampfes zu sehen, der hier getobt hatte. Beim Anblick der Verwüstung, die verfressene Ziegenherden verursacht hatten, zuckten und schluchzten die Heidekrautblättchen vor botanischem Kummer und wischten sich mit blättrigem Rascheln die tränenblinden Augen aus, als sie mitansehen mußten, was ein Sämling einfach nicht hätte sehen dürfen: Sträucher, die von unersättlichen Huftieren gnadenlos ausgerupft wurden; gertenschlanke, sylphenhafte Schößlinge, die in der Blüte des Lebens aus dem felsigen Grund gerissen wurden und als Kamelfutter endeten, die von Llamas zertrampelt, von Schafen zerquetscht, von Impalas zerdrückt wurden … Es war Massenherbizid!

Es war aber nicht *dieses* Resultat einer ungezügelten Freßgier, das General Batteur, Oberst Rachitwitz, Oberbefehlshaber Schlurf und einer kleinen Abteilung der Schwarzen Garde, die eben zu dem schwankenden Boot hinaufstiegen, heftiges Unbehagen bereitete. Es war die Art und Weise, wie die Passagiere der Arche ihre Erleichterung zum Ausdruck gebracht hatten, nachdem die beschwerliche Seereise so überraschend zu Ende gegangen war – es waren die vielen vielfältig geformten, dampfenden Haufen.

»Gut gemacht, Paps!« Spam schlug dem Alten, der über das Fallreep aufs feste Land schwankte, anerkennend auf die Schulter. »Hätt nicht geglaubt, daß du's schaffst!«

»Ha! Da kannst du sehen, was Glauben heißt!« murmelte Nhoer, der sich an einen Boden, der nicht in Bewegung war, erst wieder gewöhnen mußte. Insgeheim wunderte er sich auch, wie er das eigentlich geschafft hatte. Hätte da nicht etwas mit einer Taube und einem Ölzweig sein müssen? Und nicht dieser riesige, dichte schwarze Wolkenwirbel, der sich über der Arche aufgetürmt hatte und dann – *Wwwuussssch!* Land ahoi!

Aber nun gut, dachte er. *Zeit, wieder von vorn anzufangen! Die Welt ist von ihrer Schlechtigkeit reingewaschen und will aufs neue bevölkert werden mit …*

»He! Is das dein Boot, Kumpel?« hörte er einen Rufer in der Wüste schreien. »Das kannst du hier nicht so einfach parken. Nicht ohne Anlegeerlaubnis. Und? Was is? Hast du eine?«

Nhoer blickte Spam an und zuckte entgeistert die Achseln. »Also, ich, nein, äh …«

»Ooooh, heikle Geschichte, das. Verstößt gegen das heute morgen erlassene Gesetz zur Regelung von Versand- und Deportationsunternehmungen zu Wasser und Land!« Bolzer, Feldwebel der Schwarzen Garde, kam auf ihn zugestampft, entrollte bereits eine kleine Notizpergamentrolle und tauchte den Federkiel in sein Gürtelfäßchen.

»Aber guter Mann! Es scheint hier ein Irrtum vorzuliegen. Die Sache ist nicht so, wie es den Anschein hat…«

»Moment, Moment, mein Herr! Den *guten Mann* schenken wir uns ein für allemal! Ich bin Beamter der Sicherheitsabteilung, Fachbereich Überliefertes Wissen!«

»Wenn das so ist, wärt Ihr dann so freundlich und würdet mir mitteilen, wo wir uns hier befinden?« fragte Nhoer. »Nur deshalb, weil ich im Augenblick etwas die Orientierung verloren habe.«

»Darf ich aus Eurer Bemerkung etwa entnehmen, daß wir auf meinem kleinen Notizblock auch noch den Eintrag *Fahrlässiges Navigieren* vornehmen müssen?«

»Nein, nein!« protestierte Nhoer. »Ich bin in östlicher Richtung gefahren, habe gewartet, daß mein Täubchen wieder zu mir zurückkommt, und dann sind diese schwarzen Wolken aufgetaucht, und ich, also wir, äh… also: Hier sind wir jetzt!«

»Aha! Dann sind das also *deine* lieben Tierchen, die hier alles in Unordnung bringen und Chaos verursachen, hä?«

»Ich weiß nicht, ob es angebracht ist, von ihnen als von *meinen lieben Tierchen* zu sprechen. Man hat mir nur gesagt, ich soll mich um sie kümmern.«

»Kannst du irgendein schriftliches Dokument, irgendeinen Berechtigungsnachweis zur Führung eines Massentierhaltungsbetriebs vorlegen?« Bolzer legte es darauf an, so viele Anklagepunkte wie irgend möglich zusammenzubekommen. Unter anderem auch Viehdiebstahl.

»Leider nein. Ich, äh, ich spürte lediglich den Drang, alle diese Tiere in meine Arche zu verladen und mit ihnen, äh, davonzusegeln.« Plötzlich bemerkte Nhoer, wie schwach sich seine Geschichte anhörte.

»Verstehe. Ich denke, es ist wohl besser, wenn du mich jetzt in die Stadt begleitest, mein Junge. Du wirst mir eine ganze Menge erklären müssen.« Feldwebel Bolzer legte Nhoer grinsend die Lederhandschellen an und führte ihn trotz seiner Unschuldsbeteuerungen ab.

Und dann schrie er Spam noch über die Schulter zu: »In der Zwischenzeit würde ich an deiner Stelle, wenn du nicht wegen illegalen und unbefugten Vertriebs organischer Lebensmittel (Verstoß gegen Paragraph 1324, Absatz III: Tierische Nährmittel, des betreffenden Gesetzes von 1014 MEZ), wegen Viehdiebstahls und eines ganzen Haufens anderer Gesetzesverstöße, die mir bestimmt noch einfallen würden, äh – also, wenn du nicht wegen all dieser Sachen vor dem Kadi landen willst, dann würde ich dir empfehlen, die Viecher zusammenzutreiben und – presto, presto! – wieder auf euren Kahn zu verladen!«

»O nein …!« murrte Spam beim Anblick der Tritt- und Trampelspuren, die über eine riesige Fläche verstreut waren, »… nicht noch einmal!«

Fisk hockte dumpf brütend auf dem uralten Thron, hatte die knochigen Ellbogen fest auf die Armlehnen gestützt und die Hände vor dem Gesicht gefaltet. Er dachte nach, war in tiefe Kontemplation versunken, erwog Finsteres und Verachtenswertes und sah die Welt durch eine Brille, die beinahe so schwarz war wie seine Lederrüstung und seine Augenklappe.

»Ich bin ganz ruhig«, sagte er sich zum *weiß der Himmel wievielten* Mal, seit sein rasender, tobsüchtiger Antikriegswaffenkoller abgeklungen war. »Ganz ruhig.«

An seiner Schläfe pochte eine einsame Ader. Sie pulste hämmernd und gereizt, ganz so, wie sie gepulst hätte, wäre er mit fest auf dem Rücken verschränkten Armen im Zimmer auf und ab gelaufen und hätte mit den Stahlkappen seiner Stiefel Funken aus dem Steinboden geschlagen. Fisk war – trotz all seiner Beteuerungen – alles andere als ruhig.

In seinem Kopf tobte ein Streit, schrien seine inneren Stimmen.

»Und was willst du dagegen unternehmen?« schrie der Zorn, der auf dem obersten Rang im Amphitheater der Emotionen stand und jetzt sein wallendes rotes Gewand zusammenraffte und die zerebrale Marmortreppe herabschritt.

»Kharthezsh umbringen!« brüllte die Raserei, stampfte auf den Boden und ließ eine kleine Rauchwolke aufsteigen.

»Nein, nein!« konterte die Rache, die trotz ihres schweren eisblauen Mantels zitterte, und fertigte die Raserei mit einer kurzen, wohlkalkulierten Bewegung ihrer dürren knochigen Hand ab. »Viel zu geradlinig. Eine kindische Reaktion.«

»Bring ihn langsam um!« blaffte die Raserei und hieb mit glutheißer Faust in die geöffnete Hand.

»Ein alter Hut!« Die Raserei rümpfte die Nase und kratzte die Eiszapfen unter den Fingernägeln heraus, die so lang waren wie scharfe Dolche.

»Dann stiehl ihm sein ganzes Vermögen!« schrie die Gier und rieb sich mit habsüchtiger Lust die Hände.

»Das würde ihn treffen«, nickte die Rache. »Aber nicht schwer genug!«

»Stülp ihn um wie einen Handschuh! Langsam, ganz, ganz langsam!« knurrte die Raserei und demonstrierte, hochrot im Gesicht, mit ein paar ausdrucksstarken Handbewegungen sehr anschaulich, was man sich unter ihrem Vorschlag vorzustellen hatte.

»Hübsche Idee! Aber nicht diesmal.« Die Rache drohte mit dem eiskalten Zeigefinger.

»Also: Was sollen wir unternehmen?« schrie der Zorn wieder, der mit der Raserei darum wetteiferte, wer von ihnen den rötesten Kopf hatte.

»Reiß ihm den Arm aus und erschlag ihn mit dem zermatschten Stumpf!« kreischte die Raserei und versuchte, das Verfahren an ihrem Kollegen Terror zu demonstrieren.

»Nein, nein!« Die Rache blieb stur. »So herzerfrischend originell deine Einfälle ganz ohne Zweifel auch sind, meine liebe Raserei, so fürchte ich doch, daß sie, was den vorliegenden Fall angeht, ein wenig zu rabiat sind. Blinde Wut ist einfach zu wenig verläßlich.«

»Aber ich hasse ihn!« kreischte die Raserei.

»Du haßt jeden«, konterte die Rache trocken.

»Stimmt. Aber ihn hasse ich wirklich. Er treibt mich zum Wahnsinn, verursacht mir Kopfschmerzen, am liebsten würde ich, würde ich ...«

»Nicht jetzt, bitte!«

»... brächte ich ihn wenigstens ein bißchen um!«

»Nein!« Die Rache blieb hart.

Da nahm der Zorn die Sache in seine schändliche Hand, warf sich auf die eisblau glänzende Rache, packte sie mit beinhartem Griff an der Gurgel und hob sie aus ihrem Marmorsitz – so fest, daß sein Bizeps ungemütlich anschwoll.

»Was wollen wir unternehmen?« brüllte er – hochrot im Gesicht – die Rache an, die mit den Füßen in der Luft strampelte.

»Kttuurschkk!« würgte die Rache aufschlußreich.

»Ah ja? Was denn dann?« fauchte der Zorn.

»Laß sie runter!« kreischte die Bosheit. Mit bedrohlich abstehendem Petticoat kam sie die Treppe des Amphitheaters heruntergesaust. »Du tust ihr ja weh! Sie ist doch schon ganz blau!«

»Das ist sie doch immer.«

»Aber nicht *so* blau!«

Der Zorn kreischte, ließ die Rache los, die würgend und spuckend zusammenbrach, und stürmte mit viel Gebrumm und Geknurr auf die andere Seite des Amphitheaters.

»O du meine liebe Rache! Ist alles in Ordnung mit dir?« flötete die Bosheit und streichelte der Rache über die Stirn.

»Ich krieg ihn schon noch!« brummte die Rache. Sie

stand auf, würgte, spuckte und grollte. Alle Augen waren auf sie gerichtet.

»Was ist Kharthezsh am wichtigsten? Wichtiger als alles andere?« fragte die Rache und hustete, der Bosheit zuliebe, ein wenig heftiger.

»Geld!« schrie die Gier.

»Essen!« brüllte die Gefräßigkeit und war doch kaum zu hören, weil ihr Kopf hinter einer gewaltigen Schweinshaxe steckte.

Die Rache schüttelte den Kopf.

»Geld *und* Essen!« schrie die Gier und rieb sich wieder die Hände. »Beides: massenhaft Geld und Gold und Schätze und ...«

»Nein!« schrie die Rache. »Das ist zwar wichtig. Aber was ist noch wichtiger? Wer oder was kann verhindern, daß jemand an sein Geld herankommt? In Zukunft, meine ich?«

»Schwerter«, fauchte die Raserei. »Und Speere und Bögen und ...«

»Klayth!« flüsterte die Bosheit im Kopf von Fisk.

»Klayth!« schrie Fisk und schlug mit der Panzerhandschuhfaust krachend auf die Thronlehne. Und versetzte damit den sowieso schon flatterigen Vlad in einen Zustand hysterischer Aufgeregtheit.

»Wos? Wo?« kreischte der Vampir und blickte verstört um sich.

»Warum habe ich nicht schon früher drangedacht?« schrie Fisk. In seinem intakten Auge flackerte kaltblau der Widerschein des Mantels der Rache. »Umbringen ist viel zu leicht. Und geht viel zu schnell!«

»Wos iss ...? Wie?«

»Leiden soll er! Zeigen wir ihm, was es heißt, sich zu quälen und sich Sorgen zu machen!«

Fisk sprang von seinem Thron auf und rannte los. Sein Herz hämmerte wild und energiegeladen.

Dieses Mal würde es klappen! Dieses Mal würde es kein Ableugnen geben!

Das Verschwinden des Prinzregenten kann man schließlich nicht einfach dementieren!

Vlad sauste dem wirr schnatternden und gackernden Fisk hinterher, der fast schon im trüben Dunkel verschwunden war. Sein wahnsinniges Geschrei hallte hart und unheilvoll von den Wänden wider.

»Habt ihr das gehört?« krächzte Firkin. Er versuchte angestrengt, lautlos zu toben.

»War ja kaum anders möglich«, sagte Hogshead. »Bei dem Gebrüll!«

»Los! Schnappen wir ihn!« knurrte Firkin.

»Wie willst du dies denn ins Werk setzen?« fragte Courgette bissig. »Du starrest nit eben recht von Waffen!«

»Ich, äh, wir könnten ja ...« Firkin schlug wild fuchtelnd um sich, als verdrösche er jemanden.

»Was könnten wir? Ihm die Knie abbeißen? Den Hintern versohlen?« blaffte ihn Hogshead an. »Jetzt beruhige dich wieder und versuch, kurz mal zu denken!«

»Aber er haut ab!« Firkin zappelte und wand sich wütend.

»Wir wissen doch gar nicht, was er vorhat oder wohin er will oder sonstwas!« klagte Hogshead.

»Ich weiß, ich weiß. Aber wir müssen etwas unternehmen!« ächzte Firkin. »Und zwar jetzt gleich!« Mühsam drückte er sich an Courgette vorbei, wand sich aus Hogsheads Umklammerung und rannte davon. Hetzte durch den Tunnel, den Kopf voller Bilder, voller Szenerien, in denen er, Firkin der Held, Klayth im allerletzten Moment vor der Klinge des bösen Firkin rettete: Mit einem Seil schwang er sich über einen riesigen Abgrund, landete auf einem hohen Turm, und schon schlug mit scharfem Klang Metall gegen Metall, schlug auf ihn los, rasselte und bog sich krumm und trieb ihn mit Macht gegen die Brustwehr, drückte ihn rückwärts über die zinnenbewehrte Steinmauer, so lange, bis er sich geschlagen gab.

»Es ist soweit«, flüsterte Dawn. »Er spinnt wieder mal.« Dawn lernte sehr schnell. Sie kannte schon bald die unzähligen komplexen Differenzierungsmerkmale, durch die sich Geheimhaltung von Blödheit unterschied. Und mußte zu ihrem Entsetzen feststellen, daß ihr Bruder absolut nichts kapierte. Hogshead nickte. Es sah beinahe so aus, als wolle er sich entschuldigen.

»Ach, herrjeh!« sagte sie. Es klang wie der Stoßseufzer, der üblicherweise als Entgegnung vorgesehen ist, wenn einem eröffnet wird: ›Jetzt habe ich leider auf Ihre Lieblingsspinne getrampelt!‹

Hogshead rechnete beinahe damit, daß sie noch anfügen würde: ›Aber machen Sie sich nichts draus! Ich kann mir jederzeit eine neue besorgen.‹ Zu seiner großen Erleichterung durfte er feststellen, daß sie das nicht tat.

»Aber wir können doch nicht einfach hier rumsitzen, oder?« fragte Dawn schließlich. »Ich meine, von allein kommt er ja bestimmt nicht zurück, oder?« Courgette und Hogshead schüttelten den Kopf.

»Dacht ich's mir doch. Hach ja – für eine Frau gibt es eben keinen Feierabend!«

Die drei sahen sich an. Dann zuckten sie die Achseln, sausten los und stürzten sich in die pechschwarze, weglose Finsternis einer beängstigenden Zukunft. Und hofften, daß Firkin noch keinen allzu großen Blödsinn angestellt hatte.

Und während das Geräusch der blitzschnell dahinsausenden Schritte in feuchtkalten Tiefen verklang, zischte ein leises Knistern durch das Dunkel, so als hätte sich eine Stechmücke in einem Draht verfangen, der mit einer Stromspannung von dreitausend Volt geladen war. Dann zischte es noch einmal, und eine hochgewachsene Gestalt erschien, die einen zerdrückten kegelförmigen Hut trug (die Decke des Tunnelgangs war ein wenig niedrig) und mit einem Fuß in einer dunkelgrünen Pfütze von höchst zweifelhaftem Reinheitsgrad stand.

»Alles in Ordnung«, stellte der Zauberer fest und blinzelte ins trübe Licht. »Keine Angst! Ich will nur … Also, das ist ja allmählich wirklich ärgerlich!« Er schüttelte angeekelt den Fuß.

»Wie wahr!« fauchte Arbutus gereizt und tappte verärgert mit einer Kralle auf Merlots Schulter. »Klappt wohl nicht mehr so recht? Wirst anscheinend langsam alt, was?«

»Ach was! Unsinn!« Merlot schrubbte ärgerlich an seinem zerdrückten, bemoosten Hut herum. »Sie sind nur schon weg, das ist alles. Dann mal los! Beim dritten Anlauf klappt's!«

»Das war bereits der dritte Anlauf!« erklärte Arbutus mit Nachdruck.

»Unwesentlich, mein gefiederter Beckmesser, nicht der Rede wert! Kommst du?«

Merlot schielte die brummelige Eule an, wertete das kauzige *Schuhu,* mit dem sie ihren entschiedenen Widerspruch zum Ausdruck brachte, als Zustimmung und streckte die rechte Hand aus. Dann zählte er bis drei – und dann waren sie beide verschwunden.

Fisk wirbelte und flitzte geschickt und sicher durch die labyrinthischen Tunnelgänge, sein Gedächtnis gab den Gesamtplan der Anlage mit erschreckender Präzision wieder. Vlad hatte Mühe, Schritt zu halten: Ohne auch nur eine Sekunde zu überlegen, nahm Fisk nach der zweiten Abzweigung rechts die erste nach links, dann – drei Ebenen höher – die fünfzehnte nach rechts, bog scharf links ab und raste schließlich wie ein Verrückter geradeaus. Erst als sie in die Nähe der königlichen Gemächer kamen, verlangsamte er das Tempo. Hier gab es zu wenig Hintergrundgeräusch, das seine Schritte übertönt hätte, hier waren die Späher und Lauscher so wachsam wie nirgendwo sonst, hier war seine Beute versteckt!

Heimlich schlich er sich Zentimeter um Zentimeter an die Gemächer des Prinzen heran, das Geräusch seines Atmens war lediglich eine Winzigkeit lauter als das fortwährende Knarzen seiner ledernen Panzerhandschuhe. Und während er sich vorsichtig unter dem Zimmerboden dahinschlängelte, hörte er über sich den jungen Prinz gelangweilt mit den Füßen klopfen.

Klayth lehnte am Fenster und schlug die Zeit bis zur nächsten Unterrichtsstunde tot. Im Laufe der Jahre hatte er herausgefunden, daß es sich nicht lohnte, wenn er zu früh kam. Das leichteste Anzeichen von Übereifer veranlaßte seinen alten Hauslehrer dazu, ihm alle möglichen zusätzlichen Arbeiten aufzuhalsen: eine Stunde Fechten mehr, drei Stunden Bogenschießen pro Woche zusätzlich und dann auch noch Mathematik! Dann, hatte sich Klayth gedacht, lieber rumhängen, gelangweilt dreinschauen und zu spät kommen. Sein Lehrer hatte die Eigenheit, Unpünktlichkeit und ausgeprägtes Desinteresse mit einer Ohrfeige und fünfzig Runden um den Schloßhof zu kurieren. Woraus Klayth für sich den Schluß zog, daß seinem alten Lehrer weit mehr daran lag, Menschen tödlich zu langweilen, als Menschen zu interessieren und zu inspirieren. Traurig, aber wahr.

In einem Dielenbrett zu seinen Füßen verschwand jetzt ein kleines Astloch, und an seine Stelle trat ein wütend funkelndes Auge.

Klayth brach wieder ein Stückchen von dem Brot auf dem Servierteller ab, würzte es mit einer riesigen Portion Pfeffer und Senf und warf es aus dem Fenster, vor dem ein gierig zwitschernder Spatzenschwarm herumhüpfte. Und ganz so, wie er es sich vorgestellt hatte, wurde der Brocken von einem im Sturzflug herabsausenden Spatzenmännchen geschnappt und verschlungen. Drei... zwei... eins... Klayth gluckste begeistert: Der braungefiederte Winzling leckte sich verstört den Schnabel, kreischte und setzte mit Vollgas erneut zum Sturzflug an. Diesmal in eine Wasserschüssel, zum Löschen.

Und genau in diesem Augenblick wurde eine Falltür aufgerissen, und ein wütendes schwarzes Phantom fuhr, getrieben vom Feuer der unbarmherzigen Rache, aus dem Boden. Klayth reagierte zu spät: Ein großer staubiger Sack wurde ihm über Kopf und Körper gezogen und blitzschnell und fachkundig in Hüfthöhe verschnürt. Die Arme unbeweglich an Brustkorb und Hüften gebunden, zu Tode erschrocken, entsetzt und verwirrt, würgend und hustend – so wurde Klayth in eine unbekannte Welt geheimer Korridore und Tunnelgänge verschleppt.

»Firkin! Komm da raus, Firkin!« belferte Hogshead.

»Aber ich sage euch doch, daß sie in diese Richtung gerannt sind! Jetzt kommt endlich!« kam es gereizt aus dem engen Durchgang, der nach links abzweigte.

»Bist du sicher?«

»Ja, ja, ja!«

Courgette rümpfte ungläubig die Nase. »Wie sicher?«

»Vertraut mir!« knurrte er und kroch ein kleines Stück weiter.

»Vertrauen? Nachdem du über uns hergefallen bist? Mir tut jetzt noch das Bein weh!« beschwerte sich Hogshead.

»Nochmals: Es tut mir leid! Aber ihr habt euch angehört wie Fisk und Vlad!« klang es dumpf aus dem pechschwarzen Loch.

»Aber wir waren doch zu dritt!« stöhnte Hogshead.

»Hätte ja ein Echo sein können, Schlaumeier! Hört mal, wir verschwenden hier bloß wertvolle Zeit. Kommt endlich! Ich habe sie gesehen, vertraut mir!«

»Gefällt mir gar nicht, was ich da höre!« wimmerte Dawn.

Wieder meldete sich die Stimme aus dem finsteren Durchgang: »Hat jemand einen besseren Vorschlag?«

Er interpretierte das anschließende Schweigen als Verneinung und kroch weiter. Courgette, Hogshead und Dawn folgten ihm schweren Herzens.

Kommandant Schyrling beobachtete den König mit zunehmender Beunruhigung. Vier Stunden war es jetzt her, daß er den drei Kriegsherren erst gehörig heimgeleuchtet und sie dann fortgeschickt hatte. Seitdem hatte er sich nicht mehr von der Stelle gerührt.

Genauer gesagt: Er hatte sich nur noch bewegt, um Met und weitere Neunaugen zu ordern, hatte dabei heftig geschwankt und getaumelt, gelegentlich auch ein wenig gesabbert. Aber den Konferenzraum hatte er seitdem nicht mehr verlassen.

Und Schyrling, der nicht fortgeschickt worden war, ebensowenig.

Schyrling wußte zwar, daß der Verlust von Isolon den König schwer getroffen hatte. Aber der Zustand, in dem sich der König jetzt befand ... der Kommandant hatte derartiges noch nie erlebt.

Plötzlich fuhr der König auf, saß stocksteif da, schrie und wehrte irgend etwas Unsichtbares ab, etwas offenbar Riesiges. Er fuchtelte wild mit den Armen und riß sie entsetzt hoch, als dieses Etwas auf ihn herabstieß. »Hau ab! Laß mich in Ruhe! Ich hab dein Ei nicht!« Dann grinste er blöde, kicherte und plumpste mit dem Gesicht in die Metschale.

Im selben Augenblick noch war Schyrling bei ihm, genau in dem Moment, als ungeduldig an die Tür gehämmert wurde. Dann wurde – es war ein Akt beispielloser Kühnheit, möglicherweise aber auch unerhörter Dummheit – die Tür aufgerissen, und der Hauslehrer des Prinzen platzte ins Zimmer. Er war zu Tode erschrocken, keuchte und wedelte mit einem Blatt Pergament.

»Sire, Sire!«

»Zum Teufel mit diesem Drachen! Schluß mit Feuer und Flammen!« schrie Kharthezsh, der jetzt wieder aufrecht am Tisch saß und sich unsicher im Zimmer umsah. »Was glotzt du denn so? Wo ist dieser verdammte Drache hin? Wo ist Batteur?«

»Wünscht Ihr, daß ich Euch die Fragen in der von Euch vorgegebenen Reihenfolge beantworte, Sire?« fragte Schyrling und trat ein paar Schritte zurück.

»Hä? Was willst du eigentlich?«

»Sire, Sire! Klayth ist ...!« platzte der Hauslehrer los.

»Aber nein! Ist doch nicht Klayth! Das ist Schyrling. Mein alter Freund Schyrling, mein lieber schwarzer Giftnickel!« Kharthezsh grinste den zitternden Kommandanten an. Irgend etwas lief hier falsch. Nein: *Zwei* Dinge liefen hier falsch! Mindestens zwei Dinge! Und er hatte nicht die geringste Ahnung, was das eine oder das andere war.

»Kennssuu einglich mein liiiem altn gnarzn Schwiftniggl?« lallte Kharthezsh und schwankte wieder.

»Selbstverständlich, Hoheit! Aber Sire ...!«

»Prächchiger Keal, der liiwe alte Schwiffniggl ...«

»Euer Sohn, Sire ...«

»Iss doch nich mein Soohn! Iss mein Kommadan ...«

»Sire! Euer Sohn ist verschwunden!« schrie der Lehrer.

»Verschwunnn? Wo?« Kharthezsh schüttelte den Kopf. Es sah so aus, als wolle er sich aus einem durch übermäßigen Rauschgiftkonsum erzeugten Zustand heilloser Verwirrung herauswinden. Was ja auch zutraf.

»E ... entführt, Sire!«

Schyrling stand kurz vor dem Kollaps.

Im Inneren der linken Mauer des Konferenzraums erlitt ein Mitglied jenes Invasorentrupps, der verdeckte Ermittlungen durchführte, einen Anfall akuter Klaustrophobie.

»Wenn dieser Gang nur noch ein kleines bißchen enger wird«, nörgelte Hogshead, »dann bleib ich entweder stecken, oder ich schreie oder tue beides!«

»Wir sind fast da!« brummte Firkin. »Ich höre Stimmen!«

»Das sagst du schon seit einer halben Stunde«, mäkelte Hogshead. »Wir hätten nicht auf dich hören sollen! *Gleich hinter der nächsten Ecke. Nur noch ein bißchen weiter!* Pah!«

»Da sind aber Stimmen!« Firkin blieb dabei. »Hör doch!«

Gedämpft hörten sie es durch die dicke Steinmauer:

»Diese Nachricht habe ich gefunden, als ich ihn holen wollte, weil er zu spät zum Unterricht kam, Sire!« winselte der Hauslehrer.

»Wwwas?« brüllte der König und stierte glasig auf das Blatt Pergament. »Soll das ein Witz sein?« Blitzartig stand er auf, schwankte und setzte sich auf der Stelle wieder. »Das darf doch nicht wahr sein!«

»Es ist aber wahr, Hoheit!«

In dem pechschwarzen Gang hinter der Mauer blieben die vier Eindringlinge stehen und lauschten. Sie hörten Fetzen einer aufgeregten Unterhaltung.

»Habt ihr gehört?« Firkin fieberte. »Sie haben *Hoheit* gesagt. Er ist da!« flüsterte er. »Hab ich's nicht gesagt?« In seinem verzweifelten Herzen zündete die Hoffnung ein Feuerwerk optimistischer Raketen, die wie ein überreicher Goldregen voll glühender Zuversicht aufplatzten. Er kroch weiter auf den Konferenzraum zu. Dann stieß seine Hand gegen Holz: eine Tür!

»Aber ich würde es Euch doch sagen, wenn ich wüßte, wo er sich aufhält!« jammerte der Hauslehrer.

»Warum ausgerechnet ich? Und warum ausgerechnet jetzt?« stöhnte Kharthezsh. »Ich habe es satt, satt, satt!«

Kein Wunder! dachte der Hauslehrer und blickte leicht angewidert auf die schleimigen Fischreste.

»Schyrling!« bellte der König. Obwohl augenblicklich mehrere Milligramm Ellis Dee im Verein mit acht oder neun Krügen Met in seinem Körper zirkulierten, hatte sich Kharthezsh wieder bemerkenswert im Griff. »Schyrling, Ihr untersucht mir die Angelegenheit!«

»Jawoll, Hoheit!«

»Ihr bringt ihn mir wieder, meinen Sohn, meinen ...«

»Klayth!« schrie eine hohe Stimme. In der Wand, etwa

zwei Meter über dem Boden, flog eine Tür auf. Ein Junge purzelte heraus, kurz nach ihm ein rothaariges Mädchen mit einem mächtigen Schwert, dann noch ein Junge (kurzgewachsen, dick, ein wenig wie ein Fäßchen) und zuletzt wieder ein Mädchen, ein kreischendes kleines Mädchen.

Schyrling fuhr herum, hatte blitzschnell das Schwert gezogen und sich im nächsten Augenblick breitbeinig vor den König gestellt, um ihn zu schützen.

Firkin, der immer noch schrie, kroch mühsam zuunterst aus dem zappelnden Haufen heraus. »Klayth! Du bist in Gefahr. Ich ... oha!« Er verstummte. Er blickte in die Augen von Kommandant Schyrling, der sehr aufgebracht zu sein schien, und in die Augen eines unvorstellbar alten Königs.

»Packt sie!« brüllte König Kharthezsh und zeigte auf den Haufen Kinder, die sich auf dem Boden herumwälzten.

»Bitte nicht!« winselte Hogshead. »Nicht schon wieder!«

VII

EIN BLÖDER WITZ

Aber wir haben doch nichts damit zu tun!« Die Zellentür fiel ins Schloß. Firkin packte die Gitterstangen und protestierte lautstark.

»Klar. Das ist eins von den zwei Märchen, mit dem sie alle kommen.« Der bullige Wärter zog die Nase hoch, versperrte die Tür und hängte sich den Schlüssel wieder an den Gürtel, mit dem er seine Wampe zusammenhielt. »Ihr habt nie vorgehabt, den König in Angst und Schrecken zu versetzen, hab ich recht? Ihr wolltet niemals riesige Strecken durch Geheimgänge schleichen, die keiner außer euch kennt? Und ihr wärt nie im Leben draufgekommen, den Prinzen zu entführen und ihn so lange festzuhalten, bis ihr das Lösegeld habt, oder?«

»Genau! Wir sind unschuldig!«

»Logo!« grunzte der Wärter. Dann raunzte er abfällig, spuckte aus und ging. »Das war das andere Märchen. Wenn man mir für jedes Mal, wo ich mir das anhören mußte, ein Bier bezahlt hätte, dann hätt ich heute keine Leber mehr.«

»Kein Wort jetzt! Nicht ein einziges«, fauchte Firkin, der glühendheiß die wütenden Blicke der anderen im Nacken spürte.

»*Nur noch hier rein!*« spottete Courgette. Ohne Exhibitur kam sie sich richtig nackt vor. Außerdem fragte sie sich, warum sie plötzlich nicht mehr den Drang verspürte, sich an das nächstbeste Eisengitter anzuketten. »*Nur mehr diesen einen Durchgang*. Ich *hör* ihn noch!«

»Und ich kann sie immer noch nicht hören, die brauchbaren Vorschläge, die du angeblich gemacht hast«, knurrte Firkin und öffnete und schloß vor Wut und Enttäuschung in einem fort die Hände.

»Du hast mir ja nicht zugehört!«

»Hab ich doch!«

»Hast du nicht!«

»Doch!«

»Du bist einfach immer in den nächstbesten Korridor abgerattert!«

»Bin ich nicht!«

»Bist du doch!«

Plötzlich erfüllte ein siedendes, knisterndes Geräusch die Zelle (es klang etwa so, als würde eine große nasse Katze in eine brodelnde Friteuse geworfen), der Streit verstummte.

In einem Winkel materialisierte etwas, das die Farbe von E-Dur hatte. Es dehnte sich in vertikaler Richtung aus, verbreiterte sich, als wollte es den ganzen Raum mit Saxofran anfüllen, zischte ein letztes Mal und dann … Die Gestalt war komplett. Mit allem, was dazugehört: langer Bart, Eule, hoher spitzer Hut, dazu passendes Wallegewand mit einem Muster aus Stars and Stripes, Kragen und Ärmel mit c-Moll 7 paspeliert.

»Alles in Ordnung«, brummelte der Zauberer eher matt. Doch dann, als er die Gesichter der Kinder sah, reckte er den Kopf: »Keine Angst! Ich will nur …«

»Merlot!« kreischte Hogshead.

»Na?« sagte der Zauberer und sah die Eule auf seiner Schulter an. »Beim dritten Anlauf, was?«

»Beim vierten!« raunzte Arbutus indigniert. Dann sah er sich in der Zelle um und führte vor, was es heißt, über einen außerordentlich drehfreudigen Hals (annähernd 360 Grad) zu verfügen. »Und daß das Unternehmen hervorragend geglückt ist, würde ich auch nicht unbedingt meinen!«

»Merlot! Seid Ihr's wirklich?« schrie Hogshead.

»Was?« knurrte der Zauberer und starrte die Eule an, die eben die Flügel auf dem Rücken zusammenfaltete.

»Es scheint wohl deiner Aufmerksamkeit entgangen zu sein, daß wir, genauso wie die anderen vier hier, gegenwärtig in einer Hochsicherheitszelle tief unter dem befestigten Reichspalast von Cranachan eingekerkert sind«, antwortete Arbutus herablassend.

»Unwesentlich. Gar nicht der Rede wert!« brummelte Merlot. »Du läufst Gefahr, dich zu einem lästigen Pedanten zu entwickeln, mein lieber gefiederter Freund! Hier: Laß es dir schmecken!« Merlot lüftete den Hut, und Arbutus schnappte beglückt das in Schreckstarre gefallene Nagetier aus dem nicht mehr ganz weißen Haar des Zauberers.

»Merlot! Hört Ihr uns überhaupt?« Hogshead war überzeugt, daß er halluzinierte.

»Ja, ja! Kein Grund, so zu schreien, junger Mann!« Merlot beugte sich, steif wie ein Lineal, ein wenig herab und starrte ihn an. »Aha! Hogshead, nicht wahr. Na, mein Junge, wiste ne Birn? Wir sind uns doch schon einmal begegnet, nicht wahr?«*

»Äh, ja«, stotterte Hogshead, als ihm unvermittelt

---

* Wo immer Merlot sich sehen ließ, war er von Geheimnissen und Gerüchten umgeben. Rätselhaft war etwa, wie die Mäuse unter seinen Hut kamen; unerklärlich, wie er sich trotz des Gewichts in seinen Taschen, in denen allerlei erdenklicher Schrott und Plunder, aber auch Tiere und Pflanzen untergebracht waren (Bindfäden etwa, Fahrradketten, elektrische Teekessel, eine Kolonie Wühlmäuse und ein Aquarium), in seinem Mantel aufrecht halten konnte … Und dann gab es da noch das Gerücht, daß er in Wirklichkeit *rückwärts* lebte. Merlot konnte sich allerdings genau erinnern, daß er dieses Gerücht auf einer Pressekonferenz, die sechshundert Jahre in der Zukunft stattfinden sollte, dementiert hatte.

eine Handvoll Obst aufgedrängt wurde. »Wir sind uns schon einmal begegnet. Erinnert Ihr Euch denn nicht mehr?«

»Ob ich mich noch erinnere? Aber selbstverständlich erinnere ich mich! Ich bringe nur gelegentlich etwas durcheinander. Unwichtig!« Arbutus *schuhute* fröhlich, verdrehte kauzig die Augen, deutete sich mit der Zeigeschwungfeder an die Schläfe und führte enggezogene, kreisende kleine Bewegungen aus.

»Was wollt Ihr eigentlich hier?« fuhr Firkin Merlot an. Er war wütend, weil er schon wieder nur die zweite Geige spielte.

»Aah ja! Eine sehr gute Frage, junger Mann! Auf die es leider nur eine sehr unbefriedigende Antwort gibt«, sagte Merlot und setzte sich im Schneidersitz auf den Zellenboden. »Habt ihr in letzter Zeit irgendwelche merkwürdigen Vorgänge wahrgenommen?«

»Ja! Zum Beispiel, daß Zauberer plötzlich in unserer Zelle auftauchen und nicht dran denken, uns rauszuhelfen, damit wir Klayth retten können«, sagte Firkin vorwurfsvoll.

»Richtig«, bestätigte Merlot schlicht.

»Und? Wollt Ihr uns vielleicht raushelfen?« fuhr ihn Firkin an. »Ihr könnt doch zaubern, oder? Ich will mich da nur versichern, versteht Ihr? Wir haben *Zauberer* getroffen, die es nicht können.«

»Eins nach dem anderen, Jungfirkin! Wie kommst du zu dieser fixen Idee mit dem Eingesperrtsein?«

»Weil es mir lieber ist, nicht eingesperrt zu sein!«

»Alles zu seiner Zeit, mein Junge, alles zu seiner Zeit!« sagte Merlot.

»Und warum nicht jetzt?«

»Nun, das ginge natürlich schon. Nur ... hier drinnen seid ihr sicher.«

»Sicher? Vor wen?«

»Vor *wemmm!*« verbesserte Arbutus.

»Pedant!« fauchte Merlot und warf ihm wieder eine

Maus zu. Dann sah er die vier Kinder streng an. »Heißt das, ihr habt wirklich nichts Merkwürdiges gesehen?«

»Nein!« blaffte Firkin, der ungeduldig herumhampelte. »Könnten wir jetzt vielleicht gehen? Klayth steckt in Schwierigkeiten!«

»Halt die Klappe!« fuhr ihn Courgette böse an. Sie vermißte einen Schwertgriff, den sie hätte packen können. »Meint Ihr zum Beispiel Kaninchen mit Taschenuhren?«

»Ja.«

»Und komische Schwerter?«

»Und Drachen?« fragte Hogshead.

»Ihr habt das alles gesehen?« fragte Merlot.

Die Kinder nickten.

»Ahmmm«, brummte Merlot und zupfte sich nachdenklich am Bart herum.

»Seid Ihr deswegen hergekommen?« drängte ihn Hogshead.

»Was ist da eigentlich los?« wollte Courgette wissen.

Merlot schüttelte grimmig den Kopf, starrte auf Hogsheads Rocktasche und fragte: »Wie geht es eigentlich Ch'tin?«

Hogshead erschrak. In dem ganzen Chaos hatte er den kleinen grünen Bücherwurm völlig vergessen. Ängstlich zog er *Lady Schätterlies Laffe* aus der Tasche und schlug Kapitel fünfundachtzig auf. Entsetzt starrte er die harte, braune, umförmige Masse an, die ganz hinten im Falz hockte, wo eigentlich Ch'tin hätte hocken sollen.

»Bhlaääh!« ächzte Dawn. »Was ist denn da los?«

»Welch ein Jammer!« stöhnte Merlot. »Er verpuppt sich. Dabei hätte er alle unsere Fragen beantworten können!«

»Was ist denn eigentlich los?« fragte Hogshead wieder. »Wo kommen alle diese fiktiven Wesen her?«

»Woher wohl? Nun rate mal!« sagte Merlot.

Hogshead starrte Ch'tin an, dann Merlot, dann Arbutus.

»Jenseits des Raum-Seitlichen Kontinuums ...«, setzte er ehrfurchtsvoll an, so andächtig wie die Atmosphäre einer Bibliothek.

Merlot nickte. »In diesem Kontinuum ist ein Loch. Und es wird immer größer. Ein Bücherwurmloch im Biblioversum: Ich habe das immer nur als theoretische Spekulation erachtet. Aber: Wir haben eins!«

»Aber wie? Warum?«

»Ich weiß es nicht«, gestand Merlot. »Ich weiß nur, daß wir verhindern müssen, daß es immer größer wird. Wenn das Kontinuum reißt, dann entsteht ein derartiges Wurmloch, und über dieses Wurmloch kommt es zum unkontrollierten Austausch von Realität und Phantasie. Und das führt zum totalen Chaos! Ihr habt gesehen, was geschehen kann. Wenn das zu lange so weitergeht, dann wird sich Faktisches mit Fiktivem vermischen. Das Leben in den Kapiteldimensionen ist in großer Gefahr!«

»Was können wir dagegen tun?«

»Nun, ihr könntet mir zuerst einmal erzählen, wo ihr überall gewesen seid und was ihr in letzter Zeit so erlebt habt«, sagte Merlot. »Alles! Ihr beginnt am besten mit dem Anfang!«

König Kharthezsh bebte vor Zorn. Er war ins Zimmer von Klayth gegangen, starrte aus dem Fenster und krallte sich so wütend am Fenstersims fest, daß die Steinplatte krümelte. Die Schwarze Garde hatte nach Hinweisen und Anhaltspunkten gesucht und nichts gefunden, aus dem mehr zu erfahren gewesen wäre als aus der zurückgelassenen Nachricht.

Sein Sohn war entführt worden. War ihm gestohlen worden! Vor seiner Nase!

Es war eine Schande! Eine Schmach! Er brüllte und drosch mit der Faust gegen den Fensterrahmen. Womit er die Spatzen fürchterlich erschreckte.

Er brauchte seinen Sohn dringend. Seinen Erben. Kharthezsh wußte genau, daß sich in wenigen Jahren das Alter endgültig beim ihm eingestellt haben und ihm Stück für Stück wegnehmen würde, was er sich an Jugendfrische durch harte, anstrengende Bemühungen so lange hatte erhalten können. Kraft, Beweglichkeit, sein agiler böser Geist: alles das würde von ihm gehen, und er würde geschwächt zurückbleiben, ein leichtes Opfer für seine Feinde. Selbst die ärztliche Kunst von Doktor Sanathorius würde das nicht verhindern können. Sein Königreich würde ihm entrissen werden – es sei denn, sein Sohn würde seine Herrschaft weiterführen.

Zum ersten Mal ihm Leben fühlte er sich verwundbar und schutzlos. Als hätte man ihm seine Lieblingsunterwäsche gestohlen.

Er stürmte aus dem Zimmer seines Sohnes und ließ sich brüllend Neunaugen und Met auf sein Gemach servieren. Und zwar gleich! Oder besser: noch schneller!

Hoch oben im Turmzimmer des Lüginsland starrte eine Eule zwischen ihren krallenbewehrten Zehen hindurch und beobachtete gelangweilt eine Gruppe winziger Männer, die tief unten in dem gepflasterten Hof einen kleinen Stand aufbauten. Sie werkelten angestrengt, stellten Fahnenmasten auf und schlugen frischgemalte Werbeplakate an. Jeder von ihnen war überzeugt, daß sie heute Erfolg haben würde. Heute war es soweit: Die Stimmung, die die Menschen erfaßt hatte, brauste wie eine mächtige Grunddünung im Meer des Unglaubens. Man roch es am Duft der vollreifen Gerüchte, der durch die Luft zog; man hörte es aus den Geprächsfetzen, die Klatsch und Tratsch transportierten; man konnte es sogar lesen: Der *Cranachische Merkur* berichtete ausgiebig von unerklärlichen Vorkommnissen, streute Schnipsel des Mysteriösen unters Volk und schürte so das brennende Interesse am Abstrusen und Absonderlichen. Eine Flut von Leserbriefen schilderte Begegnungen mit fiktiven Kreaturen, die in den Bergen der Umgebung umgingen; Flüchtlinge, die noch rechtzeitig aus der ausgebrannten Ruine von Isolon hatten fliehen können, beschrieben das grauenhafte Wüten des Drachen. Das Bollwerk der skeptischen Ablehnung war brüchig geworden. Die Hohenpriester der Hochkirche von Sankt Mammon dem Ungewaschenen hatten die Schwachstelle erkannt und waren fest entschlossen, in diese Kerbe zu hauen und Kapital daraus zu schlagen.

Tief unterhalb der Eulenzehen trat Seine Eminenz, Bharkleed der Leidenschaftlich Exaltierte, ein paar Schritte zurück und bewunderte das Resultat ihrer Arbeit, während S. H. A. Wenzl der Maßlos Gesalbte und im Augenblick ebenso stark Verschwitzte eben noch den letzten Nagel einschlug.

Beim Anblick der Bretterbude, die entfernt an einen Altar erinnerte, lief es Bharkleed prickelnd über den Rücken: Auf der erhöhten Plattform stand eine geräumige Holztruhe, die mit einem alten dunkelgrünen, mit merkwürdig wirbeligen Mustern bemalten Vorhang verhüllt war. Zu beiden Seiten des Podiums waren hohe Masten aufgerichtet. Und diese Masten trugen ein aus mehreren Dielenbrettern (die man sich für diesen Zweck *geborgt* hatte) zusammengeklopftes Schild, auf dem die folgende Botschaft stand:

DAS JENSEITS IST NAHE!
EIN WITZBOLD, WER ES LEUGNEN WOLLTE!
PROFESSIONELLE FÜRSPRACHE FÜR JEDEN,
DER SICH KEINE BLÖSSE GEBEN WILL,
WENN ER DAS ANDERE UFER BETRITT!

Seine Spektabilität, Flaezz der Höchstpostamentierte, stellte sich neben Bharkleed und beobachtete mit ihm, wie Wenzl vom Mast herunterkletterte. Der Maßlos Gesalbte schlug sich das Schienbein an und fluchte.

»Bruder Wenzl! Hüte deine Zunge!« wies ihn Bharkleed zurecht.

Worauf ihm ein Schwall lästerlicher Flüche entgegenschlug, in denen eine extreme Abneigung gegen Schwerarbeit in großen Höhen zum Ausdruck kam.

»Du kannst von Glück reden, daß ich diesen Mauersims da oben nicht schon vor Beginn unserer Arbeit entdeckt habe!« Bharkleed zeigte auf einen schmalen Fenstersturz im oberen Drittel des Lüginsland.

Wenzl sah hinauf und offerierte noch einmal ein halbes Dutzend frevelhaftester Verwünschungen.

Kurze Zeit später war es soweit: Die unzähligen auf der Truhe aufgestellten Talgkerzen waren entzündet, überall lagen – raffiniert unzeremoniell verstreut – ehrfurchtgebietende Bücher, und mittendrin wartete ein gewaltiger Formularstapel, die *Bescheinigungen zum Nachweis des Bedingungslosen Glaubens,* darauf, daß sich bereitwillige Unterzeichner der frisch zugeschnittenen Federkiele bedienten und ihre Unterschrift leisteten.

Bharkleed stand hinter der Truhe, schlug das *Rote Buch Mammon,* das *Proselytische Manuskript,* auf und las:

»Vertrauet nicht dem Zinsgewinne der Banken und Geldhäuser, denn siehe, er wird besteuert werden!« verkündete er. »Ich aber werde Euch, so spricht Sankt Mammon, eine spirituelle Liegestatt sein, die Sicherheit bietet, Komfort und einen Platz, um Eure Risikoängste darunter zu verstecken!«

Hinter der nächsten Ecke traf Bharkleeds inbrünstige Rede auf mehrere offene Ohren, die interessiert zuckten.

»Werfet Eure Perlen nicht den Säuen vor, denn deren Ohren sind nicht gepierced!«

Hinter einer anderen Ecke tauchten neugierige Gesichter auf, man wollte sehen, was dieser Wirbel zu bedeuten hatte.

»Meine geliebten Schwestern und Brüder!« schrie Bharkleed, dessen indigoblauer Talar sich plötzlich gewaltig blähte und bauschte. »Ich weiß, Ihr fühlt es, daß das Ende der Welt nahe ist. Ihr fühlt, daß das Gewebe der Realität an den Rändern einreißt, daß seine Nähte sich auftrennen. Sagt mir, was Ihr gesehen habt! Noch muß es nicht zu spät sein, noch könnt Ihr errettet werdet!«

Bharkleeds Ausführungen rührten an etwas tief im Inneren seines Publikums Verborgenes und brachten dort eine Saite zum Schwingen. Alle, die ihm zuhörten, hatten etwas gesehen, hatten etwas erlebt und hatten versucht, die Scheuklappen aufzusetzen, wegzusehen und nichts wahrzunehmen. Sie hatten es nicht geschafft. Der Glaube, es habe sich bei jenen widerlichen Vögeln, die sich in Scharen auf ihren Kaminen niederließen und dort Nester bauten, um Halluzinationen gehandelt, um Hirngespinste, hervorgerufen durch hochgradige Trunkenheit – dieser von Anfang an nicht sehr feste Glaube war wie Glas in unzählige glitzernde Splitter zersprungen, als man feststellen mußte, daß die Mistviecher heute morgen immer noch dagewesen waren und zu nachtschlafender Zeit ihren kakophonisch kreischenden, eindeutig byrogrottischen Morgenchoral anstimmten. Und als hätte das für eine Revision der Halluzinationstheorie noch nicht gereicht, hatte auch noch eine Herde Ratzjen rücksichtslos grötzend die Nacht durchgemacht und das ganze Viertel wachgehalten. Es konnte keinen Zweifel mehr geben: Irgend etwas war absolut nicht in Ordnung. Und dieser Zustand wurde von Minute zu Minute schlimmer.

»Ich kann Euch das Unerklärliche erklären!« Bharkleed gestikulierte wie ein Marionettenspieler. Seine Hände holten die Zuhörer aus der Menge, als würden sie an Fäden hängen; mit jedem Zucken seines vorgeblich heiligen Fingers zog er sie an, mit jedem Wink seiner Hand trieb er sie näher an den gefährlich rutschigen Rand der Fallgrube von Sankt Mammon.

Plötzlich galoppierte eine gespenstisch abgezehrte Gestalt mit lautem Gebrüll über den Platz: der Hunger. Er schwang einen Poloschläger.

In Sekundenschnelle war jeder Zentimeter Raum besetzt. Mit panischer Furcht strömten die Menschen in Massen auf dem Platz zusammen, sie wollten wissen, was es mit dem Basilisken in der Badewanne auf sich hatte, warum ein Salamander im Spülbecken saß oder was ungezählte andere Vorkommnisse dieser Art zu bedeuten hatten. Die gespannte Erwartung stieg immer mehr an, die Menschen schrien ihre Fragen, brüllten sie hinaus, der Lärm nahm unaufhörlich zu. Als die Anfragen katechetische Unterweisungen auslösten und diese wieder zur Verdopplung der Nachfragenmenge führten, bildete sich eine Aura über dem gepflasterten Platz. Und diese Aura steckte ihre inquisitorischen Finger in Kehlen und Gurgeln, griff nach den skeptischen Restbeständen in jedermanns Herzen und kitzelte die dunklen Ahnungen und Ängste heraus, die alle umtrieben, die von dem Unerklärlichen gehört oder gelesen hatten. Die Aura sprenkelte Phosphate, Nitrate und essentielle Aminosäuren über die keimende Saat der allgegenwärtigen Panik, begoß sie mit dem Brunnenwasser der Besorgnis und sah begeistert, wie die verkümmerten Schößlinge der Unruhe sich aufrichteten und grünten. Die Disteln der Hysterie trieben Blüten.

Gerade als König Kharthezsh mit wilder Wut dem nächsten Neunauge den Kopf abriß, startete hoch oben auf dem Lüginsland eine früh erwachte Schleiereule. Immer noch keine Nachricht von Klayth! Allmählich reichte es ihm. Er mampfte und malmte, fauchte und knurrte und verfluchte die Schwarze Garde wegen ihrer Unfähigkeit. Sechs Stunden hatte sie jetzt Zeit gehabt, und hatte *was* erreicht? ... Nichts! Da müßten Köpfe rollen, eine Saumseligkeit dieser Art durfte nicht ungestraft bleiben! Wichtige Fragen mußten jetzt geklärt werden! Zum Beispiel die, wer als erster dran war!

Und während in seinem Kopf ein Chaos aus finsteren Gedanken und üblen Launen kochte und brodelte, trübte sich sein Blickfeld, begann zu wirbeln und spaltete sich auf – es war, als hätte sich die Realität in eine Amöbe verwandelt, die gerade das Geschäft der Reproduktion verrichtete. Kharthezsh blinzelte verstört, rieb sich die Augen und starrte ungläubig durch den Doppelrahmen des Fensters. Ebenso unerwartet wie unerwünscht schlängelte sich die harte kalte Hand der Angst über die Schultern und fuhr ihm mit knöchernem Finger durch das gestutzte lockige Nackenhaar. Er drehte sich um, sein von Wut und Angst gepeinigter Blick schweifte schwankend und torkelnd im Zimmer umher: Das zweite Bild rückte an das erste heran und tanzte mit schwindelerregendem Gewirbel um es herum. Kharthezsh torkelte richtungslos im Kreis, griff nach der Wand, griff ins Leere und brach vor dem Fensterbrett zusammen. Dielenbretter flogen ihm um den Kopf wie ein hölzerner Wirbelwind. Er stierte durch Ellis-Dee-Dunst und versuchte einen Punkt zu fixieren, irgend etwas, das möglicherweise länger stillstand. Er sah nichts. Nur seine Zukunft, und die sah nicht rosig aus.

Hoch über dem Reichspalast registrierte die Eule eine Bewegung auf einem Fensterbrett im königlichen Flügel. Eine krapathische Bergmaus kroch unsicher die Mauer hinauf. Das Eulenauge richtete sich auf sie, der Vogel führte blitzschnell eine Kurskorrektur durch und steuerte die Beute an.

Plötzlich verschwand vor den Augen des Königs der Boden und verwandelte sich in einen schwarzen Tümpel, in dem ein abgründiger Strudel kreiste. Er spürte, wie sich unter der Oberfläche etwas bewegte, wie etwas in der öligen Flüssigkeit nach oben stieg, wie halbkugelförmige Augen ihn anstarrten. Ein riesiges Maul brach durch den schwarz glänzenden Spiegel und spie die Ereignisse der jüngsten Vergangenheit in den Tümpel – blubbernd trieben sie in dem riesigen schwarzen Loch vor ihm an die Oberfläche. Er schrie. Schrie er? Er glaubte es zumindest.

Drachen flogen durch die Luft, Trolle drehten sich wirbelnd und schlugen den Marktplatz kurz und klein. Klayth tauchte auf, ganz kurz nur, dann griffen Dutzende von schwarzen Panzerhandschuhen nach ihm und rissen ihn fort. Eine indigoblau gekleidete Gestalt wurde sichtbar, Kharthezsh hörte sie sprechen. »... niederdrücken vom Gewicht der Sorgenlast, die die Herrscherrolle mit sich bringt ...«, schrie das grinsende Bild von Bharkleed. »So viele Männer, die Führungspositionen innehaben, leben in entsetzlicher Angst vor dem, was die Zukunft bringen wird ... ducken sich feige vor dem Schicksal, schrecken davor zurück wie vor dem Angriff eines Drachen ...« Das Gespräch in der Kapelle: Wie eine Flutwelle kam es zurück.

Hinter ihm zeigten das Scharren von Klauen und ein kurzes Quieken das Ende der krapathischen Bergmaus an. Das Wahrnehmungsvermögen des Königs unternahm den Versuch, auf das flatternde Geräusch am Fenster zu achten. Sein Blickfeld verschwamm, seine Imagination brodelte.

»... weil Ihr an das Jenseits glaubt ...!« brüllte Bharkleeds Bild.

Flügel schlugen klatschend gegen Glas, die Eule strampelte, um die Bergmaus und den Halt auf dem Fenstersims nicht zu verlieren.

»... an das Jenseits glaubt ...«, hörte er Bharkleed in seinem Kopf kreischen.

Der Vogel packte das zappelnde Nagetier mit dem Schnabel, drehte sich um und segelte davon.

König Kharthezsh blinzelte verstört und schüttelte den Kopf: Eben noch hatte ihn der Engel vom Fensterbrett gegrüßt und war dann in orangefarbener Lichtglut verschwunden. Kharthezsh sprang ans Fenster, stieß es auf und schrie: »Warte auf mich! Nimm mich mit ...!«

Gefährlich weit hing er aus dem Fenster, starrte in einen Dunst, den die siebenhundertfache Menge der üblichen illegalen Dosis von Ellis Dees Halluzinogen erzeugt hatte ... Der Engel, sein Engel, schwebte in Richtung Lüginsland davon.

Während Merlot im Schneidersitz in einer Zelle tief unten im Cranachischen Reichspalast saß, schlugen und flatterten die zerfetzten Ränder der Gewebebahnen des Raum-Seitlichen Kontinuums und rissen die defekte Stelle immer weiter auf. Noch weiter riß sie, als sich der unermeßliche Druck entlud, den unzählige Märchenerzähler, Poeten und Sagendichter erzeugt und aufrechterhalten hatten, und mit schäumendem Strahl ein Schwall purer Phantasie ausströmte. Figuren, die Ewigkeiten lang mit festen Erzählsträngen sicher in Handlungsgerüste eingebunden gewesen waren, wurden jetzt herausgerissen, entschwanden aus den Gefilden der Fiktion und wurden in die reale Welt geworfen. *Editus!*

Firkin trommelte gereizt mit den Fingern und starrte finster in eine Zellenecke, während Hogshead und Courgette dem Zauberer Merlot detailliert zu schildern versuchten, wo sie gewesen waren. Vor allem aber, wo sie *wann* gewesen waren.

Plötzlich sprang der Zauberer auf und starrte sie verblüfft an. Arbutus flatterte erschrocken und krallte sich an der Saxofranschulter fest.

»Das ist es!« schrie er.

»Hä?« grunzte Hogshead entgeistert. »Daß Khucaph niedergebrannt wurde – *das* soll die Lösung sein?«

»Nein! Nicht die Lösung! Nur ein Anhaltspunkt für die Lösung! Du verstehst?«

»Also, um's mit einem Wort zu sagen: nein!« Hogshead kratzte sich am Kopf.

»Versteht ihr denn nicht? Ihr habt mir doch eben erzählt, daß ihr, bevor ihr nach Khucaph gekommen seid, einem Déjà-Moi-Feld* ausgesetzt gewesen wart – im Zu-

---

* Déjà Moi: Der große Bruder des Déjà Vu. Statt nur das unsichere Gefühl zu erzeugen, schon einmal *dagewesen* zu sein, ermöglicht es Déjà Moi, diese Annahme tatsächlich zu überprüfen. Und zwar durch Rückkehr an jenen Ort, an dem man, wie man glaubt, schon einmal war – wo immer das auch gewesen sein mochte. Praktiziert wird Déjà Moi von den *Déjà-Moi-Meistern des Neunten Äon,* von denen einer in dem geheimen Dorf Losa Llamas lebt.

sammenhang mit diesem ganzen Blödsinn mit den Fröschen und dem Zwei-Minuten-Krieg, nicht wahr?« begann Merlot seinen Erklärungsversuch.

Hogshead und Courgette nickten.

»Aber dann müßt ihr doch wissen, was da geschehen ist«, tadelte Merlot ernst. »Ihr habt den Lauf der Geschichte abgeändert!«

»Sicher! So war's auch gedacht!« Hogshead nickte. »Wir haben eine Katastrophe verhindert! Und«, stellte er selbstgefällig fest, »wir haben die Welt gerettet!«

»Mhmmm«, brummelte Merlot nachdenklich. »Katastrophe verhindert, möglicherweise. Aber die Welt gerettet ... Ich weiß nicht so recht.«

»Was? Warum denn nicht?« Hogshead spürte, daß Kopfschmerzen im Anzug waren, seine Stimme nahm einen leicht schrillen, etwas panischen Ton an. »Was haben wir denn dann gemacht?«

»Ein Bücherwurmloch!« Merlot stöhnte mißbilligend und pochte mit dem Knöchel des Zeigefingers an Hogsheads Stirn. »Wach auf, Junge. Aufmerken!«

»Aber ... Ich versteh nicht ...« Hogshead zog ein finsteres Gesicht.

Merlot schüttelte mutlos den Kopf und zupfte sich am Bart. »Whintz mal wieder gesehen?« fragte er aus heiterem Himmel, genauso beiläufig, wie er Hogshead gefragt hatte, ob er eine Birne wolle.

Firkin hatte genug. »Was hat denn Whintz damit zu tun?« fuhr er Merlot an. »Wir müssen hier raus! Merlot: Ihr seid doch ein Zauberer ...«

»Habt ihr in letzter Zeit einmal Whintz gesehen?« fragte Merlot wieder und strafte Firkin mit Nichtachtung. Die Rädchen in seinem Gehirn surrten hör-bar, die Zuckerwattefäden des Begreifens wickelten sich schnurrend auf das wirbelnde Holzstäbchen des Verstehens.

Firkin kochte. »Nein! Nicht mehr seit Losa Llamas! Da ging's ihm bestens. Keine gesundheitlichen Probleme, Appetit war auch in Ordnung! So! War das jetzt genug

Tratsch? Können wir jetzt raus?« Er zeigte auf die verschlossene Zellentür.

Merlot zupfte sich am Bart und wandte sich an Hogshead. Die rosarote Zuckerwatteportion wurde größer. »Und du hast Ch'tin die ganze Zeit über in deiner Tasche gehabt?«

»Ja, warum ...?« fing Hogshead an. Ein unbehagliches Gefühl beschlich ihn.

»Irgend etwas Komisches an ihm bemerkt?« fragte der Zauberer.

»Also ... Abgesehen davon, daß er sich in ein scheußliches Monstrum verwandelt hat ... Nein, nichts Auffälliges ...«

»Na, na! Ganz bestimmt nicht?« fuhr ihn Merlot an. Die Antwort paßte ihm nicht ins Konzept.

»Er hat zugenommen, glaub ich. Aber genau kann ich das nicht sagen, weil er sich nur noch in sein Buch vergräbt. Etwas Bauchweh vielleicht, aber ...«

»Aha! Das könnte es sein!« behauptete der Zauberer. »Zu viel Magie bei einem so kleinen Körper – das führt zu einer akuten Aufblähung des oberen Hinterleibs ...« Mit einem heftigen Ruck zog eine mentale Hand die rosarote Zuckerwattewolke aus der kognitiven Silberschüssel des Verstands und schwenkte sie freudig. Merlot hatte verstanden. Ch'tins innerer Magiequotient, der seit dem Verzehr der *gar lehrreichen ANthologia in welcher versammelnt seind Allerley REceptures der ZAubrischen & MAggischen KÜnste nebst so manch anderm HOckusbockuS* deutlich erhöht war – das war die Wurzel des Übels! Nicht wahr?

Merlot rieb sich das Kinn, die Stelle, die von der ewigen Bartzupferei schmerzte. Dann trat er an die Zellentür und ratschte mit seinem Zauberstab rasselnd und klappernd über die Gitterstäbe.

»Aufhören!« blaffte Firkin. »Das ist ja ein fürchterlicher Krach!«

»Das alarmiert doch den Wärter!« protestierte Hogshead.

»Gut«, sagte Merlot. Er wartete einen Moment, dann fing er wieder an. Noch schwungvoller.

»Was soll das?« kreischte Firkin. »Ich hab gedacht, das sei ein Versuch gewesen, uns hier rauszuholen!«

»Welche Anmaßung!« wies ihn Merlot zurecht. »Du ungezogener Junge!«

»Großartig! Dann seid Ihr also auf ein Schwätzchen hier reingekommen und verdrückt Euch jetzt wieder!« schrie Firkin. »Wunderbar!«

Durch den Korridor dröhnte lautes Gebrüll und Gebelfere, Merlot hatte den Wärter aufgescheucht. »Was soll denn der Radau? Aufhören!«

»Herkommen!« schnarrte Merlot. Die Stimme des Zauberers hallte schaurig. »Auf der Stelle!«

Hogshead klingelten die Ohren, seine Zähne fühlten sich an, als schliffe jemand ein Breitschwert an ihnen. Und das konnte nur bedeuten: Entweder schliff jemand ein Breitschwert an seinen Zähnen, oder Magie lag in der Luft!

Schwere Schritte schlapften träge heran und hielten kurz vor der Tür an. Der Wärter stand, die Hände in die Hüften gestemmt, vor der Zelle und starrte wütend durch die Gitterstäbe. »Was wollt ihr?« bellte er. Hogshead erbebte beim Klang der dröhnenden Baßstimme, Dawn quiekte. Wenn Merlot sich das unter einem Ausbruch vorstellte, dann hatte er wahrscheinlich nicht die geringste Ahnung, wie hilfreich es war, den Wärter in Rage zu bringen.

»Ich denke, es handelt sich hier um ein Versehen!« Merlot strich sich über den Bart, es knisterte kurz, amethystfarbene Funken sprühten. Dann richteten er und Arbutus die geballte Kraft ihres kollektiven Blicks genau auf den Mittelpunkt des Wärterkopfs und starrten in die glanzlos-stumpfen Kuhaugen.

»Was machst *du* denn da drinnen?« fragte der Wärter. Das leise winselnde Geräusch, das Arbutus von sich gab, bemerkte er nicht. »Du solltest eigentlich nicht da drin ...

Oooh!« Der Wärter, der an sich schon eher dümmlich wirkte, zog ein Gesicht, als hätte ihn der Umstand, diesem konzentriert hypnotischen Blick ausgesetzt zu sein, wieder ein paar IQ-Werte gekostet.

»Ganz recht. Das sollte ich nicht!« bestätigte Merlot. Seine Stimme vibrierte seltsam, sie klirrte beinahe. »Wenn du also so freundlich wärst und mir die Tür öffnen würdest...« Die Pupillen des Zauberers wackelten leicht, er intensivierte die hypnotische Macht seiner Gedanken noch einmal.

»Ähmem ... ich weiß nicht so recht, ob ich ...«

»Nun mach doch schon. Etwas Besseres kannst du gar nicht tun. Wie du selbst gesagt hast, sollte ich gar nicht hier drin sein.«

Arbutus beugte sich vor. Der Wärter schwankte, er versuchte sich zu erinnern, was er eigentlich gesagt hatte.

»Linke Hand etwas nach unten«, befahl Merlot und zupfte wieder einen violetten Funkenregen aus seinem Bart. Weise lächelnd sah er, wie die schwerfällige Hand seiner Anweisung folgte. »Linker Schlüsselbund.« Metallisches Klappern. »Schlüssel in Schloß stecken«, sprach Merlot weiter, »und ... umdrehen!«

Ein kratzendes Schaben, ein Knirschen, dann rasselndes Geklirr: Die Tür war aufgesperrt. Merlot hielt den Wärter mit seinem stark hypnotischen optischen Sperrfeuer fest und winkte die Kinder aus der Zelle.

»Sehr freundlich von dir!« dröhnte Merlot. »Tritt doch näher und nimm Platz. Ich bekomme in letzter Zeit so selten Besuch.« Schwerfällig kam der Wärter der Aufforderung nach, ließ sich entrückt auf dem Zellenboden zusammenklappen und achtete nicht auf den schleunigst davonsausenden Zauberer, hörte nicht, wie die Zellentür ins Schloß fiel.

»Ha! Kein Problem!« schwadronierte Merlot und rieb sich vergnügt die Hände. Dann sah er sich im Korridor um, kratzte sich am Kopf und murmelte: »Los, hier entlang!«

»Auf gar keinen Fall!« kreischte Courgette und rannte in die entgegengesetzte Richtung.

Merlot schüttelte den Kopf und erhob die Augen zum Himmel. »Bei allem, was kartographisch benachteiligt ist: *Wohin,* um alles in der Welt, läuft sie wohl ihrer Meinung nach?«

Hogshead zuckte mit den Schultern. Kurz erhaschte er noch einen Blick auf eine Wade, dann war Courgette um die nächste Ecke gesaust. Unmittelbar darauf schlug ihm dröhnendes Geschepper an die Ohren, sprang und wirbelte es mit lautem Krachen durch den Korridor: durchgedrehte Dezibel, die alles daransetzten, die Freiheit zu erlangen. Hogshead rannte schon, bevor er noch daran dachte, loszurennen. Je näher er Courgette kam, um so heftiger hämmerte sein Herz. Er war zu allem bereit. Als er um die Ecke stürmte, sah er sich einem Wirbelsturm gegenüber: Metall fuhr zischend durch die Luft, Glieder wirbelten, der Raum war erfüllt vom wilden Tanz unzähliger Schwerter, die fauchend und schwirrend, Leib und Leben bedrohend, mit tödlichem Schwung hackten und schlugen und schlitzten. Ein Schauer aus Holzsplittern spritzte auf, als die wilde Schwertschwingerin einen alten Eichentisch in Stücke hackte. Beim Anblick des tobenden, rasenden Weibsbilds wurden Hogshead die Knie weich, er begann zu sabbern. Tagelang hätte er ihr so zusehen können… wochenlang! Mann, welche Schenkel!

Mit beiden Händen hatte Courgette Exhibitur zum Schlag erhoben, da erblickte sie aus den Augenwinkeln Hogshead, hielt ein und wurde zartrosa. »Hätt ich mein Wehr und Waffen solln fahrenlassen?« fragte sie. Sie wirkte größer und weiblich, erheblich wilder als üblich. »Ahem. Exhibiturs ledern Heft in meinen Händen zu halten, ward mir ein größer Ergetzen, als ich's gedacht!« bekannte sie stolz.

»Du meinst, du hast dich hinreißen lassen?« keuchte Hogshead und wischte sich den Mund ab.

»War's nit das, was ich gesagt?« fragte sie. Der Eichentisch zersplitterte und ging krachend zu Boden.

»Nun ja, so ungefähr«, sagte Hogshead, obwohl er den Mund kaum zukriegte. »Äh, ich… ich denke, wie sollten jetzt lieber abhauen.«

»Ha! Taktischer Rückzug! Ei freilich!« rief sie aus. »Komm!« Sie half Hogshead auf die Beine, und dann rannten sie los, um die anderen zu suchen.

»Warte!« schrie Kharthezsh der flüchtigen Eule nach und zog sich auf das steile Dach des königlichen Flügels des Reichspalastes. Er richtete sich auf, schwankte, konnte sich nur mit großer Mühe geradehalten. Zur seiner Linken fiel das Gebäude weit über hundert Meter senkrecht ab, traf weit dort unten auf zerklüftetes Felsengelände, das seinerseits wieder auf den zerfurchten Grat abfiel, auf dem Cranachan hockte. Wäre Kharthezsh in der Lage gewesen, geradeaus zu schauen, dann hätte ihn diese Perspektive möglicherweise beunruhigt. Im Augenblick aber zählte nur eines für ihn: der steinerne Finger, der dort drüben zum Himmel zeigte, der Lüginsland, der Turm, in dem die Engel wohnten.

Kharthezsh hatte sich, den Gesetzen der Schwerkraft zum Trotz, auf dieses Dach hinaufgeschleppt, hatte dazu jeden erdenklichen Griff und Halt benützt, einschließlich einiger kümmerlicher Pflanzen, die es auf irgendeine Weise geschafft hatten, in dieser exponierten, senkrechten Welt Wurzeln zu schlagen. Und jetzt rannte er über riesige graue Schieferflächen, höher und immer höher, rannte wie im Rausch – was nicht nur im übertragenen Sinn, sondern auch wortwörtlich verstanden werden muß.

Tief unter ihm, weit unten am Fuße des Turms, hatte die Menge, die den Hohenpriestern von Sankt Mammon lauschte, mittlerweile eine Größe erreicht, die selbst die optimistischen Vorhersagen von Bharkleed weit übertraf. Sie waren mächtig in Fahrt, die Priester, priesen lauthals den hohen Wert des Glaubens an *ihr* Jenseits, zitierten ganze Passagen aus dem *Roten Buch Mammon,* aus dem *Proselytischen Manuskript.* Immer noch liefen ihnen die Menschen zu – unter anderem auch ein gewißer Turgg Enjeff, investigativer Journalist von Beruf und Spitzenreporter des *Cranachischen Merkur,* der – Notizbuch zur Hand und Bleistiftspitze geleckt – auf seinen Einsatz wartete.

Als die ersten Unterschriften unter die *Bescheinigungen zum Nachweis des Bedingungslosen Glaubens* gesetzt wurden, war Kharthezsh am Lüginsland angekommen und blickte an ihm hinauf. Der massive Steinbau wand und krümmte sich und spaltete sich in zwei Teile auf. Erst trennten sich die beiden Teile, dann kamen sie wieder zusammen und umschlangen sich wie zwei wütend zischende Kobras, so als wäre jeder von ihnen versessen darauf, einen imaginären Gegner zu erwürgen. Kharthezsh taumelte auf den Turm zu, klammerte sich an den rauhen Stein und genoß einen Augenblick lang seine kühle Festigkeit. Dann machte er sich an den Aufstieg.

»Wollt ihr bei jenen sein, die in das höllische Gewimmel geworfen werden«, schrie Bharkleed über die wogende Menschenmasse hin, »oder wollt ihr zu den wenigen, zu den *sehr* wenigen gehören, die – bequem zurücklehnt, Füße hochgelegt, eine kühles Bier in der Hand – dieses Programm genießen können? Dann unterschreibt hier euren Kaufvertrag für ein vollmöbliertes Apartment mit offenem Kamin, in dem ein ewiges Feuer brennt! Für die ersten fünfundzwanzig Unterzeichner gibt es ein Gratisgrillbesteck!«

Während hinter ihm die Sonne versank, kletterte Kharthezsh, getrieben von wirbelnden Engelserscheinungen, wie eine arthritische Eidechse den Turm hinauf. Der halluzinatorisch aufgeladene Blutkreislauf, der brausend in seinem Körper zirkulierte, sorgte dafür, daß er keinen Schmerz empfand. Plötzlich fand seine Hand Halt an einem Fenstersims, das Gewölle, das die Eulen seit Jahrhunderten dort deponierten, flog in alle vier Himmelsrichtungen davon. Er war angekommen. Er packte einen Wasserspeier an der Gurgel und zog sich über den Sims in die Turmstube. Erschrockenes *Schuhu!* begleitete seinen Auftritt.

In seinem optisch schwer vernebelten Zustand sah er rund um sich Wesen mit blaß leuchtendem Heiligenschein, die auf Balken und Streben hockten, als säßen sie in einer Konferenz. Genauso hatte er sich Engel immer vorgestellt – diesen Blödsinn mit Wolken und Harfen hatte er noch nie geglaubt!

Erschöpft von der Kletterei, die Fingerspitzen blutig gerissen, fiel er auf die Knie und schrie: »Ich bin gekommen!«

Und da schien der Turm mit einemmal zu explodieren: Mit rauschendem Flügelschlag schwang sich die Eulenschar empor, Staub und Federn trieben in wilden Wirbeln durch die dünne Höhenluft.

»Nein! Wartet! Kommt zurück!« Kharthezsh taumelte verzweifelt einem Vogel hinterher. Er stürzte zur gegenüberliegenden Turmluke, schätzte Geschwindigkeit und Entfernung vollkommen falsch ein und segelte, fluchend, mit wehendem Mantel aus dem Fenster; rauschte auf eine Weise zur Erde, wie es keinem seiner Engel eingefallen wäre.

»Leute!« schrie Bharkleed unten auf dem Platz. Allmählich ging ihm die Geduld aus. Das Publikum war zwar hingerissen, aber kaum jemand dachte daran, seine Unterschrift zu leisten. Irgend etwas brauchte er noch, um seine Zuhörer endgültig zu überzeugen! Aber was? »Ihr habt gesehen, was der Weltuntergang bringen kann! Die Zerstörung des Marktplatzes war ein Zeichen, eine Warnung! Wenn ihr jetzt nicht bald anfangt zu glauben, dann fliegt euch noch das ganze Königreich um die Ohren!«

Genau in diesem Moment schlug, angekündigt von einem leisen Pfeifen und ein oder zwei schrillen Schreien im Publikum, der aufgeregt mit den Armen rudernde baldige Exkönig von Cranachan und Isolon auf dem Marktplatz ein. Er krachte auf das Schild, zerschmetterte es bis auf einen zersplitterten schmalen Streifen am linken Rand und lag schließlich, umgeben von seinen erschütterten Untertanen, einem alten grünen Vorhang, zwei Kerzen und einer aufgescheuchten Spinne vollkommen und für immer still.

Bharkleed erholte sich als erster, nachdem sich der Staub gelegt hatte. Er packte die Gelegenheit beim Schopf und war fest entschlossen, sie zu seinem Vorteil zu nützen. Ein König, den ihm der Himmel schickte – genau das, was ihm gefehlt hatte!

»Äh, mhmm … seht ihr? Wie ich gesagt habe: Könige werden euch um die Ohren fliegen! Gesteht es endlich: Wer unter euch glaubt immer noch nicht?«

Turgg Enjeff kritzelte wie besessen. Seine Hand zischte, ohne daß sie eine Anweisung aus dem lahmgelegten Reporterhirn erhalten hätte, über das Pergament, als triebe sie ein eigener Wille. Turgg Enjeff konnte es nicht fassen: Hier war die Äkschenn, und er war mittendrin!

Die Menge grölte, sie war unzufrieden und schockiert. Plötzlich zeigte eine Frau, die in vorderster Reihe stand, nach oben, schrie und kreischte hysterisch: »Das Schild! Ein Zeichen!« Die Hand deutete auf den kleinen Rest, der von dem Schild über dem Podium noch verblieben war:

DAS JENSEITS …
EIN WITZ …
FÜR …
BLÖ …

Bharkleed schluckte. Und dann brüllte er: »Seht ihr? Seht ihr, wie verwirrt er ist? Wie wenig er sich drüben zurechtfindet?«

Im nächsten Augenblick stürmte die Menge los. Alle verlangten sie jetzt lautstark nach den *Bescheinigungen zum Nachweis des Bedingungslosen Glaubens,* alle wollten sie Mitglieder der Kirche von Sankt Mammon dem Ungewaschenen werden, alle hatten die verzweifelten letzten Worte überzeugt, die der König noch aus dem Grab an sie gerichtet hatte.

Turgg Enjeff grinste und murmelte jene berüchtigten Worte vor sich hin, die hinausbrüllen zu können, jeder Zeitungsschreiber sich mehr als alles andere wünscht. Dann gab er seinen Aufzeichnungen noch den letzten Feinschliff, feixte und raste los.

Stoppt die Presse! dachte er schadenfroh. *Stoppt die Presse und schmeißt die Titelseite um!*

»Sonderkonditionen für Flüchtlinge!« Whintz stand vor dem Stadttor von Cranachan und pries flehentlich seine Dienste an. »Der Weg von Isolon hierher ist lang, da muß sich doch bestimmt einer die Schuhe neu doppeln lassen! Also, Leute: Bei mir kriegt ihr das Paar für… O nein! Nicht für zwei Silbergroschen und auch nicht für eineinhalb Silbergroschen – bei mir könnt ihr so was für nur einen windigen Silbergroschen und lausige drei Pfennige kriegen! Wenn das kein Angebot nich iss!« Stumpf trottete der desolate Zug der Hungerleider und Habenichtse über die letzten Meter des felsigen Pfads an ihm vorbei und übersah geflissentlich die verrußte Garderobe und das Gejammer des Fahrenden Zauberers. »Garantiert wie neu! Volle thaumare Garantie für drei Monate! Kostet euch keinen Pfennig extra!«

Am Boden, vor der von Feuer und Rauch geschwärzten Rückwand, neben den angekohlten Pfosten seiner Mobilbude lag ein kleiner, ramponierter, zerknautschter Rucksack.

»Wie wär's mit Euch, Gnädigste? Vielleicht ein lindernder Balsam für die schmerzenden Füßchen? Ein

Döschen Vußeline? Ein Hochgenuß für jeden Fuß! Das Dutzend nur einen Silbergroschen!«

Plötzlich hörte er hinter sich ein leises Rascheln. Dann noch einmal. Und dann wieder! Er sah sich um, suchte und forschte … Einbrecher? Nichts. Nur ein Büschelchen Heidekraut, mit dem der frische Bergwind der Krapathen spielte. Whintz kratzte sich den Kopf, drehte sich um und konzentrierte sich wieder auf den Strom der günstigen Gelegenheiten, der an ihm vorbei- und unaufhaltsam davonrauschte.

»Aber Ihr vielleicht, mein Herr!« schrie er. »Ein heilender Zauber für die geschwächten Schultern?« fragte er ein spilleriges Männlein, das unter der Last eines kompletten Haushalts stöhnte, die es – in ein Bettuch gewickelt – auf dem Buckel schleppte. »Legt ab alle Sorgen und Qual, fallera! Kostet Euch nur einen halben Pfennig die Stunde!«

Das Männlein lehnte ab. Entschieden und so überaus vulgär, daß Whintz zusammenzuckte, als hätte ihm eine Domina mit der Peitsche eins übergebrannt.

»War ja nur eine Frage«, winselte er. Dann hörte er es wieder rascheln. Er fuhr herum, schnappte sich einen Prügel, um dem Banditen, der sich da herumtrieb, auf die Langfinger zu hauen … Das Heidekraut zuckte in pflanzlicher Unschuld mit den Schulterblättchen. Mißtrauisch musterte er die kurze staubige Wegstrecke, die zwischen seiner Bude und der mächtigen Stadtmauer von Cranachan lag. Rechts: der Pfad; links: ein Felssturz. Sein Rucksack lag nach wie vor dort, wo er ihn hingelegt hatte.

Oder doch nicht? Lag er nicht vielleicht ein wenig näher bei dem Heidekrautbüschelchen?

Whintz schüttelte ungläubig den Kopf und kümmerte sich wieder darum, daß sich seine Verdienstmöglichkeiten nicht ungenützt verflüchtigten. Es raschelte. Fragen erhoben sich, sie richteten sich auf wie die Stacheln einer aufgeschreckten Amorettischen Giftschleiche. Es raschelte. Nicht zu *fassen!* dachte Whintz, als er sah, wie sein Rucksack davonhüpfte. Schnell *zu*fassen! dachte seine Muskulatur und setzte sich reflexartig in Bewegung. Mit einem Satz war Whintz hinter dem Rucksack her, der sich in Richtung Felskante davonmachte. Und gerade als er wieder zum Sprung ansetzen wollte, packte er ihn, rang ihn nieder und drückte ihn auf den staubigen Boden.

Ungezählte neugierig-verwunderte Blicke waren auf Whintz gerichtet, als er den Rucksack an die Brust zog, sich aufsetzte und vorsichtig hineinlugte. Irgend etwas regte sich da drinnen; etwas Lebendiges, irgend etwas, das er nicht hineingesteckt hatte. Er starrte in die trübe Zelttuchhöhle, suchte nach einem Paar Nagetieraugen, die über einem keuchenden Brustkorb funkelten. Er sah nichts. Zumindest nichts Ungewöhnliches. Nur die üblichen Nullachtfünfzehn-Bücher; die Reserveunterhosen, die er immer dabei hatte (man konnte ja nie wissen ...); eine wirre Ansammlung aus Dichtungsringen, Zahnrädern und Sonnenuhrzifferblättern und ein ganzer Haufen anderer Ramsch, auf den das Merkmal *lebendig* auf keinen Fall zutraf (eine durchaus beachtenswerte Ausnahme bildete vielleicht ein ganz besonders aromatisch duftendes Paar Schuhe).

Plötzlich zuckte die *ANthologia in welcher versammelnt seind Allerley REceptures der ZAubrischen & MAggischen KÜnste nebst so manch anderm HOckusbockuS* und wollte sich blitzschnell davonmachen. Whintz kreischte erschrocken auf und hielt den Sack schleunigst zu. Die *ANthologia* ratterte und strampelte, flatterte wütend mit den Seiten und verbog mit der Kraft der Verzweiflung den Rücken.

Nur mit großer Mühe bekam Whintz den tobenden Folianten unter Kontrolle. Irgend etwas war mit diesem Buch nicht in Ordnung: Erst war es ihm um den Kopf geflattert, dann diese Sache mit dem Phönix, und jetzt ... Was sollte jetzt noch kommen?

»Vertraut mir! Ich weiß, was ich tue!«

Courgette und Hogshead sahen stumm und nicht gerade überzeugt zu, wie Merlot die Wand abklopfte, dann das Ohr an die Mauer legte und lauschte. »Hier! Ganz bestimmt!« Arbutus runzelte gereizt die Stirn. Es war nicht leicht, auf der auf- und abtanzenden Schulter des Zauberers den Halt nicht zu verlieren.

»Mußt du mir eigentlich deine Krallen so tief in die Haut bohren?« Merlot funkelte den Vogel auf seiner Schulter zornig an.

»Ich kann natürlich auch gern runterfallen, mir den Schädel einschlagen und eine Gehirnerschütterung zuziehen! Oder einen Schädelbruch! Schädelbruch wollte ich immer schon mal haben! Wenn du meinst, bitte schön!« fauchte Arbutus.

»Jetzt sei doch vernünft ...«, wollte Merlot sagen.

»Jetzt sei *du* endlich still!« schuhute Arbutus.

»Jetzt kommt endlich weiter!« fuhr Firkin die beiden an.

»Wollt ihr mir etwa sagen, ihr wüßtest auch nur annähernd Bescheid, was es mit der Oberflächenbeschaffenheit dieser Palastmauern auf sich hat?« fauchte Merlot aufgebracht. »Schon der geringste Fehler kann dazu führen, daß man ein ganzes Stück davon abirrt!«

»Wovon abirrt?« fragte Dawn, die überhaupt nicht wußte, wovon die Rede war.

»Von den Gängen!« knurrte Merlot. »Was glaubt ihr wohl, warum man sie *Geheimgänge* nennt, hmmm? Da gibt es keine Leuchttafel, auf der *Eingang zum verborgenen Labyrinth* steht! Oder *Zum unterirdischen Stollensystem geradeaus!*« Dann klopfte er weiter die Wand ab und suchte die Stelle mit dem verräterisch hohlen Klang.

Plötzlich schrie Hogshead erschrocken auf. Unvermittelt zuckte und ruckte es unter seinem Kittel. Hätte er es nicht besser gewußt, er hätte geschworen, daß das ramponierte Exemplar von *Lady Schätterlies Laffe* den verzweifelten Versuch unternahm, dem Gefängnis seiner

Rocktasche zu entfliehen. »Bist du es, Courgette?« wisperte er voller Hoffnung.

»Was?«

»Was da in meiner Tasche rummacht?«

»Ei, wahrlich nit! Glaubest du etwan, ich wär, traun! ein Metze?« protestierte sie heftig und packte das Heft von Exhibitur noch fester.

»Ich, äh ... War ja nur so eine Frage.« Wieder zuckte es, zappelte und strebte ganz eindeutig von seinem Körper weg. Kein Zweifel: Es wollte heraus!

»Aha!« meinte Merlot – er hatte plötzlich die Stelle gefunden, die hohl klang. »Hier ist es!« Er beugte sich vor und musterte die Stelle, die sich in nichts von dem unterschied, was rund um sie war. »Ich denke – betrachtet man Erscheinungsform und Lage –, ich denke, wir haben es hier mit einem *Latent-Exit-System, Typ Stiekum Antik* zu tun«, sinnierte der Zauberer. »In welchem Fall ... äh, wie war das gleich wieder? Eine Hand auf diesen Stein, dann ... sechzehn senkrecht, fünf waagrecht ... die andere Hand auf den da und: drücken!« Und Merlot drückte sich, Arme und Beine gespreizt, dicht an die Wand.

Er kratzte und schabte, seine betagten Muskeln ächzten und knirschten ... Erfolglos, es tat sich nichts. Dann richtete er sich unvermittelt auf, starrte die Mauer an, strich sich über den Bart und dachte angestrengt nach. »Oder war es möglicherweise fünf senkrecht und sechzehn waagrecht?«

Lady Schätterlies Laffe, genauer gesagt die dunkelbraune Chrysalide in diesem Buch, sprang und warf sich hin und her, als würde sie mit glühenden Schüreisen gepikt. Hogshead starrte mit wachsender Besorgnis auf seine lebhafte Rocktasche.

»Könnte sich natürlich auch um ein *Krypto-Entree-System, Modell Arrethür* handeln«, grübelte Merlot. »Zwei Finger in *dieses* Loch, einen Fuß *hierhin,* dann *da* drükken ... Mist! Dann kann es sich wohl nur noch um ein

Shmusclangaktiviertes Katzenklapptürchen handeln«, murmelte der Zauberer. Gebannt starrte er auf die gewaltige Mauerfläche. »Also, wie ging das denn gleich noch mal… *Safran öffne dich!*« sprach er die Wand an.

»Merlot…!« Hogshead kreischte wie jemand, dem eine riesige haarige Spinne das Hosenbein hinaufklettert.

»Sellerie öffne dich!« Merlot schüttelte geistesabwesend den Kopf.

»Merlot?« Dawn zeigte auf einen kleinen roten Knopf an der Wand und flüsterte: »Wofür ist der denn?«

»Ssssss… Senfgurke öffne dich! Auch nicht.« Merlot kratzte sich den Kopf. »Es hat aber was mit Küche und Kochen zu tun! Ganz bestimmt!«

Arbutus schüttelte verzweifelt den Kopf.

»Salbei… Semmelbrösel… Sahnetörtchen… Sauerrahm… *öffne dich!*«

Dawn streckte die Hand aus und drückte auf den kleinen roten Knopf.

Mit einem leisen Zischen schob sich wie eine Faltwand eine ganze Teilstrecke der Mauer zur Seite und gab den Blick frei auf einen dunklen Gang, der weit hinten in pechschwarzer Nacht verschwand.

»Merlot!« winselte Hogshead, der große Mühe hatte, die Romanze in Schach zu halten, die sich in seiner Tasche krümmte und wand. »Ich, äh…«

»Wurde aber auch Zeit!« brummte Arbutus.

»Ha! Wußt ich's doch!« sagte Merlot beglückt. »Eigentlich ganz einfach – man muß eben nur wissen *wie*, nicht wahr? Kommt schon, hier entlang!« Er stieg in den dunklen Gang hinein.

Courgette, die mit beiden Händen das Heft von Exhibitur umklammerte, ging nach ihm hinein. Hogshead, der mit dem aufgedrehten Bücherwurm gegen eine Macht zu kämpfen hatte, die er nicht verstand, stolperte hinter Firkin in den Korridor.

Dawn starrte den kleinen roten Knopf an, starrte dann

auf ihren Finger, schließlich auf das Loch in der Wand und dachte: *…?*

Ein paar Augenblicke später dachte sie dann *…! Moment mal…!* und drückte im Korridor auf einen anderen kleinen roten Knopf… Geräuschlos schloß sich hinter ihnen die Wand.

Es war nahezu unmöglich, die Gesamtmasse der Fabel-, Märchen- und Sagenbücher abzuschätzen, die in unaufhörlicher Folge durch das Raum-Seitliche Kontinuum verschwanden. Überall in den Kapiteldimensionen zeigten sich die ersten Anzeichen dieses Verlusts: Die Seen der Rabulistik fielen trocken, und die Felder der Fabel verwelkten und starben; die Schiffe des Erfindungsreichtums, die auf der See der Heiterkeit kreuzten, gerieten in eine Flaute und lagen fest, die Mannschaften wurden zunehmend ungeduldiger und drohten zu meutern.

So bedrohlich diese Situation für jede auf Fiktionbasis gegründete Lebensform auch war – sie war harmlos, verglichen mit den schrecklichen Vorfällen, die sich neuerdings dort ereigneten, wo eine Dimension auf die andere traf.

In den wirbelnden Strudeln der Phantasie, die sich schäumend aus dem Riß im Raum-Seitlichen Kontinuum ergossen, verschmolz Faktum mit Fiktion. Über den wirbelnden Tanzboden der Unwirklichkeit zwinkerte die Phantasie der *Nüchternen Kalten Wahrheit* zu, lockte eine der Jungfern der Erdichtung sinnlich verführerisch mit Fingern, an denen rotlackierte Nägel saßen, warf aufreizend die feucht und lustvoll glitzernden Lippen des leerlaufenden Schnickschnacks auf und servierte einen stark berauschenden Longdrink. Die *Nüchterne Kalte Wahrheit* lockerte sich nervös den steifen Hemdkragen, als sich die seidig bestrumpfte Fußspitze der Jungfer schamlos an ihrer Wade hinauftastete. Und als ihr die Jungfer verführerisch ins Ohr flüsterte und ihr mit mörderisch manikürten, zwanzig Zentimeter langen

Fingernägeln kleine Kreise auf den Nacken schrieb, nahm sie hastig einen kräftigen Schluck des hochaphrodisischen Cocktails. Wollüstig blitzende goldene Augen brachten die Selbstbeherrschung der Wahrheit gefährlich ins Wanken, rissen mit jedem Zwinkern große Stücke aus den Wehrmauern ihrer Widerstandskraft, steigerten mit jeder Liebkosung, mit jedem Aufblitzen der lüstern-sinnlichen Zungenspitze ihre Erregung.

Die *Nüchterne Kalte Wahrheit* riß sich die grau-schwarz gestreifte Krawatte vom Hals und warf sie hinter sich. Sie zog heftig an ihrem Hemdkragen – wie ein quirliger Springbrunnen aus kleinen weißen Scheibchen wirbelten die Hemdknöpfe davon, und ... Noch im selben Moment hatten sich die *Nackte Wahrheit* und eine bereitwillige Jungfer der Erdichtung vereint, noch im selben Moment umklammerten die Glieder der Wirklichkeit den Leib der Phantasie, vereinigten sich Fakt und Fiktion ...

Im Augenblick ihrer bedenkenlosen, hitzigen Verbindung, als beide nur das eine und dasselbe dachten, in diesem Augenblick fiel ein grüner Schein über sie – ihre Körper lösten sich auf hinter dem Duschvorhang der Surrealität.

Als Fakt und Fiktion miteinander verschmolzen, wurde ein neues Wesen geboren: kühl kalkulierend wie die Wahrheit, erfinderisch wie die Phantasie und gierig wie der Hunger.

Eine glitzernde Kugel riß den Duschvorhang auf und rollte hinaus in den Mahlstrom. Sie drehte sich, grinste und hüpfte in Richtung Kapiteldimensionen davon, sabberte und kämpfte zappelnd gegen den reißenden Strom, der sich mit unveränderter Gewalt aus den Kapiteldimensionen und über das Raum-Seitliche Kontinuum ergoß.

Dieses Wesen war die *Faktion*. Und die Faktion war hungrig. Viel zu hungrig, als daß ihr bloße Wörter gereicht hätten. Sie gierte nach Fiktion und Literanium und wollte sie gleich und auf der Stelle!

In den Korridorfluchten der oberen Stockwerke des königlichen Flügels des Reichpalastes spielte Schyrling, der *Schwarze Giftnickel,* noch einmal durch, wie er die schlimmste Nachricht, die er jemals hatte überbringen müssen, präsentieren wollte.

»Sire«, murmelte er still für sich. »Ich bringe Euch Nachricht vom aktuellen Stand der Nachforschung nach dem Verbleib Eures Sohnes, ähm, Klayth. Ahmm. Nach achtzehnstündiger eingehender und minutiös durchgeführter Ermittlung und Untersuchung darf ich jetzt zuverlässig melden, daß wir … absolut keine Ahnung haben! Außerdem sind – aber das nur nebenbei – die, äh, Gefangenen entflohen.« Aus irgendeinem Grund aber wollte er nicht so recht daran glauben, daß es auf diese Art klappen konnte. Vielleicht war es doch ratsamer, stärker auf das Positive abzustellen. Hmmmm.

»Eure Allerhöchste Hoheit, Sire«, flüsterte er gegen das Echo seiner laut stampfenden Schritte an. »Nachdem wir unsere Ermittlungsbemühungen nach dem Verbleib der entflohenen Strafgefangenen weiter verstärkt und eine gründliche Langzeitrecherche, welche auch die Verifizierung aller in mehreren tausend Zimmern erhobenen Daten einschließt, äh, durchgeführt haben, können wir jetzt definitiv und ohne jeden Zweifel ausschließen, daß sich Euer Sohn in einem dieser Zimmer aufhält und … Graah!«

Es blieb wohl doch nur eine einzige Möglichkeit.

Vor der Tür zu den königlichen Gemächern zog Schyrling sein Schwert aus der Scheide, faßte es mit seiner panzerhandschuhbewehrten Hand an der Klinge, klopfte und trat ein. Er kniete nieder und überreichte zum Zeichen des Eingeständnisses seiner Niederlage das Schwert.

»Sire«, begann er seine Erklärung und hielt den Blick zu Boden gerichtet. »Da sich mein Kopf bei der Ermittlung des Verbleibs Eures Sohnes als absolut unbrauchbar erwiesen hat, erlaube ich Euch vorzuschlagen, ihn nutzbringender zu verwenden: als Königlichen Türstopper. Sire, ich danke ab.«

Stille. Eisiges, lastendes Schweigen.

»Sire ...?«

Keine Antwort.

»Sire, ich habe mich frohen Herzens für diesen Schritt entschieden. Ich flehe Euch an, laßt nicht zu, daß meine Qual noch länger währt.«

Stille.

»Sire?« Schyrling blickte auf. Das Zimmer war verwaist. Weit und breit nichts, das auch nur annähernd königlich gewesen wäre. Er stand auf, steckte hastig das Schwert in die Scheide und sah sich um.

»Sire? Hu-hu? Ich bin's, Schyrling!«

Da sah er das umgestürzte Tablett, das auf den Neunaugenresten lag; sah das offene Fenster, den ans Fenster gerückten Stuhl und die aufschlußreichen Stiefelspuren auf dem Fensterbrett.

»Ouuuh«, stöhnte er leise.

Immer deutlicher zeigte sich, daß heute wieder einmal einer *von diesen* Tagen war.

Während Merlot erstaunlich ortskundig durch die labyrinthischen Irrgänge flitzte und sauste, hatte Hogshead mit dem zunehmend agiler werdenden Inhalt seiner Tasche zu kämpfen – das Ding fuhrwerkte wie ein Pantomime, der mit einem Luftballon gegen einen imaginären Hurrikan ankämpfte. Bei jedem Richtungswechsel, bei jedem Schritt und jeder Drehung bewegte sich der Bücherwurm in eine etwas andere Richtung. Hogshead mußte ihn dann zurückzerren und schubsen, mußte die dickköpfige Chrysalide immer wieder aufs neue zurechtrücken. Allmählich wurde er es leid. Aber dann fiel ihm schließlich auf, daß der Wurm unverändert mit aller Kraft in ein und dieselbe Richtung strebte, ganz gleich, ob eine Wand oder ein anderes Hindernis im Weg stand.

Es war, als funktioniere Ch'tin (oder irgend etwas *in* Ch'tin) wie ein Kompaß.

Oder eher wie ein Antikompaß. Hogshead arbeitete *gegen* die Kraft eines Rückstoßes an. Und dabei fiel es ihm zunehmend schwerer zu laufen. Nicht nur deshalb, weil seine Tasche immer schwerer wurde – sie sprühte jetzt blaue Funken, die ihm über die Finger wirbelten und elektrische Schläge versetzten. Es fühlte sich an, als würde ihm ein thaumarer Schulmeister mit dem Lineal auf die Griffel klopfen.

»Merlot!« schrie er. »Was ist das?«

»Hör auf zu quengeln!« war alles, was er zu hören bekam.

»Dafür haben wir jetzt keine Zeit! Ach ja, und sag mir, wenn du es nicht mehr hochhalten kannst – ich meine ihn, äh, das Buch! Es ist nicht mehr weit.«

»Was ist nicht mehr weit?« Firkin keuchte. »Wohin rennen wir eigentlich?«

»Fragen, Fragen!« knurrte Merlot, bog plötzlich links ab und rannte eine steinere Wendeltreppe hinauf.

»Sehr richtig: Fragen!« fauchte Firkin. »Und wie wär's mit Antworten?«

Hogshead stolperte die Treppen hinauf, zog, hob und schob, je nachdem, auf welcher Seite der Wendeltreppe er sich gerade befand.

»Was würdest du denn gern hören, hm?« Merlot leuchtete ihnen mit der schwachglühenden Spitze seines Zauberstabs.

»Zum Beispiel, warum Klayth Khucaph niedergebrannt hat!«

»Was redest du da für einen Unsinn?« antwortete Merlot und sauste um eine Neunzig-Grad-Kurve. Nicht ohne sich zu versichern, daß die anderen ihm folgten.

»Wie bitte?« kreischte Firkin. »Das ist keine Antwort!«

»Pssst! Nicht so laut! Wir sind fast da.«

»Wo?«

Nachdem sie noch einige Male rechts, dann wieder

links abgebogen waren, traten sie aus einem engen Durchgang und standen auf einem düsteren Fleck, nicht weit von jenem Abwasserkanal entfernt, wo sie Fisk und Vlad – die damals schadenfroh und überheblich gefeixt hatten – zum ersten Mal entdeckt hatten. Hogshead kam so unsicher aus diesem Seitengang getorkelt, daß man hätte glauben können, er müsse ein wild um sich schlagendes Babyrhinozeros zum Tierarzt bringen. Und zwar in seiner Hosentasche.

»Hier runter!« Merlot wisperte und fuchtelte selig. Offensichtlich war er selbst am meisten erstaunt, daß er den Weg durch diesen unterirdischen Irrgarten gefunden hatte. Es hätte seinem Ego ganz bestimmt nicht gutgetan, hätte er gewußt, daß es unnötig gewesen war, fünf Kilometer zu rennen. Wenn sie den richtigen Weg genommen hätten, wären sie nach hundertfünfzig Metern ans Ziel gekommen.

Der Zauberer schickte Arbutus auf Aufklärungsflug voraus, schärfte den Kindern noch einmal aufs eindringlichste ein, wie wichtig es war, vollkommen leise zu sein, und schlich sich dann mit seinem Gefolge in den Thronraum von Fisk. Courgette war begeistert: ein Überraschungsangriff! Ein geheimer Vorstoß! Sie packte Exhibitur mit fester Hand. Die Truppe hatte zwei verläßliche Trümpfe in der Hand: 1) Fisk würde niemals damit rechnen, daß irgend jemand den Weg in und durch dieses Labyrinth fand; und 2) Fisk würde sie sowieso nicht hören. Zumindest nicht im Augenblick. Das gellende Geschrei des Bösen kämpfte gegen das verruchte Gekreisch der Gehässigkeit, hallte durch den Korridor und schlug dröhnend an die näher kommenden Ohren: Fisk schwadronierte schadenfroh und voll infamer Häme über seinen jüngsten Beutezug. Dazwischen war immer wieder Vlads zischelndes Gekicher zu hören, es wirbelte und tanzte mit komplizenhafter Lust, akzentuierte kriecherisch die Höhepunkte der tobsüchtigen Suada.

Firkin blieb stehen, faßte nach Merlots Saxofranmontur und hielt den Zauberer zurück.

»Was *um alles in Isolon* tun wir hier eigentlich?« fuhr er ihn an – so heftig, wie es eben möglich war, wenn man nicht brüllen durfte. »Ich will zu Klayth!«

Arbutus landete sanft auf der Schulter des Zauberers. »Jau. Hat ihn noch. Fisk hat miese Laune«, wisperte er. »Den Vampir hat er zum Zeitungholen geschickt, er soll ihm die Abendausgabe bringen.«

Merlot schlich sich vorsichtig an einen Torbogen heran, winkte Firkin und zeigte in den Saal.

In Fisks Thronraum, inmitten der angehäuften Schätze, unter den Tausenden von spinnwebverhangenen Bildern (gelbe Blumen waren darunter, Schlangen, die auf Flößen im Meer trieben), vor staubblinden Preziosen und schwarz angelaufenem Silber – an diesem Ort gehorteter Reichtümer stand reglos, seiner Bewegungsfreiheit beraubt, ein neues glanzvolles Beutestück.

An eine riesige Steinsäule gefesselt, fast verdeckt von den Seilschlingen, die sich von den Schultern bis hinunter an die Zehen um ihn wanden... War es ein Wunder, daß Klayth in dieser Situation schmählich versagte, was Haltung und Contenance anging? Er brüllte und kreischte in äußerst unprinzlicher Manier und verwies lärmend, doch ohne damit irgend jemanden zu beeindrucken, auf die in puncto *Behandlung von Gefangenen* einschlägigen Bestimmungen der Genever-Konvention.

»Ich kenne meine Rechte!« schrie er. Schrill tönte die dünne Stimme durch den düsteren Raum. »Ich will meinen Anwalt sprechen!«

»Schrei du nur«, flüsterte Fisk und ließ vergnügt eine ganze Handvoll gepanzerter Fingerknöchel knacken. »Schrei, so laut du kannst. Hier hört dich keiner!« Mit diebischer Freude ließ er knatternd die andere Handvoll knacken.

»Dafür werdet Ihr mir noch büßen müssen!« schrie

Klayth. Er wand sich wie eine Made, die man mit Elefantenkleber an einen Stalagmit gepappt hatte.

»Ts, ts, ts«, machte Fisk überheblich. »Soll das etwa eine Drohung sein?«

»Ein Versprechen!« Klayth stemmte sich erfolglos gegen seine Fesseln. »Dafür werdet Ihr teuer bezahlen!« Seine blauen Augen glühten im Dunkel.

»Ahmm. Ganz im Gegenteil, mein kleiner Schatz. Ich bin der letzte, der zahlen wird. Wenn ich dich ein paar Tage lang in Sicherheitsverwahrung halte, wird mir dein Vater anstandslos geben, was immer ich von ihm verlange.«

»Niemals!«

»Es ist wirklich ein Jammer«, knurrte Fisk. »Aber diesmal bleibt mir einfach nichts anderes, als auf Sieg zu setzen!« Leise, ganz leise knarzte die Ledermontur: Fisk stand auf, trat dicht an sein neuerworbenes Faustpfand heran und spielte lässig, aber scheußlich geschickt mit der blitzenden Klinge eines großen Hirschfängers. »Sehr hübsch, deine Öhrchen«, stellte er fest und blies Klayth seinen eisigen Atem ins Genick. »Es widerstrebt zwar meinem Gefühl für Symmetrie ...«

Klayth holte lange und tief Luft, biß entsetzt die Zähne zusammen und drückte den Kopf fest an die Säule.

»... aber ...«

Klayth erstarrte.

»... wenn es sich erweisen sollte, daß es ohne eine gewisse zusätzliche *Ermunterung* nicht geht, dann wird mir möglicherweise nichts anderes übrigbleiben«, beendete Fisk feixend seine Ausführungen.

Vlad, der auf einem hohen Stuhl hockte, gluckste zischelnd.

»Selbstverständlich«, sagte Klayths ledergepanzerter Zwingherr jetzt etwas freundlicher, »gibt es auch andere Möglichkeiten. Andere Verhandlungsstrategien, die deine zarten Ohrläppchen vollkommen unberührt lassen; ganz andere Mittel, mit denen sich Verhandlungserfolge erzielen lassen!«

»Zehen, zum Beispiel!« kreischte Fisk. »Zehen sind genauso wirkungsvoll!« Er grimassierte höhnisch, empfand ein so abscheuliches Vergnügen, daß er kaum mehr verhindern konnte, daß ihm die Lippen zu zucken begannen. »Ganz besonders ohne Zehennägel! Bemerkenswert, wie man mit dem Hinweis auf ein Folteropfer eine langweilige Diskussion beleben kann!« Er lachte – es war ein böses, heulendes Lachen –, warf den Kopf in den Nacken und schwelgte in mörderischer Lust. Die quietschenden Panzerhandschuhe spielten eine gefühllos stumpfe Begleitmelodie zu seinem kreischenden Gejohle.

Klayth schluckte und starrte seinen schwarzen Peiniger entsetzt an, der wie ein Derwisch mit Mantel und Degen in einem rasenden Totentanz herumwirbelte.

Nur ein Ohr, grübelte er trostlos. *War es überhaupt möglich, sich jemals daran zu gewöhnen?*

Whintz hörte die Worte noch ganz genau. Sie hallten ihm in den Ohren wie ein Nebelhorn an einem stillen, trüben Tag: »*... ihr nie vergessen sollet: Wo und wann immer einer oder zwei zusammen seind, und sei es auch nur ein so lange Weil, wie ein Vogel brauchet, will er einen Wurm fangen, so ist dies immer ein guth Gelegenheith, um mit Zaubrischer und Magischer Kunst ein Geschäft zu machen!*«*

---

* zitiert nach: *Zauberei und Gelderwerb. Oder: Geld ist keine Hexerei.* Herausgegeben von der *Kommission der Thaumaturgischen Philosophen und Psychologen.* Textbuch für den Fernlehrgang *Mythos, Magus und Moneten (Unterstufe: Die Grundkenntnisse der Zauberei).*

Neben der oben zitierten Sentenz konnte man in diesem Buch noch andere Sinnsprüche lesen. Etwa den: ›Ein Strick um den Hals läßt auch den besten Entfesselungskünstler schlecht aussehen.‹ Oder: ›Für einen flinken Fuß ist der lange Arm des Gesetzes zu kurz.‹ Und: ›Ein Zauberspruch hinter Gittern ist ein Spruch, der zu spät gesprochen wurde.‹

Und deswegen folgte er jetzt den Scharen der Flüchtlinge aus Isolon, die heimat- und ziellos durch Cranachan irrten und in kleinen Gruppen – als steuerte sie das Gesetz der Brownschen Bewegung – in Richtung Stadtmitte zogen. Er wartete auf eine Gelegenheit, um wieder einmal den Leichtgläubigen seine thaumaren Dienste anzudrehen, und suchte ungeduldig nach einem Platz, wo er seine Waren präsentieren konnte. Das heißt, er hätte das alles getan, wäre er nicht andauernd durch den unaufhörlich hüpfenden Ranzen, den er auf dem Rücken hatte, abgelenkt worden: Das Ding zuckte und zappelte und spie blaublitzende Funken nach jedem, der ihm nahe kam. Seltsamerweise schien die Richtung seiner Hüpferei von einem leicht nach oben gerichteten Vektor definiert zu sein. Warum das so war, das konnte sich Whintz, auch wenn er sich noch sosehr bemühte, beim besten Willen nicht erklären. Er war sich allerdings ziemlich sicher, daß der Steigungswinkel größer wurde. Es war beinahe so, als wolle sich die *ANthologia in welcher versammelnt seind Allerley REceptures der ZAubrischen & MAggischen KÜnste nebst so manch anderm HOckusbockuS* so weit wie möglich vom Boden fernhalten.

Whintz schob sich aus dem Gedränge, lehnte sich für eine wohlverdiente Rast an eine Mauer und versuchte, dem knisternden Funkenregen, den sein Rucksack versprühte, keine Aufmerksamkeit zu schenken. Der Versuch schlug fehl.

Es waren kaum ein paar Sekunden vergangen, da trommelte die *ANthologia* gegen die Rucksackklappe, zog den Fahrenden Zauberer mit den Tragriemen unter den Achseln hoch, hob ihn auf die Zehenspitzen und schlug ihm den Hut vom Kopf.

Genau unter ihm, in einem dunklen Gang etwa fünf Meter unter Bodenniveau, kämpfte ein kleiner Dicker gegen die Umtriebe in seiner Rocktasche an, die ihn zu Boden zog.

»Merlot!« flüsterte Hogshead verzweifelt. Die Schulternähte seines Kittel meldeten zwiegenähten, knarrenden Protest an, die Knie versagten ihm. »Merlot!« wimmerte er. Er lag am Boden, festgehalten von seiner Rocktasche, repulsive Kräfte drückten ihn mit Macht nieder und preßten ihn an den feuchten, moosigen Boden.

Der Zauberer drehte sich um, sah den stummen Kampf und war mit einem Satz auf den Beinen. Er klopfte Courgette auf die Schulter und gestikulierte aufgeregt. Dann rannte er los, sprang leichtfüßig über den fäßchenförmigen zappelnden Hogshead, verschwand in einem dunklen Stiegenhaus und lief eine Wendeltreppe hinauf. Courgette lief hinter ihm her.

Whintz war heillos verwirrt. Er kämpfte mit seinem Rucksack, der ihn im Würgegriff hielt, versuchte verzweifelt, auf dem Boden zu bleiben, und versuchte genauso verzweifelt, kein Aufsehen zu erregen. Seine Absätze hoben sich von der staubigen Erde, immer wieder fiel er nach hinten an die Wand.

In der Menge der Flüchtlinge, die teilnahmslos an ihm vorbeizog, blieb plötzlich ein Mann stehen und verfolgte aufmerksam und mit wachsender Begeisterung das mühsame Ringen. Das Gesicht des Fahrenden Zauberers nahm einen flehentlichen Ausdruck an: Der Mantelkragen strangulierte ihn beinahe, Whintz verlor immer öfter Bodenkontakt. Der Mann in der Menge hatte die Arme in die Hüften gestemmt, beobachtete gebannt das Gekasper und schüttelte verblüfft, aber durchaus anerkennend den Kopf. Dann kramte er in seiner Hosentasche und warf Whintz einen Silbergroschen in den Hut.

»Klasse!« schrie er vergnügt. »Fassiniat mich einfach imma wieda, wie ihr Pantomimen das macht! Kannze auch Muunwok?« Schon warfen wieder drei Zuschauer dem verdatterten Whintz ein paar Münzen hin. Er schüttelte den Kopf.

»Solltesse aber lean!« meinte der erste Zuschauer. »Sind die Leute ganz verrückt drauf!« Sagte es, drehte sich um und war wieder in der Menge verschwunden.

Versteckt im Schatten einer kleinen Hütte, bewegte sich ein quadratisches Stück Erdboden. Es zitterte kurz, richtete sich auf, fiel nach hinten und lehnte dann aufrecht an der Hauswand. Im nächsten Augenblick spurtete ein hochgewachsener, saxofranfarben gekleideter Zauberer die letzten Stufen der Wendeltreppe hinauf, blinzelte kurz, als er ans Tageslicht trat, und rannte auf Whintz zu, der wild mit den Armen fuchtelte, um die Bodenhaftung nicht zu verlieren. Und bevor der Fliegende Zauberer Einspruch hätte erheben können, packte ihn Merlot beim Mantel und schleifte ihn zu Courgette, die ihn umgehend in den Untergrund zerrte.

Whintz würgte. Panische Angst hatte ihn befallen, der Sauerstoffmangel machte ihm zu schaffen. Aufgeregt deutete er auf seinen Hut, der noch auf der staubigen Straße lag. Um den Hut hatte sich, wie er zu seinem Erstaunen feststellen mußte, eine Menschenmenge versammelt, die begeistert applaudierte, als er, der Star des Straßentheaters, der Akteur dieser improvisierten kleinen Einlage, wie ein pirouettierendes Püppchen auf einer Spieldose im Boden verschwand.

Wie der Blitz sauste Merlot zurück und schnappte sich den Hut. Ein Regen von Pfennigen und Silbergroschen prasselte auf ihn nieder, er bedankte sich mit einer Verbeugung, tauchte in das Loch ab und schob den Deckel wieder zurück. Eine kleine Staubwolke wirbelte auf.

Merlot drückte den Rucksack nach unten, Courgette zog ihn an den Füßen – so wurde der Fahrende Zauberer eilig die Wendeltreppe hinuntergeschafft, hinab ins Dunkel des unterirdischen Labyrinths.

Mühsam plagten sie sich durch den engen Gang. Merlot schwitzte, Courgette schleppte sich mit ihrem sperrigen Schwert ab, und Whintz war halb verrückt vor Angst. Blaue Funken stoben knisternd zwischen dem Rucksack und Hogsheads Rocktasche hin und her. Ein Wink von Courgette (ein Zeichen, das mittels der Spitze von Exhibitur klar und unmißverständlich an den Adressaten telegraphiert wurde) veranlaßte Whintz, den Rucksack abzulegen. Mit ungläubigem Staunen sah er, wie ihm das Ding aus der Hand flog und bläulich funkelnd an der Wand festmachte, die Hogshead gegenüber lag.

»Glaubt mir, da ist überhaupt nichts Brauchbares drin! Vor allen Dingen überhaupt nichts Wertvolles!« beteuerte Whintz, der sich diesbezüglich plötzlich gar nicht mehr so sicher war. »Ihr könnt gern den Hut nehmen und das Geld. Mehr hab ich nicht!«

Merlot schüttelte die Münzsammlung durch, zählte neun Silbergroschen, drei Pfennige und einen Dichtungsring, und hielt Whintz den Hut hin.

»Nein, nein! Behaltet ihn ruhig!« wimmerte er und fuchtelte abwehrend mit den Händen. »Ich hab sonst nichts, das irgendeinen Wert hätte!«

Merlot grinste ihn aus dem Dunkel an: »O doch!«

»Nehmt, was Ihr wollt, nur – bitte nicht foltern!« winselte Whintz. »Ich kann kein Blut sehen! Vor allem nicht mein eigenes!«

Blauleuchtendes Gefunkel schoß knisternd zwischen Hogshead und dem Rucksack hin und her, blitzte wie saphirblaues Laserlicht im Dunkel auf.

»W ... was ist das?« stotterte Whintz erschrocken.

»Lokalisierte atmosphärische Ionisationsphänomene, verursacht durch die Entladung thaumarer Energiespitzen«, antwortete Merlot von oben herab.

»Hä?«

»Funken«, übersetzte Arbutus.

»Thau ... Thaumar? Sagtet Ihr thaumar? So wie in diesem magischen Zeugs?« Whintz' Stimme schraubte sich mit schrillen Halbintervalldrehungen zur Tonhöhe ungläubiger Fassungslosigkeit hinauf.

Merlot nickte.

»Magie! ... Aber was macht die in meinem Rucksack?«

»Das möchte ich eben herausfinden.« Merlot trat an den Rucksack, der an der Wand klebte, und – »Ihr erlaubt doch?« – öffnete ihn.

»He!« protestierte Whintz. »Das ist Privateigentum! Ich kenne meine Rechte!« Ein scharf zischendes Geräusch – Courgette war mit einem Satz auf den Füßen, stand breitbeinig vor dem Fahrenden Zauberer und richtete ihm Exhiniturs blitzende Spitze auf den Adamsapfel.

»Nie sollest du vergessen«, flüsterte sie grinsend, »daß du gegen ein Übermacht nichts vermagst und ich im Besitze einer schrecklichen Waffe bin! Verlangt's dich itzt immer noch, das Maul vollzunehmen, Hanswurst?«

Whintz starrte schielend auf die rasiermesserscharfe Klinge. »Haha, nur zu! Laßt Euch von mir nicht stören!«

Merlot zog ein großes ledergebundenes Buch aus dem Rucksack, einen Folianten, der ein ungeheures Gewicht gehabt hätte, hätte er nicht fest an der Wand gehangen. »Aha!« rief er aus, als himmelblaue Fünkchen über die Buchdeckel und dann über seinen Arm sprühten. »Das sieht schon sehr vielversprechend aus!«

Vorsichtig schlug Merlot das Buch auf, blickte fasziniert auf die altehrwürdigen schnörkeligen Lettern, auf die mit Buchmalereien verzierten Seiten der *gar lehrreichen ANthologia in welcher versammelnt seind Allerley REceptures der ZAubrischen & MAggischen KÜnste nebst so manch anderm HOckusbockuS* und bedauerte, daß er nicht mehr Zeit hatte. Er blätterte rasch weiter, überflog die Danksagung, überblätterte die Bibliographie und nahm sich dann die Anhänge vor. Jetzt kam er der Sache allmählich nahe, er spürte es förmlich.

Ein kurzer Blick auf Anhang I: Illegale Rausch- und Arzneimittel. Grundlagen des Anbaus und der Extraktgewinnung. Dann Anhang II: Thaumare Problemlösung. Fünfundfünfzig notorische Konfliktfälle bei der Anwendung von Magie. Aufgeregt, mit klopfendem Herzen wendete er das Pergamentblatt um. Es blitzte, Funken sprühten aus der Buchseite, es britzelte und knisterte, als wolle im nächsten Moment eine Sicherung durchschmoren – vor Merlot lag, vollständig und unverfälscht, Anhang Nummer III.

»Bingo!« flüsterte Merlot. Von seinem Hut züngelten blaue Flammen auf.

Vom Heißhunger getrieben, warf sich die Faktion gegen die reißenden Ströme der Phantasie, raste auf den Riß im Raum-Seitlichen Kontinuum zu, geiferte und sabberte beim Gedanken an ein Festmahl mit Literanium. Rund um sie her ließen die Fabeln, riesig wie Walfischrücken, die Fluten brausend aufkochen, schäumten und blubberten brabbelnde Bücher, und aus der immer weiter aufreißenden Öffnung stürmten in wilder Flucht die stampfenden Schimmelherden der Wörter. Die Faktion sprang die Wasserfälle des Esprit hinauf, tauchte durch die Tümpel der Prosa, rackerte wie ein Reimsalm, der zur großen Party geladen war und der genau wußte, daß auch noch andere Lachse – ganze Schwärme! – dorthin unterwegs waren.

Je näher sie an die Öffnung kam, um so schwerer mußte sie kämpfen. Hier, in der unmittelbaren Umgebung des Risses, herrschten gewaltige Drücke. Noch waren diese Drücke viel zu mächtig, noch konnte die Faktion nicht durchbrechen. Noch nicht.

Doch irgendwann würden sich die Drücke zwischen den beiden Dimensionen ausgleichen, ab einem bestimmten Punkt würde es zum Druckausgleich kommen. Die Faktion aber würde schon lange vor diesem Zeitpunkt durchbrechen. Sobald nämlich der Druck von seiten der Kapiteldimensionen nachließ, würde sich von seiten der Wirklichkeit eine Gegenströmung bilden, eine Art gegenläufiger Realitätsrückstrom, der das Fließverhalten umkehren und die Strömung in die Gegenrichtung lenken würde. Und mit dieser Gegenströmung würde der Schwarm der Faktionen in die Kapiteldimensionen eindringen, auf dieser Flutwelle würden sie surfen, hin zum großen Grillfest am Strand.

Noch aber war es nicht soweit. Noch warteten die Faktionen, sammelten sich, gruppierten sich, schlossen sich zu Kampftruppen zusammen, machten sich fertig zum Losschlagen.

Lange sollten sie nicht mehr warten müssen.

Wirklich gute Zauberbücher entstehen nur dann, wenn bei ihrem Druck eine Reihe äußerst strenger Herstellungsrichtlinien penibel befolgt wird. Das bedeutet unter anderem, daß ausschließlich *Thaumatin,* eine spezielle Druckerschwärze, verwendet und mit speziellen Druckwalzen nicht nur *auf*gedruckt, sondern in einer ganz besonders *ein*drücklichen Art und Weise dem Pergament *nach*drücklich und wesenhaft *ein*gebunden und mit der innersten Natur des Buches verwoben wird. Wenn das geschieht, funktionieren die Wörter als Wellenleiter und ermöglichen es dem Leser, die parakosmische Ebene anzuzapfen, thaumare Energie mit riesigen ätherischen Treibnetzen einzufangen und sie in und durch die Zaubersprüche zu leiten. Dabei gelten für jeden Zauberspruch individuelle thaumarenergetische Voraussetzungen, sowohl was die sogenannte *Inkantationsfreundlichkeit* (in älteren Werken manchmal auch *Spruchreife* genannt) als auch was die Höchstbelastungsgrenzen angeht. Um Überlastung zu vermeiden, werden letztere von einem dem Thaumatin eigenen Kontrollsystem – dem sogenannten *Spruchprüfer* – permanent überprüft. Sobald alles das eingerichtet ist, kann nichts mehr daran verändert werden.

Zumindest war die *Kommission der Thaumaturgischen Philosophen und Psychologen* immer davon ausgegangen, daß nichts mehr verändert werden kann.

Einem Bücherwurm, der sich eines schönen Nachmittags eine kleine Zwischenmahlzeit aus einem ganz speziellen magischen Buch gegönnt hatte, ist es zu verdanken, daß diese Theorie falsifiziert und über den Haufen geworfen wurde. Kaum waren damals die Wörter aus dem Gefängnis ihrer ein*seitigen* Existenz und von der Zwangsjacke der Zweidimensionalität befreit, da kombinierten sie sich auf eine neue, weit intensivere und wirkungsstärkere Art, als sie jemals zuvor kombiniert gewesen waren – und das ohne Kontrolle eines Spruchprüfers!

»Wollt Ihr mir weismachen, Ihr könnt dieses Zeug tatsächlich lesen?« stotterte Whintz ungläubig, als er sah, daß Merlot mit immer größerem Entsetzen in die *ANthologia* starrte.

»Mmmmm«, sagte der. Er las mit Hilfe seines Leuchtzauberstabs und war tief in Gedanken versunken.

»Ich krieg immer schon Kopfweh, wenn ich nur draufschaue!« brummelte Whintz. »Und was steht da?«

»... eulo folazz aloe vera ...«

»Aber nein! Bloß worum's geht, will ich wissen!« sagte Whintz. »Was interessiert Euch das so? Was kann man damit anfangen? Und warum britzelt es eigentlich?«

»Kann man Fesseln damit aufmachen?« fragte Firkin, der an Klayth dachte. »Wir müssen ihn rausholen! Wer weiß, was Fisk vorhat!«

Merlot blickte von seinem Buch auf. »Es sieht mir so aus, als enthalte der Anhang IIIb alle Informationen und Zaubersprüche, die man braucht, um mit den Kapiteldimensionen in Kontakt zu treten. Um mit den Figuren der anderen Seite zu sprechen.«

»Wie ein Medium?« fragte Hogshead begierig.

»Nein! Sie lesen *zwischen den Zeilen.*« Merlot runzelte die Stirn, sein Kopf schwirrte, allmählich fügten sich die Puzzleteile zu einem Bild. »Das ist der Abschnitt, den Ch'tin aufgefressen hat.« Merlot sagte es zu niemand Bestimmtem, er dachte laut für sich.

»Aufgefressen? Hat doch niemand aufgefressen! Ist doch noch alles da!« Whintz war verwirrt.

»Kannst du nicht vielleicht irgendeinen Spruch suchen, mit dem wir Klayth retten könnten?« fauchte Firkin.

Ein blitzblauer Funke zischte quer durch den Gang, sauste in Hogsheads Rocktasche, entlud sich dort und verströmte einen leichten Ozonhauch. Ch'tin wandte und krümmte sich in seinem Buch und reagierte mit einem Vergeltungsschlag.

»Was ist denn mit Ch'tin los, Merlot?« fuhr Hogshead den Zauberer an. »Was geht da vor sich?«

Plötzlich lief ein Leuchten über das Gesicht des Zauberers, der wirre Gedankenwirbel hatte ein Ergebnis gezeitigt. »Ich hab's!« rief er aus. »Anhang IIIb ist noch da...!«

Firkin stöhnte. »Hab ich doch eben gesagt!«

»...*und* dort auch!« Merlot zeigte auf die Tasche, in der Ch'tin steckte.

»Gerade hast du noch gesagt, Ch'tin habe ihn aufgefressen!« wimmerte Hogshead. Whintz kratzte sich den Kopf. Langsam dämmerte ihm, warum er es nie geschafft hatte, einen Zauber zu wirken: Die ganze Sache war schlicht und einfach Humbug!

»Das hat er auch«, sagte Merlot. »Er ist einmal zufällig im Wald – gar nicht weit von hier – mit Whintz zusammengetroffen. Doch diese Begegnung hat niemals stattgefunden, nachdem ihr mit Hilfe eines Déjà-Moi-Feldes den Lauf der Geschichte geändert habt!«

»Wollt Ihr jetzt uns die Schuld in die Schuhe schieben?« fuhr ihn Firkin an. »Wir konnten schließlich nicht anders! Wir mußten es tun!«

»Und was soll das mit Drachen zu tun haben, und mit Schwertern und...«, fragte Hogshead.

»Zuviel Magie!« murmelte Merlot düster.

»Aber man kann doch nie genug...«, winselte Hogshead, der verrückt war nach allem, was mit Magie zu tun hatte. Whintz schüttelte den Kopf. Ihm ging das alles zu weit. Andererseits aber auch so nahe, daß es ihm auf den Geist ging.

»Zu. Viel. Magie!« Merlot blieb dabei und zog die Augenbrauen bis zum Haaransatz hoch. »Zwei verschiedene Versionen ein und desselben Zauberspruchs! In ein und derselben Dimension! Sie interferieren, stören sich gegenseitig. Unsere Zeit ist nicht reif für zwei von ihrer Sorte!«

Hogshead blieb der Mund offenstehen. Firkin knurrte. Whintz whintzelte.

»Spürst du es?« fragte Merlot.

»Fühlt es sich so an, als schliffe jemand ein Schwert an meinen Zähnen?« wollte Hogshead wissen.

»Genau so! Es hätte mir schon früher auffallen müssen! Es wird immer schlimmer! Ich fürchte, uns bleibt nicht mehr viel Zeit«, murmelte Merlot vor sich hin.

Als Firkin losmarschierte, um das, was ihn anging, selbst in die Hand zu nehmen; als er loszog, um endlich etwas, *irgend etwas!* zu tun, flammte ein saphirblauer Blitz auf dem Buch auf und kollidierte mit einer Defensivdetonation, die Ch'tin gezündet hatte.

Merlot zog ein finsteres Gesicht. »Einer von ihnen muß gehen! Noch vor Sonnenuntergang! Wer meldet sich freiwillig?«

»Gehen? Wohin?« fragte Hogshead.

»In die Kapiteldimensionen!« erklärte Merlot.

Abgesehen von den durch Interferenz verursachten Lichtbogenzündungen, die immer häufiger und heftiger durch den Gang zischten und knisterten, war es totenstill. Lähmendes Schweigen legte sich über die kleine Gruppe.

»Na?« blaffte Fisk den Vampir ungeduldig an, der ihm die Abendausgabe des *Cranachischen Merkur* brachte. »Ist es diesmal wenigstens ein brauchbarer Artikel? Bin ich auf der Titelseite?«

»Nnniiicht so diräkt«, zischelte Vlad.

»Was meinst du damit? Was kann denn wichtiger sein als die Entführung des Prinzen von Isolon und Cranachan?« Fisk schlug mit der Faust auf die Armlehne des gestohlenen Throns.

»No, ich wißte do schon ätwas!« sagte Vlad. Ein Hauch Überheblichkeit schlich sich in seine kalte Stimme.

Fisk starrte den grinsenden Vampir an, der die Titelseite der Zeitung dicht vor seine bleiche Brust hielt. »Na klar, der *Cranachische Merkur!* Was eine *echte* Nachricht ist, das würden die nicht mal dann kapieren, wenn ihnen die Story gleich mitgeliefert würde! Also: Wie heißt die Schlagzeile? Vielleicht: *Aezznaton, der Meuchelmörder, für Meisterschaft im Kühekippen gesperrt! Dopingtest positiv!?«* Fisk knurrte sarkastisch.

»Nein!«

Fisk brüllte gereizt und riß Vlad die Zeitung aus der Hand. Er drehte sie um und starrte entgeistert, mit offenem Mund auf die Titelseite. Die Schlagzeile brannte sich so schmerzhaft zu seinem Hirn durch, als hätte man ihm ein Brenneisen auf die Netzhaut gedrückt.

DAS JENSEITS: EIN WITZ FÜR BLÖDE!

Kharthezsh' Meinung zum Thema
Das Leben nach dem Tod!

Königssturz läßt Prophetenprofit
in schwindelerregende Höhen schnellen!

Mit wild rollenden Augen las Fisk weiter.

Wunderkönig verursacht Massenbekehrung.
Exklusivbericht!

Unser Reporter war zugegen, als – wenige Sekunden nachdem sich der Staub auf dem Körper von König Kharthezsh gelegt hatte, der auf mysteriöse Weise von der Turmspitze des Lüginsland gestürzt war – eine Botschaft des toten Monarchen …

In seinem ganzen, alles andere als gesetzestreuen Leben hatte es nie sonderlich viel gegeben, das Fisk hätte überraschen können. *Jetzt* war er es – er war platt wie Zeitungspapier. Der Schock hatte ihm den Wind aus den Segeln genommen, mit offenem Mund und hängendem Kopf saß er da, wußte etwa eine Sekunde lang nicht mehr aus noch ein und erst recht nicht, wie weiter.

Aber nur eine Sekunde lang …

Mit einem Geheul, das jedes Hyänenrudel beschämt hätte, warf Fisk die schwarze Mähne zurück, kreischte vor lustvoller Gier, rieb sich schadenfroh die gepanzerten Hände und schlich sich an seinen Gefangenen heran.

Die Lippen verächtlich geschürzt und routiniert zu einem feixenden Grinsen verzerrt, so stellte er sich vor den mit Stricken verschnürten Klayth und verhöhnte ihn, indem er sich lange und tief vor ihm verbeugte.

»Mein Lehnsherr!« schnatterte er. »Es ist mir Pflicht und außerordentlich große Freude zugleich, Euch von Eurem umgehenden Avancement in Kenntnis setzen zu dürfen. Es hat den Anschein, als wäre Euer Vater durch das, äh, soziale Netz der herrschenden Klasse gefallen. Ich wette, Ihr hattet keine Ahnung, daß es Euer Vater mit der Fallschirmspringerei hatte, oder …?«

Firkin stand im Schutz der Dunkelheit draußen vor dem Thronraum und schäumte vor Wut. Er hatte genug gehört. Höchste Zeit zu handeln!

»Jetzt macht schon endlich!« drängte Merlot. »Es geht doch nur um einen Freiwilligen! Also: Wer will? Jeder kann das!«

Eisernes Schweigen.

»Ich sage euch, das ist die Chance eures Lebens! Eine solche Möglichkeit wird euch nur alle Jubeljahre einmal geboten! Na, Hogshead, alter Knabe …?« Merlot grinste. »Wie wär's?«

Hogshead biß sich auf die Lippen und starrte auf seine Füße.

»Warum macht *Ihr* es eigentlich nicht?« schlug Dawn vor.

»Ich?« fragte der Zauberer erschrocken. »Einen von den Zaubersprüchen durch den Riß im Raum-Seitlichen Kontinuum bringen? O nein! Nein, nein, nein!«

»Und warum nicht?« Dawn hielt den Kopf schief.

»Warum nicht? Warum nicht?« murmelte Merlot vor sich hin. Er klopfte sich fahrig ans Kinn und überlegte krampfhaft. »Weil, äh …«

»Ich frage ja nur, weil Ihr doch wißt, wie man das machen muß.«

»… weil, oh …«

»Und sicher nichts falsch machen würdet«, fuhr Dawn fort.

»Schon! Äh, ich meine *ja*, das heißt *nein!* Ha, jetzt hab ich's! Ich muß die ganze Sache koordinieren!« verkündete er. »Wenn es um interdimensionale parakosmische Vektorkorrektur geht, ist eine präzise zeitliche Koordinierung unabdingbar! Timing – verstehst du?«

Arbutus hüstelte. »Feigling!« flüsterte er.

»Also, meldet euch schon!« bettelte Merlot. Die Eule auf seiner Schulter beachtete er nicht. »Einen Vorschlag, bitte! Nennt mir einen Namen!«

Plötzlich kam Firkin um die Ecke gerannt und blieb keuchend vor ihnen stehen. »Fisk!« krächzte er.

»Möglicherweise«, meinte Merlot.

»Was heißt *möglicherweise?*« fuhr ihn Firkin an. »Ganz bestimmt!«

»Na gut, wenn du darauf bestehst. Ich habe ja gesagt, jeder kommt dafür in Frage«, murmelte Merlot.

»Wo warst du denn?« Dawn funkelte ihren Bruder zornig an. »Wir diskutieren hier ein wichtiges Problem, und du bist nicht dabei!«

»Wie war das mit Fisk?« fragte Hogshead.

»Wie?« brummelte Merlot. »Heißt das, du bist dagegen? Also, wer *für* Firkins Vorschlag ist, der sagt jetzt *Ich!*«

»Ich«, keuchte Firkin, »ich habe ihn gehört!«

»Zwei dafür«, murmelte Merlot.

»Er ist drauf und dran, das ganze Königreich an sich zu reißen«, stotterte Firkin. »Ich sage euch doch, ich hab es gehört!«

»Vier!« verkündete Merlot. »Antrag angenommen! Es geht doch nichts über demokratische Entscheidungsfindung!«

»Gemogelt!« Arbutus funkelte den Zauberer wütend an.

»Also jetzt hör mal: Es hieß schließlich *er oder ich!*«

»Feigling!« fauchte die Eule.

Merlot grinste Arbutus an und wandte sich dann an die anderen: »Nun denn …«

»Das ganze Königreich an sich reißen!« Hogshead wollte Firkin nicht glauben.

»Beide Königreiche! Isolon und Cranachan!« erklärte Firkin mit Nachdruck.

»Dürfte ich jetzt vielleicht um Aufmerksamkeit bitten!« murrte Merlot gereizt. »Wir haben nicht mehr viel Zeit!«

»*Beide* Königreiche?« stotterte Hogshead. »Wir müssen ihn unbedingt daran hindern!«

»Unbedingt! Wir haben nicht mehr viel Zeit!« sagte Firkin.

»Da wir uns also nun einig sind«, sagte Merlot, kramte in seinen geräumigen Taschen und holte einen Federkiel, ein Tintenfaß und eine Pergamentbahn heraus, »werde ich euch jetzt sagen, was jeder zu tun hat …«

»Hä?« machten Firkin und Hogshead. Sie drehten sich um und starrten Merlot an. Da beschlich sie das sichere Gefühl, daß ihnen die Kontrolle über den Gang der Dinge, die sie von vornherein nicht sehr verläßlich im Griff gehabt hatten, erneut um ein ganzes Stück aus den Händen geglitten war.

»Zum Angriff!« kreischte General Batteur. In seinen Augen blitzte das Jagdfieber, seine Hakennase durchschnitt die Luft. Er verfolgte den Weg des goldenen Drachen, der hoch und immer höher aufstieg.

»Halali!« brüllte Oberst Rachitwitz und schwang seine Machete. Auch er nahm teil am Sturm auf die brennenden Ruinen von Isolon.

»Holen wir uns den flatternden Bunsenbrenner!« schrie Schlurf, als er die Jagdbeute ausmachte, die sich von der Thermik der aufsteigenden Heißluft kreisend nach oben tragen ließ.

Es war ein komischer Anblick, zumindest aus dieser Entfernung... Der Oberbefehlshaber hätte schwören können, daß der Drache wie ein Rückenschwimmer durch die Luft paddelte.

»Also dann!« flüsterte Merlot. Die kleine Truppe hockte am Eingang zu Fisks Thronraum. »Weiß jeder, was er zu tun hat?«

Alle nickten.

Hogshead zog widerstrebend seinen Kittel aus und übergab ihn Whintz.

»Wahrlich, wir seind gewillt und allzeit bereit!« Courgette umklammerte Exhibitur und grinste rauflustig.

»Federkiel schreibfertig?« fragte Merlot. Whintz kniete sich auf Hogsheads Kittel und hielt damit Ch'tin sicher am Boden fest. Dann legte er Daumen und Zeigefinger zu einem Ring aneinander und grinste Merlot kleingläubig, aber zustimmend an. Überall um ihn her war Magie, er spürte es ganz deutlich und war dementsprechend nervös. Ein ganzes Leben hatte er als Fahrender Zauberer zugebracht, aber *darauf* hatte ihn dieses Leben nicht vorbereitet!

»Tut mir leid wegen des Tapetenmusters auf der Pergamentbahn.« Merlot krümmte sich beim Anblick der pinkfarbenen Blumen und schockblauen Kolibris. »Was Besseres habe ich auf die Schnelle leider nicht gefunden. Irgendwann muß ich doch mal Ordnung in diese Taschen bringen!«

Whintz machte probeweise ein paar Striche mit dem Federkiel. »Alles bestens! Wenn's keine kalligraphische

Meisterleistung sein soll...« Wie eine Kobra erhob sich ein blaues Funkenband aus Hogsheads Rocktasche und zischte die *ANthologia in welcher versammelnt seind Allerley REceptures der ZAubrischen & MAggischen KÜnste nebst so manch anderm HOckusbockuS,* die Merlot in der Hand hielt, wütend an. »Äh, noch was... Beeilt Euch! Bitte!« winselte Whintz und beäugte die blau phosphoreszierende Schlange mit äußerster Besorgnis.

»Der Worte sind genug gewechselt, jetzt müssen die Zahlen auf den Tisch! Auf mein Kommando: Dreiundfünfzig, vierundzwanzig, achtzehn – Zickezacke, Zickezacke, hoi, hoi, hoi! Los!« flüsterte Merlot und wunderte sich ganz gewaltig über das, was er da hersagte.

Hinter der Tür zum Thronraum fauchte und feixte Fisk Klayth höhnisch an, machte dem neuen König die Hölle heiß und drohte ihm eine ganze Reihe von Martern und Folterqualen an. Vlad kicherte beifällig.

Wie der Blitz sausten Firkin und Hogshead in den Thronraum, jeder von ihnen konzentrierte sich ausschließlich auf sein Zielobjekt. Knapp hinter ihnen – im Zentrum weitausholender glitzernder Bogenschwünge, die die mörderisch scharf geschliffene Klinge von Exhibitur in die Luft zeichnete – Courgette.

Hogshead raste wie eine Kanonenkugel quer durch den Raum und jagte wutschnaubend geradewegs auf die kichernde bleiche Gestalt in Trauerkleidung zu. Firkin sauste zwischen den aufgehäuften Schätzen hindurch, umkreiste Fisk und ging ihn von hinten an.

Courgette kreischte wie ein tollwütiger Dachshund, brüllte eine Anzahl mittelalterlicher Flüche erster Güte und stürmte mit zornroter Mähne geradewegs auf Fisk los.

Vlad stieß einen ohrenbetäubenden Schrei aus: Hogshead, die Dampfwalze, donnerte wie eine wütende selbstgesteuerte Lawine mit Haltungsproblemen auf ihn zu. Der Vampir drehte sich um, rannte los... Zwei Schritte schaffte er, dann fuhr ihm Hogshead ins Kreuz, legte ihn flach und preßte ihm die Luft aus den anämischen Lungen.

Fisk traten, als er Courgette auf sich zukommen sah, vor Entsetzen die Augen aus dem Kopf. Er wich zurück, fuchtelte mit den Armen: Niemand durfte sich unterstehen, in seinen Thronraum einzudringen!

Noch bevor er richtig verstand, was überhaupt vor sich ging, war es bereits zu spät. Die Horizontlinie lag plötzlich in Höhe seiner Füße, er stolperte rückwärts, fiel über Firkins ausgestrecktes Bein und krachte mit wild zappelnden lederbedeckten Gliedmaßen auf den harten Steinboden. Wie der Blitz war Courgette über ihm, setzte ihm den Fuß auf den hämmernden Brustkasten, hielt ihm das Schwert an die bebende Kehle und grinste.

Für einen Überraschungsangriff war die Sache ausgezeichnet gelaufen. Was alle ganz gewaltig überraschte.

Merlot stand nach wie vor im dunklen Gang vor dem Thronraum. Jetzt holte er tief Luft, packte die Seite mit der Kapitelüberschrift *Anhang IIIb* und riß sie aus der *ANthologia*. Funken flogen und sprühten, als Pergament riß, zischten knisternd in alle Richtungen davon. Der Zauberer krümmte sich: *Welch ein Vandalismus!* Whintz kreischte: Ein blauer Feuerstrahl verfehlte ihn nur um wenige Zentimeter!

Jetzt ist es soweit! dachte Merlot, als er das Blatt Pergament in der Hand hielt. Jetzt gab es kein Zurück mehr … Bis zur Erfindung des Tesafilms würden schließlich noch gut und gern dreihundert Jahre vergehen.

Als Whintz den Federkiel in das Tintenfaß tauchte und auf der rosaroten, floral gemusterten Pergamenttapete zu schreiben begann, raste Merlot in den Thronraum. Unter der Spannung des zunehmend stärker werdenden literarischen Drucks stellten sich ihm die Nackenhaare auf. Es konnte nicht mehr lange dauern, bis die ersten kritischen Reaktionen einsetzten. Und darauf mußten sie unbedingt vorbereitet sein! Timing: Das war es, worauf es jetzt ankam! Auf absolut perfektes Timing!

›Es war einmal ein böser, böser Mann…‹, schrieb Whintz.

Fisk brüllte, als Merlot sich näherte. Er war unüberhörbar außerordentlich mißgestimmt. »Schafft mir diese Metze vom Hals!« schrie er. »Schwerter sind kein Spielzeug für junge Frauen! Müßte verboten werden! Ist absolut nicht damenhaft! Macht schon, Ihr kennt doch sicher ein paar Tricks!«

»Maul halten!« schrie Hogshead. Er hielt den Vampir auf dem Boden festgenagelt und wand sich, um seinen Zähnen auszuweichen. »Ich mach ihn fertig – wenn mir einer *den da* abnimmt!«

»Wie kannst du's wagen, meine Ehre zu besudeln? Weißt du nit, was mein Losung ist? *Immer Und Ewig: Die Frauen!*« schrie Courgette, bohrte ihm den Absatz in die Brust und wackelte mit Exhibitur.

»*Immer Und Ewig: Die Frauen!* Pah! Nur über meine Leiche!«

»Fürwahr ein leichtes wär's, dies zu besorgen…«

»Halt, halt!« schrie Merlot. »Laß dich nicht allzusehr hinreißen, meine Liebe! Ich bin nicht sehr gut, wenn es um Kommunikation mit den Toten geht!«

»Im Unterschied zum König!« kreischte Fisk. Wütend starrte er Klayth an: »Oder vielleicht besser Exkönig!«

»Holt mich da raus!« schrie Klayth. Vergeblich warf er sich gegen die fest geknüpfte Verschnürung. »Überlaßt ihn mir!«

›…und der Name dieses bösen, bösen Mannes war Fisk…‹, schrieb Fisk. Die Feder kratzte tintenklecksend über die Pergamenttapete.

Merlot starrte auf den irr feixenden Fisk hinab. »Ich habe das Gefühl, als gäbe es nicht sehr viele Menschen, die Euch mögen, was?«

»Was brauche ich Menschen, die mich mögen, wenn ich Macht habe?« schäumte der wahnsinnige Ledermann. Er wand und krümmte sich und beachtete nicht, daß ihm die Spitze von Exhibitur an die dünne Kehle gehalten wurde.

Merlot strich sich über das Kinn. »So mächtig seht Ihr mir aber gar nicht aus«, sagte er. »Wenn ich Euch so sehe, kommt mir viel eher jener Spruch in den Sinn, in dem von gewaltigen Haufen übelriechenden braunen Zeugs die Rede ist, das sich im Zustand der Vaporisation befindet.«

›... war immer schwarz gekleidet. Und keiner hatte ihn wirklich gern ...‹, kritzelte Whintz.

»Laßt ihn mir!« schrie Klayth.

»Dos is olles Eire Schuld«, schrie Vlad, der unter Hogshead lag. »Und härt ändlich auf so zu hipfen! Dos tut wäh!«

»Und daß Ihr sonderlich beliebt wärt, kann man auch nicht gerade sagen.« Merlot spürte die Auswirkungen der zurückkehrenden fiktionalen Flut, die mit wachsender Wucht gegen sie anbrandete. Es konnte sich nur noch um Minuten handeln, bis es soweit war.

»Was geht *Euch* das an, Alter?« fauchte Fisk.

»Einiges. Seht Ihr: Gewalt und Kampf und alles das – ich schätze so etwas nicht allzusehr. Diese Kraftverschwendung ...«

»Ganz Eurer Meinung!« feixte Fisk. Seine Hand zuckte, er versuchte, an das Schnappmesser in seinem Panzerhandschuh heranzukommen. »Drum schafft mir endlich diese Metze vom Hals!«

›... sein Panzer war aus schwarzem Leder gemacht ...‹

»Ich beobachte Euch jetzt schon eine ganze Weile«, sagte Merlot. Seine Nackenhaare sträubten sich immer wirrer, die Rückflut kam immer näher. »... und muß Euch ganz ehrlich sagen: Pure Zeitverschwendung, was Ihr hier treibt.«

»Was? Wie könnt Ihr es ...« Millimeter um Millimeter zog er das Schnappmesser aus dem Handschuh.

»Ihr trödelt jetzt seit Jahren, wenn nicht seit Jahrzehnten hier herum – und was habt Ihr erreicht?«

›… er liebte die Macht…‹ Whintz schrieb langsam, aber sicher dahin und vermied dabei sorgfältig die blauen Funken, die gelegentlich aus der Rocktasche unter ihm zischten.

»Ich besitze Schätze, wie Ihr sie Euch nicht einmal in Euren wildesten Träumen…« Fisk konnte das Messer jetzt fast schon ergreifen.

»Schätze?« unterbrach ihn Merlot und sah geringschätzig auf die Goldhaufen hinab, auf das Silber, auf die Gemälde, die sich ringsum türmten.

»Was du da siehst, ist von unschätzbarem Wert!« kreischte Fisk.

›… und liebte das Geld…‹, schrieb Whintz.

»Das ist Spielgeld, verglichen mit den Schätzen, von denen ich weiß«, sagte Merlot leichthin. Und hielt damit dem Esel Fisk eine aufreizend pendelnde Karotte vor die Nase.

Firkin starrte Fisk mit wachsender Verwirrung an. Er war sich ganz sicher, daß Fisks Lederpanzer zusehends… also zusehends… *verblaßte!* Er schüttelte den Kopf, rieb sich die Augen – es war wohl die Aufregung, die ihm zu Kopf gestiegen war. Niemand verblaßt einfach. Wenigstens nicht in der Realität.

Tief drinnen in Hogsheads Rocktasche wand und krümmte sich das harte braune Etwas, das Ch'tin hieß, vor Schmerz. Überall in und an seinem Körper hallte das Geschrei der Stimmen aus den Kapiteldimensionen, es drehte ihm den Magen um, sein Puls raste. Ch'tin spürte den Buchstabentsunami, der dröhnend, mit weißen Schaumkronen auf den Wellenkämmen, auf sie zubrauste.

(Hoch über all dem, auf der Nordseite des Marktplatzes, suchte ein Trupp der Schwarzen Garde noch immer nach einem Hinweis auf den Verbleib von Klayth.

»Spürst du was?«

»Was?«

»So ein Rumpeln! Wie wenn der Boden Verstopfung hätte!«

»Red kein Blech!«)

»Welche Schätze?« fragte Fisk. Die Gier wirkte anregend auf seinen Verstand. »Das müßt Ihr mir erst beweisen!«

Merlot grinste und zog ein zerissenes Pergament aus der Tasche. Es zischte und knisterte, als er es entrollte. »Die Wegbeschreibung!«

Firkin riß entgeistert die Augen auf. Was wollte Merlot? Sollte das ein Bestechungsversuch sein?

Fisk hatte genug gehört. Schätze, so gewaltig, daß nicht einmal er sie sich vorstellen könnte, he? Wegbeschreibung! Was immer die da vorhatten, es sollte ihnen nicht gelingen.

Mit einer blitzschnellen Bewegung stieß Fisk Courgettes Fuß von der Brust, zog das Messer aus dem Panzerhandschuh, ließ die Klinge aufschnappen und riß Merlot das Pergament aus der Hand. Funken sprühten und knisterten, als er es in seine Tasche stopfte. Bevor irgend jemand reagieren konnte, rannte er schon auf einen Stapel Waffen zu.

Courgette kochte vor Wut, schwang Exhibitur und rannte kreischend hinter ihm her. Wie ein spitzwinkliges *V* standen ihre Augenbrauen über der Nasenwurzel. Hinter ihr dröhnte die fiktionale Brandung zunehmend gewaltiger.

Fisk packte einen schweren Beidhänder, fuhr herum, riß ihn hoch und parierte im letzten Augenblick einen mörderischen Hieb. Courgette führte Hieb auf Hieb, dröhnend schlug Metall auf Metall, es hallte durch den Thronraum, als hielten wahnsinnige Hufschmiede einen Kongreß ab.

Whintz kritzelte wie wild, versuchte angestrengt, nicht auf den ohrenbetäubenden Kampflärm zu hören, und wäre um ein Haar von einem heftig schimmernden Reiter niedergetrampelt worden, der in vollem Galopp durch die Wand sprengte und einen Poloschläger schwang. Einen Sekundenbruchteil lang verspürte Whintz einen so gewaltigen Hunger, wie er ihn sein Leben lang nicht verspürt hatte. Ob es der Schreck war oder irgend etwas anderes – der Fahrende Zauberer sollte es nie erfahren.

(Auf dem Marktplatz legte ein Angehöriger der Schwarzen Garde das Ohr an den Boden und lauschte: »Hört sich an, als ob da drunten ein Kampf stattfindet. Ich sag dir: Irgend etwas ist da los! Jetzt hör ich sogar Pferde!«)

Die zurückströmende fiktionale Flut stieg höher und höher, umspülte schäumend die Stiefelabsätze des Hungers, stieg bei jedem Schwertstreich noch einmal an und strömte wie wallender Nebel um alle Fußknöchel.

»Was geschieht jetzt?« Firkin schrie, um das tiefe Dröhnen zu übertönen. »Er hat das Pergament! Du kannst ihn jetzt nicht mehr bestechen!«

»Bestechen? Wer hat was von Bestechen gesagt?« brüllte Merlot.

»*... Spielgeld, verglichen mit den Schätzen, von denen ich weiß!* Ich hab genau gehört, wie du das gesagt hast!«

»Das war doch kein Bestechungsversuch! Das sollte nur eine kleine Anregung sein.«

»Anregung? Und was soll *das* dann sein?« schrie Firkin – ein Fußknöchel, groß wie eine riesige Steinsäule, stieß durch die Rückwand des Thronraums.

»Das, denke ich, ist ein Zeichen des Erfolgs«, brüllte Merlot. Und zuckte zusammen, weil sich Arbutus mit seinen scharfen – empfindlich scharfen – Krallen erschrocken an der Schulter des Zauberers festklammerte.

Wieder parierte Fisk einen Hieb, der auf seinen Kopf gerichtet war. Dann drehte er sich um und sauste davon. Er sprang über einen Stuhl und nahm überhaupt nicht wahr, daß ein knapp dreißig Meter großer Steintroll durch seinen Thronraum stakte. Und dann sprang Fisk in die Luft und ... und blieb dort oben hängen, schlug wild um sich und fluchte ... Blaue Funken sprühten zischend um seine durchscheinenden Schultern und zogen ihn nach oben. Nebel waberte Courgette um die Waden.

(»Willst du mir wirklich erzählen, daß du dieses Rumpeln nicht spürst?« Mittlerweile lagen zwei Angehörige der Schwarzen Garde auf dem Marktplatz auf dem Bauch und drückten die Ohren an den Boden.

»Komisches Gefühl ist es schon – aber ich hör keine Schwerter!«)

Courgette schrie und schlug mit Exhibitur nach den Füßen von Fisk. Erfolglos – sie hingen zu hoch. Auch ihr Schwert schien plötzlich den Drang zu Höherem zu verspüren und fliegen zu wollen. »Kumm auf der Stell herab und kämpf wie ein Mann!« kreischte sie. Sie packte das Schwert fester und hakte sich mit einem Fuß unter einer riesigen Steinplatte ein. »Memme!«

Fisk traten die Augen aus den Höhlen, er blickte entsetzt um sich, wirr und kopflos. Und nicht nur kopflos – beinahe schon körperlos! Panische Angst packte ihn: Er starrte durch seine geisterhaft durchsichtige Hand und blickte einem dreißig Meter langen goldenen Drachen genau ins Gesicht, der – ebenso durchscheinend wie seine Hand – durch die Rückwand in den Thronraum platzte.

Whintz kritzelte und kritzelte. Mit jedem Wort lokkerte sich der Griff, mit dem sich Fisk an die Realität klammerte, jedes Wort bog einen seiner Finger hoch, mit denen er sich an dieser Dimension festhielt. Und jeder Schlag des Drachenflügels kostete ihn ein Stück geistige Gesundheit.

Hogshead umklammerte seinen Nacken. Ihm war, als wäre er in einen tobenden Tropensturm geraten. Wörter fielen über ihn her wie Malariamücken in der Regenzeit, Sätze schnitten auf ihrem sausenden Flug zum Riß im Raum-Seitlichen Kontinuum mitten durch ihn hindurch. Niemand hörte ihn schreien, seine Stimme ging unter im tosenden, ohrenbetäubenden Tumult, den der Flug des Drachen erzeugte.

›… tru g ein e Augg… genklappe…‹ Für Whintz wurde das Schreiben zunehmend schwieriger. Es schreibt sich schlecht auf einem Blatt Pergament, das nicht stilliegen will. Der Kittel, auf dem er kniete, bockte, warf sich und sprühte wie rasend Funken. Ch'tin schlug in der Tasche wild um sich, er spürte das Rumoren, er fühlte, wie sich die Wörterwand unaufhaltsam aufrollte – immer weiter, immer höher, bis knapp an den Horizont der Imagination.

(»Eindeutig: Es rumpelt!« sagte ein Angehöriger der Schwarzen Garde. Seine fünfzehn Kollegen, die mit ihm am Boden lagen, nickten zustimmend. »Was machen wir jetzt?«

»Nix. Da is das Abwasseramt für zuständig.«)

»Kumm herab, wenn ich dich kein Hosenscheißer nit heißen soll!« brüllte Courgette zu dem schnatternden Fisk hinauf. Sie schlug und hackte und hielt Exhibitur eisern fest. Bis zu den Schenkeln stand sie jetzt in wirbelnden Nebelschwaden.

›… genklappe, und auh die wa r shcwrz…‹ Whintz kritzelte unermüdlich, hielt die Ereignisse fest, fiktionalisierte Fisk immer mehr, verdrängte ihn aus der Realität. Unterstützt wurde er bei seiner Arbeit durch die magische Energie, die der Anhang IIIb, den Fisk in der Tasche hatte, kilothaumweise lieferte. Der Hunger galoppierte auf ihn zu und ließ den Poloschläger wirbelnd über seinem Kopf kreisen.

Plötzlich erfüllte ein kakophonisch surrender, grollender Lärm den Thronraum. Hogshead drehte sich um und sah, wie eine Flutwelle, die durch den Gegendruck ihre kritische Masse erreicht hatte, hinter ihm durch die Wand brach. Die wilden Schimmel der Phantasie ritten auf dieser Brandungswoge, sie galoppierten zuoberst auf der grauen, den Horizont umspannenden Strecke der Wörter und Gedanken, hetzten dicht hinter dem Hunger her.

Fisk drehte sich wie ein Kreisel im wirbelnden Flug

der Funken, die wie Antennen arbeiteten. Er hatte den Kopf zurückgeworfen, hielt sein Schwert umklammert und schrie trotzig. Und kreischte vor Entsetzen, als der Drache – dem Leitstrahl der Funken folgend – auf ihn zusteuerte.

Ch'tin spürte den Tumult. Er zappelte, schlug verstört um sich, und plötzlich platzte die Larvenhülle am Rükken auf... Ch'tin war perplex: Er hatte Beine. Und Flügel.

Dann schlug die Gegenströmung mit voller Wucht zu. Sie verdichtete und verstärkte sich in der Engstelle zwischen den thaumaren Pfeilern der beiden Ausgaben von Anhang IIIb, brauste ohrenbetäubend durch den Thronsaal, erfaßte Fisk und riß ihn immer schneller nach oben. Der Drache klappte einen Flügel zusammen und legte sich in die Kurve, zog die Reptilienknie an und düste über die Mauer der Fiktion. Dann streckte er die Klauen aus und nahm die schwarze Schwebfliege mit dem Schwert ins Visier.

Hogshead schrie. Alle Figuren aus allen Büchern, Gedichten und Liedern, die er jemals gelesen, gehört oder gesungen hatte, rasten jetzt durch die Wand auf ihn zu. Gesichter, Waffen, Tiere und Fabelwesen stürmten durch ihn hindurch, Einhörner spießten ihm die Nieren auf und waren im selben Augenblick wieder verschwunden. Der Teppich unter dem wild um sich schlagenden Vampir bockte und hüpfte und schleuderte Hogshead im hohen Bogen durch den knatternden Thronraum. Vlad rannte in die entgegengesetzte Richtung, floh vor dem wirbelnden, chaotischen Tumult und verdrückte sich durch eine kleine Seitentür. Dann raste etwas Rotes lauthals kreischend auf Hogshead zu und ... und dann kam die Welle. Krachend und brüllend brandete sie an, schäumte und strudelte tumultuarisch. Der angestaute Druck entlud sich explosionsartig, zerspritzte silbern und blies die Schachtdeckel an der Zimmerdecke in die Luft, zerfetzte Gemälde und zerschmetterte Vasen.

(»Abhauen!« schrie der Schwarzgardist. Schachtdeckel flogen in die Luft, wirbelten wie Schneeflocken im Sturm, tanzten und kreiselten und drehten sich auf dampfenden Nebelsäulen.

»Liegt anscheinend doch nicht an der Kanalisation!« schrie ein anderer Schwarzgardist und ging schleunigst in Deckung – die Schwerkraft holte die Schachtdeckel wieder auf die Erde zurück. Der Schwarzgardist schüttelte den Kopf, um das verwirrende Bild wieder loszuwerden, das er einen Moment lang vor sich gesehen hatte: ein riesiges Holzboot, bis auf den letzten Platz mit Tierpärchen besetzt, und knapp davor ein dreißig Meter langer goldener Drache, der einen zappelnden schwarzen Winzling in den gewaltigen Klauen gehabt hatte.)

Wie ein durchgeknallter Hurrikan fetzte die Welle durch den Thronraum und war beinahe im selben Moment wieder verschwunden.

Das Schwert von Fisk hing noch einen Augenblick lang in der Luft. Dann krachte es scheppernd auf den trümmerübersäten Boden.

Nachdem der letzte aus der Schar der jüngsten Konvertiten der Hochkirche von Sankt Mammom dem Ungewaschenen die *Bescheinigung zum Nachweis des Bedingungslosen Glaubens* unterschrieben, das Tintengekritzel trockengeblasen und sich mit dem Gefühl verzogen hatte, seine Zukunft nicht nur gesichert, sondern in Ketten geschlagen und an der Mauer des Schicksals festgenagelt zu haben – nachdem dies alles geschehen war, brach Bharkleed erschöpft zusammen. An der Nordseite des Marktplatzes war der dumpfe Knall einer unterirdischen Explosion zu hören.

»Mann! So was nenn ich Unterschriftenaktion!« rief Seine Spektabilität, Flaezz der Höchstpostamentierte, begeistert. »Ich bin fix und fertig!«

»Mir war ja klar, daß du den König für unsere Sache gewinnen wolltest«, sagte S. H. A. Wenzl mit einem Blick auf den Exmonarchen, »aber ... hast du dir das *so* vorgestellt?«

Hoch über ihnen zogen wirbelnde dunkle Wolken auf.

»Nun, Bruder Wenzl, ich muß gestehen« – Bharkleed lächelte gekünstelt –, »ich hätte es nicht für möglich gehalten, daß er sich auf diese Weise, so *persönlich* engagieren würde. Aber ich weiß es natürlich überaus zu schätzen, wenn sich jemand so *rückhaltlos*, wie er es getan hat, für uns verwendet!«

Flaezz lachte glucksend. Und bemerkte nicht, daß sich die Kumuluswolken immer gewaltiger türmten.

»Daß er sich mit ganzem Herzen, buchstäblich mit Leib und Seele in den Dienst unserer Sache stellen wollte, daß hätte ich nicht gedacht«, fügte Bharkleed noch hinzu.

»War nett von ihm, auf einen Sprung vorbeizuschauen!« prustete Wenzl.

»War vielleicht ein klein wenig überstürzt, seine Aktion, aber durchaus erfolgreich!« Flaezz lachte gackernd beim Anblick der Stapel mit den *Bescheinigungen*. Ein blauer Blitzstrahl flammte auf.

Und während sie noch weiter über ihren jüngsten Fischzug debattierten, stand plötzlich ein Fremder mitten unter ihnen und sagte: »Die Habgier sei mit Euch!«

»Äh – morgen wieder, Kumpel, ja? Wir haben schon geschlossen!« fertigte ihn Wenzl ab und wandte sich wieder Bharkleed zu, der weiter über den erfolgreich verlaufenen Tag sinnierte. »Wißt Ihr«, sagte der Höchst Leidenschaftlich Exaltierte und legte den Nacken in die verschränkten Hände, »es ist eben immer sehr hübsch, wenn man für seine Theorien ein anschauliches Beweisstück, gleichsam ein *Corpus delicti* präsentieren kann. Ganz besonders dann, wenn es der Korpus eines Königs ist!«

»Ich überleg mir, was wohl auf seinem Grabstein stehen wird«, sagte Flaezz. »Vielleicht: *Das Schicksal der Könige: Selbst Neunaugen sehen nicht jedes Hindernis?*«

Die schwachleuchtende Gestalt trat einen Schritt vor: »Guten Tag, Apostel!«

»He, was soll das? Wer ist hier ein Apostel?«

»Ihr, mein lieber Wenzl! Schön zu sehen, wie sich Eure aufopfernde Hingabe am wachsenden Umfang Eurer Taille ablesen läßt!«

»Hä?« Wenzl starrte die leicht durchscheinende Gestalt mit großen Augen an und sah dann auf seinen Bauch. Es stimmte: Je mehr sie ihre Masche, das große Geld abzuzocken, perfektioniert hatten, um so schlechter war die Sicht auf seine Zehen geworden.

»Und Ihr, mein lieber Flaezz! Ist doch besser als Banken überfallen, oder?«

»Ihr wißt hoffentlich, was Ihr da sagt!« Seine Spektabilität wurde sichtlich nervös: Ein Ausdruck panischer Angst trat auf sein Gesicht, für einen kurzen Moment auch ein Anflug von Schuld.

»Na, na, na«, sagte der Unbekannte. »Macht Euch wegen der Vergangenheit keine Sorgen. Ich kann vergessen! Kann alles vergessen – selbst Eure miesen, erbärmlich schäbigen, kleinkarierten Banküberfälle. Als Straßenmusikanten verkleidet! Was habt Ihr Euch bloß dabei gedacht? Sinfonia abkassionata? Giro con brio? Rondo kredito, oder was? Aber wie gesagt: Ich kann das alles aus meinem ausgezeichneten Gedächtnis streichen, jedes einzelne Vergehen. Ich werde es in dem Moment vergessen haben, in dem ich die Moneten von Euch habe.«

Bharkleed fuhr auf und starrte den Fremden an. »Wer zum Teufel seid Ihr eigentlich?«

»Ts, ts, ts, Bharkleed! Welch eine Ausdrucksweise!« sagte der Unbekannte und drohte mit dem Finger. »Erkennt Ihr mich denn nicht mehr? Ich bin es, ich höchstpersönlich und leibhaftig, Ihr sehr Ergebener, der Ungewaschene … Muß ich noch mehr sagen?«

»Wollt Ihr etwa allen Ernstes behaupten, Ihr wärt Sankt Mammon der Ungewaschene?« kreischte Bharkleed.

»So isses. Genau der bin ich.«

»Aber es gibt Euch doch gar nicht!«

»Und wer, glaubt Ihr, hat dann *Das Rote Buch Mammon* verfaßt, das *Proselytische Manifest*, he?«

»Äh, das ... Ich dachte, das sei ein Pseudonym ...«

»Trottel! Und jetzt gebt mir schon, was mir gehört!« forderte Sankt Mammon und lachte dreckig. »Her damit! Alles: das komplette Bare, die riesigen Ländereien, die Grundstücke und Königreiche, die BMW-Anteile und alles, was Ihr sonst noch so großzügig für mich zusammengesammelt habt!«

»Erst, wenn Ihr mir die *Getürkten Spesenabrechnungen des Gläubigen Vertrauens* gezeigt habt, die *Heiligmäßig Gefinkelten Steuererklärungen* und die *Theologisch Fundierten Jahresgesamtbilanzen* – erst dann will ich Euch glauben!«

»Ihr habt schon immer gern Eure Finger in Sachen gesteckt, wo sie nichts zu suchen haben!« sagte Sankt Mammon drohend. »Also gut. Ich wollte es Euch leicht machen. Aber wenn Ihr nicht wollt, dann ... Hoffentlich erstickst du dran, du Blödmann!« Er schnalzte mit den Fingern, und es regnete Spesenabrechnungsformulare vom Himmel, und Gewinn- und Verlustprognosen fielen wirbelnd auf die drei nicht mehr so sehr hohen Priester herab. Ein Schneesturm gerader und ungerader Zahlen, Tabellen und Kolonnen, so dicht wie ein Säulenwald – die Beweislast war erdrückend.

Als Bharkleed, Flaezz und S. H. A. Wenzl zappelnd unter einem ganzen Berg von Beweismitteln und Belegen lagen, verschwand der mysteriöse Heilige, Sankt Mammon der Ungewaschene, spurlos. Mitsamt einem anständig gefüllten Klingelbeutel.

Festgehalten von den Klauen eines dreißig Meter langen goldenen Drachen, ganz vorn auf der brausenden, wirbelnden literarischen Welle – so trieb Fisk, genauer gesagt sein fiktionaler Doppelgänger, in rasender Fahrt und rücksichtslos hin und her gebeutelt auf den Riß im Raum-Seitlichen Kontinuum zu.

Vor ihm leckten sich unzählige Silberkugeln erwartungsvoll die Lippen und paddelten los. Paddelten schneller und schneller, um die Welle der Redensarten nicht zu versäumen, auf der sie durch die Öffnung surfen wollten. Die Faktionen warteten und hielten sich bereit.

Hinter ihm stimulierte der Hunger (er fungierte gegenwärtig neben dem segelnden Saurier als galoppierendes Mitglied der Eskorte) den kolossalen Appetit der Riesenechse. Ihre riesige Zunge leckte schlürfend über den gigantischen Rachen, das Wasser lief ihr im Maul zusammen, wenn sie sich eine Portion Faktionen – kurz im Flammenstrahl gegrillt – vorstellte.

Der Riß klaffte weiter auf. Die Faktionen jagten auf den weitgeschweiften grauen Bogen zu, je näher sie ihm kamen, um so stärker wurde ihre Erregung.

Und plötzlich sahen sie den Riß unmittelbar vor sich. Die Welle verteilte sich kräuselnd in alle Richtungen, schloß sich von jeder Seite um die Öffnung, schoß brausend durch sie hindurch und schleuste alles durch den riesigen Schlund, hinüber, auf die andere Seite.

Nur etwas ließ die Faktionen befürchten, daß sie es möglicherweise doch nicht schaffen könnten: ein tieftönendes, sauropsidisches Magenknurren, ein Geräusch, das an Schluckauf erinnerte, und ein glutheißer Feuerstoß.

Als der Hunger, der Drache, Fisk und die Arche durch die Öffnung rasten und das Raum-Seitliche Kontinuum querten, fügten sich gigantische Laschen zusammen und versiegelten den Riß. Es sah beinahe so aus, als ob der Große Filmvorführer im Himmel eine Zeitlupenaufnahme rückwärts laufen ließ, auf der eine Zauberkugel aus kürzester Entfernung eine riesige schwarze Birne durchschlug. Beinahe.

Courgette war verwirrt. Sie fuhr mit der Spitze von Exhibitur durch ein Bündel Lichtstrahlen, die durch eine Schachtöffnung leuchteten, von der es den Deckel weggeblasen hatte. Sie schlug mit dem Schwert auf jene Stelle, wo Fisk gewesen war, traf auf keinen Widerstand und stellte zu ihrem Erstaunen fest, daß die Waffe beinahe träge und schwunglos reagierte. Sie blinzelte – erst maßlos verwundert, dann maßlos erzürnt. Er war verschwunden! Er war ihr entwischt!

»Hol mich da raus, *bitte!*« schrie Klayth wieder. »Du kannst doch mit diesem Schwert umgehen, oder?«

Courgette kreischte, Zorn und Enttäuschung schlugen in beängstigenden Tatendrang um. Sie holte aus, schwang Exhibitur hoch über den Kopf, ließ ihn dann niedersausen und führte einen Streich, der einen in Ehren ergrauten Mongolenkrieger hätte alt aussehen lassen. Seilstücke flogen in alle erdenklichen Richtungen, platzten auseinander wie wirbelnde, ringelnde Kamikazeschlangen. Funkensprühend schlug die Schwertspitze auf die Säule und fuhr fünfzig Zentimeter tief in gewachsenes Eruptivgestein.

»War doch bloß eine Frage!« protestierte Klayth und rappelte sich vom Boden auf.

Courgette zerrte mit beiden Händen am Schwertgriff. Sie stemmte sich mit den Beinen links und rechts von Exhibitur gegen den Boden, verzerrte das Gesicht und bog den Rücken durch. Aber wie sehr sie sich auch anstrengte, sie konnte das Schwert nicht aus dem Stein ziehen. »Ergetz du dich nur an dem, was ich deinetwegen angestellt, du Trottel!« kreischte sie. »Es rühret sich nit von der Stell!«

»Immer mit der Ruhe«, riet ihr Klayth.

Courgette fuhr fauchend auf ihn los: »Ist's wahrhaft dein Wunsch und Willen, daß ich dir dein Mandeln heraushol?«

»Er... er ist weg!« stotterte Firkin, der unter einem Haufen Gemälde herauskroch. Er staubte sich ab und starrte in die Luft, auf einen Fleck fünf Meter über dem Boden, wo vor wenigen Augenblicken noch Fisk gewesen war. »Einfach ... einfach verschwunden!«

Merlot stand in der Mitte des ehemaligen Thronraums und grinste. Er rieb sich die Hände, so als hätte er eben noch an einer ganz besonders dreckigen und vertrackten alchimistischen Gerätschaft herumgebastelt, und putzte sich den Staub von den Schultern. Anschließend tat er das gleiche bei Arbutus. »Sieh da, sieh da«, sagte er zu der Eule, »ist das nicht wunderbar? Einfach super, was?«

»Wie bitte?« schrie Firkin. »Aber Fisk ist doch abgehauen!«

»Was zerbrichst du dir deinen jungen Kopf deswegen?« fragte Merlot. »Dafür ist Klayth jetzt da!«

»Ja schon, aber Fisk, er ist ...«

»Menschen!« Arbutus verdrehte abschätzig die Augen. »Sind doch nie zufrieden!«

»Je nun«, meinte Merlot. »Aber wir können hier nicht den ganzen Tag herumstehen und plaudern.« Er sah sich um. »Ich muß los. Gibt einiges zu tun. Dimensionen müssen gerettet werden!«

»Lasset ab von der Eil!« zeterte Courgette. »Löset mit Eurer Macht meine Waffe aus dem Stein!«

»Ach ja! Hätt ich beinahe vergessen«, murmelte Merlot und trat an die Säule. Er packte das Heft von Exhibitur, flüsterte leise ein paar Worte und zog das Schwert heraus – so leicht, daß nur ganz wenige Funken aufstoben. »Also, jetzt muß ich aber wirklich los ...«

»Gib her mein Schwert!« verlangte Courgette. Stolz stand sie vor Merlot, breitbeinig und mit hochmütig wogender Brust, und streckte fordernd die Hand aus.

Genau hinter ihr wühlte sich Hogshead aus einem Haufen Waffen und unter mehreren großen Kisten mit Goldpokalen heraus. Er rappelte sich auf und starrte sie an – mit weichen Knien, klopfendem Herzen und hängender Zunge.

Merlot blickte Courgette streng an. »Wie heißt das Zauberwort?«

Sie überlegte kurz. »Sofort!«

Merlot schüttelte den Kopf.

»Bitte!« flüsterte Hogshead und starrte sie unverändert an.

»Wollt Ihr mir mein Schwert zurückgeben, bitte!«

»Nein«, sagte Merlot.

»Was?«

»Das ist nicht *dein* Schwert«, erklärte er ihr. »Es gibt da einen Stein und einen Amboß, und die warten darauf, daß es aus ihnen herausgezogen wird. Hat was mit der Wahl von Königen zu tun. Hört sich für mich zwar eher wie ein Märchen an, aber so ist es nun mal. Jedenfalls – ich muß jetzt los. Kann König Halva schließlich nicht warten las… Hoppla! Jetzt hätt ich doch beinahe die Pointe verraten!« Lässig spazierte er hinter die Säule und verschwand.

Courgette kreischte vor rothaariger Wut und sauste um die Säule. »Stehengeblieben! Haltet den Dieb!«

»Zu spät«, sagte Hogshead. »Er ist wieder zurückgekehrt zu…« Plötzlich schwenkte sein Hirn ein bücherwurmförmiges Gedächtnisneuron. »Ch'tin«, fiel es ihm siedendheiß ein. Wie der Blitz sauste er zu Whintz und stürzte sich auf seinen Kittel.

»Zurückgekehrt zu Ch'tin?« Dawn zog ein Gesicht.

Whintz sah mit offenem Mund abwechselnd auf die floralgemusterte rosarote Pergamenttapete, dann auf den Fleck, wo Fisk gewesen war, und schließlich auf die zerdrückte *ANthologia in welcher versammelnt seind Allerley REceptures der ZAubrischen & MAggischen KÜnste nebst so manch anderm HOckusbockuS*. Er konnte es nicht glauben, was er da eben miterlebt hatte. Er war dabeigewesen, war *persönlich* zugegen gewesen, als echter Zauber gewirkt wurde. Hatte sogar selbst *mitgewirkt!* Glaubte er wenigstens. *Ich?* stotterte sein Gehirn. *Zaubern? Von wegen!*

Hogshead zog dem verdatterten Zauberer den Kittel unter den Knien weg und riß die ramponierte Ausgabe von *Lady Schätterlies Laffe* aus der Tasche. Sofort fielen ihm zwei Dinge auf: Das Buch hatte erheblich an Gewicht verloren und sah aus, als wäre eine kleine Sprengladung in ihm deponiert gewesen. Als er es in die Hand nahm, löste sich der Einbanddeckel, zerfetzte Seiten wirbelten wie Schneeflocken davon, schwirrten durch die Luft wie die Schuppen, die sich ein weggetretener Heavy-Metal-Fan aus den Haaren schüttelt. »Ch'tin«, flüsterte Hogshead beim Anblick dessen, was dann auf die Überreste des ausgeschlachteten Buches fiel ... Es sah aus wie die Kleinausgabe eines zerfetzten Reifenschlauchs, der bei Tempo 200 geplatzt war.

»He, Merlot!« Arbutus tippte dem Zauberer, der in die Kapiteldimensionen zurückflog, auf die Schulter. »Willst du sie wirklich einfach so verlassen?«

»Sie brauchen uns jetzt nicht mehr. Es dürfte nicht allzu lange dauern, bis sie sich wieder zurechtgefunden und alles geregelt haben«, sagte Merlot nachdenklich. »Ich wette mit dir: Wenn wir in ein paar Monaten zurückkommen, werden wir ein ganz neues Königreich vorfinden. Friede wird herrschen im Lande, und es wird Frühling sein, die Osterglocken werden blühen an des Baches Ranft ...«

»Gahhhg! Hör bloß auf damit, bitte!« kreischte Arbutus und steckte sich die Zeigeschwungfeder in den Mund. »Ich habe gemeint, du kannst dich nicht einfach so davonmachen!«

»Was heißt *einfach so?*«

Arbutus verdrehte die Augen. »Linke Mantelseite, dritte Tasche von unten, fünftes Fach – schon vergessen?«

Merlot kramte, etwa in Höhe des linken Brustmuskels, in seinem Mantel. Dann wanderten seine Augenbrauen nach oben – er war auf das Röhrchen gestoßen.

»Das sollten wir doch nicht ungenutzt lassen, hab ich recht?« drängte Arbutus.

Merlot grinste. Dann änderte er den Kurs und segelte wieder zurück.

»Du bist dir sicher, daß es in *die* Richtung ist?« fragte General Batteur Oberst Rachitwitz. Die beiden sprengten im Galopp um einen der rauchenden Türme von Schloß Isolon.

»Ich hab ihn doch gesehen!« Rachitwitz zog sein Schwert. »Da hinten ist der aufgeflogen! Ganz sicher!«

»Ich seh aber nichts!« fauchte Batteur. Der Finger an der Bogensehne juckte kolossal.

»Irgendwo muß er sitzen.«

»Sitzen?« schrie Batteur. »Sitzen? Ein dreißig Meter langer Drache *sitzt* nicht! Ist schließlich kein Huhn, das auf der Stange sitzt!«

»Von Geiern heißt es aber auch, daß sie *sitzen*«, wollte sich Rachitwitz verteidigen.

»Ist mir aber auch egal, was er macht. Ich will eigentlich nur wissen, wo er ist!«

»Schon komisch«, bemerkte Rachitwitz, nachdem sie einmal um den Turm geritten waren und nichts entdeckt hatten. »Er kann sich doch nicht versteckt haben. Dafür ist er viel zu groß. Sieht beinahe so aus, als hätte er sich in Luft aufgelöst.«

»Blödsinn. Etwas von diesem Format kann sich doch nicht einfach verflüchtigen. Oder?«

»Was seid ihr eigentlich für eine Truppe?« fragte Klayth. »So was wie Undercoveragenten? Geheimdienst? Interimperialer Rettungsdienst oder so?«

»Aber nein«, fragte Firkin. »Wir sind doch deine Freunde.«

Die Schachtöffnungen an der Decke schienen plötzlich Wurzelkeime auszutreiben: Seilenden ringelten sich durch die Löcher.

»Meine Freunde?« sagte Klayth. »Aber ich habe euch doch noch nie gesehen!«

»Bestimmt nicht?« Firkin verdrehte verwundert die Augen.

»Was ist?« Dawn starrte ihren Bruder erstaunt an. »Hat's dich am Kopf erwischt?«

Plötzlich fielen Stricke aus jeder Schachtöffnung, Schwarzgardisten seilten sich daran ab und sausten wie ein Spinnensonderkommando an ihnen hinunter – sie kamen, um Klayth zu befreien. Dröhnend schlugen schwere Stiefel auf dem Boden auf, die Männer der Schwarzen Garde schnallten sich ab, schwärmten aus und hatten innerhalb von Sekunden alles umstellt und jeden Ausgang besetzt. Noch bevor er am Boden gelandet war, ratterte Kommandant Schyrling wie ein Maschinengewehr Befehle herunter und stach mit spitzem Zeigefinger und tödlicher Präzision nach jedem, der festgenommen werden sollte: »Den ... den da ... die auch ...«

Plötzlich sprang, schreiend wie eine Meute Wildkatzen, die man in einen Sack gesteckt hatte, Courgette hinter einem Stapel Gemälde vor und ging mit einem Knüppel (dem größten, den sie in der Eile hatte finden können) auf Schyrling los. Die Schwarzgardisten rückten unsicher einen Schritt vor. Keiner wußte so recht, wie er sich verhalten sollte. Man konnte doch nicht gegen eine wehrlose Frau ...

»Immer und ewig: die Frauen!«

»Nicht! Courgette! Halt!« schrie Hogshead. »Die sind doch auf unserer Seite! Hör auf, sonst wirst du festgenommen!«

Die Schwarzgardisten zogen ihre Schwerter und standen im Handumdrehen zum Einsatz bereit. Wehrlose Frauen – das war eine Sache. Aber *die* da ...!

»Mir gleich!« kreischte Courgette. Der Adrenalinstoß wirkte noch, sie fuchtelte wild mit ihrem Knüppel. »Geh ich eben für meine Überzeugung wieder in den Knast! Immer und ewig ...«

»... kannst du das nicht machen!« brüllte Hogshead und hielt sie an ihrem rot-gün-weiß gestreiften Knöchel fest. »Sie sind doch auf unsrer Seite!« schrie er flehentlich, während er über den Boden geschleift wurde.

»Aber es sind *Männer!*«

»Und größer als du!«

»Ihr Männer seid doch alle gleich... Auf die Größe kommt's nicht an! Auf das *Wie* kommt's an!«

Plötzlich trat ein saxofranfarben gekleideter Zauberer hinter der Steinsäule vor. »Courgette! Bist du immer noch nicht vernünftig geworden? Schäm dich!«

»Ihr!« schrie Courgette Merlot an. Die Männer der Schwarzen Garde seufzten erleichtert auf. Das wütende Gebelfere malträtierte jetzt nicht mehr ihre Ohren, es hatte ein anderes Opfer gefunden. »Gebt mir mein Schwert zurück!« Sie ging auf den Zauberer los – Hogshead hing an ihrem Knöchel und wurde mitgeschleift.

»Klayth, äh, Hoheit!« stotterte Merlot und versuchte, dem wilden Weib aus dem Weg zu gehen. »Erlaubt mir, Euch einen Vorschlag zu unterbreiten, was Eure erste Amtshandlung... nein, Courgette, hör jetzt auf... als König von Isolon und Cranachan... sei vorsichtig mit diesem Ding, ich versuch doch gerade, dir zu helfen... angeht: Gebt diesem Mädchen ...«

»Dieser Frau! *Immer und ewig: die Mädchen* – wie hört sich das denn an!«

»... äh, dieser Frau, äh ... Also, gebt ihr schon eins von diesen blöden Schwertern!«

»Hast du gehört, Courgette?« fragte Hogshead, der ihr zu Füßen lag. »Leg den Knüppel weg, dann bekommst du ein Schwert!«

Courgette starrte Klayth verwirrt an. »Und eine Axt?«

»Ja! Aber leg jetzt endlich den Knüppel weg!«

»Und eins von diesen stachligen Dingern, die an einer Kette hängen und die man herumschwirren läßt und schreit und ...«

»Ja! Und jetzt sei still, Fräulein!« verlangte Klayth energisch.

»Frau!« fauchte ihn Courgette an.

Schyrling und die Männer der Schwarzen Garde waren verdattert. Diese Schätze, die überall herumlagen, und die Tatsache, daß Klayth offenbar putzmunter war und alles im Griff hatte – diese Situation machte sie nervös, es war ihnen beinahe peinlich. So peinlich, als hätten sie mit heulenden Sirenen eine Familienfeier gestürmt.

»Jetzt mach schon endlich!« drängte Arbutus. »Sonst sind sie alle weg! Es wird ihnen gefallen. Du wirst schon sehen.«

»Äh, ja, hmmm!« machte Merlot. »Da jetzt alles so weit in Ordnung ist, will ich nicht länger stören und werde mich, wenn's recht ist, unauffällig davonmachen. Einverstanden?«

Beifälliges Grunzen und Kopfnicken von seiten der Schwarzgardisten, die mißtrauisch die inzwischen unbewaffnete Courgette beobachteten.

Unter den ruinierten Überbleibseln von *Lady Schätterlies Laffe* plagte sich eine Kreatur damit ab, das Konzept *Gliedmaßen* zu verstehen. *Wenn mir da jemand einen Streich gespielt hat,* dachte sie, *dann war das ein äußerst geschmackloser Streich.* Während sie geschlafen hatte, hatte man ihr sechs spindeldürre Beine und vier Flügel angepappt. Widerlich! Sie wackelte empört mit den Mandibeln und fauchte und fluchte.

»Ich hab nämlich noch einiges zu erledigen«, ergänzte der Zauberer. »Zum Beispiel der einen oder anderen Faktion eins zu verpassen!« Sagte es und klopfte auf seinen Zauberstab.

»Mach endlich!« zischte Arbutus mit zusammengepreßtem Schnabel.

»Also, vielleicht sehen wir uns ja alle irgendwann wieder einmal. Wenn ihr mal zufällig in die Kapiteldimensionen kommt, dann sucht nach mir. Ich stehe im Register unter …«

Arbutus riß Merlot das Röhrchen aus der Hand und warf es auf den Boden. Es zerplatzte blitzend und donnernd, silberne Funken sprühten, blaue Fontänen und blutrote Feuerwerksraketen schossen auf, und Rauchwolken wehten durch den Raum und zerflossen zu grauen und gelben Schwaden.

»Boahey!« schrie Klayth hinter einer Wolke aus Kordit und Magnesium. »Guter Trick! Und ich hab schon gemeint, der Byrogrott sei was Besonderes gewesen, den ich letzte Woche gesehen habe. Aber verglichen mit dem...«

»Du hast einen Byrogrott gesehen?«

»Aber ja! Absolut irreal!«

»Und das ist alles?«

Die Kreatur pumpte Blut in die zerknitterten Flügel und spannte sie weit aus. Unendlich weit, wie es ihr schien: Es waren riesige smaragdfarbene Tragflächen!

»Wie? Ach sooo – du hast natürlich schon wesentlich interessantere Sachen gesehen, oder?« brummte Klayth.

»Nun ja – wie wär's mit zweieinhalb Meter großen Fröschen? Mit Zähnen, so dick wie dein Arm! Die brauchen dich nur anzusehen, schon bist du einen Kopf kürzer!« protzte Firkin.

»Ach komm...« Klayth sprang die Skepsis aus allen Knopflöchern. »Wo willst du denn so etwas gesehen haben?«

»Nicht nur einen. Eine ganze Armee!«

»Wo?«

»Tut mir leid. Es ist mir nicht gestattet, irgendwelche Informationen bezüglich des Aufenthaltsortes dieser Kreatur beziehungsweise dieser Kreaturen preiszugeben. Dienstgeheimnis!«

Plötzlich taumelte aus dem Dunkel des Korridors eine leuchtendgrüne geflügelte Kreatur, die sichtlich Schwierigkeiten hatte, die komplexen Abläufe der fliegerischen Fortbewegungsart zu meistern. Sie sackte ab, legte eine Bruchlandung hin, hievte sich wieder auf ihre sechs spindeldürren Beine und steuerte dann entschlossen auf Hogshead zu.

»Und Drachen ...«, sagte Firkin noch.

»Hört sich für mich wie ein Märchen an«, meinte Klayth. Eskortiert von der Schwarzen Garde, marschierten die beiden aus dem Labyrinth.

Whintz wußte nicht mehr, wo er hinsehen oder wem er zuhören sollte. Alles war plötzlich voller Magie! Viel zuviel Magie! Gab es denn niemanden mehr, der eine Wasserhahnreparatur gebraucht hätte? Oder dem er die Schuhe hätte doppeln können?

»Hau ab!« schrie Hogshead, der sich gerade vom Boden aufrappelte. Das wilde Geflatter der wunderschönen smaragdfarbenen Flügel verwirrte ihn maßlos.

»Nicht tot mich schlag!« piepte eine seltsam vertraute Stimme.

»Hilfe!« winselte Hogshead, als ihm grünschimmernde Flügel um die Ohren geschlagen wurden.

Courgette und Dawn sahen zu und grienten.

»Laß dein blödes Geflatter und hau ab!«

»Nicht ich kann! Abstürze ich sonst!« fiepte Ch'tin, nachdem er sich auf Hogsheads Schulter niedergelassen und die glitzernden Flügel zusammengeklappt hatte.

»Ch'tin! Was ist denn mit dir passiert?«

»Verwandelt ich mich habe!«

»Das sehe ich. Aber in *was* hast du dich verwandelt?«

»Nicht mehr erinnerst du dich denn, was ich war, hmmm?«

»Natürlich! Ein Bücherwurm! Aber jetzt ...?«

»In einen Bücherling, ich glaube. Hunger ich habe! Einen kitschigen Liebesroman du hast für mich vielleicht? Mmmmm?«

Hogshead zeigte auf Whintz, der die *ANthologia in welcher versammelnt seind Allerley REceptures der ZAubrischen & MAggischen KÜnste nebst so manch anderm HOckusbockuS* in der Hand hatte. »Und wie wär's damit?« feixte er.

Der Bücherling verdrehte die Augen und schüttelte abweisend den Kopf.

»Nein! Keinen Fall auf! Zu gefährlich viel! Bitte Schnulze eine richtige!«

»Keine Angst, Ch'tin. Ich würde es dir auch gar nicht erlauben.«

Mit dem Bücherling auf der Schulter lief Hogshead los, um die anderen einzuholen. »Äh, Hoheit? Hallo... Habt Ihr vielleicht ein paar Bücher über?«

Als niemand mehr im Thronraum war, begannen hinter der Säule zwei Stimmen leise zu flüstern.

»Es war zu früh!« sagte Merlot.

»Du stündest jetzt noch da rum! *Wenn ihr mal zufällig in die Kapiteldimensionen kommt, dann sucht nach mir!* Pah!« ereiferte sich Arbutus. »Ich hab dir doch gesagt, wie man es anstellen muß, damit man beim Publikum ankommt!«

»Ich war noch nicht soweit! Du müßtest doch wissen, daß es eine Zeit dauert, bis ein Zauberspruch einsatzbereit ist!«

»Offensichtlich! Und deshalb, nehme ich an, sind wir auch noch immer hier und drücken uns wie zweitklassige Taschenspieler hinter irgendwelchen Säulen herum!«

»Mein lieber gefiederter Freund! Manchmal dramatisierst du alles viel zu sehr und nimmst alles viel zu ernst!« Merlot hob die rechte Hand und zählte bis drei... Nur einmal noch schimmerte ein kaum wahrnehmbares silbernes Glänzen auf, dann waren beide verschwunden.

»Aber ich mag nun mal Explosionen!« schimpfte Arbutus' körperlose Stimme.

»Brandstifter!« brummte Merlot.

»Versager!«